LES ACADÉMIES D'AUTREFOIS

L'ACADÉMIE DES INSCRIPTIONS ET BELLES-LETTRES

EN VENTE A LA MÊME LIBRAIRIE.

LES ACADÉMIES D'AUTREFOIS

L'ANCIENNE ACADÉMIE DES SCIENCES

Par M. L.-F. ALFRED MAURY

1 vol. in-8°

Paris. — Imprimerie de P.-A. BOURDIER et Cie, rue Mazarine, 30.

LES ACADÉMIES D'AUTREFOIS

L'ANCIENNE ACADÉMIE DES INSCRIPTIONS ET BELLES-LETTRES

PAR

L.-F. ALFRED MAURY
Membre de l'Institut, professeur d'histoire et morale
au Collège de France

PARIS
LIBRAIRIE ACADÉMIQUE
DIDIER ET Cie, LIBRAIRES-ÉDITEURS,
[illegible] QUAI DES GRANDS-AUGUSTINS,

1864

[illegible]

LES

ACADÉMIES

D'AUTREFOIS

DEUXIÈME PARTIE

L'ANCIENNE ACADÉMIE DES INSCRIPTIONS ET BELLES-LETTRES

Bien que de fondation plus ancienne, l'Académie des inscriptions et belles-lettres n'a point obtenu la notoriété, l'illustration de l'Académie des sciences, encore moins la popularité de l'Académie française, sa sœur aînée. C'est que les études qu'elle personnifie ne parlent pas à beaucoup près autant à l'imagination que la poésie et l'éloquence, autant à nos besoins intellectuels et physiques, que la géométrie ou l'histoire naturelle. Elles ont je ne sais quoi de lourd et de pédantesque qui éloigne le public. Les faits auxquels l'Académie des inscriptions s'attache semblent aux observateurs superficiels importer peu aux progrès de la civilisation matérielle, intimement liés au contraire à ceux des

sciences physiques et mathématiques. Les travaux de cette Compagnie ne sauraient trouver leur application que dans l'ordre moral; bien souvent ils ne satisfont que la pure curiosité. L'histoire est représentée là dans toutes ses branches et sous toutes ses formes; car l'archéologie, l'épigraphie, la numismatique, la paléographie, la géographie, la bibliographie, la mythologie, la philologie grecque, latine, orientale, concourent avec l'histoire proprement dite, à nous faire connaître les temps anciens, ce qu'on a dit, pensé, adoré, fait, fabriqué pendant tous les siècles écoulés avant nous. Or, pour ce qu'on appelle un esprit positif, cette connaissance est sans valeur. L'antiquité diffère tant des âges modernes; les institutions du moyen âge sont si étrangères aux nôtres, que le commun des hommes s'exprime sur le compte des érudits, comme Clitandre dans *les Femmes savantes*, et ne comprend guère l'intérêt qu'il peut y avoir à en scruter les moindres détails, à en approfondir le langage et à en rechercher les monuments. Le présent seul le touche: il ne s'occupe que du passé le plus moderne, parce que ce passé est encore lié au présent. Tout ce qui ne lui semble pas promettre d'améliorer sa condition, d'accroître son bien-être, de délasser son esprit, est aux yeux du vulgaire une vaine curiosité. Que l'Académie des sciences se livre à des recherches abstraites, ardues ou minutieuses, le public le concède. Cela, dit-il, peut avoir son utilité, puisque de toutes ces expériences, de tous ces calculs, il en sort des choses aussi profitables que la détermination des heures de marée, l'invention des machines à vapeur, l'établissement des télégraphes électriques, la connaissance de remèdes nouveaux ou de procédés industriels plus parfaits. Que l'Académie française fasse des vers, compose des pièces de théâtre ou des morceaux d'éloquence, ajoute-t-il, cela n'est sans doute pas indispensable à notre existence, mais cela nous amuse et nous charme; l'Académie française rend donc des services, l'esprit ayant besoin de jouissances comme le corps. Mais quant à l'Académie des inscriptions et belles-lettres, objecte ce même public, en quoi peut-elle nous servir? elle nous ennuie et nous fatigue; voilà tout; elle veut nous entretenir de personnages oubliés, à nous inconnus, et que nous n'avons guère souci de connaître; elle se donne beaucoup de peine pour expliquer des livres qu'on ne lit plus, des inscriptions insignifiantes et des fables ridicules; elle épilogue sur les mots et sur les détails, sans rien produire de neuf ni inventer. Voilà comment le vulgaire traite l'érudition, ou du moins voilà ce qu'il en pense souvent, sans oser l'avouer.

Tels sont les motifs qui m'ont fait dire tout à l'heure que l'Académie des inscriptions et belles-lettres n'avait ni la notoriété de l'Académie des sciences, ni la popularité de l'Académie française. Et si, depuis un demi-siècle, elle a retrouvé dans le public un peu plus d'estime, c'est grâce à l'habit de l'Institut que ses membres ont le droit de porter comme les Quarante.

Faut-il s'étonner que la masse ignorante et frivole professe de pareilles opinions, quand on voit l'Académie des inscriptions et belles-lettres originairement instituée sous l'empire d'idées aussi exclusives et aussi étroites; car cette Compagnie, qui est devenue le sénat de l'érudition, n'était nullement destinée, dans le principe, à présider au mouvement des études historiques et philologiques; son nom même en fait foi. Elle ne compta parmi ses premiers membres ni Du Cange, ni Huet, ni Lenain de Tillemont, ni Adrien de Valois, ni le président Cousin, ni Cotelier, ni Baluze, ni d'Herbelot, qui étaient, à la fin du dix-septième siècle, les vrais représentants de l'érudition française. Nous trouvons dans l'histoire de cette Académie la preuve que l'État n'est arrivé que progressivement à une notion plus juste et plus élevée du caractère et de l'utilité des lettres érudites. Loin de songer à agrandir le domaine de l'histoire, le roi, en l'instituant, n'avait que des vues personnelles; il voulait servir ses plaisirs, flatter son orgueil et assurer la durée de sa gloire.

L'histoire de l'Académie des inscriptions et belles-lettres offre donc cet intérêt particulier, qu'elle est celle de l'avénement graduel des lettres savantes, des transformations qu'elles ont subies dans notre pays. Ce n'est plus pour composer des devises élégantes, de pompeuses inscriptions, pour perfectionner l'art des discours adulateurs, ou fournir à la scène quelque sujet de ballet ou d'opéra, que cette Compagnie se réunit maintenant. Elle a une mission plus haute, une destinée plus noble, inaperçue encore du public, bien qu'entrevue par les esprits élevés; elle est la grande prêtresse de l'histoire en France, et l'histoire, c'est, en dernière analyse, la connaissance des lois qui régissent le monde moral et intellectuel et des perturbations qui momentanément en suspendent le cours. Tout ce qui peut directement ou indirectement mettre sur la trace de ces lois et de ces perturbations est conséquemment du domaine de l'Académie des inscriptions et belles-lettres. Et comme le présent ne peut s'éclairer que par le passé, qui est l'expérimentation morale de l'humanité, il s'ensuit que les études historiques ont une valeur pratique tout aussi réelle que les études physiques et mathématiques, et sont susceptibles, comme elles, d'applications. Sans doute elles ont des minuties et des préoccupations excessives; mais les sciences dites positives n'ont-elles pas les leurs? D'ailleurs que de recherches qui semblent des minuties aux yeux d'un observateur superficiel, ont pourtant une véritable importance! Tel fait de détail vient éclairer tout à coup un fait général, fournir un élément de critique ou de chronologie dans un problème de la plus haute gravité. Rien n'est à dédaigner dans l'histoire comme dans la science, car tout se lie et s'enchaîne; de l'infiniment petit on arrive par degrés à l'infiniment grand; aucun terme de la série n'est à négliger pour en faire la somme, qui nous en donne la formule et la loi. Et puis ce que nous nommons dans l'univers grandeur et petitesse, n'est-il pas mesure de convention, l'infini s'étendant dans les deux sens? Quand, pour la première fois, on chercha à pénétrer la cause pour laquelle de la résine frottée avec de la laine attire les corps légers, le vulgaire n'a-t-il pas pensé qu'on perdait là son temps à des minuties? et cependant c'est de l'étude de ce phénomène qu'est sorti en fin de compte le télégraphe électrique. De même la détermination de la forme exacte des lettres d'une inscription antique, du sens de tel ou tel passage d'un livre grec ou sanscrit, peut contribuer un jour, réunie avec d'autres observations, à nous révéler des faits d'une haute importance.

L'Académie des inscriptions et belles-lettres est donc en réalité une académie des sciences historiques ; elle travaille, comme l'Académie des sciences physiques et mathématiques, aux progrès de la civilisation, et ce qui l'occupe n'est pas ainsi pure affaire de curiosité, mais chose d'un intérêt très-sérieux. Seulement, nous devons le confesser, les résultats que poursuit l'Académie des inscriptions sont longs à obtenir, et elle n'a pas l'avantage dont jouit l'Académie des sciences, de pouvoir traduire ses découvertes par des applications qui parlent aux yeux.

Bien des années s'écouleront encore avant qu'on ait débrouillé les lois qui régissent les manifestations morales et intellectuelles sous toutes leurs formes. Pendant longtemps les recherches de détail étoufferont les vues d'ensemble, ou, pour parler plus exactement, les vues d'ensemble ne se dégageront pas nettement des détails. De plus, c'est le propre des vérités morales et intellectuelles dont l'Académie des inscriptions poursuit la découverte, de frapper et de convaincre moins les esprits, que les vérités matérielles. Celles-ci s'imposent, en s'adressant à nos intérêts physiques, celles-là ont, au contraire, à lutter contre nos passions, nos préjugés et souvent nos habitudes.

Le public n'arrivera donc que lentement à sentir le prix et l'utilité des recherches d'érudition. Déjà d'heureux symptômes se manifestent ; mais n'anticipons pas sur la marche des événements ; et, pour mieux prévoir les changements qui peuvent s'opérer à cet égard, retournons en arrière, remontons aux origines de l'Académie des inscriptions et belles-lettres.

Louis XIV a peut-être été, de nos rois, celui qui s'est le plus préoccupé de sa propre grandeur. La protection accordée par lui aux lettres et aux sciences était, comme on l'a vu par l'histoire de l'ancienne Académie des sciences, dirigée plus dans le but d'accroître l'éclat de son règne que de servir les progrès de l'esprit humain. Tout ce qui pouvait redire à la postérité ses victoires et ses créations, tout ce qui perpétuait le souvenir de ses exploits et de sa vie était, de la part du monarque, l'objet d'une attention particulière. Il ne se contentait pas de faire ériger des édifices et des statues en son honneur, de faire frapper des médailles en commémoration de ses actes, il voulait que les inscriptions placées sur ces monuments ajoutassent, par leur élégance et leur bon goût, à la beauté du travail des artistes. De là, la pensée que lui suggéra Colbert, d'instituer ce que nous appellerions aujourd'hui une commission, et ce qu'on nommait alors une compagnie, spécialement chargée de la rédaction des inscriptions, des devises et des légendes de médailles. L'Académie française, fondée depuis 1633, représentait à cette époque l'élite de l'esprit français. Seule académie existante, elle renfermait dans son sein des hommes livrés aux études les plus diverses, mais rapprochés par un égal désir de bien dire, qui préoccupait alors plus les auteurs que celui de savoir. Là se rencontraient les écrivains les plus versés dans la connaissance de la langue latine, dans celle de notre propre langue, conséquemment les hommes les plus propres à remplir la tâche confiée à la commission. Louis XIV choisit donc quatre académiciens, gens de goût et bons humanistes, auxquels fut dévolu le soin de fournir des projets d'inscriptions, de devises et de médailles. C'étaient : Chapelain, placé alors à la tête du Parnasse français, l'un des auteurs de la critique du *Cid*, et regardé de son temps comme l'un des arbitres du beau style; l'abbé de Bourzeis, ainsi que Chapelain, fort en faveur depuis le ministère de Richelieu, théologien érudit, esprit souple et bien fait pour deviner ce qui pouvait flatter le maître [1]; François Charpentier [2], considéré par ses contemporains comme un des plus profonds connaisseurs de l'antiquité, laborieux traducteur, qui s'efforçait de rendre en français des auteurs dont il n'a pu saisir ni la pensée ni le génie; enfin l'abbé de Cassagnes, docteur en théologie, poëte et prédicateur, traducteur de Cicéron et de Salluste, érudit pour son temps, et dont les odes adulatrices promettaient un esprit fertile en inscriptions louangeuses.

Cette Compagnie commença à s'assembler dans la bibliothèque de Colbert, qui lui transmettait les ordres du roi. Elle n'avait, dans le principe, aucun règlement particulier; le jour de ses réunions n'était pas déterminé; toutefois, durant l'hiver, les quatre académiciens s'assemblaient de préférence le mercredi, parce que c'était le jour le plus commode pour le ministre, qui tenait beaucoup à assister à leurs délibérations. On y parlait d'ailleurs incidemment d'histoire,

[1] Voy. ce que j'ai dit à son sujet dans l'*Histoire de l'Académie des sciences*, p. 12.

[2] Né à Paris en 1620. On lui doit une traduction de la *Cyropédie*.

d'antiquités, d'arts, toutes choses qui excitaient au plus haut point l'attention de Colbert. Son goût, écrivait plus tard un membre de l'académie qui allait insensiblement se fonder, l'abbé Sallier, embrassait toute sorte de littérature, et ses vues s'étendaient à tous les temps. On sait la passion de ce grand homme pour les manuscrits; il en avait réuni une collection nombreuse. Aussi la Compagnie des Indes ne trouvait-elle rien de plus sûr pour gagner ses bonnes grâces, que d'envoyer l'orientaliste Galland dans le Levant à la recherche de manuscrits curieux. En été, le ministre emmenait souvent la Compagnie à Sceaux, dans sa maison de campagne, pour donner plus d'agrément à leurs conférences et en jouir lui-même avec plus de tranquillité.

Une fois formée, la petite Académie, tel était le sobriquet sous lequel on désigna à l'origine la Commission, vit ses lumières mises à contribution pour des objets qui n'avaient point d'abord été de son ressort. Louis XIV avait commandé des tapisseries destinées à orner ses appartements; il voulait des sujets heureux et de circonstance. La Compagnie eut mission de choisir des projets de dessins pour ses tentures royales, et les estampes accompagnées de descriptions, dont le recueil fut publié par ordre du monarque, sont le fruit de ses premiers travaux. Elle devait aussi composer des récits des solennités et des fêtes dont Versailles était le théâtre, et cette mission lui resta jusque dans les premières années du règne suivant. En 1715, quand le roi reçut l'ambassadeur de Perse, G. de Boze, alors secrétaire perpétuel de la Compagnie, fut appelé à Versailles pour faire une relation exacte de la cérémonie à laquelle il assista avec le peintre Coypel, chargé d'en faire le tableau [1]. Entre ces fêtes, les carrousels occupaient une place importante ; la mythologie devait être mise à contribution dans ces cavalcades allégoriques où Louis XIV ne dédaignait pas de figurer. La petite Académie fut chargée de diriger et de contrôler les dessins que lui soumettait Charles Perrault ; car celui-ci était, en matière de décorations et d'ordonnance de fêtes, l'inspirateur de Colbert. Homme de goût, le frère du grand Perrault réunissait toutes les connaissances nécessaires pour associer habilement les agréments de la littérature aux fastueux plaisirs du roi. En même temps on composa des devises pour les jetons du trésor royal et de diverses administrations, dont les employés continuaient à recevoir des jetons originairement destinés à leurs comptes [2], mais qui n'étaient plus alors qu'une marque de fonctions, qu'un symbole placé dans leurs mains.

Quant à sa tâche principale, celle de présenter dans une série de médailles l'histoire de Louis XIV, la petite Académie en fut de bonne heure détournée. Colbert l'occupait sans cesse de mille autres sujets

[1] Voy. *Journal du marquis de Dangeau*, éd. Soulié et Dussieux, t. XV, p. 366.

[2] Voy. le mémoire de Mahudel sur l'*Origine des jetons* (*Histoire de l'Académie des inscriptions*, t. V, p. 263). Les jetons, appelés dans le principe *gettoirs*, *jettouers*, *giets*, *gietons*, servaient aux comptes, ainsi que le rappelait la devise *qui bien jettera son compte trouvera*. Les rois et les grands en faisaient distribuer aux officiers de leur maison chargés des comptes de tel ou tel ordre de dépenses, ordre qu'indiquait l'inscription.

pour satisfaire l'impatience du roi. Il y faisait composer ou examiner les projets de peintures, de sculptures, dont on voulait embellir Versailles. La Compagnie des Quatre réglait le choix et l'ordre des statues ; elle donnait son avis sur les ornements des fontaines et des bosquets. Il ne se proposait rien, en fait de décorations dans les appartements, et d'embellissements dans les jardins, que la petite Académie ne dût donner, à cet égard, son avis.

L'activité qu'apportaient les quatre académiciens à répondre aux demandes de Louis XIV, leur valut un surcroît d'occupations. Des consultations et du contrôle des projets on passa à la rédaction de véritables ouvrages ; la Compagnie dut faire graver le plan et les vues principales des maisons royales, et les illustrer de descriptions ; et à la mort de Colbert, l'œuvre était déjà fort avancée. La France s'était agrandie ; des places fortes importantes avaient été prises. Le roi voulut en avoir le plan et l'histoire, histoire dont, bien entendu, le dernier chapitre et le plus développé devait être une page élogieuse de la vie du monarque. La petite Académie fut chargée de ce nouveau travail. Mais ces livres descriptifs et historiques que la Compagnie se voyait imposer ne l'exemptaient pas de l'obligation de servir encore les amusements de Louis XIV. Ce prince avait chargé Quinault de composer des opéras, ou, comme on disait alors, des tragédies en musique, qui devaient être représentées devant la cour. Quoique le poëte fût assez versé dans l'antiquité pour savoir tirer de la mythologie le merveilleux et les effets de théâtre propres à donner à ses opéras l'intérêt et le mouvement, Louis XIV lui enjoignit expressément de consulter la petite Académie. D'un caractère doux et complaisant, Quinault accepta docilement les directions d'hommes qui avaient infiniment moins de talent que lui. C'est au sein de la Compagnie qu'on détermina les sujets, qu'on régla les actes, qu'on distribua les scènes, et qu'on décida à quels endroits du drame se placeraient les divertissements. Quinault faisait les vers, et L[illegible] la musique. Les opéras ainsi composés en collabor[illegible]on étaient soumis par Quinault lui-même au roi, qui s'enquérait toujours des observations de la petite Académie. Voilà par quels procédés ont été écrits *Alceste*, *Thésée*, *Athis*, *Isis*, *Phaéton*, tous opéras dont le succès n'a pu survivre aux progrès immenses qu'a faits depuis parmi nous ce genre de représentations dramatiques.

La commission des Quatre tendait donc à devenir, pour les arts et les ouvrages qui en traitent, une cour suprême. On lui soumettait déjà différents livres qu'on regardait comme de sa compétence, et ce n'est qu'après avoir pris son avis, qu'André Félibien, historiographe des bâtiments du roi, fit paraître le *Dictionnaire des arts*, et les *Entretiens sur les principes de l'architecture, de la peinture et de la sculpture*.

Tant de soins, tant d'occupations eussent excédé les forces de quatre hommes, si Charles Perrault ne leur avait prêté lui-même un actif concours. Contrôleur des bâtiments, il était l'intermédiaire naturel entre l'Académie et Colbert, dont il avait la confiance. Bien qu'il ne fût pas membre de la Compagnie, il assistait cependant régulièrement aux séances ; il y tenait même la plume pour être mieux en état de rendre compte au ministre de ce qu'on avait arrêté.

Cette collaboration fit comprendre Charles Perrault dans la petite Académie dont il n'avait pu, dans le principe, faire partie, parce qu'il n'était pas encore des quarante. Mais ayant été élu à l'Académie française, une vacance à l'Académie des inscriptions, survenue en 1679 par la mort de l'abbé de Cassagnes, lui permit d'y entrer. A cette époque, la Compagnie était déjà presque entièrement renouvelée. L'abbé Tallemant[1] le jeune, orateur estimé, avait pris la place de l'abbé de Bourzeis, mort en 1672 ; la mort de Chapelain, arrivée en 1674, ouvrit à Quinault les portes d'une Compagnie dont il avait d'abord, avec modestie, accepté les directions.

Au commencement de 1682, Charles Perrault quitta la commission des bâtiments[2]. Cet homme distingué avait ses ennemis et ses jaloux, qui avaient fini par l'emporter dans l'esprit de Colbert ; il n'était plus en faveur, et dès lors il cessa de paraître aux assemblées de la petite Académie. Un homme qui lui était inférieur pour l'esprit, quoique d'une instruction plus variée, l'abbé Gallois[3], le remplaça dans les fonctions de secrétaire. On a vu, par ce que j'ai dit dans l'histoire de l'Académie des sciences, quelle estime lui portait Colbert, auquel il donnait des leçons de latin pour suppléer à une éducation classique qui lui avait fait défaut. L'abbé

[1] Paul Tallemant, né à Paris en 1642, mort en 1712.

[2] Charles Perrault mourut en 1703 ; son frère aîné Claude était mort en 1688.

[3] Voy. l'*Histoire de l'Académie des sciences*, p. 12.

Gallois, qui avait rédigé, dès le début, avec Sallo, le *Journal des Savants*, avait la rédaction facile; il fut chargé du portefeuille et des ordres du ministre; mais comprenant qu'il n'avait pas toutes les connaissances nécessaires en matière d'art et d'archéologie, il s'associa un de ses amis, l'abbé Michaud, plus versé dans l'étude des monuments et qui vint en aide à son insuffisance. Toutefois l'absence de Charles Perrault ne s'en faisait pas moins sentir; son goût exercé faisait grandement défaut à la Compagnie; d'ailleurs absorbé par son ministre, ou si l'on veut son élève, l'abbé Gallois n'apportait aux travaux de la petite Académie qu'une attention secondaire, et Colbert lui-même, qui voyait la mort approcher, commençait plus à songer au royaume des cieux qu'aux divertissements et à la gloire de Louis XIV. Pendant dix-huit mois, les séances languirent, et peut-être les réunions auraient-elles cessé, si Louvois, qui succéda à Colbert dans la charge de surintendant des bâtiments, n'avait pris à cœur les travaux confiés à la Compagnie. Ce n'est pas qu'il portât grand intérêt aux inscriptions et aux médailles; sur ce point il n'était pas plus libéral qu'en matière de sciences, et l'on a vu par l'histoire de l'Académie des sciences, quel peu d'empressement il mit à les favoriser. La preuve, c'est qu'il avait envoyé à la Bastille l'habile numismatiste suisse André Morell, appelé à Paris pour aider Rainssant à faire le catalogue des médailles du cabinet du roi, et qui s'était plaint d'avoir été fort mal récompensé [1]. Mais le ministre était

[1] Morell, en étant sorti une année après, ne tarda pas à y être renvoyé. Tiré de sa captivité, Louis XIV, qui estimait son savoir, lui

plein de zèle pour tout ce qui touchait au service et aux prédilections du roi. Il savait sa passion pour le faste et son désir immodéré de gloire. La petite Académie avait pour mission d'ajouter à la grandeur et à l'éclat des monuments et des fêtes. C'était là pour Louvois un motif de lui marquer ses faveurs particulières. Il avait été informé que l'abbé Tallemant était chargé de la composition des inscriptions qui devaient être mises au-dessous des tableaux de la galerie de Versailles. Louis XIV était alors à Fontainebleau, et le ministre tenait à ce que le monarque, à son retour dans sa somptueuse demeure, vît en place peintures et devises. Il manda donc en toute hâte l'abbé Tallemant à Fontainebleau. Les inscriptions désirées étaient déjà prêtes, et elles furent mises sous ses yeux. Louvois en fut enchanté ; il présenta au roi l'habile épigraphiste, qui reçut de Louis XIV l'ordre d'aller faire placer les inscriptions à Versailles.

L'abbé Tallemant n'avait pas quitté Paris sans annoncer à ses collègues l'heureux retour de faveur dont leur Compagnie lui semblait être l'objet. Espérant que leur présence achèverait d'appeler les bonnes dispositions du ministre sur une commission qu'on paraissait depuis quelque temps oublier, Charpentier et Quinault se rendirent également à Fontainebleau et obtinrent une audience de Louvois. Leur démarche

proposa la place de garde du cabinet des antiques, vacante par la mort de Rainssant, s'il voulait abjurer la religion protestante ; mais Morell refusa d'acheter à ce prix des fonctions auxquelles il était beaucoup plus propre qu'Oudinet, qui les obtint. Voyez ce que je dis plus loin des travaux numismatiques de Morell.

fut bien inspirée ; il ne paraît pas que le ministre, en mandant l'abbé Tallemant, eût songé à la petite Académie. L'esprit préoccupé des inscriptions de Versailles, Louvois n'avait pas entendu appeler le secrétaire de l'Académie des médailles, il avait seulement voulu s'entretenir avec l'homme d'esprit, le latiniste exercé auquel il savait qu'avait été confiée la rédaction de ces inscriptions. La présence des deux nouveaux académiciens lui remit en mémoire la commission instituée par Colbert, et il en demanda des nouvelles à Charpentier et Quinault ; ceux-ci, qui ne voulaient pas découvrir au ministre la désorganisation commençante de leur Compagnie, la lui représentèrent comme étant encore complète, et nommèrent conséquemment parmi ses membres Perrault, bien qu'il s'en fût retiré. Mais Louvois, qui avait été informé de tout, leur fit observer qu'en réalité la petite Académie ne comptait plus que trois membres, et pour ne point éveiller chez ses interlocuteurs la crainte d'une dissolution de leur Compagnie, il se hâta d'ajouter qu'il serait bon de pourvoir au remplacement de Perrault démissionnaire. Rien ne pouvait être plus agréable à Charpentier et à Quinault, qui tenaient singulièrement à n'être pas remerciés ; et, pour se prémunir contre un retour possible d'idées du ministre, ils procédèrent sur-le-champ au remplacement, et firent à la lettre l'élection sous ses yeux. En ce moment se trouvait précisément chez Louvois André Felibien, qui, comme on l'a vu, avait plusieurs fois pris part à leurs réunions ; ils le proposèrent au secrétaire d'État, qui approuva leur choix.

Définitivement reconnue par là, l'Académie des médailles reprit le cours de ses travaux. Louvois les suivit avec autant d'ardeur que l'avait fait d'abord Colbert. Il la réunissait chez lui, soit à Paris, soit à Meudon. Puis, voulant lui donner une constitution plus arrêtée et plus officielle, il lui assigna pour local la salle des séances de l'Académie française au Louvre, où la Compagnie dut se tenir deux fois la semaine, le lundi et le samedi, de cinq heures à sept heures du soir. Louvois voulut aussi que le contrôleur des bâtiments assistât aux assemblées pour en rédiger les procès-verbaux ; et comme La Chapelle avait succédé à Ch. Perrault, ce fut lui qui tint la plume ; il devint de fait le cinquième académicien.

Louvois se proposait en effet de confier à la Compagnie toute une série de travaux exigeant le concours assidu de plusieurs hommes. Cinq membres, ce n'était point encore assez ; il en adjoignit deux nouveaux dont la grande réputation et le profond savoir devaient assurer à la petite Académie l'estime du public, et lui permettre de mener à bonne fin des œuvres plus solides et plus difficiles. Ces deux membres étaient Racine et Boileau, aussi versés l'un que l'autre dans la lecture des anciens, et dont le goût pur et délicat était éminemment propre à corriger ce qu'il aurait pu y avoir d'un peu lourd dans le style d'un érudit tel que Charpentier, de déclamatoire et d'emphatique dans le langage et les idées d'un rhéteur tel que l'abbé Tallemant. Mais ni l'un ni l'autre de ces grands poètes n'avaient fait une étude des monuments figurés de l'antiquité, de cette langue lapidaire et numismatique à laquelle il était nécessaire d'emprunter tant de ressources et d'expressions. Un huitième académicien, Rainssant, directeur du cabinet des antiques du roi, fut donc choisi pour éclairer la Compagnie sur tout ce qui touchait à ces connaissances.

Ainsi d'une simple commission prise dans l'Académie française, la petite Académie s'élevait à la hauteur d'une Académie presque rivale de celle-ci, ayant son autorité spéciale et ses membres particuliers.

Les travaux furent repris avec assiduité et plus particulièrement la composition des médailles qui devaient perpétuer le souvenir des hauts faits de Louis XIV. On ne trouvait jamais assez élogieuses, assez magnifiques les phrases qui résumaient dans l'exergue et la légende des médailles ce qui s'appelait alors les actions héroïques et magnanimes du grand roi. On s'efforçait de renchérir sur les allégories qui peignaient aux yeux ce que disaient les inscriptions. Le module des premières médailles exécutées sur les dessins adoptés par la petite Académie ne parut plus suffisant. On voulait frapper davantage les regards, et l'on commença en conséquence la série des grandes médailles, qui furent désignées par le nom de *Médailles de la grande histoire*. Les rouages de l'administration de l'État se multipliant par le progrès que Richelieu, Colbert et Louvois y avaient introduit, une foule de commissions et de conseils avaient été institués pour les diriger, et, suivant l'usage du temps, des jetons furent attribués à ceux qui les composaient. L'Académie des médailles dut donc aussi écrire des devises destinées à y être inscrites ; elle fit les jetons de l'*ordinaire* et de l'*ex-*

traordinaire des guerres, de la *marine et des galères*, comme elle avait fait antérieurement ceux *du trésor royal*, des *parties casuelles*, etc. Louvois la consultait encore, ainsi que cela s'était pratiqué par le passé, sur l'ordonnance des fêtes et la décoration des habitations royales; car il était de mode d'emprunter à la mythologie et à l'histoire ancienne des motifs d'ornements et des sujets de tableaux. L'Académie avait à s'occuper en outre, pour les fantaisies du roi, d'inscriptions de circonstances et de mille autres petits objets fort indignes assurément de l'attention d'esprits sérieux et savants. Mais on pouvait bien dire alors ce que Racine écrivait à Colbert en lui dédiant sa tragédie de *Bérénice :* Les moindres choses devenaient considérables pour peu qu'elles pussent servir à la gloire ou au plaisir du roi.

Avec de pareilles attributions, l'Académie des médailles était tout à la discrétion de Louis XIV, et quand l'âge et la dévotion eurent refroidi son goût pour les plaisirs et pour les fêtes, cette Compagnie retomba dans la langueur où l'avait jetée la maladie de Colbert. D'ailleurs la mort enlevait quelques-uns des membres de l'Académie. Quinault mourut en octobre 1688. L'année suivante, Rainssant, se promenant près de la pièce d'eau des Suisses à Versailles, y tomba par accident et s'y noya. On ne pourvut pas à leur remplacement, et Louvois semble n'avoir plus marqué, à cette époque, que de l'indifférence pour une Compagnie qui ne pouvait plus lui servir à faire sa cour au roi.

L'avénement au ministère de Pontchartrain eut pour l'Académie des médailles d'aussi heureux effets qu'elle en avait produit pour l'Académie des sciences. Le contrôleur général et secrétaire d'État avait dans son département la maison du roi. Les Académies se trouvèrent donc placées dans sa dépendance, et celle des médailles cessa de relever du surintendant des bâtiments. Pontchartrain comprit que la Compagnie pourrait rendre des services d'un ordre plus élevé que ceux qu'on lui avait jusqu'alors demandés, sans cesser cependant de poursuivre l'histoire métallique et la composition des inscriptions en vue desquelles elle avait été créée. Il voulut d'abord qu'elle se complétât. Rainssant et Quinault furent remplacés par Renaudot[1] et J. de Tourreil[2], deux acquisitions importantes, deux hommes dévoués à l'érudition et qui la prenaient au sérieux. Eusèbe Renaudot possédait un vaste savoir. Théologien, orientaliste, géographe, latiniste distingué, il avait la vocation des études solides et cherchait dans l'histoire non un passe-temps, mais des enseignements pour la religion et la philosophie. Tourreil, moins érudit sans doute que Renaudot, était cependant un profond humaniste. Pontchartrain l'avait donné pour précepteur à son fils ; épris des beautés littéraires de l'antiquité, Tourreil s'attachait surtout à en enrichir notre langue. Ces nominations tendaient donc à donner un côté plus sérieux aux travaux de l'Académie des inscriptions et médailles, tel était le titre que prenait alors la Compagnie.

[1] Eusèbe Renaudot, petit-fils du célèbre gazetier Théophile Renaudot, né à Paris en 1646, mort en 1720.

[2] Jacques de Tourreil, né à Toulouse en 1656, mort en 1715. Voy. son éloge dans l'*Histoire de l'Académie*, t. I, p. 320.

Le goût des belles-lettres, que le jeune comte de Pontchartrain avait puisé près de son précepteur, lui fit désirer de suivre les réunions de l'Académie à laquelle celui-ci appartenait, et dans les assemblées, qui reprirent deux fois la semaine, le fils du ministre manquait rarement de se trouver. Toutefois, ni le secrétaire d'État, ni son fils, malgré leur inclination pour les lettres et les choses anciennes, n'avaient le temps et les lumières nécessaires à la direction d'une semblable Compagnie. Il fallait, pour accroître son autorité et étendre ses travaux, un savant qui joignît à des connaissances spéciales le crédit d'un homme de cour et la considération d'un homme de naissance.

Pontchartrain jeta les yeux sur son neveu, l'abbé Bignon, de cette famille des Bignon qu'avait illustrée Jérôme Bignon, avocat général au Parlement, puis bibliothécaire du roi, et où le goût des lettres et des sciences semblait héréditaire. L'abbé Bignon avait, comme son aïeul[1], le titre de bibliothécaire du roi, car cette charge était devenue en quelque sorte le patrimoine de son nom.

Reconstituée une seconde fois, l'Académie voulut soumettre à un examen plus sévère les travaux de ses anciens membres. Elle revisa les dessins de toutes les médailles qui avaient été composées, même de celles dont les matrices se trouvaient gravées ; elle en compléta la série, en ramena le module à une même grandeur. L'histoire métallique de Louis XIV fut peu à peu continuée jusqu'à l'année 1700, et l'on choisit le

[1] L'abbé Jean-Paul Bignon, était petit-fils de l'avocat général.

peintre Antoine Coypel pour en exécuter les dessins. Les plus habiles artistes de l'Europe furent appelés pour graver les coins, en sorte que si l'histoire métallique du grand roi ajoutait peu dans le présent aux connaissances historiques, elle avait du moins le mérite d'être un monument de l'art, qui honorait la France.

L'Académie des inscriptions et médailles continua de se recruter parmi les érudits les plus recommandables du temps; l'élément purement littéraire et administratif fut graduellement évincé; et à la fin du dix-septième siècle, la Compagnie se trouvait composée d'hommes de l'école de Renaudot et de Tourreil, c'est-à-dire de savants ayant la passion de l'histoire, de l'archéologie ou des lettres anciennes, vivant pour elles, en faisant leur profession, et croyant servir le roi plus par des études sérieuses que par des fleurs de rhétorique, négligemment cueillies dans le champ de l'antiquité. Voilà comment entrèrent dans l'Académie le célèbre latiniste et helléniste André Dacier[1], l'ancien avocat général Pavillon, homme d'esprit et d'un goût délicat, qui s'était démis de sa charge pour se vouer complétement aux lettres. Le voyageur La Loubère[2] y prit le fauteuil de La Chapelle; érudit et mathématicien, il se trouvait plus à sa place au milieu de savants qu'à l'Académie française, où Pontchartrain

[1] Né à Castres en 1651, époux de la célèbre Mme Dacier, mort en 1722. Voy. son *Éloge* dans l'*Hist. de l'Académie des inscript.*, t. V, p. 412.

[2] Simon de La Loubère, né à Toulouse en 1642, fut envoyé diplomatique à Siam en 1687, mourut en 1729.

l'avait fait admettre pour de mauvais vers, ce qui faisait dire à La Fontaine, par allusion aux nouveaux impôts établis par le ministre :

> C'est un impôt que Pontchartrain
> Veut mettre sur l'Académie.

En réalité, si Pontchartrain imposait ses hommes à la Compagnie, ces impôts-là du moins devaient compter parmi les plus productifs, et il faisait ainsi de la bonne administration. Jamais les travaux de l'Académie n'avaient marché avec autant d'activité. Le texte de l'histoire métallique du roi avait été placé sous ses yeux, et l'abbé Bignon, de concert avec les deux Pontchartrain, méditait une réorganisation complète qui allait définitivement élever au rang d'une institution de l'État une Compagnie dont l'existence semblait d'abord ne devoir être que temporaire. Le nouveau directeur de l'Académie des inscriptions et médailles avait vu toute l'utilité que pourraient tirer les lettres érudites d'une assemblée d'hommes profondément instruits, patronnée et dirigée par l'État. Il ne s'agissait plus seulement dans sa pensée de composer des médailles et des devises, d'écrire les hauts faits du roi, de travailler à tout ce qui pourrait augmenter les plaisirs de la cour, mais d'agrandir le domaine de nos connaissances historiques, d'épurer le goût par une étude plus approfondie des anciens, de servir même au besoin la théologie, si souvent en contact avec l'histoire, et l'administration, la magistrature elle-même, qui ne pouvaient bien appliquer les lois, sans remonter à leurs origines. L'abbé Bignon proposa au fils du comte de Pontchartrain, qui était devenu secrétaire d'État, et avait conséquemment les Académies dans son département, à Pontchartrain lui-même, qui, bien que chancelier, veillait encore sur une administration placée dans les mains moins expérimentées de son fils, un plan complet d'organisation. Le tout avait été tenu secret, tant l'abbé Bignon craignait que des susceptibilités et des jalousies ne fissent avorter un projet qui pouvait porter ombrage à l'Académie française, au pouvoir, et effrayer même les membres de la petite Académie, d'un naturel timide et redoutant fort de se commettre avec les grands.

Louis XIV approuva les vues que l'abbé Bignon avait suggérées au ministre, et le 16 juillet 1701 parut le nouveau règlement qui allait devenir la constitution de l'une des grandes institutions scientifiques du royaume.

L'Académie royale des inscriptions et médailles devait désormais se composer de 40 membres. 10 honoraires, 10 pensionnaires, 10 associés et 10 élèves. On retrouvait dans le règlement de l'Académie plusieurs des dispositions déjà adoptées dans le nouveau règlement de l'Académie des sciences, qui avait paru deux années auparavant. Bien que plus ancienne par la date de sa création que cette dernière Compagnie, l'Académie des inscriptions et médailles est en effet d'une constitution définitive plus récente ; elle ne s'est complétée, elle n'a pris rang dans les compagnies savantes de l'Europe, que lorsque sa sœur cadette avait déjà reçu le règlement qui lui donnait un caractère permanent, en agrandissant son cadre et son autorité.

Les honoraires, comme ceux de l'Académie des

sciences, devaient être recommandables par leur goût pour les études qui constituaient le domaine de l'Académie, *par leur érudition dans les belles-lettres et leur intelligence en fait de monuments*, disent les termes du règlement. Tout ce qui concernait les pensionnaires, les associés, les élèves, le président et le vice-président, le directeur et le sous-directeur, était en grande partie emprunté au règlement de l'Académie des sciences. Le secrétaire perpétuel et le trésorier étaient également les deux grands officiers de l'Académie. Au premier étaient confiés les titres et papiers de la Compagnie ; le second avait la garde des livres, meubles, médailles, marbres, jetons et autres curiosités qui lui appartenaient. Tels étaient les termes formels du règlement.

L'élection était le mode de recrutement. Pour les places d'honoraires, de pensionnaires ou d'associés, deux candidats étaient élus, leurs noms mis sous les yeux du roi, qui avait le choix. Sans doute que, hors des cas rares, exceptionnels, le monarque nommait le premier présenté et dont le rang indiquait qu'il avait les préférences de la Compagnie ; mais par ce fait que son élection n'était pas souveraine, l'Académie des inscriptions était constituée dans un état d'infériorité à l'égard de l'Académie française, qui n'avait qu'un nom à présenter à l'approbation royale. Les pensionnaires étaient choisis entre les associés et les élèves. Quant à ces derniers, comme cela avait lieu à la même époque dans l'Académie des sciences, ils étaient à la désignation individuelle des pensionnaires ; chacun avait le sien. En cas de vacance, le pensionnaire indiquait à la

Compagnie le jeune homme qu'il entendait se donner pour collaborateur ; si le choix était agréé par ses confrères, le nom du candidat était soumis à l'approbation de Sa Majesté.

Ce système de recrutement et cette hiérarchie avaient l'inconvénient, comme je l'ai remarqué en parlant de l'Académie des sciences, de détruire le principe de l'égalité, qui est la vie même des sociétés savantes ; mais il présentait aussi ses avantages. La classe des élèves, composée généralement de jeunes gens âgés de moins de vingt-cinq ans, âge qu'il fallait avoir atteint pour être pensionnaire ou associé, formait une pépinière d'érudits et d'antiquaires qui assurait la continuité et l'activité des travaux de la Compagnie. Cette manière d'entrer à l'Académie des inscriptions, sans avoir besoin de briguer les suffrages de tous, sans exiger ces longues et incessantes démarches qui gaspillent tant de temps dans la vie du travailleur, permettait à des jeunes gens de mérite de prendre l'érudition comme une carrière. Il suffisait de s'attacher à quelque académicien, d'en devenir l'élève et le collaborateur, pour pouvoir espérer d'arriver un jour dans la docte Compagnie. Et une fois connu d'elle, admis à titre d'élève, le jeune savant n'avait plus besoin de ces fréquentes visites, de ces sollicitations directes ou par tiers, de mille détours, en un mot, pour obtenir une place d'associé ou de pensionnaire. Sa personne, son mérite, son caractère, tout était connu ; on l'avait vu à l'œuvre dans les séances, alors que comme élève il était assis au bas bout de la table ; et l'élection se faisait en pleine connaissance de cause.

L'omnipotence laissée à l'académicien pensionnaire pour la désignation de son élève n'était pas cependant sans danger. Si, d'un côté, son choix pouvait se porter sur un jeune homme d'avenir et dont l'érudition précoce promettait d'excellents travaux, de l'autre, sous l'influence du népotisme, de l'amitié, par vanité ou par faiblesse, il pouvait n'adopter pour élève qu'un fort pauvre sujet. Toutefois, pendant le petit nombre d'années que dura l'institution des élèves, l'honneur de l'Académie paraît avoir tenu plus au cœur des pensionnaires que leurs affections particulières. Les choix furent généralement bons, et presque tous les jeunes hommes que l'Académie s'agrégea devinrent plus tard ses membres titulaires les plus actifs et les plus distingués.

D'ailleurs le règlement, observé avec toute la rigueur qu'on met à suivre les lois nouvelles, exigeait que les pensionnaires et les associés se fussent fait connaître par quelque ouvrage d'histoire, d'archéologie ou d'érudition. On réclamait des pensionnaires un travail sérieux et assidu; il fallait qu'ils se donnassent tout entiers à la Compagnie. Dans chaque assemblée, chacun d'entre eux devait à tour de rôle apporter un écrit de sa composition. Il n'était pas permis, sans une autorisation spéciale du roi, de s'absenter plus de deux mois des séances, qui se tenaient le mardi et le vendredi de chaque semaine, de trois à cinq heures, sauf pendant la quinzaine de Pâques et les vacances, qui couraient du 8 septembre au 11 novembre.

Ces obligations d'assiduité avaient fait exclure par avance des trois classes de pensionnaires, associés et élèves, les religieux, auxquels ne pouvait être conféré que le titre d'honoraire.

Avec cette nouvelle organisation, l'Académie reçut des attributions plus étendues, tout en gardant celles qui lui avaient été déjà données.

Le règlement disait : « Outre les ouvrages auxquels toute l'Académie pourra travailler en commun, chacun des académiciens choisira quelque objet particulier de ses études, et par le compte qu'il en rendra dans les assemblées, il tentera d'enrichir de ses lumières tous ceux qui composent l'Académie et de profiter de leurs remarques. L'Académie s'appliquera à faire des médailles sur les principaux événements de l'histoire de France; elle travaillera à l'explication de toutes les médailles, médaillons, pierres et autres raretés antiques et modernes, du cabinet de Sa Majesté, comme aussi à la description de toutes les antiquités et monuments de la France. »

Le règlement annonçait que l'Académie continuerait à travailler aux inscriptions des médailles et monuments, à la composition des jetons, devises, etc., et il ajoutait :

« Elle veillera à tout ce qui peut contribuer à la perfection des inscriptions et légendes, des dessins de monuments et décorations sur lesquels elle aura à statuer; comme aussi à la description de tous ces ouvrages faits ou à faire et à l'explication historique des sujets par rapport auxquels ils auront été faits; et comme la connaissance de l'antiquité grecque et latine et des auteurs de ces deux langues est ce qui dispose le mieux à réussir dans ce genre de travaux, les académiciens se proposeront tout ce que renferme cette espèce d'érudition, comme un des objets les plus dignes de leur application. »

Cette dernière disposition allait devenir le principe même de l'existence de la Compagnie. Accessoires d'abord, les travaux d'érudition classique et historique devaient devenir l'occupation essentielle de l'Académie ; la composition des médailles, et la rédaction des ouvrages officiels allaient de plus en plus être reléguées sur le second plan.

Le 19 juillet 1701, l'Académie royale des inscriptions et médailles commença ses travaux. Une ordonnance du roi avait rempli le premier cadre de ses membres, en maintenant ceux qui la composaient déjà, en formant la classe des honoraires, d'hommes connus par leur goût pour les lettres savantes, celle des associés, d'érudits éminents que d'autres occupations ou d'autres charges empêchaient de se livrer tout entiers à une Compagnie dont ils furent, dès l'origine, les membres les plus illustres et les plus accrédités.

En tête des honoraires se trouvait inscrit le nom d'un homme qui personnifiait à lui seul toute l'Académie des inscriptions, dont l'incroyable activité aurait presque suffi à tous ses travaux ; c'était Dom Jean Mabillon, qui, à raison de son caractère de bénédictin, n'avait pu prendre place parmi les membres pensionnaires, auxquels il eût assurément servi de modèle et de maître. Le plus assidu qu'il pouvait aux réunions, il se retrouvait là comme ailleurs avec son extrême modestie et sa pieuse indépendance. Tous les yeux, dit De Boze, étaient tournés vers lui, mais il ne levait jamais les siens. La valeur des autres membres honoraires était beaucoup moindre; quelques-uns même ne nous ont laissé aucun souvenir de leur instruction et de leur mérite. Je citerai l'inévitable P. La Chaise, confesseur de Louis XIV, qui avait enseigné la philosophie et la théologie chez les jésuites, et s'imaginait être un savant. Plus que septuagénaire, il ne promettait à la Compagnie ni grands travaux ni grande ardeur, et tout ce qu'il put faire, ce fut de servir d'intermédiaire entre l'Académie et son royal pénitent. C'est au même titre que l'on comprit parmi les honoraires, Armand Gaston, depuis cardinal de Rohan. Il était déjà un des quarante de l'Académie française, et, grâce à l'illustration de son nom, au zèle qu'il déployait contre les jansénistes, il avait réussi à capter les bonnes grâces de Louis XIV, qui devait le faire, en 1713, son grand aumônier. Je citerai encore, dans la classe des honoraires, l'intendant Nicolas Foucault, grand amateur de médailles, dont les mémoires ont été récemment publiés[1], et qui durant son administration en Poitou, et surtout en Normandie, avait montré beaucoup d'intérêt pour ce qui touchait à l'étude de l'histoire, de la jurisprudence et des belles-lettres.

J'ai dit tout à l'heure que les noms vraiment illustres dans la littérature savante furent alors inscrits sur la liste des associés. Je m'arrête à quelques-uns. Fontenelle, cet esprit encyclopédique, aussi fin que délicat, qui parlait de tout avec grâce, s'était familiarisé de

[1] Cette publication est due à M. F. Baudry, Paris, 1862, in-4°. On n'y trouve au reste rien qui se rapporte à l'honneur dont Foucault avait été l'objet.

bonne heure avec les anciens, se trouva peut-être mieux placé à l'Académie des inscriptions qu'à celle des sciences, dont il venait d'être nommé secrétaire perpétuel [1]; car ce n'était point un génie créateur. Érudit sur les matières de science, il employait son éloquence à expliquer au public ce que d'autres avaient découvert ou inventé.

A côté de Fontenelle siégeait Rollin, recteur de l'université, le type le plus pur et le représentant le plus complet de notre vieil enseignement classique. Il était encore dans la force de l'âge, quand il fut admis dans la Compagnie [2]; mais ses fonctions l'empêchaient de prendre aux travaux de l'Académie une part bien active, et il se hâta de solliciter la vétérance; elle lui fut sans peine accordée. « Il n'en aima pas moins, nos exercices, écrit De Boze [3]; il se rendait fréquemment aux séances et se montrait surtout aux assemblées publiques. » Lorsque Rollin entreprit son *Histoire ancienne*, il en soumit le plan à ses confrères, leur demandant la permission d'emprunter à leurs mémoires imprimés tout ce qui pourrait être utile à son œuvre; et c'est à cela que s'est réduite la part qu'il prit aux travaux de l'Académie. Ses livres auraient certainement gagné en exactitude et en solidité, s'il se fût mêlé à des recherches dont il adopta sans beaucoup de critique çà et là les résultats. Rollin poussa la mo-

[1] Voy. ce que j'ai dit de Fontenelle dans l'*Histoire de l'Académie des sciences*, p. 43.

[2] Rollin était né à Paris en 1661; il avait donc quarante ans en 1701, quand il fut admis à l'Académie.

[3] Voy. l'*Éloge de Rollin*, dans l'*Hist. de l'Acad.*, t. XVI, p. 287.

destie jusqu'à prier la Compagnie de choisir dans son sein une personne qui revît ses ouvrages, et pût lui en signaler les imperfections et les lacunes. On lui donna un de ses anciens élèves, qui lui rendit en bons avis tout ce qu'il en avait jadis reçu. Un autre associé était Vaillant le père [1], numismatiste passionné qui porta l'étude des monnaies anciennes à une hauteur qu'elle n'a guère dépassée sur bien des points. Thomas Corneille, quoique beaucoup moins érudit, fut cependant jugé digne d'être associé à ces savants. On ne connaît plus aujourd'hui que ses tragédies, et l'on a oublié ses publications historiques et géographiques, remplies pourtant de renseignements curieux et où apparaît une instruction étendue. Antoine Oudinet, directeur du cabinet des antiques du roi, avait pris la place de Rainssant, son parent. Sans être un antiquaire de premier ordre, il connaissait bien cependant la numismatique et avait rangé avec méthode et sagacité la précieuse collection confiée à sa garde.

Pontchartrain ne s'était pas borné à recruter les associés parmi les savants de la capitale ; il avait encore fait venir de Normandie l'abbé de Vertot [2], alors simple curé de village, qui, du fond de son presbytère, lançait dans le public des ouvrages que l'on s'arrachait.

[1] Jean Foy Vaillant, né en 1632, à Beauvais, mort en 1706. Son fils, mort jeune, et habile numismatiste comme son père, appartint aussi à l'Académie.

[2] René Aubert de Vertot, né au château de Bennetot (Seine-Inférieure), en 1655, d'abord capucin, puis de l'ordre de Prémontré, mort en 1735.

Grand historien aux yeux de ses contemporains, il laissait peu percer dans ses livres l'érudition qu'il déployait aux séances de l'Académie, à laquelle il aimait à lire ses morceaux d'éloquence historique.

La classe des pensionnaires n'eut d'abord à s'augmenter que de deux membres. L'un des choix ne fut pas heureux; il tomba sur un certain abbé Boutard, qui n'avait guère d'autre mérite que de faire de beaux vers latins et d'être attaché à la personne de Bossuet[1]. Jean-François Félibien, héritier du goût et du savoir de son père, en fait d'arts et de monuments, devint le trésorier de la Compagnie[2].

Pendant douze années, l'Académie des inscriptions et médailles poursuivit, sans bruit et sans beaucoup de renommée, ses études sur l'antiquité et son travail de moderne épigraphie. Fille de l'Académie française, elle s'était enfin complétement séparée de sa mère; elle ne siégeait plus dans son local, et avait au Louvre une salle de séances particulière.

Ces séances n'étaient encore que médiocrement remplies. Quand on n'avait point de médailles à composer, ce qui entraînait de longues discussions, on en était souvent réduit, faute de mémoires, à faire lire par quelque membre des passages d'auteurs anciens qu'il

[1] Voy. *Journal du marquis de Dangeau*, éd. Soulié et Dussieux, t. VII, p. 378, et son éloge dans l'*Histoire de l'Académie*, t. VII, p. 413. François Boutard, né à Troyes en 1664, mort en 1728, avait traduit en latin pour Bossuet sa relation du quiétisme qui devait être envoyée à la cour de Rome.

[2] Jean-François Félibien, historiographe des bâtiments, né en 1658, mort en 1733.

était prié de traduire, et ces exercices s'entremêlaient de conversations particulières. Tel était encore l'état de dépendance où se trouvait la Compagnie, neuf ans après sa réorganisation, que Pontchartrain s'étant fait, à la fin de 1710, présenter les registres et procès-verbaux, et ayant été frappé de l'état languissant des travaux, écrivit à ce sujet à l'Académie, en vrai régent de collége. Sa lettre, datée du 3 décembre 1710, fut lue par Foucault, alors président. Plein de déférence pour le ministre, et fort humilié de si sévères représentations, celui-ci ajouta qu'il était très-fâcheux que la Compagnie se fût attiré de pareils reproches, et il se hâta de mettre en délibéré les mesures qu'il y avait à prendre. Chacun opina à son tour; les paroles de Pontchartrain avaient vivement blessé les académiciens. Dacier, qui donna son avis le premier, déclara que le tour de rôle de lecture était un indigne assujettissement qu'on ne pouvait imposer à des hommes sérieux, attendu que les productions de l'esprit ne sont pas de commande. Il fut appuyé par Renaudot, qui rappelait que le tour de rôle était une innovation du nouveau réglement, par Baudelot, De Valois, De Boissy, Félibien, Pinart et Boivin le cadet. L'abbé Leroy alla jusqu'à traiter d'odieuse la proposition d'une sanction pénale faite contre ceux qui manqueraient à leurs travaux académiques et que Boivin l'aîné soutenait énergiquement. L'abbé Massieu et l'abbé de Vertot cherchaient à tout concilier, en réduisant les lectures obligatoires à de simples comptes rendus. Comme la discussion s'envenimait, Foucault ouvrit l'avis que l'Académie se soumît respectueusement à tout ce qu'il plairait au roi de décider ; son autorité l'emporta, et il rendit compte au ministre de la délibération, qui n'amena aucune mesure, mais eut pour conséquence de ranimer le zèle des membres [1]. Pontchartrain surveillait ainsi en vrai pédagogue la conduite des académiciens, avait l'œil sur ceux qui se montraient peu assidus, et réclamait de temps en temps le remplacement des pensionnaires qui se signalaient par leur inexactitude, lesquels étaient alors inscrits, même contre leur gré, parmi les vétérans [2].

Assujettis à cette discipline sévère, les académiciens durent se communiquer plus régulièrement leurs recherches, apporter aux séances des analyses d'auteurs anciens, des essais de traduction, en même temps qu'ils continuaient les publications officielles obligées, qu'ils achevaient *l'Histoire métallique du roi,* dont on proposa à Saint-Simon d'écrire la préface [3]. Louis XIV voulait qu'on donnât une seconde édition de celle qu'avait composée l'ancienne Compagnie. De Boze, en sa qualité de secrétaire perpétuel, fut surtout chargé de cette tâche. Il s'agissait de revoir un très-grand nombre de types et de légendes que les circonstances obligeaient à changer ; et ce changement devait s'étendre aux explications qui les

[1] Voy. la lettre de Pontchartrain et l'analyse de la délibération de la Compagnie, dans les procès-verbaux manuscrits de l'Académie des inscriptions qui se trouvent à la Bibliothèque impériale.

[2] C'est ce qui eut lieu notamment en 1708, pour l'abbé Boutard. Voy. les détails de cette affaire dans le journal manuscrit de Galland, *Bibl. imp.*, t. II, p. 8 et 9, *Suppl. franç.*, 4084, 2.

[3] Voyez ce que dit à ce sujet Saint-Simon, dans ses *Mémoires*, éd. Chéruel, t. III, p. 389.

accompagnaient. De plus, il fallait ajouter des médailles nouvelles. De Boze alla plusieurs fois travailler avec le roi, qui entendait surveiller le monument élevé à sa gloire et y mettre aussi la main. Il exprima formellement la volonté qu'il fût continué après sa mort, et à la majorité de Louis XV, le secrétaire perpétuel présenta au jeune prince l'histoire complète, faite par les médailles, de son bisaïeul. Le goût de l'érudition commençait alors à se répandre ; il trouvait dans le système d'éducation du temps un puissant auxiliaire ; le grec et surtout le latin faisaient le fond de presque toute l'instruction universitaire. Les bons élèves sortaient des colléges la tête meublée de citations des auteurs classiques, et déjà familiarisés avec les événements de la Grèce et de Rome. Cultiver l'histoire ancienne, l'archéologie, la critique littéraire de l'antiquité, ce n'était donc en réalité que s'entretenir dans des souvenirs d'école, chers à ceux qui avaient fait de solides études. Avocats, médecins, ecclésiastiques surtout, pratiquaient par état la langue latine, et ils devenaient par là forcément un peu érudits. Les sciences physiques et mathématiques n'étaient encore intelligibles que pour un petit nombre ; mais l'érudition dans le champ restreint où elle se cantonna d'abord, traitait de livres et de choses compris de quiconque avait fait ses humanités. D'ailleurs, quoiqu'ils fussent loin d'être toujours d'habiles écrivains, les membres de l'Académie des inscriptions et médailles avaient surtout à cœur d'enrichir notre langue, de fournir aux poëtes et aux écrivains des sujets de compositions et de vers, de faire passer dans les habitudes littéraires un peu du goût et de la philosophie des anciens. Bon nombre d'entre eux appartenaient en même temps à l'Académie française, et, quoique tout à fait distinctes, les deux Académies n'en entretenaient pas moins des rapports de confraternité, et se prêtaient mutuellement leurs lumières.

Les deux Compagnies marchèrent donc de conserve, et se firent de réciproques emprunts. Cela eut ses avantages et ses inconvénients. Le point de vue trop exclusivement littéraire, auquel se plaçaient les érudits pour apprécier l'antiquité, nuisit à l'avancement de la philologie en France. On s'éloigna de plus en plus de la tradition des Scaliger, des Casaubon et des Turnèbe, on s'attacha plus au côté esthétique qu'au côté critique et grammatical. On chercha moins à éclairer, par une discussion approfondie des textes, les témoignages des anciens, qu'à faire sentir les beautés de leur style. On suivait en cela la direction que l'influence des jésuites avait imprimée aux études de collége. De bons esprits cherchaient vainement à réagir contre cette tendance, qui devait conduire à l'abaissement même des études des langues anciennes, que l'on croyait favoriser. La Bruyère, qui n'était pourtant pas un érudit, recommandait déjà à ses contemporains des études plus sévères. « L'étude des textes, écrivait-il, ne peut jamais être assez recommandée ; c'est le chemin le plus court, le plus sûr et le plus agréable pour tout genre d'érudition. Ayez les choses de la première main, puisez à la source, maniez, remaniez le texte, apprenez-le de mémoire, citez-le dans les occasions, songez surtout à en pénétrer le sens dans toute son étendue et dans toutes ses circonstances; conciliez un auteur original, ajustez ses principes et tirez vous-mêmes les conclusions. » Ces préceptes n'étaient qu'imparfaitement suivis, et trop souvent on croyait avoir approfondi un texte, alors qu'on n'avait pas même pris le soin d'en rétablir les vraies leçons et d'en revoir, à l'aide de tous les moyens de contrôle que la lecture des manuscrits fournit, les diverses parties.

Telle qu'elle était reconstituée, la Compagnie avait cessé d'être une simple commission des inscriptions et des devises; elle était devenue pour la France un sénat des lettres savantes. Le Régent le comprit, et quand, à son avénement au pouvoir, l'Académie lui fut présentée, il lui proposa d'échanger son titre d'Académie des inscriptions et médailles, qui ne répondait plus suffisamment à ses attributions, contre celui d'Académie des inscriptions et belles-lettres. La proposition fut acceptée, et le nouveau titre lui fut conféré par un arrêt du Conseil d'État du 4 janvier 1716; le même arrêt supprima la classe des élèves, par les motifs que j'ai indiqués en traitant de l'histoire de l'Académie des sciences. La classe des associés fut augmentée de dix membres, qui durent être présentés suivant la forme ordinaire.

Les travaux demandés aux pensionnaires avaient été, comme on l'a vu, pris fort au sérieux par Pontchartrain. Effrayés des obligations que la pension leur imposait, quelques membres sollicitèrent d'en être dispensés par raison d'âge ou d'infirmités; ils obtinrent le titre de vétéran. Cette catégorie de membres inactifs n'avait pas été mentionnée par le règlement de 1701, et cependant le nombre s'en était rapidement accru; le Régent statua sur la position de ces vétérans, et fit déclarer qu'à l'avenir, on ne pourrait être compris dans cette classe. qu'après dix années d'utiles travaux et à raison seulement de l'impossibilité constatée de prendre part aux ouvrages de l'Académie.

Quoique encore fort dépendante du ministre, la Compagnie se vit à cette époque placée par rapport à celui-ci dans une position moins subalterne. Jusqu'alors l'agrément de ce personnage, celui du président qui le représentait près de l'Académie, voilà ce dont s'occupaient surtout les candidats. Les présentations, à en juger par les détails consignés dans le *Journal de Galland*, n'étaient qu'une affaire de forme. C'était le ministre qui était le grand électeur, et De Boze le conseillait. Point de luttes, point de cabales académiques, quelques protections et des titres presque toujours plus modestes que les protections, suffisaient à ouvrir les portes de la docte assemblée. Il est vrai qu'une fois admis, bien des académiciens tenaient à justifier par de bons travaux la faveur qui leur avait été faite.

La réputation de l'Académie des belles-lettres se répandait peu à peu à l'étranger; quoiqu'elle n'eût encore publié aucun volume de Mémoires, les recherches qu'on y faisait attiraient l'attention des érudits du dehors, en correspondance avec plusieurs des nôtres. Leibniz [1] et d'autres savants la consultaient sur l'inter-

[1] Leibniz écrivit en 1710 à l'abbé Bignon pour consulter l'Académie sur une inscription grecque de Philadelphie, en Lydie. Voy. *Journal manuscrit de Galland*, t. II, p. 95. (*Bibl. imp., suppl. franç.*, 4084.)

prétation d'inscriptions grecques ; des princes étrangers lui demandaient des projets de médailles. Le règlement de 1701 portait que quatre des associés pourraient être choisis parmi les étrangers; mais la Compagnie n'avait pas profité de la permission ; la guerre rendait alors difficiles les relations suivies avec les savants établis au delà des frontières du royaume. La paix permit enfin de sortir de cet isolement, et, en 1715, trois associés étrangers furent élus. C'étaient deux Italiens et un Hollandais : le cardinal Gualterio, en grande réputation de savoir classique et amateur zélé des belles-lettres ; le bénédictin Banduri, un des plus habiles numismatistes de son temps, venu en France depuis quelques années[1]; et Cuper, bourgmestre de Deventer, antiquaire et philologue éminent dont les lettres sont remplies des observations les plus savantes[2]. Il n'y eut ni Allemand, ni Anglais, quoique l'Angleterre et l'Allemagne renfermassent déjà à cette époque des érudits consommés. Mais, outre que les guerres récentes avaient suscité contre ces deux pays une inimitié et un mauvais vouloir auxquels l'Académie n'était peut-être pas parvenue à se soustraire tout à fait, les relations étaient peu fréquentes entre les savants de l'Allemagne et de l'Angleterre et les nôtres. La Hollande au contraire était alors quasi-française ; on y parlait, on y écrivait notre langue ; on l'aurait même complétement adoptée, sans la réaction que provoqua la conduite

[1] Voy. plus loin ce que je dis des associés que l'Académie eut en Italie.

[2] G. Cuper, né en 1644, mort en 1716. On voit par le *Journal de Galland* que Cuper était un de ses plus actifs correspondants.

de Louis XIV à l'égard des Pays-Bas. L'Italie, bien que plus éloignée, était en relation constante avec nous par l'Église : c'était pour notre clergé une seconde patrie, ou, pour mieux dire, Rome était sa véritable capitale intellectuelle.

Le cercle d'études si notablement agrandi, les hommes qui avaient appartenu à la petite Académie devenaient de plus en plus insuffisants. La direction des travaux ayant changé, un simple rhéteur, bon humaniste, tel qu'était l'abbé Tallemant, ne pouvait convenir pour secrétaire d'une pareille assemblée; d'ailleurs il s'était fait vieux. Gros de Boze[1], dont j'ai rappelé plus haut le nom, fut choisi à sa place, dès 1706 : choix dicté par l'abbé Bignon et le chancelier de Pontchartrain. Le jeune antiquaire avait gagné leurs bonnes grâces par son humeur et sa précoce érudition. Élève de Vaillant et du P. Hardouin, il apportait dans ses travaux d'archéologie et d'histoire une critique sagace et judicieuse. Il commença à faire l'éloge des académiciens morts, et sut se tirer de cette tâche un peu aride, vu l'existence assez uniforme de la plupart de ses confrères, avec talent et esprit. Il avait d'ailleurs la passion des monuments et des livres, et pendant plus de trente-six ans, il fut l'âme de la Compagnie, dont il ne quitta le secrétariat, que quand ses forces lui firent défaut[2].

Avec un pareil secrétaire, l'Académie des inscriptions et belles-lettres devait marcher hardiment dans la voie des études, à la tête desquelles elle était désormais

[1] Né à Lyon en 1680, mort en 1753.

[2] Il résigna ses fonctions en 1742.

placée. Son domaine promettait de s'élargir de plus en plus, et il était déjà assez vaste pour qu'un seul homme ne pût plus l'embrasser tout entier, comme l'avaient fait quelques grands érudits des siècles précédents; la division du travail était de plus en plus commandée. Gœthe dans ses *Pensées*[1] remarque avec raison, que les Académies devinrent nécessaires, quand il n'y eut plus qu'une réunion d'hommes qui pût exécuter ce qui avait été auparavant possible aux individus. Toutefois les habitudes d'esprit et le genre d'instruction de ses membres retint la Compagnie quelque temps attachée au sol classique, riche encore de tant de découvertes, et alors plus exploré à la surface que sondé dans ses profondeurs. Jusque vers l'an 1715, les séances furent presque exclusivement remplies par des lectures relatives à l'antiquité. On se communiquait les passages difficiles des auteurs ; on en faisait l'objet de dissertations où les lumières de l'archéologie venaient en aide à l'étude de la grammaire. Boivin l'aîné, avocat lettré et chercheur intrépide, commentait un passage de *l'Odyssée*. Son frère, académicien comme lui, discutait un passage de Suétone. H. Morin, non moins versé qu'eux dans la lecture des anciens, proposait une conjecture sur un passage du traité de Josèphe contre Apion, et Charles de Valois, héritier de l'érudition de

[1] « Les hommes extraordinaires du seizième et du dix-septième siècle étaient à eux seuls des académies, comme de nos jours Humboldt; mais quand la science eut pris ses immenses développements, les savants se réunirent pour exécuter ensemble ce qui était devenu impossible aux individus. » *Pensées*, dans les *Œuvres de Gœthe*, trad. par G. Porchat, t. I, p. 83.

son père Adrien, expliquait habilement un vers de Juvénal. On se préoccupait aussi beaucoup de l'appréciation littéraire des auteurs anciens, et on se demandait ce qu'il fallait penser de tel poëte ou de tel historien. Devait-on préférer l'un à l'autre? Virgile valait-il Homère? Grande question ou, comme on disait alors, grande querelle, dont Boivin l'aîné[1] exposait à ses confrères les arguments et les objections. Ces questions de préséance étaient tout à fait dans l'esprit du temps. On voulait alors tout décider d'une manière absolue et catégorique. C'étaient là des habitudes d'école auxquelles on n'aurait pu se soustraire que par une vue plus élevée des choses, et un sentiment plus profond de cette vérité, que rien dans l'ordre moral et artistique n'est susceptible de se classer et de s'ordonner comme en philosophie. Dans l'embarras que l'on éprouvait, on recourait souvent aux jugements des anciens comme aux véritables arbitres du goût. L'abbé Massieu[2], élève de Tourreil et professeur de grec au Collége royal, prenait, pour ce motif, soin d'exposer, en 1706, le sentiment de Platon sur la poésie. On se battait beaucoup, surtout sur des questions de rhétorique, et l'on voyait s'élever fréquemment des polémiques analogues à celle qui se prolongea si fort entre le bénédictin Lamy, Gibert, le journal de Trévoux et celui des Savants, au sujet de la rhétorique des anciens[3].

[1] Louis Boivin, né à Montreuil-Argilé (Eure) en 1659, mort en 1724.

[2] Guillaume Massieu, né à Caen en 1665, entra à l'Académie en 1705 comme élève de Tourreil, et mourut en 1722 ; il fut aussi de l'Académie française.

[3] Voy. Camusat, *Histoire critique des Journaux*, t. II, p. 90.

Mais à côté de ces exercices d'esprit où les académiciens ne s'élevaient guère au-dessus de bons élèves de rhétorique, apparaissaient des travaux plus sérieux sur l'antiquité. La religion, les institutions et les usages des Grecs et des Romains piquaient au plus haut point la curiosité. On voulait se faire une idée plus exacte des croyances et du gouvernement des deux peuples avec lesquels on était à l'Académie en commerce constant, et dont on parlait encore presque la langue dans les écoles. Simon, H. Morin, De Boze, l'abbé de Boissy, Ch. de Valois, traitaient de différents sujets relatifs au culte, aux divinités de la Grèce et de Rome, et Galland, qui passait tour à tour de la numismatique aux études orientales, et des langues orientales à l'archéologie, s'en prenait à un point de mythologie ou entretenait ses confrères des romans du moyen âge.

Ces dissertations n'étaient le plus souvent qu'une suite d'extraits tirés des auteurs anciens, et rajustés sans beaucoup d'art. Le côté philosophique y fait généralement défaut ; çà et là cependant, on entrevoit une pensée plus élevée ou plus hardie qu'elle ne s'offre d'ordinaire dans les premiers tomes du Recueil de l'Académie ; mais elle est constamment timide ou déguisée dans son expression. H. Morin [1], qui devait le jour à un pasteur protestant, habile orientaliste, que la révocation de l'édit de Nantes contraignit de s'exiler en

[1] Henri Morin, fils aîné d'Étienne Morin, était né à Caen en 1655 ; retenu en France après le départ de son père, il fut instruit de force dans la religion catholique. Devenu infirme, il se retira en 1725 de l'Académie, sans solliciter la vétérance, et mourut à Caen, trois années après.

Hollande, bien qu'arraché par l'intolérance du temps à la direction de son père, en avait conservé quelque peu les idées; et dans ses mémoires sur l'usage du jeûne, des prières pour les morts, sur l'existence du célibat dans l'antiquité, se trahit la pensée de reporter au paganisme l'origine de plusieurs des institutions du catholicisme.

Les antiquités romaines étaient celles auxquelles on s'adonnait avec le plus d'ardeur. On trouvait d'ailleurs, chez les grands érudits des seizième et dix-septième siècles, des guides sûrs, pour ne pas dire des maîtres, dont on ne faisait souvent que reproduire les recherches. Vaillant traitait de la différence des plébéiens et des patriciens; Boindin, des tribus romaines; l'abbé Couture, recteur de l'Université de Paris et grand latiniste, parlait des *Fastes*, ou traçait un aperçu de la vie privée des Romains; Simon [1], dont la curiosité s'étendait à mille sujets, lisait des mémoires *sur la politesse chez les Romains*, *sur leurs jeux de hasard* et *sur les acclamations* [2]; Ch. de Valois, qui ne possédait pas une érudition moins variée que Simon, recherchait l'histoire et les attributions des censeurs romains; De Boze parlait des récompenses et des marques d'honneur chez les anciens; enfin l'abbé Mongault, qui avait beaucoup lu pour traduire, extrayait de ses lectures tout ce qu'il avait rencontré de relatif à la question des honneurs divins rendus aux gouverneurs de

[1] Jean-François Simon, né à Paris en 1654, devint garde des médailles du cabinet du roi en 1712, et mourut à la fin de l'année 1719.

[2] Voy. *Hist. de l'Acad. des inscript.*, t. I, p. 69, 110.

province. Le monde romain fut ainsi un des premiers qu'on exhuma des écrits où était ensevelie l'antiquité.

Les autres branches de l'histoire ancienne n'étaient pas l'objet d'aussi fréquentes communications ; si l'on en excepte toutefois la numismatique, étudiée non-seulement pour les sujets représentés sur les médailles, mais encore pour leur classement et leur ordre chronologique. Dans ses dissertations numismatiques, Vaillant père apportait sa profonde connaissance des faits à laquelle il ne manquait qu'une critique plus exercée des monuments ; De Boze déployait sa sagacité et faisait preuve d'un grand coup d'œil d'antiquaire ; Oudinet, moins habile, avait l'avantage d'avoir à sa disposition toutes les médailles du cabinet du roi confiées à sa garde ; l'abbé de Tilladet [1], sans être aussi versé qu'eux sur la matière, savait cependant heureusement mettre à contribution une pratique intelligente des médailles. L'archéologie proprement dite n'était pas à beaucoup près aussi bien représentée, et si l'on en excepte un mémoire de l'abbé Massieu, plus helléniste qu'antiquaire, sur les boucliers votifs, et quelques communications du savant avocat Baudelot [2], qui fut un des premiers législateurs de la glyptique et de la sigillographie, on ne trouve dans les travaux de l'Académie, avant 1710, rien qui mérite l'attention des érudits.

[1] J.-M. de La Marque de Tilladet, qui, après avoir servi quelque temps dans l'armée, entra dans la congrégation de l'Oratoire, était né au château de Tilladet, en Armagnac, en 1650 ; il mourut en 1715.

[2] Charles-César Baudelot de Dairval, né à Paris en 1648, fut reçu à l'Académie en 1705, et mourut en 1722. On a de lui un traité *de l'utilité des Voyages*, publié en 1727.

La connaissance des arts de l'antiquité, même celle des arts industriels, attirait alors plus les recherches que l'interprétation des monuments, mal connus, et encore plus mal appréciés. Le médecin Burette[1] appliquait ses connaissances physiologiques et hygiéniques à l'étude des jeux chez les anciens, et préludait par des dissertations séparées sur les différentes branches de l'agonistique, à ses travaux plus approfondis sur la musique des anciens. Galland, l'abbé Fraguier, Simon se partageaient la tâche pour nous initier à l'histoire de la peinture, de la musique et même des jeux de hasard.

Les monuments architectoniques, les temples, les théâtres appelaient également les recherches de l'Académie. Colbert, qui avait l'instinct de tout ce qui peut être utile aux sciences et aux arts, quoique étranger à l'architecture, avait compris toute l'utilité qu'on pourrait retirer de l'étude des monuments antiques encore debout sur le sol romain, de la reproduction par la gravure de ces chefs-d'œuvre. Il avait envoyé, en 1674, l'architecte Desgodets dessiner les édifices antiques de la Ville Éternelle. Tombé au pouvoir des corsaires barbaresques, comme cela arriva au poëte Regnard et à Vaillant le père, Desgodets parvint à grand'peine à échapper à l'esclavage pour aller s'acquitter de sa mission. Son bel ouvrage donnait aux antiquaires des vues plus justes et des connaissances plus précises. Les monuments nombreux que renferme le midi de la France avaient paru au grand ministre non moins utiles à

[1] Jean-Pierre Burette, né à Paris en 1665, était professeur de médecine au Collége royal et directeur de l'hôpital de la Charité. Il entra à l'Académie des inscriptions en 1705, et mourut en 1747.

dessiner, et il avait chargé le peintre Mignard de cette mission, qui n'eut malheureusement pas pour effet de nous doter d'un ouvrage analogue à celui de Desgodets[1]. Si l'Académie avait d'abord possédé dans son sein des hommes comme Caylus et Leroy, elle aurait fait avancer davantage l'archéologie monumentale. Réduits à n'expliquer les monuments que par les livres, Boindin, Simon et quelques-uns de leurs confrères, ne pouvaient aller bien loin sur ce terrain. Charles de Valois s'en tenait à l'industrie des anciens, et se livrait à de curieuses investigations sur l'origine du verre, cette substance dont la fabrication fut dans le principe le secret des Phéniciens et devint plus tard le monopole de l'Italie. Ses recherches sur les arts industriels de l'antiquité furent reprises, dans les derniers temps de l'Académie, par Ameilhon et Brotier[2], le premier dans ses mémoires *sur la métallurgie des anciens* dont il commença la lecture en 1777, le second dans sa dissertation *sur les connaissances et l'usage de la soie chez les Romains*, lue en 1784[3].

Quant à l'épigraphie, qui constituait par excellence le patrimoine de l'Académie, quoique les demandes de devises et d'inscriptions fussent devenues moins habituelles, l'attention ne s'en était pas détournée. Galland s'en occupait assidûment, et le P. La Chaise, qui, faute de travaux personnels, entretenait ses confrères

[1] Voy. ce qui est dit dans l'*Éloge de Caylus*, *Histoire de l'Académie des inscriptions*, t. XXXIV, p. 228. Les dessins de Mignard avaient été perdus ; ils furent retrouvés par Caylus.

[2] Voy. *Mém. de l'Acad.*, t. XLVII, p. 477.

[3] *Ibid.*, p. 482.

de ceux des autres, communiqua des inscriptions découvertes par Spon. Cet antiquaire, dont le nom a manqué à la première liste de l'Académie des inscriptions et médailles, et que les persécutions dirigées contre les protestants forcèrent de s'expatrier, un peu avant sa mort, n'avait malheureusement point fait école à Paris. Spon, n'y ayant pas d'ailleurs résidé, son action ne s'était que faiblement fait sentir dans les tentatives encore timides des érudits pour interpréter des inscriptions dont on ne savait guère plus la langue que le système d'abréviation.

Hors du cercle des Grecs et des Romains, on ne s'aventurait que fort peu. Tout au plus s'avançait-on jusque sur le sol judaïque, dont l'histoire tient de si près à la théologie. Charles de Valois lisait, par exception, un mémoire sur l'examen de cette question : « Les rois d'Idumée ont-ils régné, oui ou non, après Ésaü? » Cette réserve n'était qu'une juste défiance; car on se sentait mal assuré sitôt que l'on sortait des contrées parlant grec ou latin. On en a la preuve dans la communication que faisait Michel Pinart[1], en 1708, sur le nom de *Byrsa* porté par la citadelle de Carthage, et où la connaissance de l'hébreu n'a servi qu'à jeter l'auteur dans les plus ridicules étymologies.

Les antiquités que recèle notre sol commençaient aussi à piquer la curiosité, et conduisaient à d'intéressants problèmes de géographie ancienne qui, plus tard, entre les mains de Lancelot, de l'abbé de Fon-

[1] Michel Pinart, né à Sens en 1659, et mort en 1717. Voy. son *Éloge* dans l'*Hist. de l'Acad.*, t. III, p. 352.

tenu, de l'abbé Lebeuf, devaient faire l'objet de dissertations approfondies et de recherches excellentes. C'est ainsi que les antiquités découvertes à Vieux et signalées par l'intendant Foucault, que celles qui existaient à Corseul et qu'avait signalées M. Le Pelletier de Souzy, membre honoraire de la Compagnie, faisaient agiter la question de savoir si l'on n'avait pas retrouvé l'emplacement de l'ancienne ville des Viducasses et de l'ancienne ville des Curiosolites. L'histoire de France ne fut l'objet que d'un très-petit nombre de communications, presque toutes dues à l'abbé de Vertot. On songeait, avant de faire pénétrer la critique dans le détail des faits, à bien s'assurer du point de départ, et de la valeur des sources auxquelles on devait recourir. Voilà comment le savant abbé chercha d'abord à fixer l'époque d'où date la monarchie française, puis à apprécier la crédibilité historique du chroniqueur Frédégaire, un des pères de notre histoire nationale.

Ainsi, tout en conservant ces habitudes de beaux esprits, qui ne faisaient de l'antiquité qu'un champ émaillé de fleurs de rhétorique, on sentait le besoin de fouiller le sol et de constituer l'histoire des temps anciens sur une base plus solide. De là aussi l'importance qu'on attacha à la chronologie. Dès 1703, Boivin l'aîné traita d'un des points les plus essentiels du comput historique, la période julienne, et, l'année suivante, il poursuivait ses recherches sur un autre point du système de chronologie des anciens. Mais l'Académie ne possédait point encore les lumières suffisantes pour éclairer ces points obscurs et résoudre les problèmes ardus que présente l'évaluation des dates. Elle n'avait pas dans son sein de ces esprits exacts, susceptibles de méditations profondes, alliant la connaissance des mathématiques et de l'astronomie à la science de l'antiquité. Fréret n'appartenait point encore à la Compagnie, où il n'entra, comme élève, qu'en 1715.

Ce ne fut guère qu'après la mort de Louis XIV, sous le gouvernement éclairé, quoique peu moral, du Régent, que les travaux de l'Académie commencèrent à prendre plus d'extension. La Compagnie avait trouvé un nouveau Mécène dans le duc d'Antin, en faveur duquel la charge de surintendant des bâtiments venait d'être rétablie, et qui, à ce titre, avait réclamé pour son département la direction des Académies. Ce grand seigneur, dont Voltaire a dit : « Il se distingue par un art singulier non de dire des choses flatteuses, mais d'en faire, » comprenait que rien ne pouvait être plus agréable au prince entre les mains duquel étaient provisoirement placées les destinées de la France, que d'encourager les sciences et les lettres. Cet encouragement, le Régent ne le voulait pas à la manière fastueuse et hautaine que Louis XIV apportait dans son protectorat ; plus de liberté, d'indépendance lui convenait. Le duc d'Orléans ne se borna pas à patronner l'Académie ; il associa le jeune monarque à la protection dont il environnait le corps savant. Le 24 juillet 1719, Louis XV se rendit en personne à l'une de ses séances et y fut harangué par le secrétaire perpétuel De Boze, qui exprima la reconnaissance de la Compagnie pour l'insigne honneur qui lui était fait. Ce fut la seule fois qu'un monarque français assista à une des réunions de l'Académie des inscriptions.

Forte de tous ces encouragements, cette Compagnie prit sa tâche comme un sacerdoce ; ne se voyant plus seulement commise à la louange et aux plaisirs du roi, elle s'enfonça dans des recherches qu'elle n'avait auparavant entreprises que par occasion. Les communications se multiplièrent ; les questions proposées et débattues furent plus approfondies ; le champ des études s'agrandit notablement La réunion périodique d'hommes instruits, d'esprits divers et d'idées, de sentiments différents, multipliait les contacts intellectuels d'où jaillissaient des conceptions et des aperçus choisis bientôt pour thèmes de nouveaux et importants mémoires.

La lecture publique appelait tout naturellement la contradiction, et on commençait, sous le nouveau règne, à moins sentir la pression de l'intolérance religieuse et politique, qui avait si fort comprimé la pensée, à la fin du règne précédent. Les études historiques exigeaient une certaine liberté. En effet, comment connaître à fond l'antiquité, sans examiner les doctrines de ses philosophes, sans apprécier la valeur de ses croyances religieuses, sans remonter à l'origine des lois et en rechercher par cela même la légitimité, sans remuer mille questions sur lesquelles la théologie ou l'État avaient mis jusqu'alors l'interdit ? Louis XIV mort, le P. La Chaise n'était plus là pour veiller à l'orthodoxie moliniste des académiciens. Les jansénistes trouvaient dans ce petit cénacle d'érudits, où ils apportaient la solidité de leurs études et leurs habitudes de travail, fruit de leur goût pour la retraite, un asile sûr et respecté. Comme il n'y avait pas de réception publique pour les membres de l'Académie des inscriptions et belles-lettres, les gens du monde ne s'occupaient guère de ce qui s'y disait ou s'y faisait. Aussi y admettait-on telle personne dont le roi n'eût pas approuvé l'élection à l'Académie française. C'est ce qui arriva par exemple pour La Bletterie et Louis Racine, convaincus de jansénisme, et dont Louis XV refusa de sanctionner la nomination. L'Académie des inscriptions et belles-lettres comptait sans doute beaucoup d'abbés; mais l'étude de l'histoire, l'usage de la critique leur avaient donné généralement plus de tolérance que n'en ont d'ordinaire les théologiens; quelques-uns même, comme l'abbé Mongault, cachaient sous leur soutane des opinions qu'on n'aurait point attendues de leur habit. Presque tous étaient gallicans, et quand le dogme ne les enchaînait pas, ils faisaient, comme Mabillon, bon marché d'une foule de légendes et de traditions pieuses acceptées à Rome comme articles de foi. L'abbé de Vertot, en lisant devant la docte Compagnie une dissertation *sur la Sainte Ampoule,* tout en ayant l'air de mettre hors de doute le miracle, appuyait sur les objections élevées contre son authenticité, et montrait qu'il n'avait pour garant que le seul Hincmar, archevêque de Reims, copié par les historiens postérieurs, lesquels avaient grossi la merveille. Elle était assez éclatante, disait Vertot, pour n'avoir pas besoin de tous ces enjolivements. Si d'autres, comme l'abbé de Fontenu et Hardion, se montraient fort chatouilleux en fait d'orthodoxie, l'indépendance n'en alla pas moins croissant à l'Académie, dès la première moitié du dix-huitième siècle, et l'on y entendit des mémoires que Rome aurait mis à l'index. L'abbé du Resnel[1], avec beaucoup de circonspection, il est vrai, signala dans les *sorts des Saints* une superstition que les chrétiens avaient héritée des païens, lesquels avaient leurs *sortes homerianæ, virgilianæ*. Bonamy, l'un des hommes les plus savants de la Compagnie[2], lui communiquait, en 1727, des *réflexions sur le caractère d'esprit et le paganisme de l'empereur Julien*, où il mettait en relief les exagérations et les impostures accumulées par la haine des chrétiens contre le prince apostat : « Sans avoir aucun dessein de faire l'apologie de cet empereur, écrivait l'académicien, on peut examiner si, à la circonstance près de son apostasie, il a mérité par le caractère de son esprit, ses mœurs et sa religion naturelle, toutes les qualifiations dont les auteurs ecclésiastiques l'ont chargé. »

Cela nous est la preuve que, fidèle aux traditions des Étienne Pasquier, des Henri Estienne, et des Saumaise, l'Académie des inscriptions, tout en se soumettant aux enseignements de la foi, fit preuve, dès son début, d'une noble indépendance. Cependant bon nombre de ses membres s'effrayèrent parfois de cette liberté d'appréciation, et le mémoire de Bonamy en particulier effaroucha les plus circonspects. On n'osa l'insérer *in extenso* dans le Recueil, et on se borna à en donner l'analyse. Plus tard, La Bletterie[3] traita le

[1] L'abbé J.-F. du Resnel du Bellay, qui fut aussi membre de l'Académie française, était né à Rouen en 1692 ; il mourut en 1761.

[2] Voy. *Mém. de l'Acad.*, t. XIX, p. 287.

[3] J.-Ph. René de La Bletterie, né à Rennes en 1696, mort en 1772, entra à l'Académie en 1754.

même sujet dans sa *Vie de Julien*, dont il lut des fragments dans les séances ; il le fit avec non moins d'impartialité ; mais, depuis Bonamy, la critique avait singulièrement marché en fait de liberté, et ce qui pouvait sembler délicat à quelques-uns en 1727 ne l'était déjà plus en 1754. Cependant, qu'on ne l'oublie pas, La Bletterie, pas plus que Bonamy[1], n'était un incrédule, ce qu'on appelait alors un philosophe ; tous deux furent des catholiques fervents. Bonamy était si loin de vouloir ravaler les premiers chrétiens, qu'il en prit la défense dans un autre travail, contre l'historien ecclésiastique Socrate. D'après celui-ci, l'empereur Valentinien Ier aurait autorisé les habitants de l'empire à avoir deux femmes légitimes à la fois. L'académicien fit voir tout ce qu'une pareille assertion avait d'improbable. C'est que Bonamy n'avait d'autre préoccupation que le vrai ; et, malgré sa déférence pour l'Église, il ne sacrifiait pas plus à celle-ci qu'à ses adversaires ce que sa critique loyale lui montrait être la réalité.

Les velléités d'indépendance ne perçaient pas seulement dans les travaux, elles se montraient encore dans les choix. Dès les premières années de sa réorganisation, l'Académie admit dans son sein Nicolas Boindin, homme aussi savant que spirituel[2], mais dont la curiosité et l'esprit d'examen ne s'arrêtaient pas devant les décisions des conciles. Alors qu'une dévotion sévère, au moins en apparence, était encore imposée par l'État

[1] Pierre-Nicolas Bonamy, né à Louvres-en-Parisis en 1694, mort en 1770, fut reçu à l'Académie en 1727, à la mort de Boivin le cadet.

[2] Né à Paris en 1676, mort en 1751.

à ses fonctionnaires, que la Sorbonne ne permettait pas qu'il se dît ni s'enseignât rien de contraire à ses décisions, Boindin était, en matière religieuse, du fort petit nombre des esprits indépendants ou, si l'on veut, révoltés, comme l'avaient été au dix-septième siècle Saint-Pavin, De Linière, Patru et La Mothe Le Vayer. Procureur du roi des trésoriers de France, il ne relevait directement ni de la Sorbonne ni des jésuites, et prenait moins que Patru, que son éloquence et son rare savoir avaient fait entrer à l'Académie française, le soin de déguiser son incrédulité. Il appartenait à cette réunion de beaux esprits, libres penseurs, qui fréquentaient le Palais-Royal, le château de Sceaux et le Temple, et dont firent partie J.-B. Rousseau, Lamotte-Houdart, Boulainvilliers et le président Hénault. Chassés des lieux officiels, ces hommes finirent par se réfugier au café Procope, le premier établissement de ce genre qu'ait eu la capitale. Boindin en était un des habitués, avec J. Saurin[1], Lamotte-Houdart, Malafaire, et quelques autres auteurs qui, tout en s'occupant de théâtre et de petits vers, discouraient librement sur des sujets philosophiques et religieux. La police les surveillait et épiait leurs discours. Aussi, afin d'y échapper, donnaient-ils des noms de convention, et tant soit peu ridicules, à Dieu, à l'âme, à toutes les choses enfin dont ils voulaient pouvoir discourir sans être inquiétés. Voilà ce que nous raconte Marmontel dans ses *Mémoires*[2].

[1] J. Saurin, géomètre et poëte, né à Courtaison (Vaucluse) en 1659, d'un père ministre protestant, mort en 1737. Voy. ce que j'en dis à l'*Histoire de l'Académie des sciences*, p. 52.

[2] *Mémoires*, t. II.

L'Académie française avait fermé ses portes à un tel homme, quoiqu'il eût composé deux jolies pièces : *les trois Garçons* et *le Port de mer*, et cet homme-là, l'Académie des inscriptions non-seulement l'avait élu, mais elle ne songea jamais à l'exclure, bien qu'il parût peu aux séances[1]. Toutefois le secrétaire perpétuel ne se hasarda pas après sa mort, qui avait failli faire un scandale[2], à prononcer son éloge.

A cette époque il était au demeurant moins dangereux d'être athée que janséniste. Au siècle précédent, Patru n'avait point été inquiété, tandis qu'on persécutait Port-Royal, et le frère de ce même Boindin, *appelant* décidé, fut arrêté pour l'affaire des convulsionnaires[3].

On s'explique d'ailleurs cette liberté d'examen à l'Académie dans des matières où l'Église exerçait une surveillance attentive et jalouse. Il était difficile, comme je l'ai dit, d'étudier les philosophes anciens, de les sainement apprécier, sans se donner un peu de latitude dans les jugements en matière de théodicée et de métaphysique; de là les franchises que s'accordait la Compagnie; de là aussi pour elle le péril de pareilles études. Toutefois ceux des académiciens qui entreprirent, dans le principe, de mieux faire connaître la vie et les écrits de quelques-uns des philosophes grecs, l'abbé An-

[1] C'est ce qui résulte de l'examen des procès-verbaux de l'Académie. Il est vrai que Boindin avait obtenu la vétérance dès 1714.

[2] On avait voulu lui refuser la sépulture ecclésiastique.

[3] Voy. *Journal historique de l'avocat Barbier*, éd. La Villegille, t. II, p. 188.

selme[1]. Bonamy, l'abbé Sévin, l'abbé du Resnel, s'en tinrent prudemment à un pâle exposé et à une analyse purement objective. L'abbé Batteux affecta un peu moins de réserve et effraya cependant assez l'autorité pour qu'elle supprimât au Collége royal la chaire de philosophie grecque et latine où pareille liberté pouvait être prise. L'abbé de Canaye[2], de cette congrégation de l'Oratoire où l'esprit de libre examen cherchait à s'allier avec la théologie[3], après s'être occupé, non sans succès, de la doctrine philosophique des anciens, après avoir lu à l'Académie des mémoires sur Thalès et Anaximandre, sentit combien il était difficile de sauver des apparences d'orthodoxie, quand on voulait, sur de tels sujets, garder son indépendance, et il finit par les abandonner. Il faut descendre jusqu'à Lévesque de Burigny, pour rencontrer à l'Académie une plus grande liberté de critique; mais alors, comme on le verra plus loin, les idées s'étaient bien modifiées, et, loin de craindre de se brouiller avec Rome, cet académicien s'efforçait de faire pénétrer dans l'érudition une hardiesse de penser dont il était un des défenseurs les plus dévoués; il trouva, précisément dans ses travaux sur la philosophie ancienne, un moyen

1 L'abbé Anselme, qu'il ne faut pas confondre avec le P. Anselme, célèbre généalogiste mort en 1694, était né à l'Isle-en-Jourdain (Gers) en 1652; il entra à l'Académie en 1710, et mourut en 1737. Prédicateur distingué, il jouit de la faveur du duc d'Antin, dont il avait été précepteur, et qui le fit nommer *historiographe des bâtiments*.

2 Né à Paris en 1694, mort en 1782.

3 L'abbé de Canaye professa avec distinction la philosophie au collége de Juilly, où avait professé Richard Simon; il fut l'ami de D'Alembert.

d'insinuer des principes qu'il n'osait encore afficher ouvertement. Les sages anciens ayant été privés des lumières de l'Évangile, on pouvait mettre sur leur compte des idées que leur hétérodoxie n'aurait autrement pas permis de produire ; il advenait alors ce qui était déjà arrivé au moyen âge pour Averroës et Aristote, on glissait sous leur couvert ses propres hardiesses ; et c'est ce qu'a fait Burigny. Mais, plus érudit que métaphysicien, il lui manqua l'intelligence de la partie abstraite des systèmes philosophiques, intelligence que peut seule donner la préoccupation habituelle des problèmes d'ontologie et de psychologie.

Je viens de dire ce que l'Académie des inscriptions a fait dans une des branches de l'érudition qui a été des premières cultivée par elle, l'histoire de la philosophie antique. Cela me conduit tout naturellement à parler de ce qu'elle fit pour l'histoire des sciences dans l'antiquité, et par suite, de l'antagonisme qui se produisit sur ce terrain entre la Compagnie et sa sœur l'Académie des sciences.

Comme chez les anciens, la physique n'était qu'une branche de la philosophie, parce qu'elle est le côté matériel de l'étude du monde dont cette dernière science embrassait l'ensemble ; les savants, occupés de la doctrine des philosophes grecs, avaient autant à parler de leurs théories psychologiques et religieuses que de leurs spéculations sur la nature. L'abbé Batteux [1], par

[1] Charles Batteux né à Allendhuy (Marne) en 1713, mort en 1780 ; il entra à l'Académie en 1754.

exemple, en exposant le système des *homéoméries*[1], ou parties similaires d'Anaxagore, en éclairant dans une longue série de mémoires tout ce qui avait trait aux doctrines de l'antiquité sur le principe actif de l'univers, tant chez les Grecs que chez les Perses, les Chaldéens, les Égyptiens[2], avait sans cesse à revenir sur une physique depuis longtemps abandonnée. Bien différentes étaient les méditations des membres de l'Académie des sciences. Tout occupés d'expériences et de calculs, au lieu de recourir incessamment au passé, ils poursuivaient avec ardeur la découverte des lois inconnues; fiers de ce qu'ils avaient déjà trouvé, ils étaient enclins à mépriser leurs antiques devanciers et ceux qui s'en étaient constitués les interprètes. Plusieurs d'entre eux se demandaient à quoi pouvaient servir tant de recherches sur des théories évanouies et des conceptions chimériques. Leur propre expérience aurait dû dissiper ces préventions; car, en plusieurs circonstances, l'Académie des sciences fut amenée à reconnaître le prix de ces recherches. En mars 1716, un passage de Pline, dont le chevalier de Louville [3] s'était appuyé dans une discussion sur les gnomons, et sur le sens duquel ses confrères n'étaient pas d'accord, obligea d'en référer à l'Académie des inscriptions. Prise pour arbitre, celle-ci décida que le naturaliste romain n'avait pas prétendu attribuer à Manlius l'invention des obélisques-gnomons, qu'il avait simplement dit que

[1] Voy. *Mémoires de l'Académie*, t. XXV, p. 48.

[2] Voy. *Mémoires de l'Académie*, t. XXVII, XXIX et XXXII.

[3] Voy. ce que je dis de cet académicien à l'*Histoire de l'Académie des sciences*, p. 70.

ce Manlius en introduisit le premier l'usage en Italie. Plus tard, sur un autre point, la docte Compagnie réussit à prouver à sa sœur que dans la poursuite de problèmes scientifiques l'érudition n'est pas toujours à mépriser. Descartes, le P. Kircher, Du Fay, Buffon, s'étaient occupés des miroirs ardents et de leurs effets [1]. On cherchait à découvrir quelle disposition il leur fallait donner, pour qu'ils eussent la propriété d'incendier à distance des corps combustibles. Melot, habile helléniste de l'Académie, feuilleta les anciens auteurs, ceux du moyen âge, et recueillit un certain nombre de témoignages, d'où il résultait que le miroir devait être composé de plusieurs pièces mobiles à surface plane et n'être ni lenticulaire ni concave. L'académicien Ménard, dans un mémoire consacré tout entier aux miroirs des anciens et publié au tome XXIII du Recueil, n'avait rien su ajouter à ces recherches. Le problème n'était donc encore qu'à moitié résolu. Un autre académicien découvrit enfin sa solution complète, grâce à une connaissance plus approfondie des écrivains de l'antiquité. Déjà un associé étranger de l'Académie, Dutens, en quête de tout ce qui pouvait appuyer sa thèse favorite, à savoir que les anciens ont devancé nos découvertes, avait signalé un curieux fragment du *Traité des paradoxes de mécanique* d'Anthémius, l'architecte qui dota au sixième siècle Constantinople de son église de Sainte-Sophie. Occupé à en éditer le texte et à en faire la traduction, Louis

[1] Voy. l'*Histoire de l'Académie des sciences*, p. 98.

Dupuy y découvrit la description tant cherchée du miroir ardent; et, guidé par Anthémius, il montra comment, à l'aide de l'assemblage de miroirs mobiles à surface plane qui réfléchissaient sur un point les rayons solaires, Archimède avait pu porter la flamme dans la flotte romaine. Aussi habile philologue que mathématicien, le savant académicien poursuivit ses études sur les connaissances qu'avaient les anciens du pouvoir réflectif de la lumière, dans un mémoire touchant la doctrine de la réflexion de Vitellon et d'Alhazen [1]. C'est ainsi qu'il acheva, par une heureuse alliance de la géométrie et de l'archéologie, de tirer les modernes d'une incertitude que les seuls géomètres n'auraient pu dissiper. Ces exemples isolés ne sont pas les seuls qui eussent pu convaincre l'Académie des sciences que tout n'était pas à mépriser dans la physique des anciens. Ceux-ci avaient eu aussi leur histoire naturelle digne de quelque estime; car, quoiqu'ils nous aient été fort inférieurs dans la connaissance de la nature, ils avaient fait pourtant des observations qui nous ont longtemps échappé. Tel était le cas pour le chant du cygne, qu'au siècle dernier on était encore enclin à regarder comme une fiction poétique de la Grèce et de Rome. Ainsi le pensait H. Morin qui avait déjà traité ce sujet à l'Académie. Mongez, dans un curieux mémoire, justifia la véracité des anciens, discuta tout ce qu'ils avaient rapporté du chant de

[1] Voy. *Mémoires de l'Académie*, t. XLII, p. 392, et l'*Éloge de Dupuy*, par Walckenaer, *Mémoires de l'Académie*, 2e série, t. XIV, part. II, p. 256.

ces oiseaux, en le rapprochant d'un phénomène dont il avait été lui-même récemment témoin à Chantilly : des cygnes sauvages étaient tout à coup venus se fixer près de ceux qu'on tenait captifs dans les bassins du château ; et là ils avaient fait entendre des sons inconnus et rempli les airs d'une harmonie que les Français ne soupçonnaient pas, confirmant ainsi ce que l'antiquité avait dit de leur chant [1].

L'Académie des inscriptions, même en matière purement scientifique, avait donc son autorité. Toutefois l'Académie des sciences ne l'acceptait qu'à contre-cœur, et les érudits de la première Compagnie eurent incessamment à la défendre contre la seconde. Ils se révoltaient du mépris qu'affichaient pour le savoir des anciens les géomètres et les physiciens ; ils rappelaient vainement cette vérité que l'antiquité est une source toujours féconde, une sorte de fontaine de Jouvence pour les lettres, que la bonne entente des belles-lettres et des sciences importe à leur mutuel progrès, et que rien ne serait plus dangereux que leur scission. « Elles n'ont, disait De la Nauze en 1735, rien à craindre les unes des autres, et il existe entre elles les plus intimes rapports. » Pouvait-on, disaient encore ses confrères, refuser toute utilité à la connaissance des doctrines et des travaux des anciens ? N'était-ce pas là qu'on devait aller chercher la clef de bien des inventions et le germe de nouveaux chefs-d'œuvre ? Et s'il fallait reconnaître que les sciences chez les modernes avaient

[1] Voy. ce que dit Walckenaer dans l'*Éloge de Mongez*, *Mémoires de l'Académie des inscriptions*, 2e série, t. XVIII, part. p. 380.

pris une marche plus assurée et plus rapide que chez les anciens, on devait avouer d'autre part que ceux-ci n'avaient point été dépassés en éloquence, en poésie, dans les arts et dans les exercices de la pensée.

L'Académie des inscriptions cherchait, comme on le voit, à se poser en médiatrice dans cette grande querelle des anciens et des modernes qui occupait tant la république des lettres, au dix-septième siècle, et se rallumait sans cesse. Déjà c'était un membre de cette Compagnie, Étienne Fourmont, qui avait tenté de réconcilier Lamotte et madame Dacier [1]. Il est vrai que Charles Perrault avait été le grand adversaire des anciens ; mais il était sorti de l'Académie, avant qu'elle fût devenue la protectrice attitrée de ceux qui les admiraient.

Cependant, à beaucoup d'égards, les deux Compagnies personnifiaient l'une l'antiquité, l'autre les temps modernes : la première, se tournant vers le passé, cherchait, à force d'en méditer les œuvres, à en pénétrer l'histoire et les idées ; la seconde s'élançait à la conquête de terres nouvelles inexplorées, et ne cherchait dans les connaissances du présent, c'est-à-dire dans le connu, que le moyen d'arriver à l'inconnu ; l'une voulait retrouver ce qui était détruit ou oublié, l'autre apercevoir ce qui n'avait point été vu, et n'avait en quelque sorte point encore existé. Et dans cet antagonisme, l'esprit du siècle, il faut l'avouer, soutenait

[1] Voy. H. Rigault, *Histoire de la querelle des anciens et des modernes*, p. 437.

l'Académie des sciences contre sa docte rivale, plus respectueuse des siècles passés et moins préoccupée du progrès.

« L'essor élevé que prenaient les sciences, et surtout le genre d'esprit qui dominait dans la littérature, a dit judicieusement un historien du dix-huitième siècle, Charles Lacretelle[1], avaient fait attacher moins de prix aux travaux de l'érudition. Les hommes de lettres, entraînés par les opinions de Lamotte et de Fontenelle et par le dédain que Voltaire montrait pour tout ce qui était étranger aux grâces, flattaient la paresse des gens du monde... Les érudits ne furent vaincus ni découragés par cette indifférence; ils résistèrent avec modestie et constance et parvinrent à sauver l'honneur des lettres grecques et latines. » Ce n'est pas cependant que ceux qu'on appelait alors les philosophes négligeassent absolument les anciens, fussent étrangers à leurs ouvrages; tout au contraire, ils y puisaient des armes pour défendre leurs propres doctrines. Voltaire. Diderot, D'Argens, Boulanger[2] et quelques autres n'étaient pas sans érudition; mais ils mettaient une sorte d'affectation à la dissimuler par la manière même dont ils traitaient les questions. Ils confondaient les préjugés dont certains érudits avaient pu être entêtés, avec les travaux d'une incontestable valeur où avait été dépensé bien de l'intelligence et du labeur.

[1] *Histoire de France pendant le dix-huitième siècle*, t. III, liv. IX, p. 34, 35.

[2] Voy. sur la fausse érudition du rêveur Boulanger, l'auteur de l'*Antiquité dévoilée*, ce que dit l'abbé Morellet dans ses *Mémoires*, publ. par Lemontey, t. I, p. 71.

Ces œuvres pesantes, et pourtant pleines de force et de méthode, n'étaient point assez appréciées par des esprits uniquement préoccupés d'inculquer à la foule les idées qui devaient renouveler la société; et ce ne fut que lentement, comme on le verra plus loin, que la philosophie du dix-huitième siècle se fit véritablement érudite, tandis que les érudits de profession se pénétraient de leur côté des principes de cette philosophie.

L'opposition des savants et des érudits était dans toute sa force en 1744, quand Fréret, qui, malgré son goût pour les anciens, n'avait négligé aucune des sciences modernes, réclama avec plus d'énergie qu'on ne l'avait encore fait, contre le préjugé des sciences exactes. Il n'est pas sans intérêt de rappeler ce qu'il disait le 13 novembre à son Académie, dans des *Considérations sur la philosophie ancienne ;* car ses paroles font nettement ressortir la nature de l'antagonisme des deux Compagnies. « Dans les disputes qui s'élevèrent à la fin du siècle dernier sur la préférence entre les anciens et les modernes, écrit cet homme illustre, l'admiration dont les défenseurs de l'antiquité étaient pénétrés, n'avait pour objet distinct que le mérite des anciens en poésie et en éloquence. Ce genre de mérite était le seul qu'ils fussent en état de bien sentir ; dans le cours de la dispute, les anciens ne furent considérés que comme poëtes ou comme orateurs. Il est arrivé de là que le public indifférent, c'est-à-dire la génération qui est entrée depuis dans le monde, sans avoir pris d'avance aucun parti, a regardé la supériorité absolue des modernes sur les anciens dans les matières philosophiques, comme une chose reconnue par les partisans de ces derniers. Le juste milieu est un état violent pour l'esprit humain; ainsi d'une estime sans bornes pour l'antiquité, on a passé à un mépris injuste, et on s'est persuadé que la recherche de ce que les anciens ont pensé sur la philosophie ne méritait pas d'occuper les gens sensés. » — Je me propose, continuait Fréret, d'examiner ici quel peut être le fondement de ce mépris qu'affectent pour les anciens, considérés comme philosophes, la plupart de ceux qui s'appliquent à ce que l'on nomme aujourd'hui *sciences exactes*. » Et dans un exposé lumineux et d'une érudition à la fois sobre et solide, le secrétaire perpétuel de l'Académie des inscriptions nous montre les anciens initiant l'humanité aux connaissances positives que la science moderne avait complétées et approfondies; il fait sentir l'intérêt de l'histoire des systèmes philosophiques où perçaient les premières lueurs des lois qu'on avait récemment vérifiées. « Si les modernes ont quelque avantage réel sur les anciens, disait Fréret à la fin du même morceau, c'est d'être venus après eux et de marcher dans des routes déjà frayées; c'est de pouvoir s'instruire non-seulement par leurs découvertes, mais encore par leurs méprises. Ceux des modernes qui dédaignent si fort la connaissance de l'antiquité se privent eux-mêmes de cet avantage; leurs vues bornées ne s'étendent point au delà de la génération présente; tout est nouveau pour eux, et ce qu'ils voient pour la première fois, ils croient être les premiers qui l'aient découvert. »

Pour justifier l'opinion de l'illustre secrétaire perpétuel de l'Académie des inscriptions, quelques-uns de ses confrères traitèrent de différents points de l'histoire des sciences dans l'antiquité ; ils s'attachèrent surtout aux hommes qui semblaient avoir devancé les modernes, et dont le génie pouvait encore être opposé au leur. Archimède, cet admirable géomètre qui, sans les ressources de l'analyse, résolut les plus difficiles problèmes, fournissait, en 1740, à l'académicien Melot[1], le sujet d'une intéressante communication[2]; ce travail rappela l'attention sur une biographie qui avait déjà occupé la Compagnie, plusieurs années auparavant, à la suite d'une lecture de l'abbé Fraguier[3]. Falconet entretenait ses confrères de ce que les anciens pensaient de l'aimant, et à propos de Jacques Dondis[4], des premiers essais de l'horlogerie ; il recherchait par quelles voies les modernes étaient parvenus à tant perfectionner les machines qui servent à marquer le

[1] Melot (Anicet), né à Dijon en 1697, mort en 1759, était peu connu, quand il entra à l'Académie à la place de La Barre, en 1738. De Boze, qui le fit nommer correcteur à l'Imprimerie royale, avait apprécié son savoir étendu et son mérite comme helléniste. On a vu plus haut que Melot a traité de l'invention des miroirs ardents; c'est ce qui le conduisit à s'occuper du géomètre syracusain.

[2] *La vie d'Archimède pour servir à l'histoire des mathématiques*, *Mém.*, t. XIV, p. 128.

[3] *Du Tombeau et de la Personne d'Archimède*. — *Mém.*, t. II, p. 321.

[4] *Ce que les anciens ont cru de l'aimant*, *Mém.*, t. IV, p. 613. — *De Jacques Dondis, auteur d'une horloge singulière, et à cette occasion des anciennes horloges*, t. XX, p. 440. — L'horloge de Dondis était placée sur une tour à Padoue en 1345 ; elle marquait le cours du soleil, celui des planètes, et les phases de la lune, les mois et les fêtes de l'année.

temps. Les horloges des anciens avaient au reste, dès 1716, fait l'objet d'une communication à l'Académie de la part de l'abbé Sallier.

Ces louables efforts pour rendre aux anciens, dans l'ordre des connaissances scientifiques, la justice qui leur était due, étaient peu propres, il faut en convenir, à faire revenir de leurs préventions les savants de l'autre Compagnie. Ces éloges de la science antique décèlent l'inexpérience des mains qui les ont composés. Il manquait aux érudits dont le but était de réhabiliter la géométrie, la physique, la chimie, la mécanique des anciens, une instruction scientifique assez solide pour en apprécier exactement la portée et l'étendue. Cette association de deux ordres de connaissances rarement réunis se rencontra seulement chez Dupuy[1], l'avant-dernier secrétaire perpétuel de l'ancienne Académie, et l'on a vu plus haut comment il en tira profit dans la question des miroirs. Il porta aussi son attention sur quelques points de l'histoire de l'astronomie ancienne, dont Bailly[2] s'efforçait d'embrasser l'ensemble. Déjà, dès les premiers temps de l'Académie, Renaudot s'était occupé de la sphère, et avait montré qu'il en faut faire remonter l'origine jusqu'aux Chaldéens[3]. J. de Guignes n'avait depuis proposé sur l'origine du zodiaque, du calendrier des Orientaux, et des différentes constellations de leur ciel astronomique, que des rêveries sur les-

[1] Aussi l'appelait-on une moyenne proportionnelle entre l'Académie des sciences et celle des Inscriptions.

[2] Voy. ce que je dis plus loin de Bailly.

[3] Voy. *Mém.* t. I, p. 1 et suiv.

quelles, renchérissant encore à certains égards, Brotier prétendit fonder une interprétation des hiéroglyphes. Vers la même époque, en 1779, Ameilhon prouvait sans peine, contre les prétentions que Dutens était venu tout exprès à Paris soutenir de son érudition mal inspirée, que les anciens n'ont pas connu le télescope[1], et dépensait dans cette vue une érudition qui n'était assurément pas nécessaire. Au reste, l'histoire de l'astronomie, quoique constituant une des branches les plus importantes de l'histoire des sciences, était alors peu du ressort des études de la Compagnie. Elle offre un caractère tellement mathématique, que les astronomes tenaient son étude pour exclusivement de leur domaine, et ne souffraient guère que les érudits y fissent invasion. Et en vérité l'Académie des Inscriptions n'était pas suffisamment préparée, comme je viens de le dire, à comprendre la physique des anciens. L'étude de la nature, de cette nature que nous touchons, et dont nous faisons partie, ne fut connue de l'antiquité que d'une manière fort imparfaite; en cherchant, sans être fort au fait des modernes découvertes, à préciser en quoi avaient consisté ses connaissances, on ne pouvait guère qu'en constater l'imperfection, on n'était pas en état de bien marquer ce qu'il y manquait. L'étude d'Aristote, de Théophraste, de Dioscoride et de Pline, exigeait également une science très-spéciale, celle de la flore et de la faune des contrées que ces auteurs avaient habitées; et l'Académie des

[1] Dutens se fondait sur une mauvaise interprétation d'un passage de Strabon, XLII, p. 496.

Inscriptions n'avait pas de naturalistes ! La médecine des anciens, qui faisait encore le fond de l'enseignement de la faculté, était d'un intérêt plus actuel ; mais, pour ce motif même, les savants de profession en réclamaient le monopole. Cependant le médecin érudit Mahudel tenta un jour, en 1726, d'entretenir ses confrères de l'Académie des inscriptions de la vie et des ouvrages de Celse [1], une des gloires médicales de l'antiquité. Sa notice superficielle prouve à elle seule combien peu on approfondissait alors l'histoire de la médecine des anciens, portée si loin de nos jours par les recherches d'un Littré ; elle montre toute l'insuffisance de la docte Compagnie pour éclairer l'histoire des sciences.

Aussi les savants de l'Académie des sciences n'entendaient-ils laisser aux érudits que l'étude des sciences qui n'étaient pour ainsi dire plus d'usage, et l'Académie des inscriptions n'avait, selon eux, droit qu'à la défroque de l'intelligence humaine. Voilà ce qui explique comment, ni l'histoire des animaux d'Aristote, ni celle des plantes de Théophraste, ni les traités d'Hippocrate et de Galien, ni le livre de Vitruve, ni les traités de mécanique de Hiéron, ne fournirent matière à des dissertations et à des recherches dans la Compagnie érudite. Un de ses membres, qui lui appartint aux derniers temps de son existence, Camus, traduisit sans doute l'ouvrage d'Aristote ; mais il le fit en helléniste, non en naturaliste.

Trop confiant dans les anciens, sur le savoir et le

[1] Voy. *Réflexions sur le caractère, les ouvrages et les éditions de Celse le médecin*, dans l'*Histoire de l'Académie*, t. VII, p. 9[illegible].

mérite desquels s'abusaient si souvent les érudits, les académiciens gardaient beaucoup, dans leurs habitudes et leurs idées, de l'esprit scolastique du moyen âge. Pendant des siècles l'intelligence s'était consumée dans un stérile commentaire d'Aristote et de l'Écriture sainte; et quand, au seizième siècle, on réagit contre ce culte du péripatéticien et de la Bible, ce fut encore chez les anciens, dans Platon et dans Cicéron, qu'on alla chercher ses preuves et ses arguments. La science moderne ne procédait pas de la sorte; elle n'alléguait pas les autorités antiques en guise d'observations et de constatations. Mais la vieille façon de procéder demeurait celle de l'Académie des inscriptions. Voilà ce qui explique comment ses membres se trouvaient représenter le parti conservateur et quelque peu rétrograde. En revanche les géomètres, les physiciens, étaient les progressifs. A ceux-ci se mêlaient des radicaux, des révolutionnaires, qui auraient voulu briser complétement avec le passé, croyant n'avoir plus besoin de l'expérience des générations antiques, et comptant exclusivement sur eux-mêmes. La lutte se renouvela à diverses époques; à plusieurs reprises l'Académie des inscriptions s'efforça de combattre la prépondérance que les sciences tendaient à prendre sur les lettres. L'abbé du Resnel notamment défendit avec vivacité l'importance de sa Compagnie menacée, dans ses *Réflexions générales sur l'utilité des belles-lettres et sur les inconvénients du goût exclusif qui paraît s'établir en faveur des mathématiques et de la physique*[1]. Il y recom-

[1] Voy. *Histoire de l'Académie*, t. XVI, p. 11.

mandait l'étude des auteurs anciens par des raisons concluantes qui n'étaient ni les seules ni les meilleures à faire valoir; il réclamait en faveur de ses études l'honneur d'avoir introduit l'esprit de critique, dont la supériorité commençait à n'être plus contestée. Avec moins d'emphase et par des arguments plus pressants, Fréret plaidait la même cause, et tenait, au sein de son Académie, à l'école des sciences exactes et d'observation, à peu près le langage que tiennent, de nos jours, les conservateurs aux promoteurs de réformes et de changements. J'ai montré tout à l'heure en quels termes il avait défendu la philosophie ancienne. Fréret saisit souvent l'occasion de développer les mêmes doctrines. On ne peut pas, disait-il une autre fois, faire table rase avec l'esprit humain, constituer une ère nouvelle, sans compter avec le passé; nous sommes les héritiers de ceux qui nous ont précédés, comme nos fils le seront de nous, et pour fonder quelque chose de solide, de durable, il faut partir de ce qui a été; l'homme ne procède pas par changements brusques et par reconstitutions totales; il n'avance qu'à la condition de s'appuyer sur ce qu'on a fait, et de connaître l'expérience des générations précédentes, afin de ne pas tomber dans les mêmes erreurs.

C'était donc une question de méthode qui divisait les érudits et les savants, et, comme toujours, dans ces luttes de principes, chaque parti se laissait aller à l'exagération. Fréret lui-même, malgré sa mesure, dépassait un peu les bornes de l'estime que nous devons avoir pour les connaissances philosophiques et physiques des anciens; tandis que, par leurs dédains, ses antagonistes se privaient de bien des lumières qui pouvaient éclairer leur marche. Confiants, comme tous les novateurs, dans la puissance de leur doctrine et l'efficacité de leurs moyens, ils s'imaginaient déjà connaître toutes les lois de l'univers physique, dont à peine quelques-unes avaient été entrevues par l'antiquité, quand ils étaient eux-mêmes encore au seuil de connaissances que leurs procédés devaient mettre plus d'un siècle à nous découvrir.

Fréret, dans ce débat, eût dû se tenir exclusivement sur le terrain des sciences morales. Là, il avait l'avantage sur ses adversaires. L'étude de la philosophie des anciens importe maintenant peu, il faut le reconnaître, au progrès des sciences physiques et mathématiques. Qui scrute les phénomènes de l'univers physique, qui en applique la connaissance à nos besoins peut fort bien se passer de Platon et d'Aristote, tant leur science est arriérée; mais leurs écrits sont pleins, en revanche, d'enseignements pour qui recherche les lois de la logique et de la psychologie; ils fournissent des éléments positifs pour calculer ce qu'on pourrait appeler la courbe de l'esprit humain, courbe qui ne saurait être tracée que point par point, être représentée que par une formule empirique, d'autant plus approchée de l'équation véritable qu'elle a été établie sur un plus grand nombre de termes de la série. L'histoire de la méthode philosophique n'est-elle pas la vérification même de nos progrès? Cette histoire ne nous fournit-elle pas le moyen de se convaincre que nous ne tournons pas éternellement dans un cercle, et que la vérité se dégage lentement des erreurs auxquelles nous sommes trop souvent ramenés.

L'Académie des inscriptions et belles-lettres avait donc raison de maintenir comme indispensable la connaissance de l'antiquité ; si sa préférence pour les lettres anciennes l'entraînait quelquefois à un enthousiasme qui laissait prise à la critique, elle servait aussi de barrière contre la présomption des hommes de pure expérimentation, de connaissances exclusivement pratiques, trop enclins à ravaler les anciens. L'excès de cet enthousiasme effraya pourtant certains membres de la Compagnie, les théologiens surtout, qui craignaient qu'à force d'exalter l'antiquité, on ne donnât à croire les peuples chrétiens inférieurs aux païens. Le danger avait déjà apparu, au commencement du seizième siècle, lors du réveil des lettres classiques ; plus d'un traducteur des anciens, d'un lecteur de leurs chefs-d'œuvre, avait alors incliné vers des doctrines condamnées par l'Église. D'ailleurs il n'y avait pas dans l'admiration outrée de l'antiquité, qu'un péril pour l'orthodoxie, il y en avait un aussi pour le progrès. L'abbé Gédoyn, quoique voué par goût à faire passer dans notre langue les beautés des anciens, s'éleva judicieusement contre les exagérations de certains érudits ; dans une dissertation lue à ses confrères en 1736, touchant la question de savoir si les anciens ont été plus savants que les modernes, il soutint que l'antiquité n'avait pas le privilége exclusif des chefs-d'œuvre littéraires. En France, soixante ans plus tôt, on eût rencontré bien peu d'hommes de l'habit de l'abbé Gédoyn professant pareille opinion, et dans la célèbre querelle des anciens et des modernes, les érudits avaient presque tous pris parti en faveur des premiers[1]. Mais on avait grandement marché depuis, et la postérité commençait déjà pour des écrivains dont les œuvres fournissaient des arguments à la thèse des modernes. Sans doute, avouait Gédoyn, nul ne peut et ne pourra vraisemblablement égaler Homère, Virgile, Démosthènes et Cicéron; mais les autres auteurs de l'antiquité trouveraient leurs égaux, même leurs supérieurs. « Les modernes sont plus savants, écrivait-il encore, plus universels que les anciens, surtout ils se donnent plus de peine dans la composition de leurs œuvres et travaillent davantage. » Le savant ecclésiastique prit occasion de son Mémoire pour signaler les inconvénients d'une éducation purement grecque et latine, comme on la donnait; il se plaignit de ce qu'au sortir du collége, les élèves connussent jusqu'aux fables les plus frivoles de l'antiquité, et ignorassent presque les lois et les usages de leur pays. Dans ces réclamations, il y avait assurément quelque chose de fondé. La société moderne tendait à s'éloigner de plus en plus des traditions de l'antiquité; n'occuper les esprits que des lettres anciennes, c'était méconnaître les besoins nouveaux. On conçoit que tant qu'il s'était agi avant tout de perfectionner la langue et d'épurer le goût, la lecture des chefs-d'œuvre anciens eût été le principal

[1] Aussi l'abbé de Pons, l'un des fauteurs du parti des modernes, appelait-il le camp opposé le parti des érudits. Voy. H. Rigault, *Histoire de la querelle des anciens et des modernes*, p. 403. Il faut pourtant faire exception pour les abbés d'Aubignac et Terrasson.

objet de l'éducation; mais les sciences avaient pris depuis leur place; les affaires publiques tendaient à devenir le domaine de tous les hommes éclairés; les arts eux-mêmes rencontraient des nécessités inconnues des anciens : tout cela exigeait qu'on fît une part à des études d'abord inconnues, puis abandonnées, après leur découverte, à un petit nombre d'hommes spéciaux. Instruire la jeunesse, par les exemples d'Athènes, de Sparte et de Rome, dans un pays qui n'avait presque rien conservé de l'esprit des républiques antiques, c'était là un contre-sens qui exposait la génération future à de graves erreurs. Les illusions et les théories dangereuses qui aboutirent au règne de la Terreur donnèrent raison à l'abbé Gédoyn. Ce n'est pas cependant que l'étude de l'antiquité soit en elle-même dangereuse; mais l'esprit avec lequel il la faut poursuivre, pour qu'elle soit profitable, n'était pas celui des humanistes du dix-huitième siècle. Les anciens appartiennent à notre race; ils en sont les aînés, et à ce titre la connaissance de leurs idées et de leurs institutions importe hautement à la science de l'histoire. Il ne faut pas pour cela en faire des types parfaits, voir dans la société antique un idéal proposé en tout pour modèle; le beau et le goût dont ils ont eu un vif sentiment ne sauraient passer avant l'utile et le vrai. C'est ce que nos pères n'ont pas assez compris; aussi faut-il reconnaître que dans la fameuse querelle des anciens et des modernes, les détracteurs de l'antiquité furent en bien des points plus raisonnables que ses admirateurs outrés. L'abbé Gédoyn avait donc son côté de raison, mais ses réclamations eurent le tort de devancer les idées de la majorité des esprits cultivés du temps, et ses confrères s'indignèrent de voir un homme qui avait tant lu les anciens, leur payer un tribut d'éloges si réservé.

Ces fables puériles dont le savant abbé ne saisissait que le ridicule, attiraient au contraire fortement la curiosité des membres de l'Académie des inscriptions. Dès le temps de sa reconstitution par Pontchartrain, l'attention de plusieurs d'entre eux s'était portée sur l'explication et l'origine de diverses fables que la poésie avait rendues populaires; et bientôt chaque académicien eut la prétention de trouver quelque nouvelle explication. C'était pour eux comme des rébus qui éveillaient leur sagacité et dont la recherche venait les délasser d'autres labeurs. Il n'y eut pas jusqu'à l'orientaliste Galland lui-même qui ne se détournât de ses études habituelles, pour éclairer à sa façon plusieurs de ces mythologiques traditions; plus tard Foncemagne, qui devait se faire un nom par des travaux sur notre histoire, débutait par de semblables essais; il lut, en 1723, un Mémoire assez piquant sur Laverne, la déesse du vol chez les Romains. Ce n'était là, je le répète, que des amusements d'érudits et non des œuvres bien sérieuses. Le point de vue dont on envisageait alors les fables de la Grèce ne pouvait inspirer à des esprits positifs une grande estime à leur endroit. La critique mythologique était encore à peu près inconnue. Les uns, à l'imitation de Bochart, ne voyaient dans les fables grecques qu'une altération des traditions de l'Écriture, que la métamorphose des faits bibliques due à l'ignorance ou à la malice : « Ce n'est pas du paganisme que la religion judaïque a pris ses cérémonies, écrivait le savant Renaudot, mais, comme l'ont fait voir plusieurs auteurs anciens et modernes, ce qu'il y avait de plus mystérieux dans le paganisme, était tiré des Hébreux. » Ce système aboutit aux absurdités qu'on trouve dans l'ouvrage de M. de Lavaur, publié en 1730, sous le titre de *Conférence de la Fable avec l'Histoire sainte*. Les autres, s'en tenant à l'hypothèse d'Évhémère, si fort accréditée chez les Pères de l'Église, prétendaient retrouver dans la mythologie toute une histoire réelle. Les dieux n'étaient à leurs yeux que des rois, de grands capitaines, des princes, des législateurs qui avaient pris un incognito divin, non pour échapper, comme le permet l'incognito, aux démonstrations et aux honneurs du vulgaire, mais pour se les mieux assurer. La reconnaissance ou l'enthousiasme avaient fait des déités de simples mortels, et toute l'exégèse mythologique devait dès lors se borner à dépouiller ces héros de leur masque olympien. On avait par là le moyen de reconstituer l'histoire entière des temps primitifs. Toutefois, ces modernes évhéméristes ne rejetaient pas non plus absolument l'idée que les faits bibliques eussent fourni le fondement de plusieurs fables grecques, et, marchant dans la voie de Casaubon, Grotius, Vossius, du P. Thomassin et de Huet, ils demandaient tour à tour aux annales supposées de la Grèce et à celles des Hébreux la clef d'une mythologie qu'ils étudiaient avec plus de curiosité que d'intelligence. La presque totalité des premiers membres de l'Académie des inscriptions qui s'occupèrent de la religion des anciens appartenaient à cette école ; tels furent Hardion, Boivin l'aîné, Boutard, Étienne et Michel Fourmont. Mais aucun ne porta plus loin dans l'étude de la mythologie cet esprit de système, que l'abbé Banier [1], qui, dès son entrée dans la Compagnie, s'en était fait le grand mythographe. Confondant les mythes de la Grèce, de la Phénicie et de l'Égypte, adoptant, les yeux fermés, toutes les assimilations arbitraires proposées par les anciens, il prétendait arriver à tout expliquer par son système évhémériste, chasser des interprétations ce qu'on appelait alors les moralités et les allégories, et ramener toutes les fables à l'histoire positive. Ses rêveries furent prises pour des découvertes. Il apportait, presque à chaque séance, l'explication de quelques mythes nouveaux, réunissant ainsi les matériaux d'un livre qui devait être le *nec plus ultra* de l'évhémérisme moderne. L'Académie se prononça hautement en faveur du livre, et plusieurs membres suggérèrent à son auteur des rapprochements qui lui avaient échappé.

Tel était l'état des études mythologiques vers 1735, tel était l'engouement pour un système qui flattait l'orthodoxie théologique. L'abbé Banier, à travers toutes ses illusions, faisait cependant accomplir un progrès à la connaissance des religions antiques. Disciple convaincu d'Évhémère, il repoussait généralement le système d'explications bibliques si fort accrédité avant lui, et il débarrassait ainsi le terrain mythologique de

[1] Né à Dallet (Puy-de-Dôme) en 1673, reçu élève en 1713.

ces folles interprétations qui assimilaient les dieux aux patriarches.

L'abbé Banier était arrivé aux dernières exagérations de l'évhémérisme. Son règne fut de courte durée ; peu d'années après l'approbation qu'elle avait reçue de ses confrères, sa théorie essuya une défaite définitive, grâce aux travaux de plusieurs érudits, dont quelques-uns avaient assisté, vraisemblablement dans un silence désapprobateur, à ses bruyants triomphes.

Malgré les rapprochements plus ou moins ingénieux proposés en faveur de la doctrine d'Évhémère, par Boivin l'aîné, qui cherchait l'origine de tous les dieux dans l'apothéose, par les deux Fourmont, et surtout par l'abbé Banier, on comprit qu'elle ne suffisait pas à l'explication de toutes les fables de l'antiquité. Cette prétendue *Panchaïe* du philosophe grec, dont Étienne Fourmont avait soutenu la réalité [1], ne pouvait contenir tout ce qu'avait inventé l'imagination des Grecs, et il n'était pas difficile de s'apercevoir que l'histoire positive ne se trouvait pas toujours au fond de tant de merveilles. L'abbé Massieu, qui ne voyait dans la mythologie grecque qu'un tissu de chimères et d'inventions capricieuses, n'avait pu cependant méconnaître çà et là des allégories, bien qu'il n'en sût démêler ni le sens ni l'origine. C'est ce qu'on voit par ses dissertations *sur les Grâces*, *sur les Hespé-*

[1] Fourmont avait entrepris d'établir que la description qu'a donnée de l'île Panchaïe Évhémère, dans sa Ἱερὰ ἀναγραφή, était conforme à la réalité. Voy. *Mémoires de l'Académie des inscriptions*, t. XV.

rides, sur les Gorgones. La Barre, travailleur consciencieux, que sa surdité avait sans doute empêché de prêter à la lecture des mémoires de l'abbé Banier une attention suffisante pour être convaincu, vint un jour, c'était en 1737, proposer à l'Académie ses vues sur la religion des Grecs; elles allaient droit contre l'évhémérisme. La Barre, établissait, par d'assez bonnes raisons, que la religion de la Grèce ne découle point d'une source unique, qu'elle s'est formée par des emprunts faits aux religions des divers pays avec lesquels cette contrée était entrée en relation, notamment l'Égypte. Sans doute, ajoutait l'adversaire de Banier, quelques divinités sont de l'invention des Grecs, mais celles-là ont un caractère purement allégorique.

Les arguments de La Barre et son exposé historique n'ébranlèrent pas tout d'abord ses confrères enfoncés dans les doctrines de Renaudot, de Hardion et des Fourmont. L'abbé Gédoyn, qui cherchait sérieusement à reconstruire l'histoire de Dédale, comme s'il eût été un personnage réel, l'abbé Sevin, qui avait débuté dans les recherches mythologiques par une dissertation sur l'identité d'Hermès et du Misraïm de la Bible, ne se rendaient pas. Fréret lui-même, qui allait bientôt découvrir avec sa sagacité habituelle tout le faux des anciennes études mythologiques, retombait encore souvent dans l'évhémérisme, et s'il ne confondait pas les dieux avec les hommes, il admettait cependant l'origine tout humaine des héros. En 1733, à propos d'un mémoire de l'abbé Banier *sur Bellérophon*, il avait gravement disserté sur le temps où a vécu ce personnage. Il fallait vraiment du courage à

La Barre pour rompre en visière avec un système défendu par de si savants hommes, lui que son métier de journaliste empêchait de se livrer à une étude bien approfondie des textes anciens. Mais la critique ne marche pas toujours de pair avec l'érudition, et tel homme tire un meilleur parti d'un petit nombre de faits qu'il a habilement choisis, que le savant qui a la tête toute hérissée de citations, sans en pouvoir coordonner ou dégager le contenu. Les communications de La Barre à la Compagnie se continuèrent pendant deux années ; elles portèrent leurs fruits, quoiqu'elles n'eussent point été accueillies avec la faveur qu'avaient rencontrée les hypothèses ridicules de l'abbé Banier. Fréret médita sur ce grave sujet, et, sans pouvoir se détacher complétement des erreurs de ses devanciers, il émit cependant des vues remarquables par le bon sens qui y règne. Dans ses *Réflexions sur la nature de la religion des Grecs*, il réagit avec force contre la prédominance exclusive de l'évhémérisme ; tout en convenant, par un effet de l'influence de son éducation, que c'est une clef; mais cette clef, se hâte-t-il d'ajouter, n'est ni la seule ni la plus importante. Il montre que, des fables de l'antiquité, les unes avaient rapport à la physique générale, les autres exprimaient des idées métaphysiques par des images sensibles, que plusieurs enfin conservaient quelques traces des premières traditions. Cette judicieuse distinction, Fréret l'établit, en s'appuyant d'un passage du livre X de Strabon. Les fables de la troisième catégorie sont, suivant sa remarque, les seules qu'on puisse appeler historiques, les seules qu'il soit permis à la saine critique de lier avec les faits connus des temps postérieurs. Fréret avait raison; mais il s'exagérait encore la part à faire à l'histoire dans la mythologie hellénique. Au reste, il n'infirmait pas les idées de La Barre; il les appuyait au contraire par des considérations plus précises et plus nettes, reconnaissant l'influence considérable des cultes étrangers et leur association successive avec la religion nationale. « Les dogmes et les usages confondus ensemble, écrit-il, formaient un tout dont les parties, originairement peu d'accord entre elles, n'étaient parvenues à se concilier qu'à force d'explications et de changements faits de part et d'autre. » Plus loin dans le même mémoire, il ajoute : « La fable n'est point un tout composé de parties correspondantes; c'est un corps informe, irrégulier, mais agréable dans les détails; c'est le mélange confus des songes de l'imagination, des rêves de la philosophie et des débris de l'antique histoire. »

Fréret s'aperçoit que jusqu'alors on n'avait point en mythologie assez distingué les époques, que l'on avait confondu des caractères et des attributs ne datant pas du même âge et qui se rapportent à des conceptions d'ordre différent. « Le système de la religion a changé plusieurs fois dans la Grèce, fait-il remarquer; le culte des anciennes divinités y fut comme aboli pour faire place à de nouveaux dieux, qui se remplaçaient à l'insu d'eux-mêmes et de leurs adorateurs, par des échanges et des usurpations réciproques. L'histoire de ces changements, présentée sous des allégories et chargée de circonstances poétiques, prit insensiblement la forme d'une histoire des dieux eux-mêmes, considérés comme des rois ou comme des personnages réels qui se seraient enlevé tour à tour l'empire de l'univers. »

On ne pouvait mieux dire, et si la philologie comparée eût été alors découverte, si Fréret avait pu distinguer, par les noms, de quelle contrée provenait tel ou tel dieu, si enfin l'histoire orientale avait été moins ignorée, nul doute que ce grand érudit n'eût appliqué d'une main plus sûre une méthode qu'il avait si bien définie; il aurait ainsi achevé cette histoire de l'établissement des dieux étrangers dans la Grèce et de l'invention ou de l'importation des arts utiles dans le même pays, traduite en fables et en allégories, dont il révélait l'existence.

Ces vues si justes, Fréret les étendit à la religion des Romains, que l'on confondait encore trop souvent avec celle des Grecs. Le grand érudit comprit que c'était seulement depuis que les relations s'étaient multipliées entre la Grèce et Rome, que les fables et les divinités helléniques s'étaient introduites dans le panthéon latin, que ce mélange n'avait pu faire disparaître la religion de l'État, qui dut toujours être conservée intacte et avec sa simplicité primitive, par le collége des pontifes, tandis que les cultes étrangers restaient aux mains des prêtres étrangers [1]. Mais, malgré les observations de Fréret, la tyrannie de l'usage perpétua chez les écrivains français cette assimilation des dieux grecs et des dieux romains, qui confond leur histoire et porte dans l'Olympe des noms latins qui le défigurent.

[1] Voy. *Mémoires de l'Académie des inscriptions*, t. XVIII, p. 108.

Cependant l'Académie des inscriptions était elle-même la première à provoquer des recherches destinées à mieux faire connaître le polythéisme romain; et, en 1754, elle proposait pour sujet de prix la question suivante : *Quel était le système religieux que Denys d'Halicarnasse assure avoir été particulier aux Romains et très-différent de la mythologie grecque?* On n'était guère préparé en France à trouver la réponse, et ce fut un professeur d'histoire et de botanique à l'université de Padoue, Pontodera, qui remporta la couronne. La connaissance de la religion romaine ne pouvait d'ailleurs faire de progrès que par une étude approfondie des institutions politiques et administratives de Rome étroitement liées aux institutions religieuses. Aussi le premier qui traita avec quelque solidité de certains détails du culte des Romains, l'abbé Montgault [1], s'était-il préparé à ce travail par une lecture approfondie des lettres de Cicéron, dont il nous a laissé une élégante version. Dans sa dissertation *sur les honneurs divins rendus aux gouverneurs de province*, il montrait que ces honneurs avaient ouvert les voies à l'apothéose des empereurs, et dans le mémoire qu'il consacra au *fanum* que voulait élever l'orateur romain à sa fille Tullie, il marquait le caractère du culte des morts dans le polythéisme antique [2]. L'esprit philosophique qui apparaît dans ces deux écrits, suivant la remarque de Fréret [3],

[1] Montgault appartint aussi à l'Académie française, et mourut en 1746.

[2] *Mém. de l'Acad. des inscript.* t. I, p. 370.

[3] Voy. l'*Éloge de Montgault*, par Fréret, dans l'*Histoire de l'Académie des inscriptions*, t. XVIII, p. 449.

prouve que si cet ecclésiastique s'attacha à développer dans son élève, le fils du Régent, une piété poussée jusqu'à la dévotion la plus étroite, il n'en gardait pas moins pour lui le privilége d'une liberté de penser dont il supposait sans doute l'exercice dangereux chez un prince[1]. Plus tard, Dupuy, appliquant ses vues sur l'emploi des miroirs ardents à l'étude d'un détail de la liturgie romaine aux temps païens, la manière dont on rallumait le feu sacré quand il était éteint[2], montra combien une discussion comparative et serrée des textes peut jeter de lumière sur les rites de l'antiquité, et donna un de ces spécimens de la bonne érudition appliquée à l'exposé de la religion romaine, dont le dix-huitième siècle a été trop avare.

A mesure que l'on s'éloignait de l'évhémérisme de Banier, la religion des anciens apparaissait davantage comme la personnification des phénomènes de la nature; mais, au lieu de prendre l'ensemble de ces phénomènes comme la source, infiniment variée dans ses produits, de tant de fables et de divinités, on était encore trop enclin à chercher dans des faits physiques isolés et des manifestations particulières l'interprétation des mythes; on eût voulu, pour simplifier, n'avoir affaire qu'à quelques météores qui auraient ainsi donné la clef de toutes les fables. Cette tendance, qui s'est continuée jusque de notre temps chez des

[1] Voy. ce que dit Duclos, *Mémoires secrets sur les règnes de Louis XIV et de Louis XV*, liv. V, t. II, p. 281.

[2] Voy. *Mém. de l'Acad.*, t. XXXV, p. 385. Dupuy montra que la flamme était rallumée sur l'autel, au moyen de la puissance réflective d'un vase en métal poli ayant la forme d'un cône tronqué.

érudits peu judicieux, entraîna un savant physicien, Mairan, enivré du succès qu'avait obtenu sa théorie des aurores boréales[1], à expliquer par ce phénomène la fable de l'Olympe, du Pinde, de l'Hélicon et en général celles de Jupiter et des dieux. L'épithète de *lumineuse* que les poëtes avaient donnée à la montagne divine, persuadait le secrétaire perpétuel de l'Académie des sciences, qu'il s'agissait là d'un phénomène d'optique. Ses confrères lui firent vainement lire un mémoire de Boivin le cadet intitulé: *Système d'Homère sur l'Olympe*, où cet érudit avait entrepris de prouver que l'Olympe était pour l'auteur de l'Iliade une montagne ayant sa base dans le ciel et dont le sommet regardait la terre; Mairan n'y vit qu'un paradoxe invraisemblable et stérile, bien que Boivin fût plus près que lui de la vérité. Il s'entêta dans son explication, et l'Académie des inscriptions, n'osant fermer son recueil au secrétaire perpétuel de l'Académie des sciences, inséra, bien qu'à regret, un exposé des idées de Mairan dans ses Mémoires[2].

Les recherches de mythologie n'ont pas cessé d'occuper une large place dans les travaux de la Compagnie jusqu'à la fin de son existence; elles prirent un caractère sinon de plus en plus critique, du moins de plus en plus historique. L'esprit des systèmes, qui

[1] Voy. ce qui est dit à ce sujet, dans l'*Ancienne Académie des sciences*, p. 91.

[2] Voy. *Mémoires de l'Académie*, t. XXV, p. 190. Mairan consigne cependant dans sa dissertation cette réflexion fort juste : Les fables n'ont été vraisemblablement dans leur origine que la physique des temps fabuleux, tant chez les Grecs que chez tous les autres peuples, physique toujours subordonnée à leur théologie et à leurs traditions.

avait longtemps prévalu, tendait à s'effacer. On ne prétendait plus expliquer l'origine des divinités avant d'avoir approfondi leurs caractères et leurs attributs; on se proposait avant tout de bien faire connaître les phases par lesquelles avait passé la théogonie des anciens, et l'on commençait à tenir compte de la différence des temps et des lieux, des modifications successives qu'un culte avait subies, des emprunts que les divers cultes locaux s'étaient faits; on suivait, en un mot, le programme que Fréret avait tracé.

Les questions proposées en prix pour 1767, 1768, 1769, furent des points de mythologie grecque, ou plutôt de mythologie comparative, puisque l'on appelait précisément l'attention des concurrents sur des différences d'attributs et de symboles, dont les anciens académiciens n'avaient tenu aucun compte. Pour 1771, on mit au concours cette question: *Des attributs de Junon chez les différents peuples de la Grèce et de l'Italie*, et pour l'année suivante, ces deux autres : *Des noms et des attributs de Jupiter, de ceux d'Apollon et de Diane, en Grèce et en Italie.* Leblond remporta les trois prix. Versé dans la connaissance des monuments, sans en avoir pourtant une pratique consommée, cet érudit comprenait quel secours ils apportent à la connaissance des religions de l'antiquité. Les représentations figurées nous en disent souvent sur les dieux plus que des textes obscurs ou incomplets; et l'on ne saurait pénétrer dans l'intelligence des rites et des cérémonies religieuses, sans étudier les images que la peinture ou la sculpture nous en ont laissées. Admis dans la Compagnie qui l'avait plusieurs fois couronné, Leblond y apporta ses habitudes de critique mythologique, et une liberté philosophique qu'on n'aurait point attendue de l'habit ecclésiastique dont il était vêtu. Dans son mémoire *sur le prétendu dieu Lunus*, qu'il lut en 1777 à l'Académie[1], il montre qu'il faut reconnaître, dans la divinité citée par l'historien Spartien, le dieu du mois dont le culte, répandu en Phrygie, offrait un caractère oriental. Sans être d'une érudition bien profonde, ce travail annonce pourtant, comparé aux dissertations mythologiques des premiers volumes du Recueil, un progrès marqué. Durant plus de dix années, les sujets de prix furent empruntés à l'histoire de la religion des anciens. L'Académie semblait demander, à la nouvelle école d'archéologie qui se formait, de refaire à son usage sur une mythologie fondée à la fois sur les monuments et les textes. Elle sentait que la *Symbolique* était toute à écrire, et chaque année, elle en réclamait un nouveau chapitre. En 1773, elle mettait au concours : *Quels furent les noms et les attributs de Minerve chez les différents peuples de la Grèce et de l'Italie?* Sainte-Croix obtenait la couronne. En 1775, autre question mythologique : *Quels furent les noms et les attributs divers de Vénus chez les différents peuples de la Grèce et de l'Italie?* Le prix fut partagé entre Larcher et l'abbé Giraud de Lachau, garde du cabinet des antiques du duc d'Orléans. Leurs dissertations, qui ont été publiées, prouvent que l'érudition, si elle échappait davantage à l'évhémérisme du siècle précédent, ne savait point

[1] Voy. *Mémoires de l'Académie*, t. XLI, p. 381.

encore, dans la confusion des divinités et des cultes que Rome opéra par ignorance autant que par système, démêler des dieux et des mythes de caractères et de provenances essentiellement différents. Plus tard, l'Académie couronnait Sainte-Croix pour un mémoire *sur les noms et les attributs de Proserpine*, Mongez, pour un autre *sur les noms et les attributs de Pluton*. Le Mémoire de Sainte-Croix a été le point de départ de ses *Recherches historiques sur les mystères du paganisme*, qui parurent en 1784. Ce fut là le suprême effort du dix-huitième siècle pour pénétrer dans ce que la religion des anciens présente de plus délicat et de plus obscur. Il manquait encore à Sainte-Croix cette habitude consommée des textes, l'érudition qui rassemble les plus délaissés et sait en tirer des indications qu'on n'en aurait point attendues, ce génie philologique qui les corrige et les contrôle en les rappelant, cette méthode qui distingue dans les témoignages, les époques par le style et par le langage; en un mot, tout ce que l'Allemagne nous a donné depuis avec Creuzer et surtout avec Lobeck, tout ce que nous lui avons emprunté avec M. Guigniaut.

On le voit, ce n'était pas seulement l'histoire des divinités, mais encore le culte, la législation religieuse, qui était l'objet de la curiosité des érudits de l'Académie. Dès le début de ses travaux archéologiques, la Compagnie avait entendu dans cet ordre d'études des mémoires sinon bien profonds, du moins instructifs. En 1711, l'abbé Nadal avait lu une dissertation *sur les Vestales*, et la même année, l'abbé Massieu en avait communiqué une *sur les formules religieuses du serment chez les anciens*. En 1713, Morin avait donné ses recherches *sur l'usage du jeûne chez les anciens par rapport à la religion*, *sur les augures*, et sur *l'histoire du célibat*. En 1715, l'abbé Sallier fit paraître son intéressant mémoire sur *la fête du septième jour*. Mais ce fut surtout après l'entrée de Bougainville à l'Académie, dont il allait bientôt devenir secrétaire perpétuel, que les institutions religieuses de la Grèce occupèrent les séances, à raison de la prédilection qu'il avait pour ce genre d'études. Ses recherches sur *l'organisation sacerdotale à Athènes*, sur *les familles où certains sacerdoces étaient héréditaires* [1], dénotent un savoir solide, mais non un esprit bien étendu. En agrandissant le sujet, Lévesque de Burigny ne traça qu'un tableau intéressant du sacerdoce antique [2], sans s'arrêter à la discussion critique que plusieurs points réclamaient. Plus philosophe qu'antiquaire, et plus antiquaire que philologue, Burigny excellait à saisir l'ensemble d'un sujet, mais n'avait ni la patience, ni la pénétration nécessaires pour en débrouiller les détails. Vaillant, si versé dans les monuments de la numismatique, s'était montré plus sagace, en recherchant le rôle de certains ministres du culte, les *Néocores* [3], et J.-L. Le Beau, dans ses observations sur les prêtres chargés du soin de l'orge sacrée destinée au service des temples, et qu'on appelait les

[1] Voy. *Mémoires de l'Académie des inscriptions*, t. XVIII et XXIII.

[2] *Les honneurs et les prérogatives accordées aux prêtres dans les religions profanes*, *Mém. de l'Acad.*, t. XXXI, p. 108.

[3] *Mém. de l'Acad.*, t. I et II.

Parasites [1], sut faire un usage plus adroit des textes et y appliquer des connaissances philologiques qui manquaient à Vaillant comme à Burigny.

On s'étonne de la faveur que rencontraient alors des études que leur liaison avec la théologie rendait délicates ; car, à force de rapprochements, on pouvait être conduit à mêler le sacré au profane, à comparer les superstitions antiques aux rites chrétiens. Tant que l'Académie se tint dans les étroites limites d'une sévère orthodoxie, il y eut donc pour elle quelque danger à trop remuer des croyances dont la connaissance était de nature à inquiéter les consciences. Il fallait aussi, pour que ces recherches fussent complètes, pénétrer dans les procédés magiques qui tenaient de si près à la religion, en montrer l'illusion et le vide, et cela sans faire évanouir du même coup le démon. Quand un élève d'A. Dacier, que l'Académie s'était adjoint, Élie Blanchard [2], vint lire, en 1735, un mémoire sur *les exorcismes magiques*, ses confrères furent effrayés du sujet qui pouvait les rendre justiciables de l'Inquisition ; ils s'écrièrent : *Incedis per ignes suppositos cineri doloso !* Le secrétaire perpétuel n'osa insérer le mémoire dans le recueil et se borna à en donner une analyse qu'il termina, en faisant observer combien le sujet était délicat et rappelant ces mots de Philétas : *Deum crede atque cole, noli quærere*, maxime qu'il eût été peut-être opportun de

[1] Voy. *Hist. de l'Acad.*, t. XXXI, p. 51. Le Beau jeune distingue avec sagacité ces parasites des bouffons de théâtre, appelés parasites d'Apollon.

[2] Élie Blanchard, né à Langres en 1672, mourut en 1755.

proposer à des moines, mais qui ne convenait assurément pas à une Académie occupée de recherches critiques [1]. Bonamy, esprit libre, quoique très-bon chrétien, n'avait pourtant pas craint d'aborder un sujet si périlleux [2]; mais il l'avait traité avec plus de circonspection. Il vit fort bien que la magie, ou, comme il la définit, l'art de produire des choses au-dessus du pouvoir de l'homme, par le secours des dieux, en employant certaines paroles et certaines cérémonies, partait des mêmes principes que la théologie païenne et avait les mêmes vues. Quand Burigny se livrait à ses recherches sur *les honneurs et les prérogatives accordés aux prêtres dans les religions profanes*, et sur *la croyance aux songes*, l'Académie était devenue moins timide et n'avait pas tant de mesure à garder. Fontenelle, quoique n'ayant, comme le remarque Le Beau [3], qu'un goût médiocre pour l'érudition, ne craignit pas de s'aventurer sur ce terrain où l'on pouvait glisser jusque dans l'incrédulité. Il répandit les grâces de son style sur le lourd traité *des Oracles* de Van Dale [4] qui l'avait charmé, c'est là le seul titre qu'il se soit donné pour justifier son admission à l'Académie [5].

[1] Voy. *Mém. de l'Acad.*, t. XII (1740).

[2] Voy. sa dissertation intitulée : *Rapports de la magie avec la théologie*, dans les *Mém. de l'Acad.*, t. VII, p. 23.

[3] Voy. l'*Éloge de Fontenelle* dans l'*Hist. de l'Acad.*, t. XXVII, p. 25.

[4] Érudit hollandais né en 1638, mort en 1708. Son *Traité des Oracles*, écrit en latin, parut en 1700.

[5] Fontenelle fut admis comme associé en 1701 ; mais il sollicita promptement la vétérance, et parut peu aux assemblées de l'Académie.

Le système d'Évhémère perdait donc tous les jours des partisans, au profit de la vraie critique. Dès 1736, La Nauze, bien qu'il y demeurât encore attaché, émettait dans ses remarques sur *l'origine et l'antiquité de la cabale*, des réflexions qui allaient droit à son renversement. Quel fond peut-on faire, disait-il, sur des hypothèses où, faute de monuments qui puissent garantir la vérité d'un fait, on ne laisse pas de l'établir suivant son goût pour le genre d'étude que l'on cultive. Il signalait par ces paroles l'erreur de la vieille école toujours prête, à raison de ses préoccupations historiques, à prendre des fictions pour des faits réels. La Nauze avait fort bien compris que l'allégorie, loin d'être chez les anciens un procédé pour voiler la vérité, s'offrait au contraire à leur esprit comme un moyen de rendre un fait plus saisissant. « Non, ce n'était point pour se cacher, c'était plutôt pour se faire mieux entendre, écrit-il dans le mémoire qui vient d'être rappelé, que les Orientaux employaient leur style figuré, les Égyptiens leurs hiéroglyphes, les poëtes leurs images, et les philosophes la singularité de leurs discours. » Toutefois La Nauze, occupé à réfuter les rêveries des Juifs sur l'antique origine de la cabale, n'a pas pris le soin de tirer les conséquences de ses remarques qui l'auraient certainement amené à rompre complétement avec l'évhémérisme.

Plus tard, en 1762, l'abbé Foucher entra dans une voie meilleure ; tout en continuant de faire une part à cette doctrine, il en restreignit singulièrement l'application, et adopta dans son exposé de ce qu'il appelait l'*héllénisme*, c'est-à-dire la religion grecque, une sorte d'éclectisme. Il va même plus loin que Fréret, qui a trop souvent, dans sa Chronologie, pris les héros pour des personnages réels. Il confesse, tout abbé qu'il est, l'erreur des Pères de l'Église, partisans décidés du système d'Évhémère, et, afin d'excuser leur méprise, il fait remarquer qu'ils ont été trompés par les aveux mêmes des païens ; remarque, au reste, fort judicieuse, car l'incrédulité philosophique des anciens avait accepté avec empressement ce moyen facile pour mettre à néant des dieux dont elle ne voulait plus. Si l'abbé Foucher repousse l'application exclusive et exagérée de l'évhémérisme, il ne veut pas davantage du pur système de l'allégorie, quoiqu'il lui fasse aussi sa part, parce qu'il y a des traits, observe-t-il, qui ne sont susceptibles que d'une explication historique. L'allégorie, cet académicien l'entendait, ainsi qu'on l'admettait de son temps, comme une allégorie de rhétorique, une sorte de figure où les choses apparaissent dans les rapports de la réalité, mais masquées, drapées par des mots, procédé qui n'aurait eu d'autre objet que de rendre le récit plus animé, plus attrayant. Quant à cette allégorie qui constitue le mythe, où tous les objets de la nature prennent et échangent des personnalités, où l'histoire donne la main à la légende, et la légende à la pure fiction, où les âges, les lieux et les individus se confondent, où l'anthropomorphisme associe comme autant d'acteurs d'un même drame les phénomènes célestes et les faits de l'histoire, l'abbé Foucher, pas plus que ses confrères, n'en avait guère l'idée. En somme, ce savant, tout en reconnaissant, ainsi qu'il le dit dans sa conclusion, le 25 février 1766, que le fantôme de vraisemblance présenté d'abord par le système d'Évhémère s'est évanoui, dès qu'on en a approché la lumière, semble cependant regretter la facilité qu'il donnait pour débrouiller le chaos mythologique.

Vers la même époque, en 1760, paraissait l'ouvrage du président Charles de Brosses [1], sur *le culte des dieux fétiches ;* il en avait communiqué quelques fragments à la Compagnie. Le savant magistrat entrait résolûment dans une voie nouvelle pour l'étude de l'histoire des religions, en éclairant les croyances de l'antiquité, surtout celles de l'Égypte, à l'aide d'ingénieux rapprochements tirés de l'état intellectuel des peuples sauvages ; il combattait avec raison l'erreur qui fit prendre pour la religion primitive des bords du Nil les doctrines raffinées des néoplatoniciens et de Jamblique ; mais, poussant trop loin les assimilations, il refusait à tort à la religion des Pharaons un principe élevé, distinct du culte fétichiste qui l'avait obscurcie. Il a fallu que, dans ces derniers temps, les beaux travaux de MM. de Rougé, Auguste Mariette, Lepsius et Birch, nous fissent mieux connaître la religion égyptienne, pour nous tirer de l'erreur que de Brosses avait contribué à accréditer. Sa tentative était hardie ; elle sentait déjà la philosophie du temps ; elle eut l'avantage de ramener les mythologues à l'étude du naturalisme, cette personnification incessante des forces, des objets, des phénomènes de la nature d'où

[1] Charles de Brosses, né à Dijon en 1709, entra à l'Académie des inscriptions en 1758, et mourut en 1777.

découle tout le polythéisme antique. Les mêmes principes, de Brosses les appliquait encore dans sa notice sur l'*Oracle de Dodone*, que l'Académie insérait au tome XXXV de son Recueil.

Dans le même temps, un autre adepte des doctrines du dix-huitième siècle, Lévesque de Burigny, récemment admis dans la Compagnie, entreprenait une campagne contre les dieux et les héros fabuleux que les populations grecques se sont donnés pour ancêtres, et faisait pénétrer dans l'histoire héroïque la critique, qui commençait à être appliquée à la théogonie.

Aux origines de la Grèce et de l'Italie, le mythe est tellement confondu avec la tradition, que l'on ne saurait en éclaircir les ténèbres, sans avoir acquis le sentiment de ce que fut le génie symbolique de l'antiquité. Les premiers érudits qui s'occupèrent de débrouiller l'histoire des âges primitifs, comprenaient mal le caractère de cet esprit, ou plutôt de cette imagination des anciens qui associait, en les personnifiant, les phénomènes de la nature aux légendes qui tenaient lieu d'histoire. C'est pour y avoir été étrangers que les recherches de tant d'hommes instruits des dix-septième et dix-huitième siècles ont été frappées de stérilité.

Quand, aux débuts des travaux de l'Académie des inscriptions et belles-lettres, Renaudot apportait un mémoire *sur l'origine des lettres grecques*, il dépensait en pure perte un vaste savoir à poursuivre des questions, à résoudre des problèmes dont il ne comprenait pas même les moyens de solution. Ses idées inexactes sur le sens des traditions héroïques de la

Grèce, non moins que son ignorance de la langue égyptienne et des hiéroglyphes, contribuaient à l'égarer dans des investigations où le savoir et la sagacité ne lui manquaient pourtant pas. Un demi-siècle plus tard, les conceptions demeuraient aussi fausses, et l'érudition n'avait guère fait que tourner, en matière d'histoire primitive, dans le même cercle. Cependant l'intérêt qu'inspirent à notre curiosité les commencements de l'humanité ne s'était point attiédi; tous les érudits qui s'attachaient à la lecture des plus anciens écrivains de la Grèce et de Rome s'efforçaient de répandre un peu de clarté sur tant de traditions confuses et souvent contradictoires. Les Pélasges, cette antique population qu'on rencontre au plus haut qu'on puisse remonter sur le sol de la Grèce et de l'Italie, appelaient surtout leurs méditations : Qu'étaient-ils? d'où venaient-ils? comment avaient-ils disparu? difficiles questions que l'on prétendait résoudre, et, pour le faire, c'était surtout au père de l'histoire grecque, à Hérodote, que l'on s'adressait. Un académicien, l'abbé Geinoz, qui avait passé une partie de sa vie à traduire l'écrivain d'Halicarnasse, qui s'en était constitué le panégyriste et l'admirateur [1], essaya, en 1740 et les années suivantes, de discuter les passages où Hérodote parle de ce peuple mystérieux, de sa langue et des villes qu'il occupait encore [2]. La Nauze reprit la même question

[1] Voy. les mémoires de l'abbé Geinoz sur Hérodote, contenus dans les tomes XVI et XXIII des *Mémoires de l'Académie des inscriptions et belles-lettres*.

[2] Voy. *Examen d'un passage d'Hérodote concernant les Pélasges et les Hellènes*, dans le tome XXV des *Mémoires de l'Académie*, et ce que dit l'abbé Geinoz dans le tome XIV du même recueil.

en 1751, traduisant les passages dont Geinoz avait proposé une version, pour les interpréter autrement. Enfin, l'avocat Gibert[1], qui portait à l'Académie plus d'ardeur au travail que de sagacité dans la recherche, vint à son tour proposer sa solution et retraduire ce qu'avaient traduit ses confrères; mais il était complétement dépourvu de ce tact de l'antiquité qui ne s'est développé que par une étude comparative des monuments écrits et figurés, des traditions et des habitudes poétiques de la Grèce. Le plus redoutable et le plus judicieux de ceux qui intervinrent dans la lutte, ce fut Fréret. Gibert n'était pas de taille à se mesurer avec lui ; écrasé déjà plus d'une fois par sa critique et sa prodigieuse érudition, et quoiqu'un panégyriste [2] assure que les autorités en fait d'érudition ne lui imposaient pas, cet académicien attendit prudemment, pour exposer, sans crainte d'être contredit, un système que son terrible contradicteur pouvait renverser, la mort de Fréret. Le mémoire de Gibert *sur les premiers temps de la Grèce*, fut lu le 16 janvier 1753. L'auteur cherche à y établir l'origine à la fois syrienne, phénicienne et égyptienne des Pélasges, en partant de cette hypothèse que le Japet aïeul de Deucalion est le même que Japhet fils de Noë. Il appelle à son aide des étymologies tirées de l'hébreu, plus détestables les unes que les autres, acceptant, bien entendu, pour des personnages réels, toutes les personnifications de races

[1] Joseph-Baltazar Gibert, né à Aix (Bouches-du-Rhône) en 1711, mourut en 1771.

[2] Voy. l'*Éloge de Gibert*, *Hist. de l'Acad.*, t. XXXVIII, p. 272.

et de pays dont l'histoire primitive de la Grèce est remplie.

Dans ce mémoire, Gibert, esprit brouillon et ergoteur, n'a d'autre mérite que celui d'avoir réuni un grand nombre de passages des auteurs anciens sur les Pélasges.

Fréret avait vu les choses de plus haut. Son coup d'œil pénétrant lui avait fait démêler dans cette confusion de peuples et de tribus qui se succèdent ou se mêlent sur le sol antique, l'ordre véritable suivant lequel s'opérèrent les migrations auxquelles l'ancienne Europe doit sa population. Il reprit avec méthode l'étude des premiers habitants de la Grèce, et le dix-huitième siècle n'a jamais poussé plus loin l'ethnologie primitive, à ce point qu'en 1809, les héritiers de l'Académie des inscriptions trouvaient à son mémoire encore assez d'actualité pour le réimprimer dans le tome XLVII des mémoires de cette Académie, que l'Institut s'était chargé de faire paraître. Fréret aborda ensuite l'étude des autres populations anciennes de l'Europe sur lesquelles l'antiquité nous a laissé des notions encore plus confuses et plus difficiles à ajuster. Ce qui étonne dans ses dissertations, particulièrement dans son mémoire sur les *Cimmériens*, c'est que, malgré l'ignorance où l'on était alors de la parenté des principaux idiomes de l'Europe, de celle des traditions mythologiques du Nord et des fables de la Grèce, des vieilles institutions helléniques et des coutumes de l'Inde et de la Perse, ce grand critique ait pu découvrir, comme par une sorte d'intuition, l'affinité d'origine des races indo-européennes. Il a là véritablement devancé la science de plus de trois quarts de siècle.

Fréret a entrevu la classification et la parenté originelle des langues indo-européennes, et signalé l'importance de leur étude pour l'ethnologie. Dans son mémoire *sur les Cimmériens*, communiqué à l'Académie en 1745, il trace la marche de la migration des peuples de l'Asie, qui, des bords du Pont-Euxin, se répandirent au nord du Danube et sur le littoral méridional de la Baltique. Ses vues ne sont pas moins heureuses sur les migrations des peuples de l'Asie Mineure dans la Grèce et sur la parenté des Hellènes avec ces races. Dans son mémoire intitulé : *Recherches sur l'origine et l'ancienne histoire des différents peuples de l'Italie*, le grand érudit pose si nettement les questions, il les traite avec tant de clarté, il fait preuve d'une telle connaissance des textes, il déploie une critique si sagace, que, malgré toutes les découvertes archéologiques faites depuis, on n'a guère porté plus loin l'histoire de l'Italie primitive. Fréret indique exactement la distribution des Ibères, les courants de nations qui se sont répandus du nord au sud de la Péninsule ; il fait de judicieuses observations sur les Pélasges de l'Italie et sur les Étrusques, réduisant à sa juste valeur la tradition qui les fait venir de la Lydie.

De pareilles recherches ne pouvaient être entreprises sans aborder bien des points de chronologie. Fréret s'enfonça de plus en plus dans cette science aride et épineuse qui forme comme la charpente de l'histoire et a toute la sécheresse d'un squelette. A mesure que sa santé s'altérait par l'excès du travail, il s'attachait davantage à ces calculs historiques, qui, absorbant son esprit, ne lui permettaient pas de songer à ses souffrancs. Et comme il ne pouvait s'occuper d'une question sans l'embrasser dans sa généralité, il entreprit de rétablir tout le comput des temps anciens sur une base plus solide. De la chronologie grecque et romaine, ses investigations s'étendirent à la chronologie de tous les autres peuples anciens, à l'année des Perses, à celle des Arméniens, des Babyloniens, et jusqu'à la chronologie chinoise. Sur ce terrain encore, Fréret rencontra Gibert pour adversaire. L'infatigable académicien avait entrepris des travaux sérieux touchant la chronologie des Juifs et des Perses, où il porta comme d'ordinaire plus de bonne volonté que de talent. Le grand érudit trouva aussi un autre adversaire, mais plus redoutable, qui ne manquait ni de sagacité ni de ressources, et dont l'esprit, moins vaste que celui de Fréret, était parfois plus souple. La Nauze[1] avait approfondi les questions de chronologie ancienne; il ne les traitait pas d'une manière générale, à la façon de Fréret; il se cantonnait d'ordinaire dans des problèmes plus restreints, qu'il maniait avec adresse et savoir. Cependant La Nauze s'éleva parfois plus haut; il entreprit la solution de certaines difficultés qui exigeaient des vues sinon très-vastes du moins très-profondes. C'est ce que prouve son beau travail *sur le calendrier romain*[2].

Dans ces recherches chronologiques qui occupaient tant d'académiciens, les époques qui servent de base à

[1] Louis de Jouard de La Nauze, né en 1696 à Villeneuve-d'Agénois, mort en 1773.

[2] Ce mémoire, lu le 18 juin 1754, est inséré dans le tome XXVI du recueil de l'Académie; il a servi de base aux travaux d'Ideler sur la même matière.

notre comput furent naturellement l'objet d'une attention plus spéciale. La Nauze s'efforçait de dissiper les ténèbres qui enveloppent l'origine de la période Julienne; rectifiant Usserius, il s'attache à bien marquer les changements qu'avait traversés l'ancien calendrier romain et les erreurs introduites par une intercalation arbitraire du mois embolismique. Fréret, en calculant l'année où était mort Hérode le Grand [1], essayait de son côté de fixer la date précise de la naissance du Christ. Il appelait à son secours les médailles, ces monuments contemporains qu'on ne saurait accuser de mauvaises leçons ou de faux témoignages et qui fournissent à la critique les plus précieux moyens de contrôle. Le grand érudit, comme toujours, s'attaquait là à un problème ardu ; toutefois ici il ne s'agissait plus seulement de concilier des témoignages peu concordants, mais d'imaginer une hypothèse qui ne blessât pas les faits attestés et qui respectât une tradition mise hors du droit d'examen par l'orthodoxie. Déjà Vaillant le père [2], l'abbé de Fontenu, Boivin l'aîné, La Nauze avaient cherché la solution du problème [3]. C'est au premier de ces érudits qu'appartient l'idée d'appeler la numismatique au secours de ce point de chronologie et de faire servir les médailles juives à la détermination de l'année précise de la naissance du Sauveur. La sagacité de Fréret ne fut pas moins en défaut que celle de Vaillant et de ses confrères. Comment concilier le témoignage si formel de l'historien Josèphe, confirmé

[1] Voy. *Mémoires de l'Académie des Inscriptions*, t. XXI, p. 278.
[2] Voy. *Ibid.*, t. II, p. 496.
[3] Voy. *Histoire de l'Académie des Inscriptions*, t. IX, p. 91.

par les monnaies, et qui fait mourir Hérode le Grand, l'an 750 de Rome, c'est-à-dire quatre ans avant notre ère, avec l'adoration des Mages et le massacre des Innocents arrivés, selon l'Évangile saint Matthieu, à la fin du règne du prince Asmonéen? Comment aussi accorder le témoignage de saint Luc, qui place le miracle de Bethléem, lors du recensement de Quirinus, avec ce fait, que Quirinus ne fut gouverneur de la Syrie que longtemps après la mort d'Hérode le Grand? Vaillant aima mieux taxer d'erreur notre comput que de mettre en doute la réalité des traditions; il plaça la naissance du Christ en 749, autrement dit 5 ans plus tôt que la chronologie. Enchaîné par la même autorité, Fréret s'en tira pareillement en reculant de quatre années l'apparition de Jésus. Avec plus de liberté d'esprit et moins de respect pour un texte sur l'authenticité duquel l'exégèse biblique a jeté depuis bien des doutes, les deux académiciens se seraient aperçus que le Christ n'a pu naître que sous Archélaüs, le successeur d'Hérode, comme l'a montré une étude plus approfondie des médailles [1]. Mais en 1748, quand Fréret lisait son mémoire, la critique était encore, à l'Académie des inscriptions, en tutelle théologique.

Dans une autre branche de la science des temps, La Nauze se montra non moins ingénieux, non moins pénétrant que Fréret, c'est quand il lui disputa l'honneur de débrouiller la chronologie égyptienne. Ses mémoires *sur la grande année*, *sur les années solaire*

[1] Voy. F. de Saulcy, *Recherches sur la numismatique juive*, p. 123.

et lunaire, sur le calendrier de l'Égypte, dénotent une incontestable sagacité et un art à démêler les points essentiels d'une question que n'a pas toujours Fréret. L'un et l'autre, et par des côtés divers ils ont été les véritables précurseurs de Letronne, plus heureux que Fréret dans l'exposition de ses idées, mieux informé, plus philologue que La Nauze, quand il discute les textes.

La chronologie assyrienne, malgré les efforts de Sevin, de Fréret, de de Brosses, mieux inspirés que ceux de Gibert, malgré ceux que tenta après eux Larcher, ne put sortir des ténèbres dont l'étude récente des inscriptions cunéiformes peut seule la faire sortir. C'est elle qui nous dira bientôt qui d'entre ces hommes fut le plus clairvoyant. Les discussions à ce sujet furent à l'Académie plus vives que fécondes.

Sentant fort bien où résidait sa force, La Nauze harcelait Fréret dans les questions de détail, et lui faisait une véritable guerre de tirailleur. Plus d'une fois les séances de l'Académie furent remplies par leurs disputes. Fréret, que sa vie retirée et solitaire avait rendu sauvage et dur, parlait d'un ton dogmatique; mais son élocution était facile et claire; il avait le don de convaincre ; en revanche il supportait difficilement la contradiction. La Nauze, polémiste par tempérament, trouvait un secret plaisir à combattre l'autorité scientifique d'un homme dont il était quelque peu jaloux. L'autorité de Fréret était alors immense dans la Compagnie, pleine d'admiration pour son vaste savoir et sa prodigieuse activité.

« M. Fréret mourut en 1749, écrit Le Beau, comme

lui, secrétaire perpétuel de la Compagnie; ce fut pour l'Académie une perte irréparable; il semblait être le dépositaire des archives de toutes les nations et de tous les peuples. »

Plusieurs des luttes qui s'élevèrent entre La Nauze et Fréret ont marqué dans l'histoire de l'Académie. Telle est celle qui se produisit en 1738 au sujet de la date de la naissance de Pythagore. Fréret soutenait que cet événement n'a pu précéder l'an 622 avant notre ère; La Nauze le reportait en 640. Peu d'années après, une inscription de la ville de Bérénice en Cyrénaïque amena une nouvelle querelle. Cette inscription grecque est un décret par lequel la communauté des Juifs de cette ville décide qu'à toutes les néoménies on fera l'éloge d'un certain magistrat romain, en reconnaissance des services qu'elle en avait reçus. Il s'agissait de fixer la date de ce décret; Fréret la mettait à l'an 36 avant J.-C.; La Nauze, à l'an 41. Si, dans ses discussions, Fréret apportait des paroles acerbes, La Nauze, grand épilogueur, ne faisait pas toujours preuve d'une complète sincérité; sa riche érudition ne lui servait souvent qu'à découvrir des expédients. J'ai dit qu'il était surtout l'homme des petits problèmes, auxquels il réussissait fréquemment à trouver d'ingénieuses solutions; tel fut le cas, par exemple, dans la détermination de la date de la mort de Périandre, que l'on avait jusque-là placée en 585 avant J.-C., et qu'il reporta, par des raisons habilement déduites, au delà de l'an 556, ou pour celle de la date de la quatrième églogue de Virgile. Il fit voir dans sa dissertation, par un heureux rapprochement des faits, que toutes les circonstances rappelées par le poëte de Mantoue à Pollion nous reportent aux derniers mois de l'an 714 de Rome.

Les recherches chronologiques qui avaient occupé toute la fin de la vie de Fréret ne furent reprises d'une manière solide et neuve qu'à la fin du siècle, vers 1780, par Larcher. Helléniste de profession, mais inférieur pour la critique à Fréret, cet académicien s'efforça de concilier, par des supputations nouvelles, les chiffres contradictoires et parfois plus qu'incertains des chroniques de Paros et d'Eusèbe, qui avaient exercé ses prédécesseurs [1]. Cette Chronique de Paros, que nous avaient rendue les marbres apportés par W. Petty à lord Arundel [2], on leur prêtait encore une confiance aveugle, quoique Selden eût depuis longtemps montré que leur origine ne saurait être bien ancienne [3]. Larcher, qui gardait les habitudes évhéméristes du dix-huitième siècle, comme cela est si manifeste par ses *Recherches et conjectures sur les événements du règne de Cadmus* [4], lues à l'Académie en 1785, prenait trop au sérieux des dates qui ne sauraient donner à la fiction plus de réalité. Mieux inspiré quand il remonte moins

[1] Voy. notamment *Plusieurs époques de la Chronique de Paros*, par Fréret, *Mém. de l'Acad.*, t. XXVI, p. 157.

[2] Ces marbres, dont le fils de lord Thomas Arundel, Henri-Howard Arundel, fit don à l'Université d'Oxford, avaient été à cette époque successivement publiés par Prideaux et Chandler.

[3] Cette Chronique a été reportée à l'an 263 av. J. C. Selden la fait descendre jusqu'à l'an 202 de notre ère.

[4] Voy. *Mém. de l'Acad.*, t. XLVIII, p. 87 et suiv.

haut dans les annales de la Grèce, il traita successivement de l'époque de l'expédition de Cyrus le Jeune, du règne de Phidon, roi d'Argos, de l'archontat de Créon. Mais la philologie sans la critique ne saurait suffire à la solution de difficultés parfois si embarrassantes, et la philologie de Larcher n'avait pas d'ailleurs cette fécondité et cette invention qu'on trouve chez Letronne ou chez Bœckh, qui sait corriger à propos un texte et décider hardiment du choix d'une leçon.

Fréret avait laissé un successeur au secrétariat perpétuel, Bougainville, son élève et son ami ; mais celui-ci eut à peine la force de compléter et d'étendre les vues de son maître. Plus versé peut-être que Fréret dans la pratique des monuments, il essaya de donner à la chronologie du grand érudit l'appui des témoignages épigraphiques ou figurés. Tel est le but de son mémoire inséré au recueil de l'Académie et intitulé : *Vues générales sur les antiquités grecques du premier âge, et sur les historiens de la nation grecque, considérés par rapport à la chronologie*, travail qui n'est certainement pas sans valeur, mais qui n'ajoute que peu à l'autorité de Fréret. Bougainville n'avait ni une critique assez puissante, ni une philologie assez exercée pour continuer des travaux dont il était plus l'admirateur que l'interprète. La maladie l'atteignit beaucoup plus jeune que son maître ; il n'en fut guère que l'ombre. Appelé au secrétariat, plus parce qu'il avait eu la confiance de Fréret que pour son mérite personnel, il ne put acquérir une grande influence sur ses confrères ; il n'en eut pas d'ailleurs le temps, puisqu'il leur fut enlevé dans sa quarante et unième année.

Aurait-il eu la science de son prédécesseur, il est douteux que son crédit fût jamais devenu aussi considérable ; son caractère était tracassier et chagrin ; c'était un homme de cabales. Aussi, lorsque, faisant valoir son titre de secrétaire perpétuel et quelques vers [1], il prétendit à l'Académie française, rencontra-t-il chez les Quarante une véritable répulsion. On lui préféra un prince du sang, Louis de Bourbon-Condé, comte de Clermont [2] ; et ce ne fut qu'après la mort de La Chaussée, qui lui avait fait l'opposition la plus décidée, qu'il réussit à obtenir son éphémère brevet d'immortalité. « M. de Bougainville, dit Grimm dans sa *Correspondance* [3], à propos du discours de réception de ce savant, avait, pour entrer dans cette académie, différents titres d'une force presque égale : sa mauvaise santé, sa place de secrétaire de l'Académie des inscriptions, sa traduction de l'*Anti-Lucrèce* du cardinal de Polignac [4]. »

On voit que si l'influence de Bougainville était faible sur sa Compagnie, elle était encore moindre dans le

[1] Bougainville a laissé en manuscrit une tragédie : *la Mort de Philippe*, qui renferme quelques beaux passages.

[2] La candidature du prince avait été imaginée pour faire échouer celle de Bougainville ; d'autres avaient voulu lui opposer D'Alembert. Voy. la lettre du chevalier d'Aydie à Mme du Deffand dans les *Lettres de Mlle Aïssé*, nouv. éd. publ. par J. Ravenel, p. 270.

[3] Grimm, *Corresp. littéraire*, t. I, p. 170.

[4] Le cardinal de Polignac, membre honoraire de l'Académie des inscriptions, était venu lire à cette Compagnie plusieurs chants de son *Anti-Lucrèce*, beaucoup plus connue alors des académiciens que le poëme *De natura rerum*.

monde littéraire ; bien qu'il ait laissé sa trace dans l'histoire de l'érudition, ce n'est point lui qui a illustré un nom que son frère puîné porta jusqu'au delà des mers [1]. On doit pourtant à cet académicien quelques mémoires estimables sur divers points de l'histoire hellénique. Il s'était fait connaître à la Compagnie par un prix remporté en 1745 sur cette question : *Quels étaient les droits des métropoles grecques sur leurs colonies?* Son travail est comme le prélude des études plus solides et plus étendues que le baron de Sainte-Croix, qui fit plus tard partie, comme associé libre, de l'Académie des inscriptions et belles-lettres, publia sur la critique de l'histoire hellénique [2], après s'être également fait connaître dans un concours [3], qui nous a valu son excellent ouvrage sur *l'Examen critique des historiens d'Alexandre.*

Pour pénétrer plus avant dans la connaissance de l'histoire et de la législation de la Grèce, il eût fallu que Bougainville approfondît davantage l'étude des monuments épigraphiques, où se trouvent transcrits tant de textes de lois, qui nous ont conservé la mention d'une foule de faits sur lesquels les auteurs sont muets. Mais bien des années s'écoulèrent après les voyages auxquels nous devons les plus précieux de ces docu-

[1] L'amiral de Bougainville, Voy. *L'ancienne Académie des sciences*, p. 210. Jean-Pierre de Bougainville, dont il est ici question, était né à Paris en 1722, et mourut en 1763.

[2] Voy. notamment le mémoire de Sainte-Croix *Sur l'ancien gouvernement et les lois de la Sicile*, dans les *Mémoires de l'Académie*, t. XLVIII, p. 104.

[3] En 1770.

ments, ceux de Chishull[1], de Michel Fourmont et de Chandler[2], avant que l'interprétation des inscriptions grecques devînt en France l'objet des méditations sérieuses de la critique érudite. Les premières tentatives de Michel Fourmont et de François Sevin pour tirer, des inscriptions qu'ils avaient rapportées de la Grèce et de l'Asie Mineure, des lumières sur l'histoire ancienne, décèlent encore une assez grande inexpérience[3]. Ces deux académiciens, qui s'étaient formés ensemble au séminaire à l'étude du grec, n'avaient point entre leurs mains assez de monuments pour que leurs recherches fussent bien fécondes. Il faut descendre jusqu'à Barthélemy pour rencontrer un homme vraiment doué du génie de l'épigraphie grecque. Le grand antiquaire, avec sa méthode pénétrante et son heureuse sagacité, sut tirer d'une inscription rapportée par M. Fourmont au temple de Zeus Amycléen[4], et contenant la liste des prêtresses du lieu, de précieuses indications sur les formes de l'ancien alphabet hellénique, et prépara ainsi les éléments de chronologie épigraphique que Franz a dé-

[1] Edmond Chishull résida en Orient, et surtout à Smyrne, où il était chapelain de la factorerie anglaise, dans les premières années du dix-huitième siècle. On lui doit, entre autres découvertes, celle de la fameuse inscription de Sigée en boustrophédon.

[2] Richard Chandler, célèbre helléniste anglais, né en 1738, fut envoyé en 1764 par la Société des Dilettanti, avec Revett et Pars, pour explorer les monuments de la Grèce. Il en rapporta un grand nombre d'inscriptions, dont la connaissance a été fort utile à Barthélemy. Son voyage a été publié en 1775.

[3] Voy. notamment le mémoire de Michel Fourmont, intitulé : *Remarques sur trois inscriptions trouvées en Grèce*, *Mém.*, t. XV, p. 39.

[4] Voy. *Mém. de l'Acad.*, t. XXIII, p. 294.

veloppés, au siècle suivant, dans son classique ouvrage : *Elementa epigraphices græcæ*. Plus tard, appliquant cette critique, dont il avait alors presque seul en France le secret, à une inscription possédée par le comte de Choiseul-Gouffier, il en fit sortir les plus curieuses indications touchant un point de l'administration d'Athènes. Se mesurant avec les plus habiles chronologistes, Pétau, Dodwell, Corsini, il rétablissait l'ordre des mois de l'année attique, et fixait à l'an 409 la date du précieux marbre. En reconnaissant et déchiffrant l'exposé des comptes des gardiens du trésor public, déposé dans le temple de la déesse protectrice de l'Attique, Barthélemy fraya la voie à ces recherches plus vastes, à ces discussions plus profondes qu'un autre maître en érudition, l'illustre Bœckh, entreprenait, au siècle suivant, sur l'histoire économique d'Athènes [1], dont Sainte-Croix, dans de solides essais, avait traité quelques chapitres [2]. Il fallut que la philologie eût retrouvé chez nous un digne représentant dans Dansse de Villoison pour que l'épigraphie grecque rencontrât au sein de l'Académie des interprètes aussi habiles que Barthélemy, et c'est seulement en 1787, qu'on entendit d'une autre bouche une de ces dissertations où une science profonde de la grammaire unie à celle de l'histoire

[1] Voy. son *Économie politique des Athéniens* (*Die Staatshaushaltung der Athener*), publiée à Berlin en 1817, et qui a été traduite en français par Laligant.

[2] Voy. ses mémoires *Sur les métœques ou étrangers domiciliés à Athènes*, et *sur la population de l'Attique*, imprimés dans le t. XLVIII des *Mémoires de l'Académie*.

parvient à corriger les textes mal transcrits et à en tirer des faits inconnus [1].

Le déclin qui, au milieu du dix-huitième siècle commençait à frapper la culture du grec, contribuait encore à affaiblir les études sur l'histoire ancienne. L'Université de Paris, qui avait été en France le berceau de l'enseignement de cette langue, abandonnait ses bonnes méthodes pour ne plus s'attacher qu'à mettre les élèves en état de comprendre des auteurs dont ils ne pouvaient plus imiter le style. On voit, par ce que nous dit Rollin dans son *Traité des études* [2], combien l'enseignement du grec avait faibli ; il obtenait peu faveur, et ceux qui s'efforçaient de le répandre se contentaient à peu de frais. L'Académie des inscriptions cherchait sans doute à ranimer le goût de cette langue savante, en adoptant généralement pour les concours des questions ayant trait à l'histoire et aux antiquités de la Grèce ; mais on ne répondait guère à son appel que par des essais d'une grande médiocrité. En 1739, Culoteau, avocat au présidial de Châlons-sur-Marne, arrachait une couronne à l'Académie pour son mémoire sur *les lois de l'île de Crète*, après un concours que la faiblesse des premiers envois avait fait d'abord proroger. Deux ans auparavant, le marquis de Nicolaï avait adressé, d'Arles, à la Com-

[1] Voy. la dissertation de Dansse de Villoison, *sur quelques inscriptions inconnues ou publiées inexactement*, *Mém. de l'Acad.*, t. XLVII, p. 288.

[2] *Traité des Études*, liv. II, ch. II. Rollin approuve l'Université d'avoir aboli l'usage de la composition des thèmes grecs, et tout ce qu'il dit de l'enseignement de cette langue est l'indice d'un grand affaiblissement dans son étude. Voy. d'ailleurs ce que je dis plus loin de l'étude du grec à la fin du dix-huitième siècle.

pagnie, une dissertation *sur les lois communes aux peuples de la Grèce formant le corps hellénique*. Plus solides, sans être encore définitives, les recherches de Sainte-Croix et de Pastoret sur les institutions politiques ou judiciaires du peuple grec, pèchent également par un défaut de connaissances épigraphiques. Sans doute les deux mémoires du premier sur la législation de la Grande-Grèce ne sont ni sans valeur ni sans intérêt; mais, outre l'absence d'une étude suffisante des inscriptions, le souffle du jurisconsulte ne s'y fait pas assez sentir, tandis que le second, plus versé dans les lois, manque de ce que possédait Sainte-Croix, la science des textes. L'abbé de Guasco, que l'Académie couronnait en 1747 pour un mémoire sur cette question : *Quelle est la véritable signification du titre d'autonome que prenaient plusieurs villes soumises à une puissance étrangère et quels priviléges étaient attachés à ce titre*, quoique ayant, comme italien, davantage la pratique des monuments, ne se trouvait pas en face d'assez de textes épigraphiques pour la traiter complétement. Bougainville, garde des antiques du cabinet du roi, secrétaire du duc d'Orléans, dans le palais duquel de nombreux monuments se trouvaient rassemblés, aurait pu acquérir, s'il eût vécu davantage, cette pratique de l'antiquité et ce coup d'œil exercé qui frappent tant chez Barthélemy; mais lors même qu'il l'eût possédé, le sens philologique n'était pas en lui assez développé pour qu'il eût pu devancer dans ses recherches les grands érudits de l'Allemagne par les mains desquels la Grèce s'est vue dépouillée de ses derniers voiles.

On apportait alors en France plus d'ardeur et d'intelligence dans l'étude de l'histoire romaine. J'ai déjà rappelé plus haut les lectures sur ce sujet faites aux premiers temps de l'Académie. L'intérêt qu'inspirait cette histoire à la Compagnie était plus général et plus partagé. Chacun était préparé, par l'étude des auteurs latins, à ces recherches et se trouvait dans les discussions, sinon également compétent, du moins également attiré. Les faits principaux de l'histoire romaine faisaient partie de l'éducation classique, et dès l'enfance on s'était familiarisé avec les noms et les choses que des investigations spéciales avaient dessein d'approfondir. Mais l'histoire romaine était alors enseignée avec cette naïve crédulité, cette absence de critique historique générales chez nos pères. On croyait, en ce temps-là, à Romulus, à Numa, à l'enlèvement des Sabines et au combat des Horaces, aussi fermement qu'aux conquêtes de Charles VIII et aux exploits de François Ier ; et les premiers travaux n'eurent d'autre but que d'éclairer des témoignages dont personne n'avait conçu la pensée de mettre en doute la valeur. Grande fut donc la surprise, je dirais volontiers l'indignation, quand un membre de l'Académie, vint avouer son scepticisme sur l'histoire primitive de Rome dans un mémoire habilement composé. C'était Lévesque de Pouilly, un des représentants de cette nouvelle génération qui avait puisé dans le commerce des libres penseurs anglais une indépendance et une hardiesse qu'elle ne prenait pas soin de dissimuler. Passionnés pour l'étude et d'une curiosité universelle, Lévesque de Pouilly, et son frère Lévesque de Burigny, s'étaient formés ensemble au goût de ces recherches, indiscrètes pour un temps où le respect des traditions était regardé comme une vertu. Ils apportaient dans l'histoire ancienne un esprit philosophique qui avant eux en avait été presque toujours absent, et des instincts progressifs qui contrastaient avec l'enthousiasme de leurs confrères pour les vieilles choses. Aussi, dans le principe, Lévesque de Pouilly se trouva-t-il un peu déplacé au sein d'une société imbue d'un tout autre esprit, et c'est en Angleterre, où il se rendit plus tard, qu'il rencontra son vrai milieu.

Une bombe lancée en pleine séance d'Académie n'eût pas causé plus de surprise et de terreur que n'en produisit la dissertation du téméraire Pouilly ; les théologiens s'en garèrent au plus vite, sentant fort bien que ses éclats pourraient les atteindre. Le hardi critique s'attachait à mettre en relief toutes les fables, toutes les légendes qu'on a débitées, tant dans l'antiquité qu'au moyen âge, sur la fondation des villes. Il opposait aux origines supposées de Rome des objections que l'on avait entendu faire aux hérétiques ou aux libertins contre les enseignements de l'Église. L'attaque fut si imprévue qu'on n'entreprit pas tout d'abord d'y répondre ; elle était d'ailleurs présentée d'une manière adroite et insidieuse. En outre, Lévesque de Pouilly s'était fait aimer par la douceur de son caractère, les agréments de son commerce ; il n'avait offensé ouvertement personne ; ses confrères ne voulaient point blesser les convenances. Mais, rentrés chez eux, ils réfléchirent à tout ce qu'avaient de grave les principes exposés devant eux. L'abbé Sallier, esprit lourd et grossier qui n'aimait pas les malices, et avait pris fort au sérieux tout ce qu'avaient avancé ses amis les anciens, manifesta hautement à la séance suivante son indignation. Portées dans une autre histoire, les doctrines de Lévesque de Pouilly pouvaient mettre en péril des vérités augustes; il entreprit en conséquence d'écraser du poids de son érudition les imprudentes assertions du jeune auteur. Voilà comment il composa ses trois discours *sur la certitude de l'histoire des quatre premiers siècles de Rome*, qui sont insérés dans le Recueil de l'Académie. Ce n'est pas tant un plaidoyer historique qu'un factum. L'orthodoxe abbé accusait son confrère d'une dangereuse exagération, et suivant pied à pied toutes ses assertions, il les combattait résolûment, insinuant en même temps que la pensée qui avait suggéré son travail, pouvait cacher des opinions condamnables. A la suite de ces lectures, on s'entretint à demi-mots, et tout bas on chuchota les noms d'athée et de libertin. Si l'Académie avait eu des consuls ou tout au moins des Cicérons, l'abbé Sallier et ses amis auraient certainement lancé la terrible formule : *Videant consules, ne quid detrimenti respublica capiat.* Sans être un Catilina, Lévesque de Pouilly ne s'effraya pas de l'orage, et son adversaire n'avait point encore achevé ses discours, qu'il avait déjà, lui, commencé la lecture de la réplique. Il dut d'abord repousser les insinuations de l'abbé Sallier et se disculper de l'accusation d'athéisme. La discussion se prolongea plusieurs mois. Lévesque de Pouilly ne cédait pas ; l'abbé Sallier devenait plus agressif ; et l'antagonisme entraînait les deux champions à des exagérations en sens opposé. On en était là, quand Fréret intervint pour arrêter une fermentation qui aurait pu finir par un éclat. Avec la justesse d'appréciation qui lui était propre, il se tint également éloigné du scepticisme de Pouilly et de la confiance peu critique de Sallier. Le premier avait dit dans sa réplique : « Les histoires qui ne sont confiées qu'à la mémoire des hommes s'altèrent dans la bouche de chacun de ceux qui, successivement, se les transmettent ; plus elles s'éloignent de leur origine, plus elles se grossissent de circonstances étrangères, et souvent ce qu'elles ont de vrai disparaît entièrement et n'est remplacé que par des fictions. » La hardiesse d'un tel langage qu'après la révolution, pouvait tenir sans danger Volney dans ses leçons à l'École normale, était bien faite pour effrayer l'orthodoxie de la grande majorité des académiciens. Elle n'effrayait pourtant pas Fréret, qui admirait Bayle sans oser l'imiter ; et s'il combattit Pouilly, ce n'est pas qu'il condamnât sa franchise, mais c'est qu'il trouvait que sa doctrine tendait à ébranler les fondements de toute certitude historique. « Il ne faut pas confondre, écrit-il dans sa dissertation *sur l'étude des anciennes histoires*, l'esprit de système avec l'esprit philosophique qui nous porte à tout examiner, à tout discuter, à tout comparer. La vraie critique n'est autre chose que cet esprit philosophique appliqué à la discussion des faits; elle suit dans leur examen le même procédé que les philosophes emploient dans la recherche des vérités naturelles. La justesse du raisonnement s'applique à toutes sortes de faits; elle n'est point bornée aux seuls phénomènes de la nature. » Par ces paroles, Fréret s'efforçait de mettre en garde son confrère contre la négation systématique de témoignages où la fiction peut sans doute se mêler, mais qui ne sauraient pourtant être purement imaginaires; car, pour se faire accepter, la tradition a besoin de reposer sur quelque réalité.

Le grand érudit craignait aussi que la frivolité et la paresse ne se fissent contre la science de l'histoire, une arme du scepticisme affiché par le jeune académicien. Il avait sans doute présent à la pensée ce mot de son confrère Fontenelle, que l'histoire est une fable convenue, mot qui l'indignait. « Le parti de l'ignorance, dit-il à la fin de sa dissertation, n'est déjà que trop fort dans un siècle et dans une nation qui fait gloire, comme la nôtre, de préférer la gentillesse naturelle et les agréments frivoles au mérite solide que l'étude et les occupations sérieuses peuvent donner à l'esprit. » Lévesque de Pouilly fut mis en demeure de s'expliquer davantage ; il se défendit du reproche de tomber dans le pyrrhonisme et finit par un excellent exposé des vrais principes de la critique historique. L'abbé Sallier fit de son côté quelques concessions, et pour se tenir sur un terrain plus sûr, réduisit la dispute à l'examen de cette simple question : « La tradition seule a-t-elle servi de fondement aux écrivains qui nous ont laissé l'histoire des quatre premiers siècles de Rome, comme certains l'avancent ? ou bien avec le secours de la tradition, les écrivains avaient-ils encore des monuments dont la connaissance et l'inspection leur fournissaient les matériaux et les pièces justificatives de leurs récits ? » Il va sans dire que l'abbé Sallier se prononçait pour la seconde hypothèse. Si, au lieu de faire allusion à des écrits véritablement historiques, cet érudit avait entendu parler de chants populaires, de rites religieux, de dénominations appliquées à des lieux et à d'anciens édifices, sa thèse eût été fondée ; mais il aurait dû ajouter que, le véritable sens de ces témoignages s'étant altéré ou perdu, l'imagination avait suppléé dans la suite au silence de l'histoire, en sorte que le mythe s'était graduellement mêlé à la réalité [1].

Après plus de trois années, la discussion était à peine épuisée. Les insinuations malveillantes auxquelles Lévesque de Pouilly se vit plusieurs fois en butte, ne contribuèrent pas peu à lui faire abandonner le séjour de la capitale ; il se retira à Reims, dont il devint lieutenant général et où il se fit chérir par ses bienfaits. En même temps qu'il s'occupait en édile vigilant à embellir sa cité, il entretenait une correspondance active avec les plus hardis penseurs de son temps, le P. Hardouin, Fontenelle, Bolingbroke, Voltaire, et ses jours s'écoulèrent dans le travail et la culture de la philosophie, jusqu'à sa mort, arrivée en 1750.

Malgré ses aperçus souvent si justes sur l'histoire des premiers temps de Rome, Pouilly ne put déraciner les préjugés de ses confrères, qu'il avait froissés par un scepticisme poussé au delà des bornes de la vraie critique, et en 1728, quatre ans après le débat, Lacurne de Sainte-Palaye venait encore rectifier gravement, au sein de la Compagnie, ce qu'il appelait des

[1] Voy. à ce sujet mon mémoire *sur les événements qui portèrent Servius Tullius au trône de Rome, et sur les éléments de la population romaine à cette époque.*

erreurs de chronologie dans la vie de Romulus, par Plutarque, prise par lui pour un exposé fidèle et sincère de l'histoire de la fondation de Rome, sans tenir compte des toutes les incertitudes et de toutes les fables que son confrère y avait signalées.

Dans cette mémorable dispute où était en jeu, non pas seulement l'histoire de la Rome primitive, mais la certitude historique tout entière, Fréret posa les véritables principes, et je dois rappeler ses paroles qu'on ne saurait trop méditer. Voici ce qu'il disait :

« Ne serait-ce pas avilir cette géométrie sublime dont on fait aujourd'hui tant de cas, que de l'appliquer à des objets aussi méprisés de nos grands géomètres que l'étude de l'histoire? L'expérience doit les avoir convaincus que leurs spéculations se trouvent défectueuses, lorsqu'il faut les appliquer à des choses de pratique et de sentiment; car il n'en est pas des êtres réels comme de ceux qui n'ont qu'une existence objective, les points, les lignes, les surfaces et les figures géométriques qui n'existent nulle part hors de l'imagination de ceux qui les considèrent. L'esprit qui a, pour ainsi dire, créé ces êtres objectifs, les connaît parfaitement; mais il n'en est pas de même des êtres réels; comme leur existence est indépendante de lui, il doit se contenter de n'apercevoir tout au plus que la surface extérieure, de connaître leur présence et de sentir l'impression qu'ils font sur lui. J'ai déjà observé que la théorie des combinaisons n'avait aucune application aux problèmes de la physique; et je crois qu'on peut le dire avec encore plus de raison des problèmes de politique et de critique. Cependant j'avouerai que la certitude ou la crédibilité de l'histoire augmente avec la proximité des temps dont elle parle; mais je soutiendrai en même temps que la raison de la moindre certitude n'est pas une raison suffisante pour rejeter entièrement cette ancienne histoire. »

Les idées avancées par Lévesque de Pouilly, et que Fréret n'accepta qu'en les mitigeant, c'est hors de France qu'elles ont été appliquées à l'histoire romaine avec une entière indépendance. Un Français dont la famille avait été chercher à l'étranger la liberté de conscience, Beaufort, publiait en 1738, sa dissertation sur *l'incertitude des cinq premiers siècles de l'histoire romaine*, qui fixait l'attention de tout le monde érudit. L'Académie des inscriptions ne se déjugea pas à cette occasion; mais, frappée du mérite de l'auteur, elle lui décerna plus tard, en 1753, une médaille pour son mémoire sur *l'histoire de l'ordre équestre chez les Romains*, par lequel il préludait à son bel ouvrage sur *la République romaine*. On lut Beaufort, et la vieille querelle ne se renouvela pas. Ce fut seulement en 1804, à la classe de l'Institut, qui avait remplacé l'Académie, que le débat se réveilla, bien que sous une forme un peu différente, entre Ch. Lévesque et Larcher, deux académiciens de l'ancien régime que l'Institut avait adoptés. Il ne s'agissait plus de savoir si tout était fable dans ce qu'on avait rapporté des premiers siècles de Rome, mais de décider entre la tradition qui donne la ville éternelle pour la fondation d'un fils d'Énée, et le récit de Varron et des historiens grecs et latins On le voit, la critique n'avait pas beaucoup marché chez nous en trois quarts de siècle. L'Allemagne se chargea de reprendre l'œuvre de démolition savante destinée à fournir les matériaux d'une histoire primitive de Rome, tout autre que celle que Tite-Live nous a racontée. Niebuhr entreprit cette reconstruction, qui, opérée pour ainsi dire à tâtons et dans les ténèbres, expose à des erreurs et laisse trop de liberté aux hypothèses. La vaste érudition de cet illustre antiquaire ne put assez l'en défendre. Th. Mommsen vint ensuite avec une critique plus solide, mais non moins dissolvante. Et l'on passa ainsi d'une confiance sans bornes dans les témoignages anciens, à un scepticisme outré, qui rejette non plus seulement l'impossible et l'absurde, mais tout ce qui ne cadre pas avec la thèse qu'on s'est faite. La France érudite des dix-septième et dix-huitième siècles avait péché par le défaut de critique; la docte Allemagne du dix-neuvième siècle est tombée dans l'excès contraire. Dans l'histoire romaine primitive comme dans l'exégèse biblique, elle a parfois fait ce qu'on a appelé avec raison de l'hypercritique. C'est l'étude seule des monuments que le sol latin recèle encore, qui peut nous ramener à un point de vue plus juste. Et déjà cette étude est commencée.

L'histoire de Rome pendant la période républicaine postérieure au sac de la ville par les Gaulois, n'est pas environnée d'aussi épaisses ténèbres que la période royale; on avait donc plus d'espoir de les dissiper, en approfondissant davantage les institutions de la République, dont les changements sont le miroir fidèle des révolutions qu'elle a traversées. C'est ce qu'on essaya surtout de faire par l'étude du plus ancien monument législatif de Rome, la loi des Douze-Tables. Jacques

Godefroy avait réussi à réunir les fragments de cette loi épars dans la compilation de Justinien. Bonamy, grâce à l'œuvre du grand jurisconsulte érudit, put se faire une idée assez exacte de l'origine et du caractère de la législation décemvirale. Dans un travail qu'il communiqua à ses confrères en 1735, il montra que la loi des Douze-Tables est en grande partie tirée des anciennes coutumes romaines dont quelques-unes étaient tombées en désuétude, que ce n'est pas une simple importation de la législation grecque, et que s'il s'y retrouve plusieurs dispositions des codes de Solon et de Lycurgue, il ne faut pas faire honneur pour cela à ces deux législateurs de toute la jurisprudence romaine rédigée par les décemvirs.

Plus versé dans la pratique du droit ancien, Bouchaud[1], compléta et perfectionna le travail de Jacques Godefroy, pris pour guide par Bonamy. Il entreprit de remonter aux sources mêmes de la loi des Douze-Tables et d'en analyser clairement les éléments constitutifs. En même temps il poursuivait dans de savantes dissertations l'étude d'autres lois, celle de l'organisation judiciaire de l'ancienne Rome encore trop négligée. Il donnait une série de mémoires sur les édits des anciens magistrats romains et précisait le caractère de la jurisprudence du peuple-roi. Il lisait *sur les publicains*, *sur les différentes sortes de testaments à Rome* d'intéressantes notices, et, marchant sur ses traces, Gautier de Sibert, son confrère, donnait *sur la loi Sempronia* un mémoire qui dénote des vues déjà

[1] Né à Paris en 1719, mort en 1804.

étendues sur les institutions romaines. L'Allemagne devait dépasser de beaucoup ces travaux sans les épuiser complétement ; à force de rapprochements et d'inductions, elle fit dire aux auteurs mieux connus et surtout mieux édités ce que n'avaient pas saisi chez nous des explorateurs plus timides, et la découverte d'ouvrages importants encore à cette époque cachés sous des palimpsestes, fournit des données et des éclaircissements qui avaient échappé à Bouchaud et à ses confrères.

La jurisprudence romaine se lie étroitement à l'organisation administrative, et cette organisation, l'étude des inscriptions, des médailles, aidée de celle de l'histoire, permettait d'en entrevoir les faits principaux. Ce vaste empire romain dont le gouvernement présentait déjà la plupart des ressorts qui existent dans le nôtre, un système de hiérarchie et une répartition de fonctions que l'on avait d'abord à peine démêlées, fournit à l'érudition une multitude de problèmes dont quelques-uns furent habilement abordés par les membres de l'ancienne Académie des inscriptions. Certaines charges, certains sacerdoces furent plus spécialement étudiés ; on s'efforça d'en définir les attributs et d'en marquer les vicissitudes. Le baron Bimart de la Bastie, que la Compagnie s'était attaché d'abord comme correspondant et qui devint plus tard son associé, avait envoyé en 1737, à ses confrères un mémoire *sur le souverain pontificat des empereurs romains*, qui jetait une vive lumière sur le caractère et les attributs de cette magistrature sacrée. Ce travail est resté, et peut encore nous instruire aujourd'hui que la science des antiquités romaines a fait tant de progrès. Quinze et vingt ans plus tard, l'abbé de La Bletterie communiqua à l'Académie, qui le comptait parmi ses membres les plus zélés, des mémoires *sur la puissance tribunitienne des empereurs, sur leur puissance impériale et sur la nature et les formes de leur gouvernement*. Répondant à l'appel de la Compagnie, Pontedera, professeur de botanique à Padoue [1] qui, comme je l'ai dit plus haut, associait la culture des lettres à celle des sciences, lui adressait en 1739 un mémoire *sur le mois et le jour de l'année romaine où les consuls entraient en charge aux temps antérieurs à César :* importante question pour la chronologie et l'histoire. La docte assemblée jugea le travail du professeur italien digne d'une médaille.

Ces divers sujets n'étaient pas sans doute creusés bien profondément ; on y put revenir plus tard et éclairer des points que ces premiers travaux avaient laissés dans l'ombre ; mais, tout imparfaites qu'elles fussent encore, ces dissertations précisaient les idées sur l'influence considérable et trop souvent méconnue qu'exerça dans la société romaine l'administration impériale. On commençait à ne plus prendre à la lettre les déclamations éloquentes d'un Tacite, à ne plus voir dans les faits rapportés par les historiens que des peintures, plus animées que sûres, de la vie d'un peuple passant de la liberté à la servitude. On voulait se faire une notion plus positive des choses, et la grandeur, la

[1] Pontedera, né à Vicence en 1688, mort en 1757, chercha à concilier les systèmes de Rivin et de Tournefort, et repoussa la découverte de la sexualité des plantes.

puissance du peuple romain, on en poursuivait l'origine et les causes par une étude plus sévère des institutions, des lois et des mœurs dont les écrivains de l'antiquité ne nous ont laissé qu'un aperçu superficiel.

Il est une branche des antiquités romaines à laquelle le caractère essentiellement militaire du gouvernement de Rome donne une importance toute particulière; c'est l'histoire de l'organisation de l'armée, l'étude de l'armement des troupes et de la tactique adoptée aux différentes époques. Il devait y avoir chez un peuple qui soumit presque la moitié de l'univers, une supériorité marquée qui rend ce sujet digne de nos plus sérieuses méditations. Un capitaine de cavalerie qui faisait de l'érudition un passe-temps, et que l'Académie s'était adjoint, désireuse qu'elle était de profiter de ses connaissances spéciales, De Sigrais, excellait à découvrir dans les auteurs tout ce qui était de nature à éclairer ces questions. Poëtes, historiens, orateurs lui avaient passé par les mains. Il n'y cherchait ni les beautés du style, ni le piquant des descriptions, mais des ordres de bataille, des principes de stratégie et des plans de campagne. Chez lui, l'homme de guerre dominait toujours l'érudit. A l'entendre, le fond de l'Énéide était tout militaire; Virgile y parle guerre, comme Xénophon dans la *Cyropédie* et César dans les *Commentaires*. Cette préoccupation du métier s'est retrouvée de nos jours chez un marin devenu érudit, et qui par la même exagération soutint que Virgile connaissait l'art nautique et la manœuvre des galères, aussi bien que les préfets des flottes de Misène et de Ravenne, qu'il en avait parlé en homme de mer consommé. De

Sigrais ne convertit pas ses confrères, mais il leur enseigna du moins un peu de l'art de la guerre des anciens ; quand, en 1753, il leur lisait un mémoire *sur le coin ou l'ordre rostral pour servir d'explication à ce qu'en avait écrit le chevalier de Folard*, la Compagnie sentit en l'écoutant tout ce que des connaissances spéciales peuvent répandre de lumière sur la lecture des anciens. Que de faits sont inintelligibles à ceux qui n'ont que la science des textes, non des choses ! Qui savait mieux le latin de son temps que Charles Le Beau ? et cependant, faute d'avoir vu et pratiqué la guerre, il n'arriva dans son vaste travail *sur la légion romaine* qu'à accumuler des passages, sans en dissiper les véritables obscurités. Les vingt-six mémoires que contient de lui sur ce sujet le Recueil de l'Académie des inscriptions dénotent assurément une lecture prodigieuse, accusent un incroyable labeur, mais ils n'ont que peu éclairci pour l'antiquité les principes d'un art dont leur auteur ignorait tous les secrets. Le Beau sait ce qu'ont dit et fait les capitaines de l'antiquité, les noms de toutes choses dans l'armée romaine, mais il est impuissant à se représenter les motifs de cette organisation savante et à interpréter des plans de campagne qu'il comprend dans les mots, non dans les idées.

Joly de Maizeroy, qui avait étudié la guerre plus encore sur les champs de bataille de Raucoux et Laufeld que dans les livres, quoiqu'il connût fort bien ceux-ci, avec un moindre appareil d'érudition nous initie davantage à l'organisation militaire, à la tactique des anciens. Appelé en 1776 à l'Académie des inscriptions, ce savant officier y lut quelques mémoires où l'on reconnaît la supériorité des connaissances spéciales pour l'interprétation des auteurs spéciaux signalée tout à l'heure. Sa dissertation *sur la cavalerie des Grecs*[1], où il commente Xénophon, son autre dissertation, lue peu de temps avant sa mort[2], dans la séance publique de la Saint-Martin 1779, *sur la paye du soldat romain*[3] sont aussi ingénieuses qu'instructives et méritaient le succès qu'elles obtinrent.

Le Beau resta donc inférieur à Sigrais et Maizeroy sur le terrain des antiquités militaires ; ce n'était pas là qu'il devait élever l'édifice de sa réputation. *L'Histoire du Bas-Empire* qu'il a composée, mettant à exécution un projet que Burigny ne s'était pas senti la force de réaliser, restera au contraire comme un témoignage de son savoir et de son talent. Sans doute Le Beau n'a pas la profondeur et les vues philosophiques de Gibbon ; il se laisse trop aller à cette éloquence un peu déclamatoire qui fut le défaut de son temps, mais il a la clarté et la précision ; il nous fait suivre sans fatigue les détails parfois fastidieux de ces intrigues de palais, de ces guerres sans résultat, de ces luttes fanatiques pour des dogmes incompris, qui remplissent les annales de la Byzance chrétienne, et suit

[1] Voy. *Mémoires de l'Académie*, t. XLI, p. 242, 329.

[2] Joly de Maizeroy était né à Metz en 1719 ; il entra au service à l'âge de quinze ans, fit la campagne de Bohême sous le maréchal de Saxe, et assista aux batailles de Raucoux et de Lawfeld ; il a traduit les *Institutions militaires de l'empereur Léon*, donné un traité de l'*Art des siéges et des machines des anciens*, et publié un grand nombre d'ouvrages sur la tactique.

[3] Voy. *Mémoires de l'Académie*, t. XLII, p. 40.

avec vigueur et solidité un ensemble d'événements dont La Bletterie avait, d'une main moins sûre, posé les premières assises dans ses recherches sur la vie de Jovien et de Julien, communiquées à l'Académie[1].

L'organisation militaire des armées romaines n'était pas la seule que les érudits français voulussent connaître; celle de leur marine ne piquait pas moins la curiosité. J.-D. Leroy, qui tenait de famille l'instinct des recherches mécaniques[2], voulut résoudre un problème dont on attend encore la solution. Il s'agissait de savoir quelles étaient la forme et la disposition intérieure des trirèmes et des quadrirèmes romaines. Après bien des méditations, J.-D. Leroy crut avoir trouvé la solution. Il ne se borna pas à écrire un mémoire à ce sujet[3]; il prétendit donner une démonstration expérimentale de sa découverte, et fit construire à ses frais un bâtiment sur le modèle qu'il avait imaginé. Le savant architecte était si convaincu de l'excellence de ses idées qu'il ne doutait pas qu'elles ne servissent aux intérêts du commerce. La prétendue galère antique fut exécutée et armée à Rouen; son inventeur ne craignit pas de s'aventurer sur la mer dans cette chétive embarcation qu'un seul contre-sens commis par lui dans l'interprétation des textes anciens et des monuments figurés, exposait à chavirer. Mais l'expérience ne fut pas fatale à

[1] Voy. *Mém. de l'Acad. des Inscript.*, t. XVI, p. 154.

[2] Voy. ce que j'ai dit de son père, Julien Leroy, dans *L'ancienne Académie des sciences*, p. 104.

[3] Voy. les mémoires de Leroy *Sur la marine des anciens*, *Acad. des Inscript.*, t. XXXVIII (1770).

Leroy ; il remonta la Seine triomphalement, essayant durant le trajet de reproduire tous les mouvements de la manœuvre antique, et vint jeter l'ancre au Louvre, entre le Pont-Neuf et le Pont-Royal, le 16 octobre 1787[1]. J.-D. Leroy avait prouvé, une fois de plus, qu'on peut en érudition faire longtemps fausse route sans se noyer et dépenser bien de l'invention et du savoir, sans payer pour cela sa dette à la vérité.

L'histoire romaine proprement dite fut aussi étudiée à l'Académie, dans ses événements généraux et ses principaux personnages ; mais aucun membre n'en faisait l'objet exclusif de ses investigations ; c'était plutôt pour les académiciens une distraction au milieu d'autres travaux, qu'une vocation décidée. En relisant leurs auteurs, il leur venait à l'esprit des remarques et des rapprochements dont ils faisaient part à leurs confrères. Secousse, par exemple, proposait sur différentes Vies des hommes illustres de Plutarque, qui appartenaient à l'histoire romaine, celles de Scipion, d'Annibal, de Caton d'Utique, de Brutus, de César, de Crassus, etc., des réflexions çà et là assez judicieuses. Le président de Brosses approfondit toutefois l'histoire politique de Rome beaucoup plus qu'on ne le faisait alors d'ordinaire ; il s'attacha surtout à l'histoire des grandes familles ; il avait entrepris d'en dresser les généalogies, d'en montrer tous les titres d'illustration. Aussi ses Mémoires, insérés dans les tomes XXIV et XXVII du recueil de l'Académie, peuvent-ils être regardés comme ayant servi

[1] Voy. l'*Éloge de J.-D. Leroy*, par Dacier, dans les *Mémoires de l'Institut* (*Académie des inscript. et belles-lettres*), t. I, p. 281.

de point de départ au savant allemand Drumann pour son excellente *Histoire des familles romaines*. De Brosses n'était pas seulement un érudit, un jurisconsulte, un orateur, c'était encore un homme d'État, un économiste, qui fut mêlé aux agitations politiques de son temps[1] et qui avait tout ce qu'il fallait pour comprendre le rôle des partis et le caractère des révolutions dont l'histoire romaine est remplie. Ses études *sur la seconde guerre servile*[2] dénotent un jugement sûr et un coup d'œil profond ; elles mettent en relief les conséquences qu'eut pour Rome l'institution de l'esclavage, dont Burigny, dans un aperçu qui aurait demandé des recherches plus étendues, traçait un intéressant tableau[3]. Ce dernier porta aussi, et non sans succès, son attention sur l'histoire romaine. S'affranchissant des préjugés de toute sorte, il abandonna le culte alors général de Cicéron, et en étudiant cette mémorable époque où César préparait ses grands projets, il trouva que l'histoire avait trop sacrifié le futur dictateur à l'orateur romain ; il chercha en conséquence à réhabiliter le grand capitaine, à le dégager surtout de la responsabilité de la guerre civile qui mit fin à la République[4]. L'année même où Burigny lisait cette dissertation (1769), venait au monde celui qui allait donner à l'univers le spectacle de la

[1] Le président de Brosses se mit à la tête de la résistance du parlement de Bourgogne contre le roi ; philosophe courageux, il fut un des types de l'esprit parlementaire. Voy. Lacuisine, *Le Parlement de Bourgogne*, t. II, p. 422 et suiv.

[2] Voy. *Mémoires de l'Académie*, t. XXXVII, p. 23.

[3] *Ibid.*, t. XXXV, p. 328 ; t. XXXVII, p. 37.

[4] Voy. *Histoire de l'Académie*, t. XXXVI, p. 27.

même fortune que César, du même génie et de la même ambition.

De Brosses ne fut pas le seul magistrat érudit qui aurait pu éclairer à la fois de son expérience et de son savoir les études entreprises par l'Académie sur l'histoire romaine. Un autre magistrat bourguignon, non moins érudit, le président Bouhier, appartenait aussi à la Compagnie; mais il fit peu pour elle [1], et c'est à l'Académie française et surtout à ses propres ouvrages, qu'il réserva les trésors de son érudition. D'ailleurs, fixé à Dijon, il venait rarement à Paris; sa vaste correspondance le tenait au courant de ce qui s'y faisait.

L'histoire des empereurs a fourni au siècle dernier peu de sujets de travaux. Lenain de Tillemont semblait avoir épuisé la matière. Le fait est que Crévier, qui continuait l'œuvre de Rollin, ne fit que reproduire avec une critique moins sûre et une érudition moins solide ce que nous avait appris des maîtres de l'empire ce grand érudit. Un seul mémoire, celui de Sainte-Croix sur *l'empereur Hadrien* [2], ajouta notablement à la biographie des successeurs d'Auguste. C'est un morceau complet et achevé qui nous montre

[1] Le président Bouhier n'a donné dans le Recueil de l'Académie que deux mémoires : l'un sur la question de savoir si avant Pupien, lorsqu'il y eut plusieurs empereurs, un seul fut revêtu du souverain pontificat (Voy. *Mém.*, t. IX, p. 115), et l'autre en collaboration avec de Boze, sur une médaille consulaire rapportée au 5e consulat de Q. Fabius Maximus.

[2] Voy. *Discours sur le goût de l'empereur Hadrien pour la philosophie, la jurisprudence, la littérature et les arts*, dans les *Mémoires de l'Académie*, t. XLIX, p. 407.

sous son véritable jour un prince bel esprit et vaniteux, dont la vie appartient autant à l'histoire de la philosophie et des lettres qu'à celle du peuple-roi.

Ce qui manquait aux érudits du temps pour pénétrer plus avant dans l'histoire des derniers siècles de la République romaine et dans celle de l'empire, c'était, comme pour l'histoire des institutions, une connaissance approfondie des monuments épigraphiques. En s'occupant, dès l'origine, d'inscriptions latines, l'Académie y cherchait plus des leçons de style lapidaire que des documents historiques. Quand elle commença à prendre les inscriptions en elles-mêmes, elle les traita trop isolément et dépensa pour arriver à les interpréter des efforts d'imagination que lui aurait épargnés la comparaison d'un plus grand nombre de textes épigraphiques. Les érudits du siècle dernier ne prenaient pas assez le soin de réunir les inscriptions de même nature, de confronter leurs témoignages, de rechercher dans l'ensemble de celles qui avaient été recueillies le nom des personnages fournis par celles qu'on venait à découvrir, afin de constater des identités, de discerner les différentes formules et d'établir la hiérarchie, la subordination respectives des fonctions et des dignités mentionnées sur la pierre. Et puis, au commencement du dix-huitième siècle, on ne possédait encore qu'un nombre comparativement restreint d'inscriptions qui permissent de telles comparaisons. On imitait, sans les dépasser, le Belge Gruter et l'Allemand Reinesius. Mahudel, esprit bizarre mais antiquaire assez distingué, Lancelot, érudit plus sérieux et surtout plus sagace, de Boze, qui ne traitait les sujets épigraphiques qu'en passant[1], Bimard de la Bastie, critique solide très-versé dans nos antiquités du Midi, Moreau de Mautour, archéologue plein de zèle, Ménard, qui prit la place de La Bastie dans le domaine des antiquités de la France méridionale, communiquèrent à la Compagnie, à différentes époques, et avec plus ou moins d'intelligence, des notices épigraphiques. La science avançait peu; c'était de l'Italie, où presque chaque pierre antique porte une inscription, que devait venir la lumière. Fabretti, Muratori, Maffei, Marini jetaient les bases d'une science plus solide à laquelle Borghesi et l'école qu'il a formée devaient donner l'éclat du marbre, où elle vit.

Dans la première moitié du dix-huitième siècle, les inscriptions latines commençaient à fournir à la géographie ancienne, surtout à celle de la Gaule, de précieux renseignements. Aussi les mêmes hommes qui se livraient à l'étude de l'épigraphie latine cherchaient-ils en même temps à éclairer divers problèmes de la topographie des Gaules. Lancelot, qui avait parcouru le Dauphiné, la Provence, une partie du Languedoc, exploré d'autres contrées de la France, entra un des premiers dans cette voie, ouverte au siècle précédent par Sanson et Adrien de Valois. Dans des mémoires successivement communiqués à l'Académie, il entreprit de fixer nettement la position de deux places célèbres de l'ancienne Gaule soumises jadis par les armes de César, *Gergovia* et *Genabum*, ainsi que celle de quelques autres villes de la même province de l'empire romain;

[1] Voy. son mémoire sur l'inscription du taurobole de Lyon, *Mém. de l'Acad.*, t. II, p. 443.

mais, pour traiter de pareils sujets, il manquait à cet érudit, de même qu'à Fréret, qui essayait de son côté en 1746, d'éclairer la marche des armées de César dans la Belgique et de reconnaître la position de plusieurs *oppida* de cette partie de la Gaule [1], des cartes suffisamment exactes et ce qu'on peut appeler le sens topographique. Un gentilhomme attaché à la maison du prince de Conti, Des Ours de Mandajors [2], que l'Académie s'était adjoint en 1712, avait aussi dirigé son attention sur la géographie ancienne de la France ; il avait l'avantage d'avoir habité la région qu'il étudiait [3]. Il n'était pas toutefois de taille à résoudre toutes les questions qu'il se posait, et quand, essayant de retrouver la marche d'Annibal, il sort de sa province et entre dans des considérations militaires, il trébuche et s'embarrasse. L'heure n'était point encore venue où des travaux d'ensemble, entrepris sur la géographie de l'ancienne Gaule, pourraient nous en donner une idée complète. Et quand en 1728, Secousse songeait à refaire l'ouvrage d'Adrien de Valois et soumettait à ce sujet un plan à l'Académie [4], il s'abusait sur ses forces et sur son érudition, toute grande qu'elle fût.

L'abbé de Fontenu, l'abbé Lebeuf, l'abbé Belley, se livrèrent aussi à l'étude des antiquités géographiques

[1] Voy. son mémoire intitulé : *Observations sur la situation de quelques peuples de la Belgique et sur la position de quelques places de ce pays, lors de la campagne de César*, imprimé bien après la mort de Fréret (en 1809), dans le tome XLVIII, p. 435, des *Mémoires de l'Académie*.

[2] Né près d'Alais (Gard) en 1679, mort en 1748.

[3] De Mandajors s'est surtout occupé du Languedoc.

[4] Voy. *Histoire de l'Académie des inscriptions*, t. VII, p. 302.

de la France. Le premier qui, pendant son séjour à Rome près du cardinal de Janson, avait pris le goût des choses romaines, s'attachait à décrire et à reconnaître divers camps romains, surtout ceux de la Normandie, province où il passait une partie de l'année [1]. Le second, profondément versé dans notre histoire, mais trop enclin en géographie aux hypothèses nouvelles, où son esprit se laissait égarer par son imagination, fut souvent séduit par de fausses apparences et des rapprochements hasardés. Plus judicieux et non moins sagace, l'abbé Belley, qui ne s'occupa guère au reste de la géographie des Gaules qu'au début de sa carrière d'érudit [2], mais qui avait été déjà devancé par Lancelot et Lebeuf, toucha généralement juste. Ses dissertations sur *Juliobona*, *Augusta Veromanduorum*, *Limonum*, capitale des *Pictones*, *Augustoritum*, et *Ratiatum* [3], sont d'excellents morceaux qui laissèrent peu à faire après lui dans l'étude de ces localités. L'abbé Belley s'y montre maître de son sujet et profondément versé dans l'histoire de la Gaule, dont il nous trace l'état géographique sous la domination romaine, dans une autre dissertation, lue à l'Académie

[1] Dans la famille de Caulsy. L'abbé de Fontenu, admis à l'Académie comme élève en 1714, était né en 1667, et mourut octogénaire.

[2] Les mémoires de l'abbé Belley sur des villes anciennes des Gaules furent lus de 1744 à 1748. Mais son excellent mémoire intitulé : *Observations sur deux voies romaines*, qui conduisaient de Condate (Rennes) dans la forêt du Cotentin, fut lu en 1774. (Voy. *Mém. de l'Acad.*, t. XLI, p. 563.) Depuis l'abbé Belley, on n'a que peu ajouté aux vues qu'il proposa sur la direction de ces voies.

[3] Voy. ces mémoires dans le tome XIX du Recueil de l'Académie.

vers la même époque (1744), *sur l'ordre politique des Gaules qui a occasionné le changement de noms de plusieurs villes.*

Les monuments architectoniques dont les ruines subsistent en si grand nombre sur notre sol, particulièrement dans le midi de la France, furent l'objet d'assez nombreux mémoires; plusieurs sont dus aux savants que je viens de nommer. L'abbé Lebeuf, qui explorait dans des courses en France tenues alors pour des voyages [1], nos antiquités, faisait connaître celles de Périgueux, du Puy en Vélay, l'arc de triomphe d'Orange, plus exactement décrit après lui par Ménard; celui-ci s'accordait avec Lebeuf pour y voir un monument élevé à la gloire du peuple romain. Mais, malgré leur sagacité, ces deux antiquaires ne parvinrent pas à résoudre un problème qu'il était réservé à Charles Lenormant d'éclaircir [2]. Antérieurement Mahudel avait déjà présenté à l'Académie des notices sur les antiquités de Langres et de Saintes; Moreau de Mautour en avait donné sur des monuments de Lyon, de Dijon et de la Champagne, La Bastie sur des antiquités de Nîmes et de Bordeaux. Le P. Montfaucon, dont les travaux embrassaient tout le champ de l'archéologie et dont je reparlerai plus loin, avait fait connaître les antiquités de Paris. Il ne se découvrait guère dans

[1] L'abbé Lebeuf commença ses voyages en France en 1727 et les continua jusqu'à sa mort arrivée en 1760; il était né à Auxerre en 1687. Voy. sur la manière de voyager de l'abbé Lebeuf l'intéressante notice que M. Hipp. Cocheris a placée en tête de la nouvelle édition de l'*Histoire de la ville et du diocèse de Paris* (t. I, p. 47).

[2] Voy. l'extrait de son mémoire publié dans le compte rendu de la séance publique des cinq Académies tenue le 17 août 1857.

le royaume, de sépultures, de débris antiques de quelque importance, qu'on n'en fît part à la Compagnie. Elle émettait, à cette occasion, son avis et consacrait à ces antiquités une notice dans son *Histoire*. Ces notifications étaient surtout faites par les associés et les correspondants que l'Académie avait dans les provinces. Et comme les plus distingués de ceux qu'elle s'adjoignit, La Bastie, Ménard et, plus tard, Fauris Saint-Vincent habitaient le sud-est de la France, ce furent surtout les monuments de cette région sur lesquels elle obtint des communications. Le conseiller Ménard, venu à Paris en 1744, député par la magistrature de Nîmes, sa ville natale, et qui fut élu à la place de Fréret, retourna quelque temps dans le Midi pour compléter ses explorations; il s'y livra notamment à des recherches sur les antiquités du comtat Venaissin et sur l'emplacement de *Glanum* (aujourd'hui Saint-Remy), qu'une monnaie découverte par le marquis de Lagoy devait définitivement fixer [1]. L'année même où Ménard entrait à l'Académie, Mahudel, convaincu de bigamie, était contraint de donner sa démission, pour n'avoir pas imité l'exemple de tant de ses confrères qui ne voulaient d'épouses que les sciences, car pour ces épouses-là la polygamie fut toujours autorisée. Un des correspondants les plus assidus de l'Académie était à cette époque Schœpflin, qui éclaira l'histoire de l'Alsace par les monuments, et donna à cette Compagnie, dans son mémoire sur les *Tribocci*, un spécimen des

[1] Voy. R. de Lagoy, *Description de quelques médailles inédites de Massilia, de Glanum, etc.* (Aix, 1834, in-4°.)

vastes recherches consignées dans son *Alsatia illustrata* [1]. Il s'était formé en Italie à l'étude de l'archéologie. Un de ses premiers envois date du 10 juillet 1731; c'est une dissertation sur un monument de la VIIIe légion Auguste, composé à l'occasion de briques découvertes dans la ville qu'habitait l'auteur, briques sur lesquelles se lisait l'indication de la légion. On peut regarder ce mémoire comme la première trace de l'érudition germanique dans le recueil de l'Académie. Strasbourg était alors une ville encore moins française qu'aujourd'hui. Schœpflin, quoique écrivant dans notre langue, montre dans son travail ces habitudes de critique un peu subtile mais profondément sagace qui caractérisent l'érudition d'outre-Rhin. Sa manière aurait pu servir de modèle à plus d'un académicien du temps peu fait à cette discussion sévère, persévérante, hérissée de textes, soigneuse de bien rétablir les vraies leçons et qui ne néglige aucun témoignage. Mais l'heure n'était pas encore venue où l'archéologie française saurait opposer à l'Allemagne d'aussi rudes jouteurs. Dans une seule branche de l'érudition, la géographie, l'Académie possédait alors un homme auquel nos voisins n'avaient rien à opposer, D'Anville. Portant dans l'érudition les habitudes d'une précision mathématique qu'il avait puisée dans l'étude de la cartographie, les exigences d'une critique sévère qu'il devait à la rigueur de son esprit, il avait tout ce qu'il fallait pour allier la discussion des textes au maniement du compas. Sans avoir jamais voyagé, il était doué d'un remar-

[1] L'*Alsatia illustrata* parut de 1751 à 1762.

quable tact topographique et avait comme une conscience instinctive des lieux ; il excella autant dans les questions de géographie ancienne que dans l'appréciation des documents géographiques contemporains. « Rien de ce qui pouvait l'éclairer, dit Condorcet dans son éloge, ne lui avait échappé; on était sûr qu'il n'ignorait que ce qu'il était impossible de connaître à l'instant où il composait ses cartes. » S'agissait-il d'assigner la position d'une ville dont les anciens nous ont laissé le nom, sans nous en indiquer clairement l'emplacement, doué d'une sorte de divination, il arrivait presque toujours, par la seule étude de la carte, à découvrir le lieu qu'elle devait avoir occupé; comme il le montra pour la position de Myos-Hormos, qu'il sut, malgré sa connaissance imparfaite du littoral de la mer Rouge, retrouver là où près d'un siècle plus tard deux voyageurs anglais en constataient les ruines[1]. Cet instinct merveilleux de la géographie, il en a laissé d'innombrables témoignages surtout dans sa *Notice de l'ancienne Gaule tirée des monuments*, qu'il dédiait au duc de Chartres et que l'Académie des inscriptions publiait en 1760, en appendice de son recueil; ouvrage qui, pour me servir des expressions mêmes de Belley et de Barthélemy, les deux commissaires désignés par la Compagnie pour l'examiner [2], avait paru réunir la plus exacte critique à la plus profonde érudition. Quoique n'ayant à sa disposition que des cartes presque constamment défectueuses, D'Anville parvint

[1] Voy. à ce sujet Letronne. *Inscriptions de l'Égypte*, t. I, p. 176.

[2] Voy. *Notice de l'ancienne Gaule*, p. XXIII, Extrait des registres de l'Académie des inscriptions du vendredi 5 septembre 1760.

à rétablir l'emplacement d'une foule de peuples cités par César, Pline et Ptolémée, de localités indiquées par les itinéraires anciens et la table de Peutinger[1], mal fixés par Ad. de Valois et Sanson ; et Walckenaer qui, trois quarts de siècle plus tard, tenta de refaire son œuvre, est resté en deçà d'elle, tant d'Anville était sur ce point en avant de la science géographique de son temps.

Aussi actif qu'il était heureux dans ses recherches, ce savant homme ne publia pas moins de 78 mémoires. Ceux qu'il a donnés dans le recueil de l'Académie, *sur les villes de Taurunum, et Singidunum*, *sur les sources du Nil* où il prouve qu'on ne les a jamais découvertes, *sur la Dacie* ou *la Dace*, comme on disait alors, *sur le pays d'Ophir*, *sur la position de Babylone* et *sur le golfe Persique*, enfin *sur la navigation de Pythéas à Thulé*, où il prouve que ce voyageur massaliote n'aborda jamais en Islande, sont des modèles de discussion et de critique. Tout au plus dans quelques dissertations, La Nauze et Bougainville, ses contemporains, réussirent-ils à l'égaler en érudition; mais le dernier, même dans ses meilleures productions, n'arriva jamais à la discussion serrée, à l'exposé simple et saisissant par le bon choix des raisons et l'enchaînement des preuves qui distinguent d'Anville. L'abbé Belley

[1] Carte dressée, selon les uns, vers la fin du quatrième siècle de notre ère sous le règne de Théodose I, selon les autres, sous les règnes d'Alexandre Sévère ou de Probus, recueillie par Conrad Peutinger, jurisconsulte d'Augsbourg du seizième siècle, et découverte parmi ses manuscrits en 1714. Elle a été successivement publiée par Scheib, Mannert et Katanesich. Cette carte célèbre, dessinée sur parchemin, se trouve aujourd'hui à la Bibliothèque impériale de Vienne.

toutefois, dans ses mémoires *sur une voie romaine allant de Valognes à Vieux près Caen*, et *sur la voie de Rennes à Coriallum* [1], sur *Limonum*, l'ancien Poitiers, se rapproche de la manière du grand géographe dont il avait déjà, quand il les composa, nombre de travaux sous les yeux. Par la méthode qu'il avait introduite dans ce genre de questions, d'Anville donna à plusieurs de ses confrères le goût des recherches géographiques, et de 1755 à 1757, elles remplirent en grande partie les séances de la Compagnie. Bonamy qui n'était étranger à aucune branche de l'érudition, paya aussi sa dette à la géographie ancienne, par une dissertation sur *Bratuspantium* et *Mediolanum*, deux anciennes villes de la Gaule dont la position est demeurée contestée. Il se montra moins heureux dans d'autres mémoires également relatifs à la géographie des Gaules. La Barre s'applique à en saisir les divisions générales aux diverses époques [2]. L'abbé Lebeuf s'occupa plus particulièrement de la géographie de l'époque mérovingienne et carlovingienne.

Ce qui achevait de donner à d'Anville une grande supériorité sur les autres géographes de la Compagnie, quand il traitait les problèmes géographiques, c'est qu'il avait fait une étude approfondie des mesures itinéraires des anciens, mesures qui avaient occupé Fréret, La Barre et Gibert. Dans son Mémoire *sur le mille romain*, lu le 7 février 1755, d'Anville déploya

[1] Voy. ce que j'en ai dit ci-dessus, p. 138.

[2] Voy. Le mémoire de La Barre intitulé : *Divisions que les empereurs romains ont faites des Gaules en plusieurs provinces*. *Mémoires*, t. VIII, p. 403.

toutes les ressources de sa critique, et sans avoir la connaissance précise de la longueur du pied romain, il réussit, par l'étude de voies romaines encore existantes en Italie, à calculer avec une grande approximation cette base du système de la métrologie itinéraire de l'empire [1]. La Nauze, la même année, reprit le problème, et avec une critique et une érudition qui lui font honneur, combattit les idées parfois un peu exclusives de son confrère. Le point sur lequel portait le débat tenait moins à la géographie proprement dite qu'à la topographie. La Nauze avait adopté pour base de ses évaluations la distance connue de Rome à Aricie. Mais d'où fallait-il partir dans Rome pour la compter? Les milles se comptaient-ils des portes ou du centre de la ville? Là était la question ; et le sagace érudit montra qu'il fallait distinguer à cet égard les époques ; de Caïus Gracchus à Auguste, l'origine des milles se prenait à partir des portes; plus tard on compta à partir du grand milliaire doré.

D'Anville avait étendu ses recherches à toutes les mesures géographiques de l'antiquité ; il composa des mémoires jusque sur la mesure itinéraire des Arméniens et le *li* des Chinois; mais la longueur du stade, un des éléments fondamentaux pour la critique des documents géographiques que nous ont transmis les Grecs, appela plus particulièrement son attention. Renouvelant des idées déjà soutenues par ses con-

[1] D'Anville évalue le mille romain à 756 toises, c'est-à-dire à 1473m,44. On adopte aujourd'hui le chiffre de 1481m,89. Voy. Vasquez Queipo, *Essai sur les systèmes métriques et monétaires des anciens peuples*, t. II, p. 443. (Paris, 1859.)

frères de l'Académie des sciences J.-D. Cassini, De Lisle, Buache, il accepta avec trop de confiance les mesures données par les Grecs ; il admit que la diversité des évaluations itinéraires qu'on y rencontre tient à une variété de stades et de milles, quoique l'antiquité fût muette à cet égard et n'eût jamais parlé de l'une et l'autre mesure que comme ayant une longueur constante. Un pareil système entraînait à supposer que dans une même description géographique et souvent à quelques lignes d'intervalle, des mesures inégales avaient été employées par les auteurs. C'est dans cet esprit que D'Anville examina la mesure de la Terre du fameux géographe alexandrin Ératosthène qui a fait tant de bruit dans l'antiquité. Les arpenteurs ou *bématistes* égyptiens avaient trouvé une distance de 5,000 stades d'Alexandrie à Syène, mesure simplement calculée à la marche et qui ne saurait avoir aucune rigueur ; elle pouvait suffire aux observations de latitude fort imparfaites d'Ératosthène, pour l'évaluation de la longueur du degré du méridien, mais comment le célèbre géographe français osait-il en tirer des données pour calculer le stade ! Le désir de découvrir la longueur précise de la mesure itinéraire des Hellènes l'aveuglait sur l'importance de cette indication, et la nécessité d'accorder les mesures vraies avec les chiffres si peu précis des anciens, l'entretenait dans la supposition qu'il existait diverses sortes de stades. Avec cette variété imaginaire de stades, on parvenait aisément à donner des apparences d'exactitude aux fausses mesures de l'antiquité. D'Anville admit trois stades différents ; Fréret était allé plus loin [1]; poussé sur la même pente, il avait cru en reconnaître six. Gosselin, qui représenta les études de géographie dans l'Académie à la fin du dix-huitième siècle, renchérit encore sur ce nombre, et, développant une erreur de Fréret, soutint, malgré les anciens, que toutes leurs mesures astronomiques de la circonférence de la Terre n'en sont qu'une seule et même exprimée en stades différents [2].

La Nauze, qui aborda aussi l'examen de cette grande question de la mesure de la Terre par Ératosthène, où tant de savants ont erré jusque de nos jours, aurait pu, s'il eût creusé davantage, reconnaître l'erreur de D'Anville; car, dans son mémoire, il apprécie à leur juste valeur le témoignage des auteurs anciens, et montre que si Ératosthène et Hipparque furent de vrais géographes, ni Strabon, ni Pline ne l'ont été réellement, et que pour Ptolémée, il avait peu observé par lui-même; mais l'érudit français s'en tint à la surface du problème et resta convaincu de la pluralité des stades. La Barre s'approcha beaucoup plus de la vérité, en attaquant les principes de Fréret et faisant voir qu'un seul et même stade avait été en usage jusqu'après le temps d'Alexandre. Il n'osa pas toutefois pousser l'unification jusqu'au bout, et ne rejeta point, pour des âges moins anciens et même pour des siècles reculés,

[1] Gibert admit aussi plusieurs stades.

[2] Voy. dans la *Revue archéologique*, 10e année, p. 678 et suiv., l'excellente dissertation de M. Th.-Henri Martin, intitulée : *Examen d'un mémoire posthume de M. Letronne et de cette question : La circonférence du globe terrestre avait-elle été mesurée exactement avant les temps historiques?*

l'existence de trois stades [1]. L'évaluation du *schœne* égyptien qu'on prétendait trouver dans un rapport exact avec le stade, achevait d'égarer ces érudits, trop confiants dans des écrivains auxquels était étranger le besoin de rigueur que ressentent les modernes géographes [2].

Si dans l'étude de la géographie, et en particulier dans celle de la géographie des Gaules, D'Anville laissa loin derrière lui les académiciens qui s'en étaient occupés auparavant, on voit qu'il ne fut pas beaucoup plus heureux que ses devanciers dans l'étude des mesures itinéraires de la Grèce, et qu'il partagea leurs erreurs. Pour bien saisir le système des mesures itinéraires des anciens, il aurait fallu reprendre avec précision et méthode toute la métrologie antique. C'est ce que Fréret, qui ne s'était jamais effrayé de l'immensité d'un travail, avait vainement tenté [3], et c'est ce que D'Anville n'eut ni le temps ni le goût de recommencer. Quoique les mémoires de Fréret sur les mesures des anciens laissent beaucoup à désirer, ils constituent cependant un progrès considérable, comparés à ce qu'on avait fait avant lui à l'Académie. On peut s'en convaincre, en lisant les recherches faites à ce sujet par un hébraïsant qui appartint, pendant quelques années, à la Com-

[1] Il n'y a eu en réalité chez les Grecs qu'un seul stade, le stade olympique, évalué à 185 mètres. Voy. Vazquez Queipo, *Essai sur les systèmes métriques et monétaires des anciens peuples*, t. I, p. 383, 385.

[2] Voy. sur les discussions relatives à la longueur du stade, *Hist. de l'Acad. des inscript.*, t. XXXVI, p. 86.

[3] Voy. *Mém. de l'Acad.*, t. XXIV.

pagnie. Nicolas Henrion avait proposé sur la métrologie antique le plus incroyable des systèmes, dans le but de justifier sa doctrine sur les géants; car la question des géants préoccupa beaucoup l'Académie des Inscriptions, au début de ses travaux. L'abbé de Tilladet en soutenait résolûment l'existence, et, acceptant toutes les fables des anciens, il prétendait les justifier par ce que les voyageurs d'alors disaient des Patagons. Mahudel, plus sensé, se refusait à admettre qu'aucun géant eût jamais excédé douze pieds [1]. Grâce à son système métrologique, Henrion, avait été conduit à bien d'autres chiffres, et soutenait pouvoir calculer avec la dernière précision la taille des patriarches. Il avait trouvé qu'Adam avait cent vingt-trois pieds neuf pouces, Ève cent dix-huit pieds neuf pouces trois quarts; Noé avait neuf pieds de moins, Abraham n'en avait plus que vingt-sept ou vingt-huit, Moïse treize, et Hercule dix [2]. Qu'étaient-ce en vérité que les erreurs de Fréret, à côté de pareilles rêveries?

Dans une science qui se lie à la géographie, l'ethnologie, D'Anville ne sut point imprimer à nos connaissances un progrès aussi marqué que celui qu'on lui doit pour celle-ci. Son Mémoire sur *les Gètes*, qu'il tient pour une nation scythique, très-distincte des Goths, est fort au-dessous de ses dissertations purement géographiques; mais il faut moins accuser la critique de l'auteur que l'ignorance philologique de son temps. D'Anville ne pouvait s'aider d'étymologies et de rappro-

[1] Voy. *Hist. de l'Acad.*, t. I, p. 125; t. III, p. 158.

[2] Voy. l'*Éloge d'Henrion*, dans l'*Hist. de l'Acad.*, t. V, p. 382, 383. — Henrion, né à Troyes en 1663, mourut en 1719.

chements dont on n'avait pas, au siècle dernier, les premiers principes. Toutefois, même dans ce mémoire, il émet souvent encore des vues justes et propose de plausibles assimilations. Il demeure incontestablement dans cette branche de l'érudition de beaucoup inférieur à Fréret, auquel il est au contraire fort supérieur dans toutes les questions exclusivement géographiques.

Comme cartographe, D'Anville, fit faire un progrès considérable à la géographie moderne, et il mérita ainsi sa double admission à l'Académie des sciences et à celle des Inscriptions. Cette critique qu'il apportait dans les discussions de géographie ancienne, il l'introduisit dans les cartes destinées à représenter les différentes parties du globe dans leurs divisions actuelles ; il effaça des atlas une foule de contrées chimériques et de fleuves imaginaires ; il préféra laisser des espaces vides plutôt que de combler les lacunes par des suppositions gratuites, d'inscrire des royaumes qui n'avaient jamais existé, ou des îles qui sont à reléguer dans la région des fables.

D'Anville poussa si loin l'étude de la géographie ancienne, que son siècle ne l'a pas dépassé. Quoiqu'il soit mort, quand près de vingt années devaient encore s'écouler avant le commencement du siècle nouveau[1], il est resté, comme Fréret, un phare allumé pour les générations suivantes, et Gosselin, qui prétendit ajouter à ses travaux et compléter son œuvre en la rectifiant, ne fit que substituer à ses appréciations solides des

[1] D'Anville mourut le 28 janvier 1782 ; il était né à Paris le 11 juillet 1697, et entra à l'Académie des inscriptions en 1734.

hypothèses insoutenables, fondées sur une érudition d'emprunt. Cet académicien avait pris dans le commerce et les voyages le goût d'une science qu'il a mal servie[1]. Ses mémoires sur *la Sérique des anciens*, sujet déjà traité par d'Anville, sur *les connaissances géographiques des anciens le long des côtes méridionales de l'Arabie* sont le fruit d'une lecture plus étendue qu'intelligente. En vain son jeune confrère Silvestre de Sacy, le voyant imprudemment aborder la géographie de l'Orient, lui montrait-il tout ce qu'avait d'inadmissible son système chronologique inspiré par les idées de Bailly ; il n'en persista pas moins à développer les rêveries scientifiques qu'il a continuées à l'Institut. Il poursuivit dans la nouvelle Académie sa thèse favorite, que les anciens ont eu une géographie astronomique aussi exacte que celle des modernes, mais qu'ont successivement défigurée et altérée de fausses évaluations et des changements introduits dans la projection et les dimensions des cartes; folle idée qu'il développait en 1789 dans sa *Géographie des Grecs analysée*[2].

Sans prétendre succéder à D'Anville, Anquetil du Perron s'essaya aussi sur quelques points de la géographie ancienne, et donna un mémoire étendu *sur le Gange*[3]. Mais la vaste érudition orientale du cou-

[1] Gosselin, né à Lille en 1751, fut admis à l'Académie en 1791, à la suite d'un concours ouvert sur la comparaison de la géographie de Strabon et de Ptolémée, où il obtint le prix; il a fait partie de la nouvelle Académie. Voy. son *Éloge*, *Mém.*, 2e série, t. IX.

[2] Voy. Dacier, *Rapport historique sur les progrès de l'histoire et de la littérature ancienne*, p. 282.

[3] Voy. *Mém. de l'Acad.*, t. XXXV, p. 475.

rageux voyageur ne suffisait pas à lui faire résoudre des questions qui réclamaient d'autres habitudes d'esprit que les siennes; et, quoiqu'il eût vu la contrée qu'arrose le fleuve indien, il ne fut guère plus heureux dans ses rapprochements que ne l'avait été Bougainville, quand, du fond de son cabinet, il tentait de découvrir quelle route avait suivie Hannon dans son fameux périple.

Moins propres aux questions de géographie ancienne, quoiqu'ils possédassent l'un et l'autre une connaissance des sources classiques qui manquait à Anquetil, le président de Brosses et Sainte-Croix s'essayèrent tous deux à traiter des questions d'histoire littéraire où la géographie était le principal guide. Le premier, qui s'était fait connaître, dès 1756, comme géographe par une *Histoire des navigations aux terres Australes*, à laquelle on a justement reproché une assez grande ignorance de la physique du globe, tenta en 1766 de reconstituer, en réunissant des données éparses, le périple du Pont-Euxin, tel que Salluste l'avait décrit vers la fin du troisième livre de son Histoire [1]; le second échoua plus complétement dans son travail sur le géographe Scylax, auteur d'un autre *Périple* [2]. Sans tenir compte du style et de la physionomie de l'ouvrage, cet académicien voulut reporter jusqu'à l'époque de Darius, fils d'Hystaspe [3], la composition d'un livre où

[1] Voy. *Mémoires de l'Académie*, t. XXXII et XXXV.

[2] Voy. *Mém. de l'Acad.*, t. XLII, p. 350.

[3] Fréret et Bougainville s'étaient beaucoup plus rapprochés de la vérité, en plaçant la rédaction de ce Périple vers l'an 360 : opinion voisine de celles de Vossius, Dodwell, Niebuhr et Letronne.

peuvent avoir été intercalés d'anciens fragments[1], mais dont la date est incontestablement beaucoup plus basse.

Entre les recherches sur les origines des peuples qui commençaient à éveiller les méditations des érudits, celles qui se rapportent aux origines de notre nation rencontraient naturellement plus de faveur au sein de la Compagnie. Quels avaient été au juste les Gaulois, quelle était leur religion, quelles étaient leur langue, leurs mœurs et leurs lois? voilà ce que l'on se demandait au dix-huitième siècle avec plus de curiosité que jamais. Longtemps on n'en avait dit que ce que en avaient affirmé les Grecs et les Romains, malheureusement trop discrets sur ce point. En pouvait-on savoir davantage? Là était la question. Dans cet espoir, on interrogeait les antiquités des Germains, avec lesquels on était encore enclin à confondre les Gaulois. C'est ainsi que procéda un ministre protestant, issu de réfugiés français, qui vécut en Suisse, puis à Berlin, Simon Pelloutier. Ce savant avait assurément autant d'érudition qu'il fallait pour traiter la question, si elle avait été plus mûre. L'Académie prêta quelque attention à son livre, fruit de recherches plus étendues que méthodiques, et dont Schœpflin combattit avec force les résultats dans les *Vindiciæ celticæ*. En 1742, la Compagnie couronna Pelloutier pour son *Histoire des populations gauloises en Galatie*, travail qui, quoique fort au-dessus de celui qu'avait donné Colomiez, au siècle précédent, ne combla qu'imparfaitement un de-

[1] Voy. *Fragments du poëme géographique de Scymnus et du faux Dicéarque*, 1840, in-8°.

sideratum des annales de notre race. Le sujet a été repris de nos jours en Allemagne, tandis que de son côté, la nouvelle Académie le remettait au concours.

Pelloutier n'avait pas profité d'une source précieuse d'informations, la plus riche peut-être pour la connaissance du culte de nos ancêtres, les monuments figurés que recèle notre sol. Un bénédictin, D. Jacques Martin, essaya de traiter le sujet d'une manière plus archéologique. Quelques inscriptions latines, quelques bas-reliefs gallo-romains, quelques figurines récemment exhumées, lui fournirent des indications et des rapprochements sur lesquels il a établi son *Traité de la religion des anciens Gaulois*, publié en 1737, et qui, sans faire autorité, a joui cependant pendant bien des années d'une juste estime. Mais, tout savant qu'il fût, ce religieux manquait à la fois d'un nombre suffisant de monuments et de ce tact d'antiquaire nécessaire pour féconder l'emploi des représentations figurées dans l'histoire.

Le culte qu'ont rendu aux dieux nos ancêtres avant leur conversion au christianisme, préoccupait alors assez vivement l'érudition; l'Académie, en portant fréquemment sur lui son attention, reflétait une curiosité que révèlent bien des écrits du temps. L'abbé Fénel avait soumis à la Compagnie, en 1747, un *Plan systématique de la religion et des dogmes des anciens Gaulois*, travail incomplet malgré son titre ambitieux. Fréret, frappé de ses défauts, fit à son occasion des observations destinées à préciser l'état de nos connaissances positives sur la matière, encore si peu débrouillée. L'abbé Fénel avait eu le mérite d'insister sur la distinction à faire entre les dieux grecs ou romains, et ceux des Gaulois, identifiés avec eux après l'établissement de la domination romaine. Fréret abonda dans le même sens ; il s'éleva contre ces assimilations arbitraires, fruit de l'ignorance des anciens, dont ses confrères les mythologues avaient tant abusé. Quant à ce qu'il fallait penser de la nature intime de la religion gauloise, il se tint dans une judicieuse réserve ; il ne chercha pas à soulever le voile qui nous dérobe la philosophie des druides, comme l'avait fait son confrère Fénel, de crainte d'être dupe de son imagination ; il se borna à rassembler les témoignages des anciens sur cette religion et à en tirer les inductions les plus légitimes.

Un seul point de l'histoire du druidisme lui sembla pouvoir être élucidé davantage ; il se rattachait à une discussion alors déjà ancienne à l'Académie et qu'avait soulevée en 1710 l'existence des sacrifices humains dans l'antiquité. Un membre, l'abbé de Boissy [1], en établissant la généralité de ces rites barbares, voulait en trouver l'origine dans le sacrifice d'Abraham. Morin repoussa avec force cette opinion, et en cela il avait certainement raison; mais, dépassant le but, il alla jusqu'à révoquer en doute la généralité de pareils sacrifices, bien que, de son temps encore, nombre de populations sauvages les pratiquassent. Il se révoltait à l'idée que ses amis les anciens se fussent rendus coupables d'actes aussi atroces ; il aurait voulu réduire ce qu'en ont dit les auteurs au

[1] *Mém. de l'Acad. des inscript.*, t. I, p. 47 (1710).

meurtre de quelques prisonniers de guerre, ou tout au moins à des cas exceptionnels [1]. En 1746, Duclos, étant venu lire un mémoire sur les druides, destiné à venger ceux-ci du reproche d'idolâtrie, la discussion se ralluma. On avait à cœur de laver les Gaulois d'une accusation qui semblait entacher la noblesse de notre origine. Fréret, plus soucieux de la vérité que de l'honneur des Gaulois, montra, contre les assertions de Morin, que les sacrifices humains avaient été fort usités dans l'antiquité, et, qu'en les pratiquant, les druides ne firent que se conformer à une superstition générale.

A ces essais se bornent les recherches du dix-huitième siècle sur la religion de nos ancêtres. Ni D. Martin, ni Fénel, ni Fréret, n'avaient à leur disposition assez de monuments pour ajouter aux informations incomplètes des auteurs grecs ou latins. C'est, comme je l'ai dit, dans l'étude des monuments qu'on pouvait espérer des lumières rares encore, mais moins vacillantes que les rapprochements des anciens. A côté de ces inscriptions, de ces figures que les fouilles nous apportent tous les jours et qui mettent sous nos yeux la vie et jusqu'au langage des Gaulois, dont on ne posséda longtemps aucun texte [2], viennent se placer les monnaies gauloises alors indéchiffrées; leurs types sont riches d'enseignement sur les noms et les attributs des divinités de la Gaule. Puis, les traditions populaires, les superstitions locales, les *Sagen*, les *Mæhrchen*, dont les re-

[1] *Mémoires de l'Académie*, t. XVIII, p. 178 et suiv.

[2] Des inscriptions en langue celtique n'ont été signalées que dans ces derniers temps; M. Ad. Pictet en a donné le premier recueil.

cueils se sont tant multipliés depuis la publication des frères Grimm, nous donnent comme le dernier écho de ces croyances oubliées. Tout cela devait être mis en œuvre et tout cela faisait défaut à l'ancienne Académie.

En fait de langue gauloise, on n'en était qu'aux premiers éléments, qu'à la recherche de son caractère et de son histoire. On commençait à se demander si l'idiome des paysans bas-bretons ne serait pas le reste de la langue de nos pères. Un professeur de théologie de Besançon, J.-B. Bullet, correspondant de l'Académie, chercha à en donner la preuve dans trois volumes in-f° qui parurent de 1754 à 1759, sous le titre de *Mémoires sur la langue celtique*. Mais, trop plein de son sujet, le savant ecclésiastique finit par tomber dans les étymologies les plus audacieuses et les plus ridicules. On se doutait alors si peu des vrais principes de la dérivation des mots d'une langue à l'autre, qu'on ne pouvait guère ouvrir une mine nouvelle en philologie comparée, fût-elle même du filon le plus riche, sans s'y ruiner. Bullet vit du celte partout, et s'il toucha quelquefois juste, c'est seulement quand l'évidence étymologique dispensait des notions de la philologie comparée. Le livre de ce savant inocula à bon nombre d'érudits la celtomanie; elle finit par constituer presque une maladie endémique dans la Bretagne, qui avait déjà produit Pezron, dont Bullet ne fit que développer les idées. Mais dans leur orgueil national, les Bretons ne se contentèrent pas de revendiquer pour leur dialecte l'honneur d'avoir été la langue de nos ancêtres, ils prétendirent y retrouver la langue mère de tout le genre humain, celle qu'Adam avait parlée dans le Paradis terrestre. De là les rêveries de Le Brigant, publiées en 1787, et dont Grimm[1] se moque à bon droit. Chose étrange, tandis que la Révolution arrêtait le développement d'idées plus sérieuses et d'études plus critiques, on vit l'engouement pour le celte survivre à la tourmente politique. Il nous a valu les *Origines gauloises* de La Tour d'Auvergne-Corret, et a provoqué en 1804 la fondation de l'*Académie celtique*.

Il faut cependant reconnaître que s'il aboutit à des extravagances, le celticisme eut pourtant l'avantage d'appeler l'attention sur des dialectes auparavant négligés de la critique et dont l'analyse comparative, poursuivie plus tard par des hommes tels que Bopp, Diefenbach et Zeuss, devait jeter un jour si vif sur notre berceau et la distribution primitive de notre race.

Disons-le à la louange de l'Académie des inscriptions, elle sut se défendre de l'entraînement vers les étymologies tirées du celte; elle ne demanda aux antiquités des populations qui parlent encore un idiome celtique, que ce qu'il était permis d'y chercher pour éclairer notre histoire. Il y avait alors en France bien peu de gens s'étant occupés des institutions et de la littérature de ces populations galloises et irlandaises qui gardent encore l'empreinte de la race celtique dont elles sont issues. Le seul homme qui, à la fin du dix-huitième siècle, les ait sérieusement étudiées, l'avocat normand

[1] *Correspondance littéraire*, t. XV, p. 251.

David Houard [1], fut admis dans l'Académie à titre d'associé ; il y vint lire, en 1785, un mémoire *sur les antiquités galloises* [2], imparfait aperçu des trésors que recélait un sol alors à peu près vierge.

Les Celtes ne sont pas nos seuls ancêtres ; les Francs, qui nous ont légué leur nom, ont aussi versé du sang dans nos veines, et, au siècle dernier, plus fiers de ces ancêtres-là que des premiers, nous avions pour eux un respect filial. Comme les rois et les nobles en prétendaient descendre, élever des doutes sur ce qu'en avaient écrit nos vieux annalistes était presque un crime de lèse-majesté. Au dix-septième siècle, la famille des Bourbons avait fait revivre pour son propre compte les prétentions des Mérovingiens à une origine troyenne. Fréret, alors jeune académicien, eut l'imprudence, dans un discours lu en séance publique, de combattre la tradition reçue. Il cherchait à y établir que les Francs formaient une ligue de différents peuples de la Germanie, qu'ils servaient souvent dans les troupes romaines, et que leurs chefs ou rois, lorsqu'ils étaient reconnus par les empereurs, recevaient les insignes de patrice. Injure plus grave ne pouvait être faite à l'orgueil des souverains et des gentilshommes ; car ils ne tenaient si fort à être appelés descendants des

[1] D. Houard, né à Dieppe en 1725, ne prit qu'une part peu active aux travaux de l'Académie. L'étude de la législation de sa province natale, à laquelle il se livra avec ardeur, l'avait conduit à celle des coutumes anglo-normandes. Il en publia un traité estimé. La rédaction de cet ouvrage, en l'obligeant à lire le fameux Code d'Hoel le Bon, le fit pénétrer dans l'ordre de recherches dont il donna un aperçu à ses confrères. Houard est mort près d'Abbeville en 1802.

[2] Voy. *Mém. de l'Acad.*, t. L, p. 441 et suiv.

Francs, que parce que ceux-ci étaient représentés comme les vainqueurs des Romains. Quoiqu'il se fût permis, lui aussi, de petites hardiesses en traitant de la loi salique, l'abbé de Vertot se révolta d'opinions si irrévérencieuses, qui n'avaient pourtant pas choqué le timide Galland [1]. Sa fidélité n'était pas moins acquise aux Mérovingiens qu'aux Bourbons, et le surnom de fainéants donné aux derniers rois de la première race l'indignait. Il avait laborieusement discuté la date initiale de cette dynastie et soutenu que Pharamond était bien monté sur le pavois en 420 [2]. Il ne balança donc pas à dénoncer Fréret au ministre ; l'académicien trop osé fut envoyé à la Bastille, comme un mauvais citoyen. La lecture assidue de Bayle l'y rendit encore plus indépendant en fait de jugements historiques, et Fréret sortit de prison un grand critique, comme Voltaire en sortit un grand poëte.

On voit qu'il fallait alors du courage pour aborder des questions d'histoire de France. Lancelot nous en fournit une autre preuve. Averti que l'on avait arrêté plusieurs personnes soupçonnées de s'occuper de sujets historiques qui éveillaient les inquiétudes du gouvernement, il dut livrer aux flammes ses papiers, afin d'échapper à la police, et il n'osa faire paraître qu'après la mort du roi Louis XIV, ses *Mémoires pour les pairs*

[1] En effet, Galland, dans son *Journal*, rappelant la lecture de Fréret à la date du 13 novembre 1714, dit, sans rien mentionner des réclamations de Vertot, que le jeune académicien *traita le sujet d'une tout autre manière et plus vraisemblablement que ne l'avaient fait tous nos historiens français*. Voy. *Journal mss.*, t. IV, p. 224.

[2] Voy. Son Mémoire sur l'*Époque de la monarchie française*. *Mém. de l'Acad. des inscript.*, t. I, p. 290.

de France avec les preuves, que le gouvernement prit encore le soin de ne pas laisser répandre à trop grand nombre d'exemplaires. C'est que toutes les questions d'origine effrayaient le pouvoir. Sur le terrain des Mérovingiens notamment, s'agitaient des questions de droit public auxquelles bien des gens puissants ne trouvaient pas leur profit. La loi salique, que Vertot avait pourtant remuée, n'était pas moins délicate à manier que le caractère de la confédération franque. L'abbé avait à cette occasion rencontré un vigoureux contradicteur dans le jeune Fréret, et c'est peut-être parce qu'il n'avait pas trouvé d'autres moyens d[illegible] lui fermer la bouche, qu'il le fit envoyer à la Bastille[illegible], aurait sans doute volontiers usé du même procédé à l'égard de Foncemagne, qui lui fit une guerre plus acharnée; mais cet académicien n'était pas, comme Fréret, le fils d'un simple procureur; il appartenait à une ancienne et noble famille et n'avait rien à redouter du pouvoir. Il est vrai que la liberté avait déjà fait alors des progrès; si bien que l'abbé Dubos, étant secrétaire perpétuel de l'Académie française, put composer son ***Histoire critique de l'établissement de la monarchie française dans les Gaules*** (1743), où il combattait des préjugés auxquels n'avaient osé toucher les bénédictins. Ses hardiesses soulevèrent toutefois une clameur universelle, et le docte abbé aurait pu s'en mal trouver, s'il ne fût mort au moment de la publication[1]. Car cette même année, l'abbé Lenglet Dufresnoy

[1] « A la vérité, il avait mêlé des erreurs palpables à ses excellentes démonstrations de la réalité historique méconnue; mais on ne

était mis à la Bastille pour avoir donné le tome VI des *Mémoires de Condé;* ce qui prouve combien était encore précaire la liberté en matière d'histoire de France [1].

La question qui divisait Foncemagne et Vertot portait sur le mode primitif de succession au trône de France. Le premier combattit l'idée du second, que, sous les Mérovingiens, la royauté eût été à la fois élective et héréditaire, et cherchait à établir que l'élection n'intervenait pas. Selon Foncemagne, la succession au trône était agnatique dans la même race; et c'était la coutume, et non une loi formelle, qui excluait les filles [2]. Quand les temps furent devenus meilleurs, que les opinions purent se produire plus librement, la discussion sur les rois francs se ralluma. L'académicien Gibert, qui remuait une foule de textes, mais n'en fit que rarement sortir la lumière, avait entrepris de rechercher l'origine du nom de Mérovingien [3]; il croyait

voulut voir en lui que son côté faible, et l'on ne tint pas compte de la nouveauté de ses aperçus et de ses appréciations exactes des textes contemporains du cinquième siècle. » J. de Pétigny, *Études sur les institutions de l'époque mérovingienne*, t. I, p. 393. Cependant Secousse, juge si compétent, écrivait à Bouhier qu'il regardait l'ouvrage de l'abbé Dubos comme un des meilleurs qui eût été fait pour l'éclaircissement de notre histoire. Voy. sa lettre dans la *Correspondance mss.* de Bouhier, Bibl. impér. suppl. franç. 165, t. XII.

[1] Son libraire n'échappa que par la fuite aux exempts de police. Voy. sur les détails de cette affaire une lettre de Secousse au président Bouhier, *recueil cité*. Lenglet, qui avait été deux fois mis à la Bastille, y fut renvoyé plus tard (1750) à la suite de la publication de son *Calendrier historique*, qui donnait la généalogie de tous les princes de l'Europe.

[2] Voy. *Mém. de l'Acad. des inscr.*, t. IV, p. 672, t. VI, p. 680, t. VIII, p. 490.

[3] C'était en 1746.

l'avoir découverte dans celui d'un roi des Suèves, qui régnait au temps d'Auguste, Marobodus, d'après lui identique au fabuleux Mérovée. Fréret lui objecta que les rois de la première race n'avaient été appelés Mérovingiens qu'à la fin de leur domination ou au commencement de celle des Carlovingiens, et il fit ressortir tout ce qu'avait d'inadmissible l'identification de Marobodus et de Mérovée. Gibert, selon son habitude, attendit, pour répondre, la mort de son adversaire [1], et bien sûr de ne l'avoir plus pour contradicteur, il mit en avant de ridicules étymologies, où étaient confondus les mots de toutes les langues. Il ne fut d'ailleurs jamais à court de paradoxes, et les paradoxes de Gibert, étant alors bien vus du pouvoir, avaient quelque chance de succès près des gens bien pensants.

Quoiqu'elle eût été déjà l'objet de nombreuses publications, l'histoire de France n'avait point encore été écrite au commencement du dix-huitième siècle, avec cet esprit de critique sévère, d'exactitude minutieuse, de précision constante, que nous demandons aujourd'hui. Nos historiens se montraient tour à tour lourds ou secs, prolixes ou emphatiques ; leur style était dépourvu de cette noble simplicité, indice de la véracité, reflet de la sincérité ; on ne trouvait chez eux, ni l'éloquence des anciens, ni l'élégante clarté de nos maîtres contemporains. Aussi D'Argenson, en venant lire ses réflexions à la Compagnie [2], dont il fut plus un orne-

[1] Gibert ne publia sa réponse qu'en 1759.

[2] Voy. ses *Réflexions sur les historiens français et sur les qualités nécessaires pour composer l'histoire*, dans le tome XXVIII des *Mém. de l'Acad. des inscript.* (1761).

ment qu'une lumière, confessait-il que les Français étaient restés fort au-dessous des Grecs et des Romains dans la manière d'écrire l'histoire; il le prouvait par une étude brillante sur les écrivains anciens et modernes. « On instruit, disait-il, les hommes en leur racontant simplement des faits; pour peu qu'ils écoutent, ils s'appliquent naturellement à ce qu'ils lisent. Il faut non les guider, mais les laisser marcher d'eux-mêmes dans ce labyrinthe; on ne doit leur présenter ni des registres ni des sermons. »

Doter les Français de la véritable méthode historique, cela exigeait toute une éducation que l'Académie des inscriptions a eu la tâche de nous faire faire. Bonamy, dans une dissertation spéciale [1], recommandait la lecture des anciens historiens et appuyait sur la nécessité de consulter les originaux, pour écrire l'histoire de France. Fidèle à ces préceptes, Lacurne de Sainte-Palaye entreprenait de passer en revue les principaux monuments de notre histoire, depuis Grégoire de Tours et Éginhard jusqu'à Joinville [2] et Froissart, et signalait l'intérêt et le caractère des *Grandes Chroniques de saint Denis*. Ses jugements sur nos principaux historiens et chroniqueurs sont presque toujours fondés; ses analyses ont fait connaître des ouvrages que ses confrères ne s'étaient point encore habitués à lire tout

[1] *Mém. de l'Acad. des inscript.*, t. XXXV.

[2] La Vie de saint Louis par Joinville a été encore à l'Académie l'objet de deux mémoires importants, l'un de Bimart de la Bastie (t. XV, p. 692), où il examine l'authenticité et les manuscrits du livre; l'autre de Levêque de la Ravallière (t. XX, p. 310), où sont en partie confirmées les vues de La Bastie.

entiers. L'abbé Lebeuf suivait la voie ouverte par Sainte-Palaye, en analysant les annales de saint Bertin et les annales Védastines. Ce mouvement d'étude des sources porta ses fruits.

Les bénédictins formaient comme une autre Académie des inscriptions, plus modeste mais non moins savante. Souvent même les académiciens ne pouvaient rien faire de mieux que de publier ce que ces moines avaient préparé, comme le fit La Barre, en réimprimant les *Analecta* de Mabillon et le *Spicilegium* de D. Luc d'Achéry. Leurs travaux gigantesques ne sauraient guère être séparés de ceux de la docte Compagnie, à laquelle ces religieux se rattachaient par Mabillon, le plus illustre d'entre eux. D. Ruinart, son élève, son collaborateur, son biographe, avait, par une édition de Grégoire de Tours, commencé la série des publications qui allaient nous rendre accessibles toutes les sources de notre histoire. Un autre bénédictin, reprenant l'œuvre inachevée d'André Duchesne [1], entreprit une collection qui devait embrasser tous les anciens monuments de notre histoire. Dom Bouquet fit paraître en 1738 le premier volume des *Historiens de France* et en donna successivement sept autres qui témoignent, autant que le premier, d'un incroyable labeur. Les deux frères Haudiquier publièrent les tomes IX et X, et commencèrent le XIe, qui fut achevé par D. D. Housseau, Précieux et Poirier. D'autres bénédictins, D. Clément et D. Brial, reprirent une tâche dont

[1] Les *Scriptores Historiæ Franciæ* d'André Duchesne, y compris les volumes publiés par son fils François, s'arrêtent au règne de Philippe le Bel, et forment 5 tomes in-fol.

devait hériter la nouvelle Académie des inscriptions, et ce dernier religieux, en entrant dans la Compagnie savante pour y continuer son œuvre, y ramena les habitudes de longues et patientes recherches que la Révolution avait quelque peu fait oublier.

L'histoire ecclésiastique de France devait déjà à ce même ordre des Bénédictins son plus beau monument, le *Gallia christiana*, dont J. Chenu et Claude Robert avaient les premiers conçu le plan. Denis de Sainte-Marthe, supérieur général de la congrégation de Saint-Maur, fit reprendre sur une base nouvelle l'œuvre déjà exécutée par Scévole et Louis de Sainte-Marthe, ses parents, et publiée par les fils du premier. Les trois premiers volumes de l'ouvrage entièrement refondus parurent de 1715 à 1725. L'ouvrage se poursuivit avec ardeur pendant soixante ans, au sein de la savante congrégation, jusqu'aux jours où la persécution et les tracasseries vinrent interrompre leurs travaux. Depuis, grâce au zèle d'un érudit que la nouvelle Académie a récemment appelé dans son sein, M. B. Hauréau, l'œuvre a pu être reprise, et l'Institut lui devra l'achèvement de ce glorieux monument.

On ne se borna pas au reste à l'Académie des Inscriptions à réunir des textes, riches sans doute d'informations, mais qui ne donnent pourtant pas l'histoire toute faite; on s'efforça de reconstruire à leur aide le récit complet des événements, la biographie de nos rois, l'exposé des principaux actes de notre histoire; la critique pénétra graduellement dans l'appréciation des faits. Lancelot y apportait son esprit indépendant et curieux, Secousse sa profonde connaissance de l'histoire nationale, Sainte-Palaye son jugement exercé, Foncemagne son ardeur et son activité. Bréquigny y introduisit plus tard une investigation plus étendue des sources manuscrites, à laquelle il ne manquait qu'un discernement plus sûr. A mesure qu'on approfondissait davantage les témoignages, on était plus en défiance contre leur véracité ; l'érudition fit peu à peu justice des fables qu'accueillait la crédulité de nos pères. On en eut la preuve en 1747, dans la campagne qu'entreprirent Foncemagne et Lebeuf contre la tradition qui faisait voyager Charlemagne à Jérusalem[1]. Foncemagne montra où avait été puisée cette histoire apocryphe, et Lebeuf signala un moine de Saint-Denis, du onzième siècle, comme ayant accrédité l'imposture. D'autres académiciens fournissaient aussi leur contingent aux études de l'histoire de France. Fréret, Gibert, Bonamy, l'abbé Sallier, Levêque de la Ravalière, Caylus. Mais entre ces hommes, Secousse[2] fut incontestablement un des plus forts et des mieux informés; animé pour l'histoire de France d'une véritable passion, il attachait la plus grande importance et le plus extrême intérêt, même aux moindres détails, supposant toujours chez ses lecteurs des sentiments pareils aux siens. Tandis que Lancelot s'occupait de préférence des règnes alors mal connus de Louis XI et de Charles VIII, Secousse s'attachait particulièrement à cette période agitée et triste de nos annales, où l'Anglais était maître d'une partie de notre pays, où les

[1] Voy. le tome XXI des *Mémoires de l'Acad. des inscript.* (1747).

[2] Denis-François Secousse, né à Paris en 1691, mort en 1754.

discordes civiles, fomentées par lui, ajoutaient à notre misère. L'infatigable avocat entreprit de défendre Charles V contre les accusations portées par les écrivains d'outre-Manche au sujet de la confiscation de la Guyenne. A la fois jurisconsulte et paléographe, il réclame avec toute la chaleur du patriotisme et la conviction d'une bonne cause, en faveur des principes fondamentaux du droit public. Secousse eut la satisfaction de voir son opinion confirmée par des manuscrits contemporains, que l'abbé Sallier fit connaître quelque temps après, et par les recherches de Bonamy sur le traité de Brétigny. Le grand travail de Secousse avait été précédé de sept Mémoires *sur les troubles qui s'élevèrent dans le royaume, et surtout à Paris, après la bataille de Poitiers*. L'étendue prodigieuse des détails que leur auteur y a consignés[1] n'en permit pas l'insertion intégrale dans le recueil de la Compagnie ; il fallut que Foncemagne en fît un extrait, et ils parurent séparément en trois volumes in-4°. Secousse eut à juger dans ce travail plusieurs personnages historiques dont la biographie occupa encore après lui ses confrères. J. Dacier, élève de Foncemagne, mais plus spirituel que profond, s'efforça en 1778[2] d'enlever aux bourgeois Jean et Simon Maillart l'honneur du mouvement qui renversa le prévôt des marchands, Marcel, pour le reporter tout entier sur les nobles Pépin des Essars et Jean de Charny ; vaine tentative dont, de nos jours, M. Lacabane a démontré toute l'im-

[1] Voy. *Mém. de l'Acad. des inscript.*, t. XVII, p. 263.
[2] Voy. *Mém.*, t. XLIII, p. 763.

puissance[1]. Jean Maillart reste en possession de l'honneur de la journée du 31 juillet 1358, bien que le savant paléographe n'ait pu laver ce courageux citoyen d'avoir tout d'abord trempé dans la rébellion de Marcel[2].

L'Académie se reportait souvent aussi à des époques plus anciennes de notre histoire. Elles occupèrent surtout Bréquigny, aussi laborieux que Secousse, et qui avait sur lui l'avantage de disposer de documents plus abondants; les feudistes, les diplomatistes de toutes les provinces lui envoyaient leur contingent. Entre autres sujets, Bréquigny entreprit d'éclairer la vie si obscure d'un des fils de Charlemagne, Charles, enlevé, comme son frère Pepin, par une mort prématurée. Il sut tirer de sources en parties inédites, des informations précieuses sur ce prince dont on ignorait jusqu'à la date de naissance[3]. L'abbé Lebeuf démêlait la chronologie un peu embrouillée des règnes de Louis VI et Louis VII[4]. Bonamy élucidait par d'intelligentes investigations auxquelles ont manqué toutefois la connaissance des documents septentrionaux, l'histoire des invasions des Normands en France[5]. Un associé étranger

[1] Voy. *Bibliothèque de l'École des chartes*, 1re série, t. I, p. 70.

[2] Voy. le mémoire de M. Luce, dans la *Bibliothèque de l'École des chartes*, IVe série, t. III, p. 415.

[3] Voy. *Recherches historiques sur la vie de Charles, fils aîné de Charlemagne* (1770). *Mém. de l'Acad.*, t. XXXIX, p. 617.

[4] *Histoire de l'Académie*, tome XXVII, p. 184.

[5] Voy. *Mém. de l'Acad.*, t. XV et XVII. La nouvelle Académie remit cette question au concours, et elle couronna en 1822 le mémoire de M. Depping, publié sous le titre de : *Histoire des établissements maritimes des Normands, et de leur établissement en France au dixième siècle*, nouv. éd. Paris, 1844.

de l'Académie, le baron de Zurlauben, profondément versé dans les annales de la Suisse, sa patrie, éclairait, d'après des documents manuscrits, explorés de ses propres yeux, l'histoire de la Bourgogne transjurane, surtout pendant le règne de Rodolphe Ier [1], faisait mieux connaître la chronique de Marius [2], évêque de l'antique Aventicum (Avenches), dont il avait visité les ruines, et déployait dans toutes ses recherches une pénétration dont il donna d'autres preuves lors de la discussion prolongée qu'il eut à l'Académie avec J.-J. Garnier, le continuateur de Velly et de Villaret. Il s'agissait du traité de Dijon, conclu en 1513 par La Trémouille à l'honneur des Suisses, dont Zurlauben cherchait naturellement à relever la gloire [3]. Un confrère de Zurlauben, Gaillard, quand il s'attachait à l'histoire de Frédégonde et de Brunehaut, quand il retraçait, dans une suite de mémoires [4], celle des rois lombards, ne

[1] Voy. *Mém. de l'Acad.*, t. XXXV, p. 677; *Histoire de l'Académie*, t. XXIII, p. 220; t. XXXVI, p. 242.

[2] La *Chronique de Marius*, écrite au sixième siècle, publiée par A. Duchesne, a été réimprimée dans le recueil de D. Bouquet. Le mémoire de Zurlauben se trouve dans le *Rec. de l'Acad.*, t. XXXIV.

[3] Voy. *Histoire de l'Académie*, t. XXXIV, p. 138. — Louis de la Trémouille, qui périt glorieusement à la bataille de Pavie, fut, peu après sa défaite par les Suisses à Novarre, assiégé dans Dijon. Impuissant à prolonger une résistance qui durait déjà depuis six semaines, il conclut avec les Suisses, le 13 septembre 1513, un traité que Louis XII reconnut bien malgré lui. Zurlauben donna, en l'accompagnant de toutes les pièces justificatives, la traduction de ce traité, dont l'acte original, écrit en allemand, s'était retrouvé sur un parchemin aux mains d'un paysan des bords du lac de Zug, et avait passé dans le cabinet du président Bouhier.

[4] Voy. *Mém.*, t. XXX, p. 630. Ces mémoires sur les Lombards furent lus de 1760 à 1764.

faisait pas, à beaucoup près, preuve de la même connaissance des sources; il y restait ce qu'il a toujours été, plus narrateur qu'érudit. Cette connaissance des sources, elle était profonde au contraire chez les deux bénédictins qu'appela dans ses rangs l'Académie, D. Clément et D. Poirier. En 1788, le premier, complétant les recherches de Lacurne de Sainte-Palaye, lisait un mémoire plein d'intérêt *sur la mort du roi Robert* [1], et le second donnait à la Compagnie un *Examen des différentes opinions des historiens anciens et modernes sur l'avénement de Hugues Capet à la couronne* [2].

La partie biographique et anecdotique de notre histoire venait délasser les académiciens de la sécheresse et de la sévérité de quelques-unes de leurs recherches; plusieurs de leurs mémoires nous révèlent des particularités piquantes ou curieuses de la vie de divers acteurs de nos annales. Bonamy racontait en détail, d'après un manuscrit de la Bibliothèque du roi, l'assassinat du duc d'Orléans, frère de Charles VI [3], sur lequel l'abbé Sallier avait déjà, d'après Christine de Pisan, donné un aperçu biographique [4]. Plus tard, Bréquigny semait de traits amusants la notice sur la vie et les trois époux de la sœur d'Henri VIII, cette Marie d'Angleterre, fiancée d'abord à l'archiduc Charles d'Autriche, mariée ensuite à notre roi Louis XII, et

[1] Lacurne de Sainte-Palaye avait examiné la vie du roi Robert d'après le récit du moine Helgaud. Voy. *Mém.*, t. X, p. 553.

[2] *Mémoires de l'Acad.*, tome L, p. 558.

[3] Voy. *Mém.*, t. XXI, p. 515.

[4] *Ibid.*, t. XVII.

qui gardait fièrement son titre de reine de France, quoique unie par des liens plus féconds au duc de Suffolk [1].

La curiosité pour l'histoire de France s'était alors répandue dans toutes les classes de la société. Le président Hénault y contribua beaucoup par la publication de son *Abrégé chronologique* [2], composé en 1744. Admis dans la savante Compagnie qu'il charmait par son esprit, et où il apportait des qualités puisées au commerce d'hommes éminents, il y vint lire, en 1756, une sorte de justification de son livre intitulé : *Mémoire sur les abrégés chronologiques*. L'histoire se lie étroitement à la législation, à la politique ; la présence d'un magistrat qui avait manié les affaires [3] était précieuse dans les fréquentes discussions qui soulevait au sein des séances l'histoire de notre pays.

Comme on s'était aperçu que l'on ne juge bien les hommes que par la connaissance des époques, et qu'on ne s'explique les époques que par les institutions et les lois, l'Académie comprit que la publication des ordonnances de nos rois était un complément indispensable de celle de nos historiens. Tel fut l'objet du recueil des *Ordonnances des rois de France*, dont

[1] *Mémoires de l'Académie*, t. XLIII, p. 485.

[2] Le médisant et malveillant abbé d'Olivet prétendait que Hénault n'était qu'à moitié l'auteur de ce livre, et qu'il s'était fait beaucoup aider par un certain Tiron qu'il avait à ses gages. Voy. sa lettre du 24 mai 1744, dans la correspondance manuscrite du président Bouhier. *Bibl. imp.*, *Suppl. franç.* 166, t. IX.

Charles-Jean-François Hénault, président au parlement, surintendant de la maison de la Dauphine, appartint aussi à l'Académie rançaise ; il était né à Paris en 1685, et mourut en 1770.

Louis XIV eut la première idée. Il avait chargé le chancelier de Pontchartrain de prendre à cet effet les dispositions convenables. Le ministre s'adressa à D'Aguesseau, qui lui indiqua Laurière, jurisconsulte érudit, et trois autres collaborateurs. Le travail, commencé vers 1705, se poursuivit d'abord avec ardeur. Tous les dépôts de la capitale et des provinces furent ouverts à Laurière et à ses aides, qui ne se relâchèrent de leur ardeur qu'aux dernières années du règne de Louis XIV, alors que la détresse du trésor ne permettait plus de rémunérer leur peine. Le premier volume de la collection parut en 1723, avec une préface de Laurière, que la mort devait empêcher de mener bien avant cette œuvre gigantesque. En 1728, Secousse prit sa place. Supérieur à Laurière par l'érudition et la critique, il enrichit de tables, de notes et de mémoires excellents le précieux recueil où se trouvaient réunis les plus importants des monuments de notre droit. En 1754, Bréquigny et de Villevaut continuèrent la collection ; mais tout le travail ne tarda pas à retomber sur le premier[1], qui fit paraître jusqu'en 1790 cinq volumes. De Villevaut s'était retiré. peu de temps après avoir été désigné pour combler le vide fait par la mort de Secousse. La puissance de travail de Bréquigny était telle, qu'elle pouvait suffire seule à la tâche. Ce savant avait d'ailleurs autour de lui des collaborateurs subalternes, et, grâce à une correspondance étendue, il recevait des renseignements de toutes les

[1] Louis-Georges Oudard Feudrix de Bréquigny, né à Granville Manche en 1716.

parties du royaume. C'est de la sorte, qu'aidé du savant Mouchet[1], il put aussi entreprendre, vingt ans après avoir succédé à Secousse, la publication de la *Table chronologique des diplômes, chartes, titres et actes imprimés concernant l'histoire de France*. La tâche eût fait reculer les plus braves, et cependant Bréquigny, chargé par le ministre de la direction de cette grande œuvre, la mit promptement sur le chantier ; en 1776 il livrait au public les deux premiers volumes de l'immense répertoire, dont le second donnait l'analyse de près de six mille pièces pour une période qui dépassait à peine un siècle (de l'an 1032 à l'an 1136).

L'histoire de France allait enfin se trouver en possession de documents originaux qui permettraient de la récrire avec plus de fidélité et de détails ; l'Académie des inscriptions a eu la gloire de fournir les hommes capables de mettre à exécution un si vaste projet. Déjà un oratorien, le P. Lelong, avait, dans sa *Bibliothèque historique de la France*, publiée en 1719, tenté de dresser un répertoire de tous les documents de nature à servir à la connaissance du royaume et de son histoire ; un magistrat bourguignon, Fevret de Fontette, en faisait paraître, en 1768, une édition nouvelle, singulièrement enrichie, et méritait ainsi le titre d'associé libre que l'Académie lui conféra[2].

[1] Voy. la correspondance manuscrite de Bréquigny, conservée à la Bibliothèque impériale.

[2] Fevret de Fontette fut nommé associé libre en 1771 ; il était né à Dijon en 1710. Voy. son *Éloge* dans l'*Hist. de l'Acad.*, t. XL, p. 179.

L'étude de la diplomatique ne devait plus se séparer désormais de celle de l'histoire de France. Bonamy qui s'était voué, dans les derniers temps de sa vie, plus spécialement à nos antiquités nationales, qui avait vivement recommandé, par une lecture faite à la séance publique de la Saint-Martin 1765, la nécessité de consulter les originaux et les anciens actes, fit à plusieurs reprises, à la Compagnie des communications sur le *Trésor des Chartes;* c'est ainsi qu'on désignait l'ancien dépôt des archives du royaume ; il en signalait le contenu, en décrivait les registres et indiquait les changements survenus dans sa distribution. Gaillard, Gautier de Sibert, continuèrent l'enquête commencée par Bonamy, sans pouvoir l'épuiser, et laissèrent après eux bien des choses curieuses à nous apprendre sur un dépôt dont la richesse nous promet encore tant de révélations.

Les découvertes journalières que nos érudits faisaient dans nos archives et nos bibliothèques, suggérèrent la pensée d'aller opérer de pareilles investigations dans les dépôts étrangers, où se dérobaient des pièces curieuses pour notre histoire. C'était après le traité de Versailles de 1763. La France avait acheté la paix avec l'Angleterre au prix du Canada, et ces bons rapports internationaux se prêtaient singulièrement à des explorations faites au delà de la Manche. Informé que la Tour de Londres renfermait des documents à cet égard d'un haut intérêt, connaissant déjà la liste des rôles gascons, normands et français, publiée par Thomas Carthe, Bréquigny sollicita une mission en Angleterre. Le duc de Choiseul, alors ministre des affaires étrangères, accueillit le projet et le savant académicien partit en mai 1764. Il trouva plus qu'il n'avait espéré, sans avoir cependant tout dépouillé; l'Échiquier lui fournit une mine féconde. Deux ans après, il rendit compte, dans une séance publique, du résultat de sa mission [1].

Une mission plus importante fut confiée à un jeune confrère de Bréquigny. On avait appelé l'attention de Bertin, alors ministre secrétaire d'État, sur les richesses que renfermaient pour l'histoire de France les archives du Vatican. Il y envoya, en 1776, Laporte du Theil, qui resta près de sept années occupé à rechercher et à compulser tout ce qui pouvait être de quelque intérêt pour nos annales. Mais l'esprit soupçonneux et cachotier de la cour de Rome, qui avait tant frappé La Condamine pendant son voyage, qui arrêta souvent Mabillon [2], fut un obstacle devant lequel vint souvent échouer l'ardeur du jeune savant. Le Vatican, qui a la conscience de ses anciennes usurpations, a toujours redouté qu'on ne portât la lumière dans l'histoire de l'Église, surtout dans celle des relations de la cour pontificale avec les États chrétiens. Les habitudes d'hypocrisie et de dissimulation ayant profondément pénétré dans l'administration romaine, les savants de divers pays qui viennent à Rome se livrer à

[1] On trouve sur cette mission quelques détails dans la correspondance manuscrite de Bréquigny, conservée à la Bibliothèque impériale, surtout dans ses lettres à Lacurne de Sainte-Palaye, son ami.

[2] Voy., sur les difficultés qu'on rencontrait de son temps pour pénétrer dans la bibliothèque du Vatican, *Correspondance inédite de Mabillon et Montfaucon en Italie*, publ. par Valery, t. I, p. 62.

des recherches même tout à fait étrangères à l'histoire de l'Église, ne rencontrent d'abord que des refus et des dénégations; il leur faut user à leur tour d'adresse ou de ruse pour obtenir la communication des manuscrits et des pièces qui les intéressent. Car au Vatican il n'y a ni catalogue, ni répertoire. On s'obstine à n'en pas dresser. Laporte du Theil, malgré ces obstacles, fit cependant une découverte importante. Au siècle précédent, le savant Baluze avait été informé que les archives du Vatican renfermaient plusieurs livres inédits de lettres du pape Innocent III; mais il avait fait de vains efforts pour en obtenir la communication. Laporte du Theil n'aurait pas été plus heureux à cet égard, si le hasard ne lui avait fait découvrir dans des archives particulières, celles de la famille Conti, les copies de six livres de ces lettres pontificales dont Innocent XIII avait, par une faveur spéciale, autorisé la transcription à l'usage de cette famille romaine. « On avait été pour ainsi dire plus scrupuleusement attentif pour ce pontificat (celui d'Innocent III) que pour tout autre, écrivait Laporte du Theil[1], à ne point outrepasser les limites de la communication qui m'avait été accordée, et des archives mêmes, je n'ai rapporté que les seules lettres qui pouvaient être relatives à l'histoire purement ecclésiastique de la France. » Les six livres des lettres retrouvées d'Innocent III étaient destinés à entrer dans la seconde partie de la collection des chartes et diplômes. La Révolution ne permit pas à Laporte du Theil d'achever son œuvre, qui parut en

[1] Voy. *Mém. de l'Acad. des inscript.*, t. XLVI, p. 699.

1791, sans table ni introduction. D. Brial la reprit, mais c'est seulement de nos jours qu'un digne héritier de la science des Bénédictins, M. Léopold Delisle, a éclairé de lumières nouvelles ces précieux monuments de l'histoire d'un grand pape. Innocent III avait voulu qu'à chaque année de son pontificat correspondît un registre de ses actes. M. Delisle, en étudiant ces registres, a porté dans l'analyse des actes du pontife une critique pénétrante et fourni des moyens nouveaux pour vérifier l'authenticité des pièces qui datent de cette époque [1].

En compulsant et en étudiant de plus près les monuments originaux et les pièces contemporaines, les érudits apprenaient à mieux connaître non-seulement les événements de notre histoire, mais encore les mœurs, les usages, les institutions de la France au moyen âge. Ils appliquaient leur critique à préciser les époques auxquelles telle institution, tel usage devaient être rapportés, à mieux définir le caractère et le jeu des anciennes formes sociales. Duclos, en traitant à l'Académie des sujets de ce genre, par exemple les épreuves judiciaires, ne l'avait fait que de la manière superficielle et rapide qui était celle de Vertot, suppléant par l'élégance du style à la faiblesse des recherches. D'autres plus sérieux vinrent après lui. L'abbé de Gourcy était couronné en 1768, pour un mémoire où l'on recherchait quel a été l'état des personnes en France sous la première et la seconde

[1] Voy. dans la *Bibliothèque de l'École des chartes*, IVe série, t. IV, le beau travail de M. L. Delisle sur les actes d'Innocent III.

race, faible mais estimable essai dans un ordre d'études qui ne pouvait devenir fécond qu'après que les documents carlovingiens auraient été mieux connus. On en était encore au siècle dernier aux tâtonnements, aux hypothèses, pour découvrir la condition que la conquête franque fit aux habitants de la Gaule. L'écrit de l'abbé de Gourcy, dont la timidité trahit l'insuffisance, provoqua la publication plus hardie d'un académicien de Besançon, Perreciot[1], où la pitié pour les mainmortables[2] perce plus que la critique, et qui combattait ce que l'ouvrage couronné présentait de hasardé par des assertions qui l'étaient encore davantage. Quand on lit aujourd'hui ces livres tant dépassés par les vues d'un Guizot, les recherches d'un Benjamin Guérard, les publications d'un Pertz, on ne constate que mieux tout le progrès qu'a fait, en moins de trois quarts de siècle, la connaissance de nos origines nationales. Les mémoires de Gautier de Sibert annoncent déjà un premier pas. En 1767, il lisait à ses confrères une dissertation destinée à montrer que, plus limitée dans le principe en notre pays, le servage, ou si l'on veut la servitude, s'était étendue par suite du progrès du régime féodal; il retrouvait aux débuts de la monarchie franque, des preuves de l'existence de cette classe d'hommes libres sans être nobles, qui constitua, par la suite, le tiers état[3].

[1] Voy. les observations sur les mémoires de l'abbé de Gourcy, publiés en 1786.

[2] L'ouvrage, à raison de ses attaques contre la féodalité, fut publié clandestinement.

[3] Voy. *Mém. de l'Acad.*, t. XXXVII, p. 541.

Plus tard, en 1780, le même académicien assignait le véritable caractère des *cours plénières*, et montrait que ces solennités, telles que l'implique le sens du mot, ne datent en réalité que de la troisième race, que c'était par abus qu'on en avait étendu le nom aux fêtes où les rois de la première et de la seconde race traitaient somptueusement les prélats et les seigneurs, et se signalaient par la magnificence de leurs vêtements. Les cours plénières, que d'ailleurs les rois au onzième siècle ne tenaient pas seuls, mais qui constituaient les assises civiles, criminelles et féodales d'un grand nombre de seigneurs, avaient fréquemment lieu le jour des fêtes que les premiers Capétiens célébraient à l'instar de leurs prédécesseurs, et de là, suivant Gautier de Sibert, la confusion de ces assemblées de justice et d'affaires avec les solennités elles-mêmes.

J'ai cité les mémoires de Gautier de Sibert, non qu'ils soient des plus savants sur nos vieilles institutions, mais parce qu'ils marquent bien l'introduction de la méthode critique dans la matière et le besoin de précision qu'éprouvaient alors les érudits. Entre son mémoire et celui de Gibert *sur les cours qui exerçaient la justice souveraine de nos rois*, il y a un progrès marqué [1]. Cependant le travail de ce dernier est un des plus solides qui soient sortis de sa plume. Malgré son incontestable savoir et son immense lecture, Lacurne de Sainte-Palaye [2] ne nous a laissé, dans ses

[1] Ce mémoire, imprimé au tome XXX, p. 587, est de 1759.

[2] J.-P. Lacurne de Sainte-Palaye, né à Auxerre en 1697, mort en 1781.

mémoires *sur l'ancienne chevalerie*, qu'un aperçu incomplet pour n'avoir pas assez soumis les documents littéraires et historiques qu'il met en œuvre, à une critique et à une étude minutieuses.

L'histoire de nos provinces et de nos villes n'attirait pas moins la curiosité et l'intérêt que celle de nos rois, de nos guerres, de nos institutions et de nos mœurs; car bon nombre d'entre elles avaient figuré dans les événements les plus importants du pays; les faits particuliers qui s'y étaient accomplis se rattachaient fréquemment à des faits généraux. Paris intéressait avant tout. L'abbé Lebeuf, sur les traces de Jean de Jandun, de Guillebert de Metz, de G. Corrozet, de Du Breul, de Germain Brice, de H. Sauval, de D. Félibien, en écrivait une excellente histoire [1], après avoir composé celle d'Auxerre, sa ville natale [2]; mais ces travaux, quoique dus à un des hommes qui ont le plus honoré l'Académie, n'appartiennent pas à son recueil. Dans celui-ci, Secousse appliqua son savoir à l'examen d'un de ces points de l'histoire particulière liés à l'histoire générale, je veux parler de sa dissertation sur l'union de la Champagne et de la Brie à la couronne de France [3]. Plus tard Bréquigny, dans son

[1] Voy. l'*Histoire de la ville et de tout le diocèse de Paris*, 1754 et années suivantes, et la nouvelle édition qu'en donne M. H. Cocheris. Paris 1863 et années suivantes. Voy. les *Dissertations* du même académicien sur l'*Histoire ecclésiastique et civile de Paris*, 1739-1743, 3 vol. in-12.

[2] *Mémoires concernant l'Histoire ecclésiastique et civile d'Auxerre*, 1743, 2 vol. in-4°, réédités par MM. Challe et Quantin. Auxerre, 1848.

[3] *Mémoires de l'Académie*, tome XVII, p. 295.

Mémoire pour servir à l'histoire de Calais[1], soumettait à une critique sévère le fait le plus célèbre des annales de cette ville, son siége et sa prise par Édouard III. Aidé de documents nouveaux qu'il avait recueillis en Angleterre, il faisait justice des exagérations de notre chroniqueur Froissart et renvoyait à la région des fables ce qu'on avait dit de l'héroïsme d'Eustache de Saint-Pierre et de ses compagnons, de la barbare cruauté du monarque anglais. Ménard consacrait une bonne partie de ses veilles à la rédaction d'une histoire de Nîmes, qui atteste tout ce qu'il y a d'intérêt et d'enseignements, même dans les faits historiques les plus particuliers. Nul monument, nul témoignage, émane-t-il du cloître le plus obscur, de la plus modeste des municipalités, ne doit être passé sous silence ; car, au milieu de faits indifférents ou secondaires, il peut s'être glissé des indications fécondes. L'importance, la stérilité des témoignages sont d'ailleurs relatives ou passagères, puisque tel rapprochement, telle circonstance peuvent donner de la valeur à ce qui n'en semblait point avoir, rendre éloquent ce qui jusqu'alors avait été muet.

On se convaincra de la faveur dont a joui au siècle dernier l'histoire locale de la France, en parcourant les indications de la seconde édition de la *Bibliothèque historique* du P. Lelong. Il n'y a déjà presque plus au dix-huitième siècle de grande subdivision, de ville importante du royaume qui n'ait son histoire particulière.

[1] Voy. le tome I. de l'*Acad. des inscript. et belles-lettres*. Ce mémoire fut lu le 29 février 1780.

Ce mouvement d'étude des antiquités nationales a repris avec une nouvelle faveur depuis trente ans. On a sans doute beaucoup ajouté à ce qu'avaient écrit nos pères au siècle dernier; toutefois leurs recherches ont été si étendues que plusieurs auteurs contemporains d'histoires locales ont encore paru très-savants en se bornant à y puiser.

L'histoire administrative de la France se liait tout naturellement à celle de nos villes, et les recherches entreprises dans cette direction complétaient celles qui étaient poursuivies dans l'autre. Profitant de tous les documents qui se trouvaient déjà recueillis, Bonamy essayait de tracer l'histoire de l'origine de notre système municipal [1], entreprise prématurée qu'il était réservé à de plus illustres, et surtout de plus éloquents, d'accomplir avec un plein succès. Même en se limitant à des sujets plus circonscrits, on ne pouvait, dans la pénurie où l'on était alors de pièces originales, les traiter sans laisser beaucoup à faire après soi. On ne s'appliquait encore qu'à esquisser les traits principaux de notre histoire administrative, comme lorsqu'un membre de l'Académie, plus homme de loi que savant, Bertin [2], cherchait à éclairer l'origine des bailliages royaux et montrait qu'ils ne remontent qu'à la troisième race, bien que le mot *bajulus*, d'où le nom de bailli est dérivé, soit beaucoup plus ancien. Le peu de connaissance des sources se trahit à chaque page dans ce travail; Bertin y a toutefois réuni des renseignements déjà abondants.

[1] Voy. *Mém.*, t. XVII et XXI.

[2] Bertin, dit Bertin de Blagny, admis à l'Académie en 1749, parent du ministre Bertin, aussi membre de cette Académie.

L'histoire des événements et des institutions conduisait tout naturellement à étudier celle des écrivains qui ont exercé par leurs ouvrages une influence marquée sur leur époque. On revint à l'étude d'écrits qui commençaient à être oubliés. Lancelot et l'abbé Lebeuf entreprirent de nous faire connaître une des plus curieuses figures littéraires du quatorzième siècle, Raoul de Presles [1], fils d'un père du même nom, comme celui-ci jurisconsulte éminent et politique habile, digne d'être le conseiller du savant Charles V. Un autre écrivain du même siècle, Philippe de Maizières, honoré également de la confiance de Charles V, fournit à l'abbé Lebeuf le sujet d'études solides [2]. Mais, malgré le savoir de ces érudits, la connaissance du moyen âge n'était pas de leur temps assez avancée pour que leur critique ne se trouvât pas quelquefois en défaut, et de nos jours, un membre de la nouvelle Académie, M. Paulin Paris [3], nous a montré que Philippe de Maizières était l'auteur de ce fameux *Songe du Vergier*, écrit pour la défense des rois de France contre les prétentions des papes, et que Lancelot et Lebeuf avaient pris pour l'œuvre de Raoul de Presles.

La lecture des ouvrages sortis de la plume de ces vieux écrivains nous faisait pénétrer davantage dans l'étude de notre vieil idiome. A mesure que l'on s'é-

[1] Pasquier avait confondu Raoul Ier et Raoul II de Presles. Voy. *Mém. de l'Acad.*, t. XIII et XXI.

[2] *Mém. de l'Acad.*, t. XVI et XVII.

[3] Voy. *Mém. de l'Acad. des inscript.*, IIe série, t. XV. *Nouvelles recherches sur le véritable auteur du Songe du Vergier.*

loignait, par le style et le tour de la pensée, du naïf parler de nos pères, on témoignait pour les monuments de notre littérature primitive plus de curiosité. Dès les premiers temps de l'Académie, l'abbé Massieu avait soumis à ses confrères le plan d'une histoire de la poésie française, dont il voulait chercher les origines [1]. Un peu plus tard, Falconet, bibliographe consommé, dressait un tableau de nos plus anciennes traductions françaises et donnait un aperçu de nos premiers monuments littéraires [2]. Ce n'étaient là que des essais bien imparfaits. Toutefois Falconet, sans être philologue, commençait à entrevoir les véritables principes à appliquer à l'étude de nos vieux mots et de nos vieilles locutions, et vers la fin de sa carrière, en 1745, dans une dissertation *sur les principes de l'étymologie par rapport à la langue française*, il montrait exactement les différentes sources étymologiques auxquelles on doit recourir pour expliquer notre vocabulaire, combattant la manie, encore alors si répandue, de tout expliquer par l'hébreu, pris comme la langue mère de toutes les autres. Depuis près d'un siècle, loin d'avancer dans la science des étymologies, on n'avait fait que s'engager davantage dans une voie détestable. Ménage, qui vécut trop tôt pour avoir été de l'Académie des inscriptions, et que repoussa l'Académie française [3], ne put éclairer de ses lumières, les philologues de la docte Compagnie, lumières un

[1] Voy. *Hist. de l'Acad.*, t. I, p. 309.
[2] *Mém.*, t. VII, p. 202.
[3] Gilles Ménage, mort à Paris en 1692, se vit préférer à l'Académie l'obscur Bergeret, premier commis de Colbert de Croissy; il fut la

peu fumeuses sans doute, mais infiniment plus vives que celles qu'on lui préféra. Au reste, les habitudes inculquées aux esprits par les théories systématiques et purement logiques de la grammaire qu'avaient répandues les grammairiens et en particulier ceux de Port-Royal, rendaient les académiciens un peu rebelles à des tentatives où comme celles de Falconet, perçaient les premières lueurs de l'étude comparative et historique de la langue, la seule qui soit féconde. On goûtait davantage les considérations que Duclos présentait sur l'origine et les révolutions du langage, dans lesquelles il prétendait, sans une suffisante étude de l'histoire de notre idiome, en indiquer les vicissitudes. Et cependant l'Académie possédait alors un homme qui avait déjà de notre vieille langue le véritable sentiment et qui eût été capable d'en bien suivre le développement. C'était Lacurne de Sainte-Palaye. Ce savant, par une lecture persévérante de tout ce qui était conservé de son temps en fait de littérature romane, était arrivé à en acquérir une connaissance très-profonde. Ses *Remarques sur la langue française des douzième et treizième siècles comparées avec les langues provençale, italienne et espagnole dans les mêmes siècles*[1], prouvent qu'il se faisait une idée fort juste du caractère et des rapports relatifs des langues issues du latin. Il ne

victime des intrigues du P. Lachaise et de la rancune d'une Compagnie qui lui reprochait sa *Requête du Dictionnaire*. L'échec récent du savant M. Littré, qui a refait avec infiniment plus d'érudition et de méthode l'œuvre défectueuse de Ménage, a montré que les Quarante ne voulaient pas, comme disait un mauvais plaisant, qu'on fit son *ménage* sans être de la maison.

[1] Voy. *Mém. de l'Acad.*, t. XXXIV ; p. 671.

lui eût fallu, pour saisir les derniers traits qui lui ont échappé, que ces principes de la philologie comparée dont l'application si féconde a manqué à toute sa génération. L'absence de ces principes, on la sent également dans le mémoire que Bonamy lisait, la même année 1751, *sur la cessation de la langue tudesque en France;* c'est un travail rempli de faits curieux, d'observations judicieuses, mais où manquent les recherches philologiques qui étaient indispensables au but que poursuivait l'auteur. Bonamy établit dans son mémoire que les homélies en langue tudesque composées sous les Carlovingiens par certains évêques, s'adressaient, non aux Français, qui parlaient déjà tous la langue romane, mais aux Germains établis en Gaule. Le docte académicien vit très-bien que la langue latine s'était fort rapidement substituée chez nous au celtique et que la domination du franc ou tudesque ne fut que de courte durée dans le nord de la Gaule, d'où l'évinça promptement le latin; les envahisseurs qui avaient apporté cet idiome germanique, finirent par adopter eux-mêmes la langue des Romains. Ces faits avaient été déjà développés et mis dans tout leur jour par Bonamy dans plusieurs dissertations antérieures où percent quelques vérités que d'autres prirent le soin de mieux établir.

Si cet érudit avait connu les langues germaniques, il eût possédé des notions plus sûres pour apprécier la durée et l'influence du tudesque dans notre patrie. Malheureusement cette connaissance lui manquait complétement ainsi qu'à la plupart de ses confrères. On n'en parlait alors en France que sur ouï-dire, à peu près comme on pourrait le faire aujourd'hui dans une société de littérateurs, pour le thibétain ou le japonais. Un seul homme était en état d'éclairer à ce sujet la Compagnie, c'était Tercier, diplomate suisse, que la France s'était attaché. Non-seulement il entendait un grand nombre de langues, mais il les parlait. Il entreprit de donner à ses confrères quelque idée d'un idiome resté pour eux aussi inconnu que les langues les plus difficiles de l'Asie. Dans un mémoire qu'il lut le 13 novembre 1750, il essaya d'établir que de tous les idiomes de l'Europe, l'allemand est celui qui conserve le plus de vestiges de son ancienneté. Cette thèse ne saurait se soutenir aujourd'hui que nous connaissons les langues slaves, le lithuanien, le serbe, que l'on a approfondi le basque et le finnois. Mais quand Tercier composait son mémoire, ces langues étaient presque totalement ignorées, et des idiomes dont on avait quelque teinture, l'allemand est en effet un de ceux qui gardent le plus l'empreinte de la souche dont il est sorti. Tercier, sans se douter de ce que la philologie comparée devait démontrer, trois quarts de siècle plus tard, sans se rendre même un compte bien exact de ce qui constitue l'archaïsme d'une langue, sut discerner dans l'allemand un idiome de formes moins analytiques que les langues de l'Europe qui lui étaient accessibles. Il rappela les travaux de Leibniz, qui a conçu le premier l'idée de la science des langues et jeté les bases de leur classification. Mais Tercier n'était point assez philologue pour aller beaucoup au delà de ce qu'avait dit le philosophe ; il se borna à recueillir les faits qui lui semblaient de nature à prouver que la langue allemande garde des traces nombreuses de l'ancienne langue des Germains. Ses rapprochements ne franchirent pas les limites du vocabulaire; il n'aborda point les formes grammaticales. Cependant, tout incomplet qu'il soit, son mémoire joint à ceux de Bonamy, composés à la même époque, accuse sur la vieille école grammaticale un véritable progrès; l'histoire de la philologie et du langage y commence à poindre.

Les idées dont Lacurne de Sainte-Palaye, Bonamy, Tercier, apportaient des démonstrations encore incomplètes, étaient d'utiles préservatifs contre de folles opinions avancées sur notre langue, et qu'avaient, par orgueil national, embrassées certains érudits. L'un des prôneurs de ces théories ridicules, Levêque de La Ravalière [1], était entré depuis quelques années dans la Compagnie; il y vint soutenir que l'ancien français, qu'il confondait avec le celtique, avait disparu sous Charlemagne, pour reparaître transformé sous Hugues Capet; le français n'avait, selon lui, rien emprunté au latin, et c'était au contraire le latin qui avait pris au gaulois. Ces rêveries, malheureusement renouvelées de nos jours par quelques esprits faux, trouvèrent dans les Bénédictins qui rédigeaient l'*Histoire littéraire*, de rudes adversaires. L'Académie fit cause commune avec eux. Au reste, cette Compagnie s'arrêta peu aux recherches philologiques appliquées à notre langue. Ce qui la préoccupait, c'était moins les origines du français que

[1] Levêque de La Ravalière est connu surtout par l'édition qu'il a donnée en 1742 des poésies du roi de Navarre (Thibaut, comte de Champagne); son *Éloge*, par Le Beau, se trouve dans le tome XXXI de l'*Histoire de l'Académie*.

la connaissance de notre vieille littérature. Lacurne de Sainte-Palaye n'avait entrepris l'étude du vieux français que pour mieux acquérir l'intelligence de nos anciens poëtes, de nos premiers écrivains. Et c'était par la lecture persévérante des primitifs essais de la muse nationale, qu'il avait réussi à s'initier au vieux parler français. En 1743, il communiquait à ses confrères un mémoire *sur la lecture des anciens romans de chevalerie*[1], qui dénote un homme profondément versé dans l'histoire littéraire du moyen âge. Antérieurement, il avait lu une notice sur les poésies de Froissart[2], et il semble même que ce soit en étudiant l'éloquent chroniqueur, qu'il ait pris le goût d'un idiome dont Froissart nous donne les derniers accents. Mais quel monceau de manuscrits et de livres il fallait dévorer pour acquérir la connaissance d'une littérature dont on ne soupçonnait point encore toute la fécondité! Ces épopées, qu'on appelait alors avec nos pères des romans, ces fabliaux, ces chansons de gestes nous offrent la société du moyen âge avec les mœurs guerrières des barons, les sentiments amoureux des damoiseaux et des châtelaines, la rusticité des vilains et la ruse des moines. Tout cela s'y retrouve, bien que sous une forme capricieuse et quelque peu fantastique; mais tout y est confondu, sans ordre de lieux ni de dates. Un immense travail était nécessaire pour classer ces monuments littéraires, en assigner l'époque respective, en faire connaître les auteurs, en approfondir la langue

[1] *Mémoires de l'Académie*, t. XVII, p. 787.

[2] Voy. *Hist. de l'Acad.*, t. XIV, p. 719.

et en analyser les divers sujets. Impatient que l'on était de connaître les vieux récits, on ne s'astreignit pas à ce travail méthodique ; on prit un peu au hasard et l'on exposa simplement ce que l'on avait lu. Comme je l'ai dit plus haut, Galland, peut-être entraîné par le goût pour les contes que lui avait donné l'étude des *Mille et une Nuits*[1], s'en était occupé des premiers. Il avait passé en revue dans son mémoire[2] les principales productions des trouvères et des troubadours alors connues : le *Bout d'Angleterre*, *Perceval*, le *Dolopathos*, la *Bataille de Roncevaux*, le *Roman de la Rose*, etc. Mais, ainsi que tous ceux qui s'occupèrent dans le principe de la littérature romane, il s'attachait de préférence aux productions de date plus récente, dont les manuscrits étaient plus nombreux et le souvenir moins effacé. Inexpérimenté dans l'histoire littéraire du moyen âge, il ignora beaucoup d'œuvres importantes et fit de fausses attributions[3].

Caylus, en pénétrant dans l'étude de l'antiquité, avait été frappé de la conformité qu'elle offre à beaucoup d'égards avec le moyen âge : cette thèse, il s'en fit le champion contre les dénégations de plusieurs de ses confrères. Il signala en Grèce et à Rome l'existence d'une féerie analogue à celle qui remplit les romans de nos pères et ces *Contes de fées*, auxquels Perrault

[1] On sait que Galland est le premier qui ait traduit en français les *Mille et une Nuits*.

[2] Voy. *Mém. de l'Acad. des inscript.*, t. II, p. 673.

[3] Comme par exemple quand il attribue à Robert Wace le roman du *Chevalier au lion*, qui est de Chrétien de Troyes, erreur qui égara le président Bouhier et Bréquigny.

d'Armancourt, fils de Charles Perrault, le grand adversaire des anciens, avait rendu la popularité en les rajeunissant. Ces contes bleus dont les mères, les nourrices amusaient et épouvantaient tour à tour les enfants, le savant antiquaire, qui aimait aussi à en composer [1], les retrouvait dans l'antiquité grecque et latine [2]. La comparaison des deux périodes le conduisit à étudier davantage les œuvres littéraires du moyen âge qu'analysait son confrère Lacurne de Sainte-Palaye. Il débuta par une notice sur un poëte et musicien du quatorzième siècle, Guillaume de Machaut [3]; il rechercha plus tard l'origine des fabliaux [4], ces petits romans en vers d'un sel si gaulois dont nous avons aujourd'hui divers recueils et où La Fontaine a puisé le sujet de ses fables les plus spirituelles. Caylus soutint que les fabliaux sont antérieurs aux romans de chevalerie dont, dans une autre dissertation [5], il reportait l'origine au règne de Charlemagne. Faute d'avoir assez pénétré dans l'histoire de la langue, faute de connaître les sources auxquelles ont puisé les poëtes du moyen âge, le savant antiquaire s'exagérait singulièrement l'antiquité de ces compositions. Si bien des erreurs étaient alors commises dans l'appréciation des premiers monuments de notre langue, ce mouvement d'études avait du moins l'avantage de

[1] Caylus a composé des *Contes de fées* (1745, in-12).

[2] Voy. *Mém. de l'Acad. des inscript.*, t. XXIII, p. 144.

[3] *Ibid.* t. XX, p. 399.

[4] Caylus a publié sur la même branche d'érudition divers ouvrages; on lui doit notamment une prétendue traduction du célèbre roman de chevalerie espagnol, Tiran le Blanc.

[5] *Mém.*, t. XXIII, p. 236.

ranimer la curiosité pour des œuvres que les grands auteurs du siècle de Louis XIV avaient fait trop négliger. Mais le public lettré n'était point encore suffisamment préparé à tirer de la lecture de nos vieux poëtes de quoi rendre la sève et l'originalité à une langue qui n'avait point épuisé la tradition de nos grands maîtres. Ce que le public cherchait dans ces romans et ces fabliaux, ce n'était pas ce qui en fait maintenant l'intérêt et l'utilité, à savoir la langue et la peinture d'une société qui n'est plus ; les aventures plus ou moins bizarres, les épisodes amusants de ces vieilles compositions, voilà ce qu'on y cherchait. Pour satisfaire le goût d'alors, le marquis de Paulmy d'Argenson, qui avait réuni à grands frais la collection de tous nos vieux romans et de nos plus anciens monuments littéraires [1], en tirait une suite de notices et d'extraits dont il communiqua plusieurs à ses confrères de l'Académie des Inscriptions, et qu'il imprimait successivement dans un répertoire intitulé par lui *Mélanges tirés d'une grande bibliothèque*. C'était en effet comme le catalogue, le relevé méthodique de toutes ses richesses bibliographiques. Non content d'initier par ces extraits les gens du monde à des lectures qui les eussent effrayés, s'il avait fallu les acheter au prix de longues recherches, De Paulmy d'Argenson voulut encore populariser la vieille chevalerie, en habillant à la moderne les

[1] C'est le fond de cette bibliothèque qui forme la bibliothèque actuelle de l'Arsenal, à Paris ; le marquis de Paulmy avait pour bibliothécaire M. Magnin (de Salins), père de feu Charles Magnin, de l'Académie des inscriptions, mort en 1862.

inventions des trouvères et des troubadours. Il commença en 1775 une *Bibliothèque universelle des romans* où le comte de Tressan fit paraître avec ce déguisement quelques-uns de nos vieux romans de chevalerie. Lacurne de Sainte-Palaye goûta peu le procédé; il eût préféré sevrer le public de la lecture de nos vieux poëmes plutôt que de les lui présenter dans un accoutrement qui en effaçait la naïveté et dénaturait le caractère.

Au milieu du dix-huitième siècle, on comprenait cependant déjà que l'étude de la littérature du moyen âge jetterait de vives lumières sur l'histoire de la langue et de l'esprit français; par malheur, la frivolité s'empara promptement de ces compositions et les rabaissa, en quelques années, au niveau des plus ridicules fictions qui puissent amuser des esprits sans culture et sans grâce. Les progrès dans l'histoire de cette branche intéressante de la littérature de nos pères furent ajournés à près d'un siècle. L'érudition tira pourtant quelques fruits de ces premiers efforts; l'histoire littéraire fut mise en possession de données précieuses; l'âge, la biographie, l'appréciation critique d'une foule d'anciens écrivains, devinrent le sujet de recherches étendues, et les Bénédictins [1], qui avaient l'instinct de tout ce qui pouvait honorer l'érudition française et éclairer l'histoire du pays, n'attendirent pas ces premiers essais pour commencer sous le titre d'*Histoire littéraire de France*, un vaste recueil qui allait devenir comme le

[1] Voy. D. Tassin, *Histoire littéraire de la congrégation de Saint-Maur*, p. 659 (Bruxelles. 1770, in-4°).

panthéon intellectuel de la nation [1]. Tout ce qui avait brillé par l'intelligence et l'esprit y trouva son inscription et son monument. Cet ouvrage, dont le tome Ier parut en 1733, forme le pendant des *Historiens de France;* les deux collections sont les deux colonnes qui soutiennent le fronton de l'édifice dont l'Académie des Inscriptions devait se constituer le dernier architecte. Grâce aux travaux d'un Raynouard, d'un Fauriel, d'un Victor Leclerc, l'*Histoire littéraire de la France* a pu être poursuivie avec non moins d'ardeur, plus de critique et d'érudition que par le passé.

L'histoire littéraire n'embrasse pas seulement celle des œuvres d'imagination; elle traite encore de tout ce qui peut faire connaître l'état des sciences et des connaissances humaines, à une époque où leur peu d'avancement ne permettait point entre elles ces divisions tranchées qui se sont établies par la suite. Aussi l'Académie des Inscriptions, en encourageant par son propre exemple les travaux d'histoire littéraire, appelait-elle toutes les recherches de nature à éclairer l'état des sciences, des lettres et des arts aux différentes époques de la monarchie. C'est à récompenser des études entreprises dans cette direction, qu'elle affecta, pendant plusieurs années, la rente de 400 livres dont le président Durey de Noinville lui avait généreusement fait don le 16 décembre 1732, pour rémunérer le meilleur mémoire adressé à la Compagnie sur un sujet désigné par elle. A la suite de cette donation, l'Aca-

[1] Ce recueil, composé par DD. Rivet, Taillandier et Clémencet, se continua de 1733 à 1763, et forme 12 vol. in-4°.

démie décida que le sujet de prix roulerait toujours sur quelque point intéressant d'histoire ou de littérature ancienne ou moderne, mais que de trois années l'une, il serait donné sur une question d'histoire de France. Afin d'écarter l'idée d'une récompense pécuniaire, les académiciens voulurent que la somme de 400 livres servît à frapper une médaille d'or qui serait décernée à l'auteur couronné et qu'il conserverait comme un titre de noblesse littéraire. Le choix des questions proposées sur l'histoire de France se succéda de façon à nous doter d'une histoire complète des sciences en France, depuis Charlemagne jusqu'à Louis XII. Le premier mémoire couronné fut celui de l'abbé Lebeuf, alors chanoine d'Auxerre. La question qui avait été mise au concours sitôt après l'institution du prix portait sur l'état des sciences dans toute l'étendue de la monarchie française sous l'empire de Charlemagne. En 1737, 1740, 1743, 1746 et 1752, la même question fut remise au concours, mais pour des époques différentes de notre histoire. L'abbé Lebeuf remporta une seconde couronne au troisième concours. L'abbé Goujet obtint le prix, en 1738; il fut ensuite successivement obtenu par l'abbé Fénel, chanoine de Sens, l'abbé de Guasco, l'abbé Carlier, l'abbé Venuti. Les loisirs que l'existence d'un grand nombre de bénéfices assuriant aux ecclésiastiques, l'instruction plus solide qu'ils recevaient alors, précisément parce que la science, moins laïque, restait encore un peu dans leurs mains, expliquent pourquoi on vit si souvent des abbés se disputer les couronnes académiques. Aujourd'hui la présence d'un ecclésiastique aux concours de l'Institut est un fait insolite, et c'est à peine si la moderne Académie des Inscriptions et Belles-Lettres a compté parmi ses membres libres et ses correspondants nationaux sept ou huit personnes appartenant au clergé; je ne parle pas, bien entendu, de ceux que la Révolution avait dépouillés non-seulement de la soutane ou du froc, mais encore des opinions et des croyances qu'implique cet habit.

Le succès des concours établis grâce à la libéralité du président Durey de Noinville, suggéra, en 1754, au comte de Caylus l'idée de fonder un nouveau prix pour une question exclusivement du domaine des antiquités. Ces concours ajoutaient singulièrement à l'influence de la Compagnie et lui promettaient une sorte de popularité. Aussi le roi ne fit-il que se rendre l'interprète de sa gratitude, en créant en faveur du président Durey de Noinville, une nouvelle place d'associé libre. La libéralité du savant magistrat ouvrit à l'érudition française une pépinière où l'Académie des Inscriptions ne cessa de se recruter.

Il est une question qui se rattache étroitement à l'histoire des sciences et des lettres, dont l'Académie aimait à suivre les vicissitudes, esquissées d'une main inhabile et avec plus d'emphase que de savoir [1] par un de ses membres, Louis Racine; je veux parler des origines de l'imprimerie. Quels sont les véritables auteurs de cette invention qui a tant contribué à la

[1] Voy. la dissertation de Louis Racine *sur les progrès et la décadence des lettres*, lue en 1751, *Hist. de l'Acad.*, t. V, p. 32[illegible].

propagation de nos connaissances? C'est ce qui demeura bien longtemps et demeure encore quelque peu entouré d'obscurité. L'histoire des débuts de l'imprimerie soulevait donc une foule de problèmes dont plusieurs occupèrent quelque temps l'attention de divers académiciens, l'abbé Sallier, De Boze. Foncemagne cherchait à fixer l'époque de l'introduction de l'imprimerie en France, et, s'en tenant à la date de 1470, il combattait énergiquement l'opinion du célèbre bibliographe Maittaire, qui la faisait rétrograder de trois années [1]. Schœpflin défendait opiniâtrément les droits de Strasbourg, sa ville d'adoption [2], à la grande découverte de Gutenberg. Les ouvrages que nos rois réunissaient dans leur bibliothèque du Louvre se rattachaient aussi aux origines de l'imprimerie, puisqu'un grand nombre d'entre eux furent reproduits des premiers par la typographie. C'est ce que montrait Boivin le Jeune, en nous faisant connaître les destinées des livres renfermés dans ce précieux dépôt [3], dont Van Praet devait nous donner plus tard l'inventaire [4].

Au milieu de ses travaux historiques de plus en plus multipliés, l'Académie ne perdit jamais de vue le but originel de son institution. Non-seulement elle continuait à composer des inscriptions et des devises, même

[1] Voy. *Hist. de l'Acad.*, t. VII, p. 310.

[2] Schœpflin, né à Sulzbourg (margraviat de Bade-Durlach) en 1694, s'était fixé à Strasbourg, où il mourut en 1771.

[3] Voy. *Mém. de l'Acad.*, t. II, p. 690.

[4] Voy. la publication de Van Praet, intitulée : *Inventaire des livres de la Bibliothèque du Louvre sous Charles V, fait en 1373, par Gilles Mallet, précédé de la Dissertation de Boivin le Jeune.* Paris, 1836. in-8°.

des épitaphes qui lui étaient demandées, mais elle faisait des médailles l'objet d'une sérieuse étude. Distraite cependant pas d'autres travaux, elle n'apportait plus à cette tâche le soin minutieux et méthodique qu'y mit De Boze jusque dans ses dernières années [1]. Si elle était moins heureuse dans ses compositions lapidaires, elle entrait davantage dans l'intelligence des monuments qui nous sont restés de l'antiquité; elle en appliquait mieux les résultats à l'explication des médailles de tous les âges. L'Académie trouvait des guides sûrs, dont elle n'avait souvent qu'à compléter les travaux. Ezéchiel Spanheim avait fait paraître en Hollande et en Allemagne des ouvrages déjà remplis d'une érudition numismatique remarquable. André Morell, dont j'ai parlé plus haut, avait apporté à Paris une science où plusieurs trouvèrent de précieux enseignements; son livre *sur les monnaies des familles romaines*, publié en 1734, par le savant hollandais Havercamp, jetait la lumière sur une des branches alors les moins connues de la numismatique latine. Instruits par leurs livres, Galland, Oudinet, Ch. de Valois, avaient traité au sein de l'Académie de différents points de numismatique ancienne. Des amateurs réunissaient des collections de plus en plus nombreuses qui permettaient des rapprochements et des comparaisons que n'avaient pu faire les numismatistes précédents, et fournissaient des moyens de critique auparavant inconnus. Baudelot,

[1] Voy. à ce sujet les piquants détails que donne Barthélemy, *Mémoires sur sa vie écrits par lui-même*, en 1792 et 1793, p. XXI (Paris, an VII, in-4°).

Mahudel, Vaillant le père[1], le maréchal d'Estrées, l'abbé de Rothelin possédaient de riches collections de médailles; De Boze en composa une très-étendue, dont il se défit en 1719, quand il devint garde du cabinet du roi. L'heureuse influence des informations dues à tant de trésors se fit sentir sitôt après la réorganisation de l'Académie, comme on peut s'en convaincre par les mémoires de numismatique qu'elle publia. Kuster communiquait en 1713 un mémoire *sur l'æs grave;* De Boze éclairait par les médailles l'histoire de l'empereur Tétricus; Mahudel dissertait sur les monnaies antiques de l'Espagne et étudiait les *contorniates*[2]. Ces pièces qui rappellent les médailles par la forme et qui portent des effigies d'empereurs ou de grands hommes, embarrassaient fort les antiquaires. Mahudel montra qu'elles ne sauraient remonter au delà de la fin du troisième siècle, ni descendre plus bas que le quatrième, fixation chronologique que Visconti n'a que peu modifiée. Un des plus infatigables

[1] Vaillant avait voyagé en Italie, en Syrie, en Perse, en Égypte, pour recueillir des médailles; le navire sur lequel il était embarqué ayant été pris par des corsaires barbaresques, alors que l'antiquaire était en possession d'un de ses trésors, il avala les plus précieuses des médailles d'or qu'il portait sur lui pour ne pas risquer d'en être dépouillé. D. Germain, dans une lettre à D. Bretagne, accuse Vaillant d'avoir eu parfois recours, pour s'assurer l'acquisition des médailles qu'il convoitait, à des moyens peu délicats. (Voy. *Correspondance inédite de Mabillon et de Montfaucon en Italie*, éd. Valery, t. I, p. 220.)

[2] Le nom de *contorniate* est dérivé de l'italien *contorno*, *contour*, parce que ces médailles sont entourées d'une espèce de cercle formant le creux. (Voy. *Histoire de l'Académie des inscriptions*, t. V, p. 284.)

amateurs de médailles, J. Pellerin, qui, pendant une longue vie[1], avait amassé un nombre incroyable de monnaies antiques et devint un connaisseur consommé, fournit à la critique numismatique les plus précieuses données. L'Académie en profita, sans avoir eu la justice d'admettre dans son sein celui auquel elle les devait. Lors d'un de ses voyages à Paris, Schœpflin, qui avait ramassé en parcourant l'Allemagne et réuni à Strasbourg une belle suite de ces singulières monnaies appelées *bractéates*, dont Berlin possède aujourd'hui une collection, en entretint ses confrères dans une piquante notice[2]. C'était là alors en numismatique un problème difficile. Recouvertes d'une légère feuille métallique, les *bractéates* n'ont ni le titre ni la valeur qu'elles présentent de prime abord à l'œil; produits de la fraude des onzième, douzième, treizième et quatorzième siècles, leur histoire n'avait pas moins d'intérêt que celle des monnaies véritables[3], pour laquelle elles pouvaient égarer. Vers la même époque, Le Beau, en vue d'éclairer l'histoire des empereurs, entreprit des recherches sur diverses médailles frappées de leur temps et remonta même jusqu'à l'époque consulaire[4]. Un important problème de la numismatique romaine l'occupa surtout. On

[1] Pellerin mourut en 1786, à l'âge de quatre-vingt-dix-neuf ans. Premier commis de la marine, il profita de la correspondance qu'il entretenait dans les échelles du Levant pour se procurer des médailles. Il a publié de nombreux ouvrages de numismatique. Son cabinet fut acquis par le roi en 1776. Voy. ce que dit à ce sujet Barthélemy, *Mémoires sur sa vie*, p. XXVI.

[2] Voy. *Mém. de l'Acad.*, t. XXIII, p. 212.

[3] Voy. *Ibid.*, t. XXIII.

[4] Voy. *Ibid.*, t. XXI et XXIV.

lisait l'abrégé du mot *restituit* sur des monnaies d'empereurs, sans bien s'expliquer à quoi se rapporte cette légende. Les antiquaires s'imaginaient y voir une allusion au retour à d'anciens coins monétaires que les princes auraient ordonné de refaire. Le Beau montra, par une suite de mémoires, que l'inscription a trait à la restitution totale ou partielle d'un ancien monument érigé par le personnage dont le nom paraît sur la médaille avec celui de l'empereur.

C'étaient là des travaux estimables, mais ils ne demandaient point encore un savoir, une critique numismatique bien étendus. Ces dons rares, l'abbé Belley[1] les posséda au plus haut degré. Passionné pour l'étude de l'antique à laquelle il acheva de s'initier dans la collection du duc d'Orléans confiée à sa garde, il éleva la numismatique à une hauteur qu'elle n'a pas sur bien des points dépassée. Ses communications à l'Académie, dont il était un des membres les plus écoutés, commencèrent en 1746, quand De Boze, comme s'il eût pressenti qu'il allait trouver un maître, cessait les siennes. Belley aborda les parties alors les plus difficiles et les plus obscures de la science des médailles, spécialement la numismatique de l'Asie Mineure. Il s'y était préparé par des méditations prolongées sur les systèmes de comput chronologique en usage dans les divers royaumes de cette région du monde ancien ; et c'est ainsi qu'il put classer suivant l'ordre des temps

[1] Augustin Belley, né en 1697 à Sainte-Foix de Montgommery (Calvados), entra à l'Académie en 1744 et mourut en 1771. Voy. son *Éloge* par Le Beau, *Histoire de l'Académie*, t. XXXVIII, p. 277.

des monuments auparavant groupés sans distinction de dates ni de lieux. Ces ères nombreuses des villes de la Phrygie, de la Cappadoce, de la Bithynie, de la Cilicie, de la Syrie, de la Palestine, furent établies et discutées par lui, à l'aide des monnaies, et avec une rare sagacité, dans une série de mémoires qui parurent dans le recueil de 1757 à 1765. En même temps, Belley faisait des médailles impériales de différentes villes, de celles des nomes d'Égypte et de plusieurs provinces et peuples de l'Asie Mineure, l'objet des observations les plus ingénieuses et les plus neuves. Réunissant pour certaines villes tout ce que nous en apprennent les monuments numismatiques, épigraphiques et figurés, interprétant habilement ces témoignages par les textes, il récrivit leur histoire, pièces justificatives en main, dans des dissertations qui sont des chefs-d'œuvre d'érudition et de critique. C'est ce qu'il fit notamment pour Cyrène [1] et Ancyre en Galatie [2]. D'autres fois, il aborde des questions plus générales; il recherche

[1] Mémoire lu en 1768. Voy. tome XXXVII.

[2] Mémoire lu en 1769. Voy. tome XXXVII. Dans ce mémoire, l'abbé Belley s'étend sur le célèbre monument d'Ancyre, découvert en 1744 par Busbek, ambassadeur de l'empereur Ferdinand I, publié par A. Schott, puis par Gronovius, d'après Cosson, ensuite par Chishull, d'après la copie plus complète de Tournefort, et dont Pococke avait fait connaître une partie de la version grecque. Ce monument, étudié depuis par le voyageur Hamilton, traduit et commenté par MM. Egger et J. Franz, nous donne le résumé des hauts faits d'Auguste, que, conformément à la volonté de cet empereur, on avait inscrits sur son mausolée. La piété des Galates en avait fait faire une copie accompagnée d'une version grecque pour le temple de Rome à Ancyre. Dans ces derniers temps, M. G. Perrot a découvert la partie de la version grecque qui nous manquait.

après Spanheim, Vaillant, Maffei, en quoi l'autonomie différait de l'éleuthérie [1] ; nous montrant que toutes les villes éleuthères étaient exemptes des taxes de l'empire et jouissaient nécessairement de l'autonomie, tandis que les villes qui se gouvernaient par leurs propres lois n'étaient pas toujours éleuthères. Ailleurs il explique l'origine de l'épithète de *salutaris* donnée à des provinces de la Palestine, de la Syrie, de la Phrygie, de la Galatie, de la Macédoine, et y reconnaît, non pas comme on l'avait supposé, une allusion à l'empressement qu'avaient apporté ces provinces à embrasser l'Évangile, mais un témoignage de l'abondance sur leur sol des eaux minérales [2].

Dans cette suite de monographies, l'habile antiquaire achevait d'éclairer l'histoire d'une région de l'empire sur laquelle l'abbé Sevin [3] avait jeté, dans d'excellentes dissertations, un premier jour. Les recherches de cet érudit sur l'histoire de Carie, publiées en 1736, dans le tome IX de l'Académie, celles qu'il consacra peu après dans le même recueil à d'autres royaumes de l'Asie Mineure, sont les débuts de la nouvelle et plus féconde archéologie dont Barthélemy devint le véritable représentant [4].

Ainsi se préparaient, en France surtout, les matériaux qu'un antiquaire allemand, l'abbé Eckhel, fit

[1] Mémoire lu en 1769. Voy. tome XXXVII, p. 419.

[2] Voy. *Mém.*, t. XXXVI, p. 657.

[3] François Sevin, né à Villeneuve-le-Roi (Seine-et-Oise), en 1682, mort en 1741.

[4] Jean-Jacques Barthélemy, né à Cassis (Bouches-du-Rhône) le 20 janvier 1716.

servir au grand ouvrage [1] où est présentée d'une manière systématique et raisonnée toute la science des monnaies antiques, monument d'un rare savoir et d'une critique pénétrante. Le *Doctrina nummorum veterum* parut à Vienne de 1792 à 1798 ; il clôt la numismatique du dix-huitième siècle, et nous montre une science déjà complète dans son ensemble, et où ne reste plus qu'à perfectionner des détails.

La numismatique française était cultivée, au sein de l'Académie, plus au point de vue de l'histoire du système monétaire que de la critique et du déchiffrement des monnaies mêmes. Bonamy exposait au tome XXXII du recueil, l'origine de la fabrication des monnaies dans les Gaules ; il y essayait de montrer les changements successifs qu'elle a subis, en suivant parallèlement les altérations éprouvées par des mesures qui gardaient les mêmes noms, tout en s'appliquant à des quantités nouvelles. Cet académicien rapporta à tort aux Romains l'origine des monnaies gauloises, que Belley, avec plus de discernement, reconnut pour avoir été d'abord des imitations de celles de Philippe de Macédoine [2]. Un peu plus tard, Dupuy lisait une dissertation sur la valeur du denier d'argent au temps de Charlemagne, et une autre dirigée contre l'opinion de La Barre sur l'état de la monnaie romaine principalement sous Constantin et ses successeurs. On a depuis

[1] Eckhel rendit compte à Barthélemy de ses premières études et lui demanda ses conseils. Il lui écrivait en 1754 : « Istud a te majorem in modum oro, ut si casus id exigeret, tuis me velis consiliis adjuvare. »

[2] Voy. ce que dit l'abbé Belley, *Mém.*, t. XXXVII, p. 394.

produit dans ce genre de recherches de bien meilleurs travaux [1]. Il manqua aux académiciens du siècle dernier la connaissance du véritable point de départ de la numismatique française, celle des médailles gauloises, imitées d'abord des statères de Macédoine et dont un conseiller à la cour des monnaies, Bouteroue, mort en 1680, avait décrit les premiers exemplaires, sans en bien saisir l'origine et l'importance. Pendant près d'un siècle et demi, la numismatique gauloise demeura dans l'enfance ; celle des monnaies du moyen âge ne sortit guère des généralités, parce qu'on négligeait d'en former des collections suffisantes, et de soumettre leur étude aux méditations dont les médailles grecques et romaines étaient déjà l'objet. Cette nouvelle branche de la numismatique ne donna réellement des fruits féconds qu'après qu'on se fut appliqué à confronter tous les types, à discerner tous les poids, à fixer toutes les provenances et à déchiffrer toutes les légendes. Un tel travail était réservé à notre siècle.

La numismatique allait être portée à un degré de sûreté et de critique qui lui assurait une place entre les branches les plus importantes de l'histoire. Déjà l'abbé Belley avait entrepris de faire pénétrer la lumière dans le chaos de la numismatique de l'Asie Mineure. Barthélemy, qui s'était initié aux langues anciennes de l'Orient, et que De Boze s'était donné comme adjoint au cabinet du roi, en 1745, appliqua ses connaissances philologiques à débrouiller la nu-

[1] Voy. notamment *Recherches sur le système monétaire de saint Louis*, par M. Natalis de Wailly, t. XXI, part. 1, des *Mémoires* de la nouvelle Académie des Inscriptions.

mismatique de la Judée et de la Perse [1]. Cette partie de la science des médailles n'avait guère encore occupé à l'Académie que Nicolas Henrion, dont on a pu apprécier la critique, par ce que j'ai dit plus haut. Dans un mémoire, lu le 20 janvier 1750 [2], Barthélemy posait les principes du déchiffrement des anciens alphabets de l'Orient dont les caractères se lisent sur ces monnaies; et il reprenait, trente-quatre ans plus tard, le même travail avec l'expérience de longues études et une critique aiguisée par une pratique plus étendue [3]. Le petit nombre de monuments que Barthélemy avait à sa disposition laissa sans doute ces aperçus incomplets et ne lui permit pas de composer autre chose que des essais; mais sa prodigieuse sagacité, servie par une érudition qui n'était jamais en défaut, a bien souvent pressenti ou deviné ce qu'il ne pouvait vérifier; son génie épigraphique, qui se révèle déjà dans ses *Réflexions sur quelques monuments phéniciens et sur les alphabets qui en résultent* [4], a devancé son siècle. Barthélemy a possédé à la fois la pénétration qui explique les inscriptions les plus obscures, l'étendue de vues qui embrasse les caractères des monuments de toute une

[1] Voy. notamment ses remarques *sur quelques monnaies des Arsacides* lues à l'Académie le 26 mai 1761, ses dissertations *sur deux médailles samaritaines d'Antigonus, roi de Judée*, lues en 1750, (*Mémoires de l'Académie*, t. XXIV), *sur une médaille de Xerxès* (*Ibid.*, t. XXI), ses *Remarques sur les médailles parthes* (*ibid.*).

[2] Barthélemy était entré à l'Académie en 1747, à la place de Burette.

[3] Ce second mémoire est inséré dans le tome XLVII, et n'a paru qu'après sa mort.

[4] Lu à l'Académie le 12 avril 1758.

époque et l'art d'en rendre l'interprétation attrayante et claire. Aussi le savant Ruhnken, si bon juge en fait d'érudition, en écrivant à Wesseling, qualifiait-il Barthélemy de *Rei numismaticæ et antiquitatis omnis scientissimus*[1], et Lacretelle aîné[2] a dit de lui avec non moins de vérité : « Nul homme ne fut jamais plus riche de l'antiquité; il avait manié en quelque sorte tout ce qui en reste, et pouvait deviner sagement dans tout ce qui n'en offre plus que des traces effacées. » Si, au dix-huitième siècle, Fréret a occupé la plus haute place en France dans la critique historique, Barthélemy a droit incontestablement au premier rang dans la critique archéologique. Celui-ci ne sait peut-être pas juger des procédés des arts avec autant de compétence que Caylus; mais il possède une finesse et une habileté pour interroger les textes dont le dernier était dépourvu. C'est Barthélemy qui a été le véritable fondateur de la numismatique orientale et qui, le premier, appliqua avec succès à l'explication des monuments épigraphiques de l'Orient une méthode et une discussion dont l'abbé Belley n'avait fait d'application qu'à des monuments grecs.

Montfaucon, lui aussi, avait approfondi les anciens idiomes de l'Orient, l'hébreu, le chaldéen, le syriaque, le samaritain et le copte; c'était un paléographe consommé et un antiquaire infatigable; il aurait pu devancer Barthélemy, si la critique eût été chez lui

[1] *Epistolæ viri clarissimi Ruhnkenii ad diversos*, éd. Mahne, Fasc. III, p. 130.

[2] *Portraits littéraires*, dans les *Œuvres* de Lacretelle aîné, t. I, p. 130.

aussi avancée que les connaissances et s'il s'était plus attaché à comparer qu'à amasser. L'illustre bénédictin, dans son *Antiquité expliquée en figures*, qui lui ouvrit, l'année même de la publication (1719), les portes de l'Académie des Inscriptions, se trouve en face d'une telle multitude de monuments, qu'il n'a ni le temps, ni la faculté de les soumettre à une étude sévère. Le soin de recueillir et de faire graver tant d'objets, de les classer et de les décrire, a absorbé toutes ses forces, et il a dû laisser à ses successeurs la tâche délicate de contrôler les documents figurés réunis par lui avec une incroyable patience et une rare ardeur. Son *Antiquité figurée*, ses *Monuments de la monarchie française* auraient suffi à l'activité du plus laborieux des érudits[1]; et cependant le savant religieux s'était encore imposé bien d'autres travaux que ces vingt volumes in-folio, destinés à servir de fondement à l'archéologie figurée tant ancienne que nationale. Montfaucon n'a tracé en réalité qu'une vaste ébauche à laquelle l'on ne saurait demander ni la correction des détails, ni une exécution irréprochable. Les monuments qu'il a recueillis ont rendu d'immenses services, et n'eût-il publié que ses grands recueils, il serait encore une des illustrations de l'ancienne Académie. Ce qu'il met sous les yeux éclaire plus que ce qu'il dit. Les monuments, en effet, disent une foule de choses sur

[1] Montfaucon dut non-seulement rédiger cet immense ouvrage, il lui fallut encore en assurer la publication par l'organisation d'une souscription qui suppléât au défaut d'éditeur; car les frais considérables de l'entreprise avaient effrayé les libraires, et le savant religieux en fut réduit à quêter lui-même des souscripteurs.

lesquelles les textes sont muets ou insuffisants. « C'est l'effet le plus marqué de toutes les œuvres d'art, observe judicieusement Gœthe [1], qu'elles nous transportent dans les circonstances du temps et des hommes qui les ont produites. » Montfaucon nous a donc fait pénétrer davantage dans l'antiquité, et s'il ne nous a pas conduits jusqu'à son sanctuaire, il nous a du moins introduits dans le vestibule.

Entre les antiques dont le goût et l'intelligence n'ont cessé de se répandre, au dix-huitième siècle, les pierres gravées occupent une place notable. Il y avait déjà longtemps que la beauté, la finesse du dessin, le précieux de la matière faisaient rechercher ces monuments par les gens riches et les amateurs. H. Goltzius [2], A. Gorlée [3], Agostini [4], l'intendant Bégon [5], Beger [6], Bellori [7], le président Bon, Vaillant le père, De Boze, Gravelle, De Stosch, Maffei, le duc d'Orléans, en avaient réuni d'importantes collections. L'interprétation de ces petits monuments exerça le savoir de plusieurs antiquaires de l'Académie et fournit notamment

[1] *Voyages en Italie*, dans ses *Œuvres* traduites par J. Porchat, t. IX, p. 496.

[2] Goltzius, antiquaire, des Pays-Bas, né à Venloo, en 1526.

[3] Abraham Gorlée, antiquaire anversois, né en 1649.

[4] Léonard Agostini, antiquaire siennois du dix-septième siècle, célèbre par un ouvrage sur les pierres gravées, publié en 1686, et dont Maffei a redonné une édition.

[5] L'intendant Bégon, né à Blois en 1638, et qui s'est fait connaître par son voyage aux Antilles, avait réuni une magnifique collection de pierres gravées, de médailles et d'histoire naturelle. Plumier lui a dédié la plante *Begonia*.

[6] Beger, antiquaire, né à Heidelberg en 1653.

[7] Bellori, antiquaire romain né en 1615.

à Oudinet, Baudelot, et l'abbé Belley, le sujet de communications intéressantes. Vers la même époque, un graveur distingué, Mariette, en faisait paraître, à l'instigation de Caylus, un traité complet, mais composé plus en vue des artistes que des archéologues. Cependant la glyptique n'avait pas encore trouvé son véritable maître, et ce n'est qu'après que Winckelmann eut donné sa *Description du cabinet de Stosch*[1], que l'on comprit tout ce que la science pouvait retirer de l'étude de ces petits chefs-d'œuvre. Plus tard, un antiquaire, que l'Académie ne tarda pas à appeler dans son sein, Leblond[2], éleva, avec Lachau, dans sa *Description des pierres gravées du duc d'Orléans*[3], un beau monument dactyliographique[4]. On y trouve rassemblées une foule de merveilles de la gravure en pierres fines des anciens; si l'on n'y sent pas encore une connaissance bien profonde des monuments figurés, on y constate du moins une pratique plus exercée des créations de la glyptique grecque.

L'archéologie resserrait chaque jour davantage son alliance avec l'art; elle s'apercevait qu'il lui fallait emprunter aux artistes leur goût, leur sentiment délicat, pour fixer l'âge d'une multitude de monuments ne portant ni inscription ni date. Le comte de Caylus personnifie, vers le milieu du dix-huitième siècle, cette

[1] Winckelmann la fit paraître en 1760.

[2] Gaspard Michel, dit Leblond, né à Caen en 1738, mort à L'Aigle en 1809.

[3] Publié en 2 vol. in-fol. en 1767.

[4] L'abbé Arnaud eut une grande part à la rédaction du tome I de cet ouvrage.

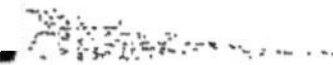

union féconde de la science archéologique et de la pratique des arts. Formé à la première par la seconde, il embrassa dans ses études tous les arts plastiques de l'antiquité; il prit de très-bonne heure, en présence des monuments, cette habitude de voir et de comparer qu'il recommande aux antiquaires. Car, comme il l'observe judicieusement, l'éducation de l'antiquaire doit commencer dès l'enfance; c'est seulement dans les premiers ans que l'œil acquiert cette sûreté et cette finesse de jugement sur lesquelles repose la critique des monuments. Presque tous nos grands antiquaires durent leur sentiment de l'antique à une précoce fréquentation des collections et des musées, à un commerce répété avec les artistes anciens [1]. Caylus l'avait très-bien compris, et il sentait que c'est par cette éducation seule que les antiquaires peuvent échapper à l'esprit de système qui frappe de stérilité les précieux témoignages tirés des monuments. Artiste lui-même, car il gravait à merveille, il n'entendait pourtant pas que tous les antiquaires se fissent artistes; mais il voulait qu'ils ne fussent point étrangers aux arts sur les créations desquels ils dissertent : « Ce n'est pas qu'on puisse exiger d'un antiquaire, écrit-il dans son *Recueil d'antiquités*, tome III, de manier le crayon avec élégance, ni de composer comme un artiste; ces talents lui seraient inutiles; on demande seulement qu'il ait assez travaillé en ce genre pour avoir acquis la justesse de l'œil et la facilité d'embrasser un objet à un degré suffisant pour saisir ses perfections et ses défauts. » Tel

[1] On peut citer comme preuves De Boze, Quatremère de Quincy, Visconti, Charles Lenormant, et de nos jours M. de Longpérier.

était précisément ce que possédait Caylus ; son œil était plus fin que son goût. Plus connaisseur de la valeur archéologique des antiques que des mérites de leur style, il n'avait pas, comme Quatremère de Quincy, un sentiment assez pur du beau pour pouvoir, ainsi qu'il l'aurait désiré, ramener par ses avis dans les voies classiques les artistes de son temps, trop enclins à s'éloigner de la simplicité, de la correction des chefs-d'œuvre antiques. Aussi disait-on malicieusement de Caylus, qu'il était tout à la fois le protecteur des arts et le fléau des artistes. Il exigeait de ceux qu'il encourageait de sa bourse une aveugle déférence à ce qui lui paraissait être les préceptes des anciens. On doit rappeler à sa décharge, qu'il n'avait pu voir qu'un nombre comparativement petit de monuments. L'Italie, qu'il avait visitée au début de sa carrière, la France étaient loin de posséder alors les collections qui servirent à l'éducation de ses successeurs. Caylus s'efforçait de suppléer par une correspondance étendue à la pénurie de ce qu'il avait sous les yeux ; le P. Paciaudi l'entretenait de ce qui se découvrait journellement en Italie. Il faisait graver les dessins coloriés exécutés à Rome, d'après les peintures antiques par Pietro San-Bartoli ; et, s'aidant des avis de son ami Bouchardon, il s'efforçait en même temps, par la méditation des auteurs grecs et latins qui ont parlé des arts, de reconstituer sur le papier des monuments anéantis depuis un grand nombre de siècles. Gravure, peinture, sculpture, architecture des anciens, Caylus étudia tout. Il s'attacha d'abord de préférence aux pierres gravées, ceux des monuments de l'antiquité qui se trouvaient réunis en plus grand nombre à Paris, et en 1744, en même temps qu'il commençait la description de celles du cabinet du roi, il présentait à l'Académie des Inscriptions, sous le titre de *Mémoire sur les pierres gravées*, un aperçu général sur cette classe de monuments. L'année suivante, il soumettait à ses confrères des éclaircissements sur quelques passages de Pline le Naturaliste concernant l'art du dessin. L'ouvrage de l'érudit romain, où se trouvent rassemblés tant de renseignements sur les artistes de l'antiquité, fut pour Caylus un véritable bréviaire qu'il relisait tous les jours. Il s'efforçait en particulier d'y découvrir des indications sur les procédés usités par les peintres anciens; mais, s'apercevant que Pline avait souvent rapporté d'après autrui ce qu'il ne comprenait pas bien lui-même, l'antiquaire français se livrait à des recherches obstinées pour rétablir le sens d'un témoignage corrompu dans sa source. De là chez Caylus moins d'enthousiasme pour le naturaliste latin, auquel ses confrères étaient trop disposés à prêter une confiance sans bornes et qu'on persistait à tenir pour un observateur exact, quoique ce ne fût guère qu'un compilateur intelligent. La Nauze prit la défense de l'auteur latin et prétendit établir que lorsqu'il parle des arts, Pline se montre un vrai connaisseur. Caylus répliqua, et la discussion dura pendant plusieurs séances de l'année 1753 [1]. Elle fut tout à l'avantage de l'antiquaire dont l'œil et la main possédaient un moyen de critique qui faisait défaut à son contradicteur. Et précisément parce que Caylus

[1] Voy. *Mém.*, t. XXV, p. 215.

sentait tout ce qu'ont d'incomplet et d'obscur les renseignements de Pline, il redoublait d'efforts et de sagacité pour y démêler les indications propres à nous apprendre ce qu'était la peinture antique. Il crut enfin, en méditant un passage du XXXVe livre de l'*Histoire naturelle*, sur lequel il avait déjà fait à l'Académie plusieurs communications [1], avoir retrouvé le secret d'un des trois modes de peinture usités chez les anciens. Ceux-ci peignaient, soit avec de la cire, soit sur l'ivoire à l'aide d'un instrument en fer appelé *restrum*, soit à l'encaustique. Le problème le plus difficile était de bien définir ce troisième mode de peinture, né après les deux autres, et adopté pour la décoration des galères; car la peinture à l'encaustique, qui employait des cires liquéfiées étendues au pinceau, avait, au dire de Pline, l'avantage de n'être altérée ni par le soleil, ni par l'eau de mer, ni par les vents. Caylus démontra que ce genre de peinture diffère totalement de notre peinture sur émail, et, pour en retrouver le secret, il se livra à de longs essais. Aidé du chimiste Majault, il contrôla par des expériences sa propre interprétation des textes. Une fois qu'il crut être en possession de la solution tant cherchée et pouvoir faire obéir au pinceau la cire associée aux couleurs, non-seulement il exposa à ses confrères les détails de sa découverte, mais il prétendit encore en rendre palpables les résultats; il pria le peintre Vien d'exécuter, d'après son procédé, la copie d'un buste antique de Minerve. La communi-

[1] En 1748. Voy. *Mém.*, t. XXV.

cation du savant antiquaire obtint un succès prodigieux. C'était la première fois qu'on voyait enfin l'érudition arriver à des résultats aussi pratiques. Caylus se flattait que cette antique façon de peindre, retrouvée après tant de siècles, donnerait plus de vérité à l'imitation, rendrait au coloris plus d'éclat et de solidité, préserverait les chefs-d'œuvre futurs de l'action destructive des ans, et permettrait de retoucher un ouvrage, longtemps après qu'il aurait été exécuté. Le tableau de Vien fut exposé dans la salle des séances de l'Académie; et le 15 novembre 1754, à la rentrée de la Saint-Martin, Caylus vint relire devant le public un extrait du mémoire que sa Compagnie avait accueilli avec tant de faveur. Ce fut, au dire de Grimm[1], le seul morceau qui, dans cette solennité, parut intéresser un public peu préparé aux graves travaux de l'Académie. On se pressa devant le tableau de Vien; on s'extasia sur une découverte qui promettait bien autre chose que les peintures du tombeau des Nasons ou les Noces Aldobrandines : espoir trompeur! la tentative de Caylus en resta là; et d'autres vinrent plus tard qui en contestèrent la valeur. On reprit plusieurs fois, et sans plus de succès, un problème dont la solution définitive ne pouvait être fournie que par l'analyse des couleurs antiques[2]. Dans les derniers temps de l'Académie, Brottier crut aussi pouvoir résoudre la question de

[1] *Corresp. littér.*, t. 1, p. 245.

[2] L'analyse des couleurs découvertes dans une maison de Pompeï, mise au jour en 1851 (celle qui est dite *Maison du duc de Toscane*), a montré qu'il y entrait une certaine quantité de résine qui permettait de les fixer avec le feu.

la peinture à plusieurs enduits, en rapprochant les témoignages anciens de ce que Galland avait rapporté d'une peinture vue par lui en Asie Mineure. Tel fut l'objet de son mémoire *sur le tableau d'Ialysus peint par Protogène* [1], où la méthode est excellente, mais où manque cette connaissance pratique des arts qui ne saurait s'acquérir dans des livres. Des fouilles ultérieures faites en Italie n'avaient que peu accru le nombre, alors fort restreint, de peintures antiques que l'on possédait. Quand Moreau de Mautour appelait l'attention de l'Académie sur une peinture à fresque apportée de Rome et qui représentait six figures et le vestibule d'un temple [2], Herculanum et Pompeï ne nous avaient point encore livré leurs fresques les plus élégantes et les plus délicates. Ce ne fut qu'en 1759, que le *Journal des Savants* fit connaître au public français les curieuses peintures d'Herculanum [3] qui devaient donner de plus justes idées sur les créations du pinceau antique. Les érudits reçurent avidement cette révélation. On était impatient de savoir ce qu'avaient pu être les œuvres d'un Protogène, d'un Zeuxis, d'un Parrhasius et d'un Apelles. Spéculant sur la curiosité publique, un Vénitien, Joseph Guerra, avait répandu de prétendues peintures antiques dont il affirmait que les originaux s'étaient trouvés à Herculanum. On finit cependant par avoir des spécimens moins infidèles;

[1] Voy. *Mém. de l'Acad.*, t. XLVIII, p. 163.

[2] *Ibid.*, t. V, p. 297.

[3] L'ouvrage publié à Naples en 1757, sous le titre : *Le pitture antiche d'Ercolano*, fut annoncé dans le *Journal des Savants* par Barthélemy, en avril 1759.

mais, il faut l'avouer, l'attente fut un peu trompée; le goût n'avait alors chez nous rien de ce qu'il fallait pour apprécier ces charmantes compositions, et la gravure n'avait pas d'ailleurs pris soin de les rendre avec assez d'exactitude et de perfection. Les antiquaires dissertèrent sur les sujets figurés, mais l'art n'en tira aucun fruit.

Caylus ne se borna pas à rechercher l'emploi que les anciens ont fait des couleurs, il s'efforça de saisir les règles adoptées par eux dans la perspective, dont l'abbé Sallier avait parlé, avant lui, plus en littérateur qu'en artiste [1]. Son grand informateur, Pline, lui fournit aussi sur la sculpture antique et sur les sculpteurs grecs le sujet d'observations pleines de sens, auxquelles il n'a manqué que d'être appuyées sur un plus grand nombre de monuments. C'était là, en effet, le grand défaut des études faites au dix-huitième siècle sur l'art de l'antiquité; on ne connaissait qu'un nombre singulièrement restreint de statues et de bas-reliefs; et les collections de bronzes et de figurines qu'Herculanum et Pompeï devaient tant enrichir, étaient encore d'une extrême pauvreté. Trop souvent on dissertait, comme le faisait l'abbé Arnaud pour Apelles, comme l'avait fait l'abbé Gédoyn pour Polygnote [2], sans nulle notion des procédés techniques de l'art de sculpter et de peindre. Quand, dans le dernier tiers du dix-huitième siècle, Winckelmann entreprit d'é-

[1] Voy. le mémoire de l'abbé Sallier, t. VIII, p. 97, et le mémoire de Caylus, dans le tome XXIII, p. 220.

[2] Voy. le Recueil de l'Académie, t. VI, p. 445, et les *Œuvres* de l'abbé Arnaud (Paris, 1808).

lever à l'art des anciens le grand monument qui a immortalisé le nom de cet antiquaire, le sol n'avait point livré plusieurs des plus importants débris qui peuvent en éclairer l'histoire; et cependant dans le laps de temps qui s'écoula entre les recherches de Caylus et la rédaction de l'*Histoire de l'art chez les anciens* de Winckelmann, que de découvertes avaient été faites, que de monuments nouveaux avaient pris place dans les collections de la France, de l'Italie, de l'Allemagne et de l'Angleterre! Herculanum, dont l'existence souterraine avait été révélée en 1711 au prince d'Elbeuf[1], commençait à fournir ces richesses qui, à partir de 1738, grossirent presque annuellement le trésor archéologique de Portici. Au début des études de Caylus, on savait en France peu de choses sur Herculanum; ce ne fut qu'en 1750, à la suite de la publication des *Lettres*[2] du président de Brosses, qu'on put se faire une idée de tout ce qu'il y avait là de chefs-d'œuvre et d'incomparables monuments[3]. Barthélemy compléta ces premières informations. Quant à Pompeï, c'est seulement en 1748 que la découverte de quelques marbres sur son territoire y amena la pioche

[1] Le premier Catalogue des antiquités d'Herculanum fut commencé par Bayardi en 1754. (Voy. à ce sujet les piquants détails donnés par Barthélemy dans ses *Mémoires*, p. XXXV.) Il y avait seulement seize années que Charles III, frappé pendant son séjour à Portici de découvertes dues au hasard, avait ordonné de fouiller.

[2] Les *Lettres sur l'état actuel de la ville souterraine d'Herculanum*, 1750, in-8, ne doivent pas être confondues avec les *Lettres historiques et critiques sur l'Italie*, du même auteur, qui n'ont paru qu'après sa mort.

[3] L'ouvrage du président de Brosses fut traduit en anglais et en italien, dès sa publication en France.

des curieux. Jusqu'à la fin du siècle dernier, on ne mit au jour qu'un fort petit nombres d'édifices. Caylus n'avait donc à sa disposition que peu d'échantillons des styles des différents âges, et il ne parvint pas toujours, malgré son instinct archéologique, à pouvoir bien en assigner le caractère. Il était le plus souvent réduit à combiner des textes pour en tirer des inductions sur la forme et la disposition d'ouvrages qui n'existaient plus ou dont il ignorait les vestiges encore subsistants sous le sol. Dans ce travail, l'antiquaire français déployait pourtant une remarquable sagacité. C'est ainsi que, sous la conduite de Pline, il réédifia le théâtre versatile de Curion, et fit voir de l'œil de l'esprit cette étonnante machine où tout le peuple romain tournait sur un pivot [1]. Une autre fois il essayait, en suivant Pline, de nous donner une idée de ce fameux mausolée d'Halicarnasse [2] dont depuis peu un antiquaire anglais, M. C.-T. Newton, a retrouvé les précieux restes; moins heureux que M. Pullan [3], qu'aidait la découverte faite à Boudroun, il s'est cependant autant approché du mode probable de décoration du monument, qu'on pouvait le faire sans autre guide qu'un ancien.

Les efforts d'imagination auxquels cette méthode obligeait Caylus eurent le tort de l'habituer à aller chercher souvent trop loin des explications qui de-

[1] Voy. l'*Éloge* de Caylus dans l'*Hist. de l'Académie*, t. XXXIV, p. 220.

[2] Voy. *Mémoires de l'Académie*, t. XXVI, p. 321.

[3] Voy. C.-T. Newton, *A History of discoveries at Halicarnassus, Cnidus and Branchidæ*, Part. I. p. 186 (London, 1862).

mandaient plus de simplicité. N'ayant comme échantillons du goût des anciens que des œuvres souvent incorrectes et de la plus basse époque, l'antiquaire français se désespérait, et, en jetant un coup d'œil sur l'architecture antique[1], il rappelait tous les édifices dont il demandait qu'on cherchât les vestiges. Spon, Wheler, Chishull, Fanelli, avaient déjà attiré l'attention sur les ruines subsistant en Grèce. Pendant un court séjour en Asie Mineure, Caylus avait lui-même visité les ruines d'Éphèse et parcouru les plaines de la Troade. Agent diplomatique français dans le Levant, Peyssonnel, en adressant sans cesse à Paris des antiques et des informations, entretenait l'Académie, qui ne tarda pas à se l'agréger[2], de la riche moisson que pourrait faire un archéologue sur un sol qu'il n'explorait qu'en géographe. Tout cela n'avait encore produit que de maigres récoltes ; d'autres voyages allaient être entrepris avec plus de résultats; malheureusement Caylus mourut trop tôt pour en recueillir les fruits[3].

J.-D. Leroy, dont j'ai mentionné plus haut les recherches sur l'histoire de la marine antique, partait en 1754 pour la Grèce, en vue d'accomplir une tâche encore presque vierge. Ce ne fut toutefois qu'en 1770, que le voyageur publia *sur les Ruines des*

[1] Voy. *Mémoires de l'Académie des inscript.*, t. XXVI.

[2] Peyssonnel fut nommé associé correspondant de l'Académie en 1748 ; il en devint plus tard associé libre.

[3] Caylus mourut le 5 septembre 1765 ; il avait été admis à l'Académie des Inscriptions comme membre honoraire en 1742. Il était né à Paris en 1692.

plus beaux monuments de la Grèce un ouvrage digne de lui et qui devait réveiller chez nous les principes et le goût de l'architecture hellénique. Dans cette seconde édition, Leroy fit mieux jouir, que par la première, le public du fruit de ses explorations; il put profiter des résultats de deux autres voyages qui contribuèrent aussi puissamment à l'avancement de l'histoire de l'architecture antique. J. Stuart s'était rendu, en même temps que Leroy, avec l'architecte Revett, à Athènes; les deux explorateurs anglais avaient donné en 1762, sur les antiquités de cette ville, un magnifique ouvrage. En 1750, Charles Wood et Dawkins, partaient pour la Syrie et exploraient les ruines de Palmyre et de Balbeck. Deux ouvrages, le premier publié en 1753, le second en 1757, mirent sous les yeux de l'Europe savante les dessins des monuments encore debout de l'antique Tadmor et d'Héliopolis. Leroy put donc utiliser ces travaux, contemporains des siens, et composer un livre qui faisait une belle place à la France dans l'archéologie. Les portes de l'Académie des inscriptions s'ouvrirent pour lui, vers l'époque où un autre Français devenait son émule par la publication d'un voyage de Grèce et d'Asie Mineure, effectué bien après le sien. Le comte de Choiseul-Gouffier avait visité ces deux pays en 1776 [1]; il en avait rapporté de nombreux dessins et de précieux documents. Le savant gentilhomme fut élu en 1779 par la

[1] Le comte de Choiseul-Gouffier accompagna le marquis de Chabert, commandant de l'*Atalante*, et qui était chargé de faire une carte réduite de la Méditerranée. Voy. ce que je dis de ce dernier dans *L'ancienne Académie des sciences*, p. 208.

Compagnie, à laquelle il était venu lire des fragments de sa relation. Il y disputa en matière architectonique l'autorité à Leroy, plus artiste que lui, mais qui n'avait pas tout vu. Le mémoire que Choiseul-Gouffier donna en 1784, *sur l'hippodrome d'Olympie*, montre quel jour l'étude des lieux et la connaissance des monuments peuvent jeter sur l'interprétation des auteurs. Quelques semaines après, Louis XVI, comprenant qu'il ne saurait être mieux représenté à Constantinople que par un homme qui s'était déjà acquis une telle réputation de voyageur, le renvoya dans le Levant avec le titre d'ambassadeur, et rouvrit à la science de l'antiquité la porte des découvertes.

L'archéologie entrait enfin dans la voie que Caylus avait indiquée comme la seule féconde, et l'Académie des inscriptions avait la gloire de fournir les nouveaux pionniers qui devaient défricher un sol longtemps inculte. L'année même où Leroy arrivait en Grèce, Barthélemy, chargé d'une mission du roi, que lui avait fait confier le ministre d'Argenson, se rendait à Rome, que l'architecte français avait aussi visitée, avant d'aller à Athènes. L'illustre numismatiste devait y rechercher les médailles qui manquaient au cabinet dont il était devenu le garde, depuis la mort de De Boze. Reçu avec affabilité par l'excellent Benoît XIV, entouré des prévenances de Spinelli, de Passionei et d'Albani, qui honoraient la pourpre romaine par leur savoir et leur goût pour les arts, accueilli sur son passage par tout ce que l'Italie comptait alors d'hommes éminents, les antiquaires Paciaudi, Gori, Passeri, Olivieri, le chronologiste Ed. Corsini, les

P.P. Leseur, Boscovich, et Jacquier, mathématiciens célèbres, l'architecte Piranesi, Barthélemy vit tout ce qui pouvait achever une éducation qui était déjà celle d'un maître, et rapporta au cabinet du roi de nombreuses richesses ; il revint en 1757, et, dans un mémoire spécial, présenta à l'Académie les résultats principaux de son voyage archéologique. Barthélemy n'avait négligé sur sa route aucun des monuments de nature à intéresser l'histoire ancienne. Les antiquités de Lyon, Saint-Remy, Nîmes furent étudiées par lui avec la plus grande attention. Il visita Herculanum; il rapporta la copie d'un des papyrus découverts dans ses ruines. On s'était refusé à lui laisser librement copier ce document curieux ; sa mémoire déjoua une surveillance jalouse et, ainsi que Champollion le fit plus tard à Aix, pour un texte égyptien, le papyrus Sallier, il le transcrivit de mémoire [1]. La Ville éternelle, dont les trésors inépuisables étaient alors à peine connus des savants français, lui fournit le sujet des notices les plus savantes et des aperçus les plus neufs.

J'ai dit plus haut que les antiquaires avaient d'abord traité l'art des anciens, plus d'une manière théorique que pratique; des matériaux lentement amassés commençaient à permettre de le connaître dans quelques-uns de ses produits; mais ceux-ci n'étaient encore ni classés par école et par siècle, ni comparés dans leur style et les sujets qu'ils représentent. Entre

[1] Voy. ce que rapporte Barthélemy dans ses *Mémoires*, p. XXXIV. La copie fut envoyée immédiatement à l'Académie, avec recommandation du secret, pour ne pas compromettre ceux qui l'avaient secondé.

les produits de l'art antique, les vases peints sont, avec les statues et les bas-reliefs, les plus instructifs, les plus complets et les plus beaux. On n'en connaissait, au milieu du dix-huitième siècle, que quelques-uns, publiés dans les ouvrages de Beger, de Lachausse, de Dempster, de Gori, de Buonarotti. Aussi Montfaucon et Caylus n'avaient-ils que peu fait pour les progrès de la céramographie. Le mémoire de ce dernier *sur les vases dont les anciens faisaient usage dans les festins* [1], où il passe tout en revue, depuis les cornes à boire jusqu'aux coupes les plus riches, est une étude plutôt de noms que de monuments. Et cependant nulle branche de l'archéologie n'était moins de nature à être traitée uniquement par les textes; car, comme le remarque Charles Lenormant [2], il n'en est aucune sur laquelle les écrits des anciens nous aient laissé moins de renseignements. L'Italie était la seule contrée où il fût alors possible de s'initier à leur étude; c'était là que Lachausse et Dempster en avaient compris toute l'importance. Le premier qui ait fait des vases peints l'objet de méditations approfondies, D'Hancarville n'apprit à les connaître qu'en s'établissant sous le ciel de Naples, en parcourant le vieux sol étrusque et romain, où Passeri recueillait les éléments du grand ouvrage qu'il leur consacrait. Distante du théâtre des découvertes, la France suivait à peine de loin les travaux de Winckelmann, et quand celui-ci, avec son

[1] Voy. *Mém. de l'Acad.*, t. XXIII, p. 342; ce travail a été bien dépassé par celui du savant antiquaire allemand Panofka.

[2] Voy. Ch. Lenormant et J. de Witte, *Élite des monuments céramographiques*, t. I, Introduction.

coup d'œil exercé et sur les pas de l'antiquaire toscan Lanzi, rendait à la Grèce une partie des chefs-d'œuvre céramiques dont Dempster et Gori faisaient honneur à l'Étrurie[1], c'est à peine si l'on aperçoit à l'Académie des inscriptions l'indice de la révolution qu'il opérait en archéologie. Les antiquités égyptiennes n'étaient pas plus connues que les vases peints ; on n'en savait guère que ce qu'en avait dit le voyageur écossais Alexandre Gordon, dans un essai très-incomplet publié en 1739. Zoëga n'avait point encore fait paraître son travail sur les obélisques. Aussi Quatremère de Quincy, dans son mémoire sur l'architecture égyptienne couronné en 1785 par l'Académie, n'en peut-il donner que la plus imparfaite idée! On était sans doute plus avancé dans l'étude des édifices, des statues et des bas-reliefs gréco-romains. Maffei avait appelé l'attention sur plusieurs des plus importants monuments antiques de l'Italie; mais il avait à peine effleuré tout ce qu'on en pouvait dire, et jusqu'à Winckelmann on fit peu. J. Lami, archéologue et littérateur comme Maffei, fut trop distrait par des études diverses pour prendre, de l'antiquité figurée ou architectonique, une connaissance complète et toujours sûre ; Gori, son compatriote et son contemporain, s'occupa plus des inscriptions et des pierres gravées que des monuments proprement dits ; Passeri[2], seul, embrassa dans ses persévérantes

[1] Après avoir cru tous les vases peints étrusques, on les crut tous grecs ; la découverte faite à Vulci, en 1829, montra que les Étrusques avaient leurs vases peints comme les Italo-Grecs et les Hellènes.

[2] J.-B. Passeri né à Farnèse en 1694, mort en 1780.

recherches presque toutes les branches de l'archéologie; il en éclaira plusieurs ; mais, égaré par son imagination, il manqua à la fois de critique et de goût, et ses travaux ne pouvaient donner chez nous l'essor à la saine archéologie. Bosio, Aringhi, Ciampini, quoique ayant pénétré davantage, au siècle précédent, dans une autre branche de la science, les antiquités chrétiennes, laissaient cependant à leurs successeurs une multitude de monuments à interroger et à décrire. D'ailleurs les catacombes de Rome n'étaient pas de leur temps systématiquement explorées, et c'est seulement de nos jours, grâce aux travaux du P. Marchi et de M. de Rossi, qu'on a porté la lumière chronologique dans ce labyrinthe. Les antiquaires français, qui, durant la première moitié du dix-huitième siècle, s'occupèrent des produits de la sculpture et de la céramique, manquèrent presque tous de l'éducation que donnent la vue incessante de monuments nouveaux, le maniement de l'antique. Voilà pourquoi ils s'en tinrent généralement à ces questions théoriques qu'on s'imaginait pouvoir résoudre avec des textes et sans interroger les monuments. En effet, tandis qu'en Italie les érudits se formaient dans les musées et en face des ruines, à la pratique de l'archéologie, les nôtres, moins favorisés, se bornaient à disserter sur des témoignages. C'est ainsi que Leblond et Larcher dépensaient leur érudition à disputer sur la nature des fameux vases murrhins, au lieu de chercher si, dans les collections, il ne s'était pas conservé de vases répondant aux caractères signalés par les anciens. Leblond, qui avait acquis, par l'étude de la collection du duc d'Orléans, quelque sentiment de l'antique, mais ne l'avait encore qu'imparfaitement étudié, réfuta l'opinion de ceux qui assimilaient à la porcelaine la matière de ces vases; c'était pour lui du sardonyx. Larcher, plus critique qu'antiquaire, ne réussit qu'à renverser toutes les assimilations proposées, sans pouvoir arriver à assigner nettement leur substance.

Voilà où en étaient encore, en 1779, les antiquaires de l'Académie; Caylus n'existait plus et n'avait guère laissé d'héritier à l'Académie que Barthélemy, qui, plus occupé de numismatique et d'épigraphie que d'antiquité figurée, donna trop peu d'étude aux vases, aux bas-reliefs, aux statues, où sa sagacité eût trouvé certainement un champ non moins riche de découvertes. Cependant un monument d'antiquité figurée fixa son attention en Italie et lui fournit le sujet d'un savant mémoire. Je veux parler de la célèbre mosaïque de Palestrine dont Caylus avait remis à Barthélemy un dessin colorié. Celui-ci y reconnut un souvenir du voyage de l'empereur Hadrien en Égypte, et en expliqua les sujets et les inscriptions avec autant de savoir que de critique [1].

Il est un art cultivé par les anciens, et qui, pour être retrouvé, n'exigeait ni fouilles, ni visites de musées : c'est la musique. Fugitif dans ses produits, il ne pouvait être ressuscité que par la méditation des moyens dont disposait l'antiquité, des textes qu'elle nous a légués. Le caractère de la musique antique a plus

[1] Voy. *Mémoires de l'Académie*, t. XXX, p. 503. Cf. ce que dit Barthélemy de cette mosaïque dans la relation d'un voyage à Tusculum et Palestrine. *Œuvres*, t. II, p. 162.

préoccupé le dix-huitième siècle que le nôtre; peut-être parce que, moins avancés dans leur instrumentation, moins exigeants pour leurs symphonies, dotés de moins de chefs-d'œuvre, nos pères espéraient découvrir dans la musique grecque des moyens d'agrandir les ressources de l'art musical et d'ajouter à ses effets. Dès les premiers temps de l'Académie [1], un de ses membres, l'abbé Fraguier, se fondant sur un passage des *Lois* de Platon, avait essayé de démontrer que l'assemblage de plusieurs parties dans les concerts de voix et d'instruments n'était pas inconnu des anciens. Son confrère Burette soutint la thèse opposée et la développa dans de longs mémoires [2]. Plus critique que l'abbé Fraguier, encore dominé par cette confiance aveugle dans les textes trop commune chez les érudits du dix-septième siècle, le savant médecin ne prenait pas à la lettre ce que les Grecs ont avancé de la magique influence de leur musique; étudiant les données en elles-mêmes, il chercha la réalité sans enthousiasme ni parti pris. Il eut l'avantage dans la discussion, et ses opinions rencontrèrent plus tard un auxiliaire puissant dans Chabanon [3], qui mettait au service de l'érudition la finesse de sentiments d'un artiste et le goût d'un critique exercé. Chabanon soutint que les anciens n'avaient jamais chanté qu'à l'unisson ou à l'octave; il reprit contre Batteux, à propos de la musique d'une ode de Pindare, une de ces discussions obstinées auxquelles, par une sorte de contre-sens, les questions

[1] Voy. *Mém. de l'Acad.*, t. III.
[2] Voy. *Ibid.*, t. V et VII.
[3] Voy. *Ibid*, t. XXXV.

d'harmonie aboutissaient presque toujours dans la Compagnie[1]. Douze ans plus tard, Rochefort[2] reproduisit la thèse de l'abbé Fraguier, en abandonnant toutefois ce qu'elle avait de trop absolu. Un certain passage de Denys d'Halicarnasse, où il est dit que les paroles étaient subordonnées au chant, lui semblait contredire l'opinion de Burette. Au reste, Rochefort prenait soin de distinguer entre l'harmonie et l'art des accords. Pour l'harmonie, il confessait qu'il ne fallait pas l'aller chercher chez les Grecs ; mais, selon lui, les anciens avaient su faire accorder ensemble différentes parties ayant chacune un chant différent, et, par là, ils étaient arrivés aux effets les plus harmonieux. L'Académie ne se prononça pas; et Barthélemy, dans son *Voyage du jeune Anacharsis*, en traçant un tableau de la musique antique, évita de se compromettre par l'adoption d'un système trop exclusif; il suivit les idées de Burette[3]. Ce ne fut que trois quarts de siècle plus tard que l'érudition reprit avec plus de succès cette difficile étude de la musique antique. Un membre de la nouvelle Académie des inscriptions, M. Vincent, en démontrant l'usage du quart de ton dans la mélodie antique, nous prouva que les oreilles grecques avaient des habitudes et des exigences qui ne sont pas les nô-

[1] Cette discussion dura de 1761 à 1765.

[2] Voy. *Mémoires de l'Académie*, t. XLI, p. 365. Les *Recherches sur la symphonie des anciens*, de Rochefort, furent lues à l'Académie en 1776.

[3] Voy. le chapitre XXVII, *Entretiens sur la musique des Grecs*. Barthélemy fait dire à Philotime que les voix chantent toujours à l'unisson ou à l'octave.

tres, et que notre musique n'aurait rien à gagner à puiser dans celle de l'antiquité.

Un art qui, chez les anciens comme chez les modernes, se lie à la musique, la danse, fournit à Burette l'objet d'une dissertation spéciale[1], qui fait partie de ses recherches sur l'agonistique que j'ai rappelées plus haut. Les arts gymniques, les exercices de corps furent dans la suite, de la part d'autres académiciens, le sujet de travaux qui ne sont ni sans valeur ni sans intérêt. Fréret traita de l'équitation [2], l'abbé Gédoyn des courses de char [3], l'abbé Brottier des jeux du cirque chez les Romains [4], Ameilhon de l'art du plongeur et de la natation[5]. Toutefois ces travaux pèchent généralement par le manque de connaissance suffisante des monuments figurés qui auraient mis sous les yeux ce que les textes ne font pas voir [6].

Les recherches sur la musique antique m'amènent tout naturellement à parler de celles qui, dans le même temps, furent reprises sur le théâtre de la Grèce ; car l'art dramatique des anciens demandait à la mélodie d'embellir ses créations et de soutenir son jeu. Tout ce qui touchait aux représentations scéniques fut à l'Académie l'objet d'études sérieuses, sans être encore bien profondes. Boindin, dans son mémoire *sur les mas-*

[1] *Mémoires*, t. I, p. 93 et 117.

[2] *Ibid.*, t. VII, p. 281.

[3] *Ibid.*, t. IV, p. 360.

[4] *Ibid.*, t. XLV, p. 478.

[5] *Hist. de l'Acad.*, t. XXXVIII, p. 11, t. XL, p. 96.

[6] Villoison s'occupa aussi de l'histoire des jeux de la Grèce, et a composé un bon mémoire sur l'histoire des jeux Néméens. *Hist. de l'Acad.*, t. XXXVIII, p. 20.

ques et les habits de théâtre des anciens, aborda quelques points de l'histoire de l'art dramatique. Louis Racine, lut un mémoire *sur la déclamation des anciens*[1], qui n'était lui-même qu'une déclamation sans portée. Duclos, bien qu'il ne fût guère plus érudit que le fils de Racine, le réfuta sans peine dans sa dissertation *sur les jeux scéniques des Romains*[2], où il n'a pourtant qu'effleuré la matière. Vers les dernières années de l'Académie, l'abbé Brottier reprit ces sujets avec une érudition plus solide et une connaissance plus sérieuse de l'antiquité, préparant par ses recherches l'ouvrage si complet qu'un demi-siècle plus tard, devait donner un membre de la nouvelle Académie, Charles Magnin.

A mesure que les investigations s'étendaient, l'archéologie revendiquait de plus en plus comme de son domaine les questions que Louis Racine et Duclos s'imaginaient pouvoir traiter simplement avec de l'esprit et du goût. Ces qualités avaient, il est vrai, suffi à l'auteur du poëme de la *Religion*, à l'auteur des *Considérations sur les mœurs*, pour être admis dans la Compagnie, parce qu'elle ne prit d'abord de l'antiquité que ce qui pouvait embellir nos lettres; dans la suite, elle se montra, avec raison, plus exigeante.

L'abbé Batteux et Rochefort rappelèrent, en 1772, l'attention de l'Académie sur le théâtre grec : le premier traita de la nature et des fins de la comédie antique, travail qu'il devait faire suivre plus tard (1784)

[1] Voy. *Mémoires de l'Académie*, t. IV, p. 132.
[2] Voy. *Ibid.*, t. XVII, p. 206.

d'études solides sur Ménandre [1]; le second rechercha l'objet de la tragédie grecque. C'étaient là des sujets qui ne s'épuisent jamais, car on peut les envisager de mille façons, suivant la diversité du goût et du sentiment esthétique. Alors surtout il restait beaucoup à dire, puisque les premiers académiciens avaient à peine abordé la matière. La langue des tragiques est la plus difficile à comprendre et à bien interpréter; elle fait encore de nos jours l'objet des méditations de la philologie. Au siècle dernier, on n'avait point la prétention d'asseoir le texte d'une manière irréprochable; on se bornait à tâcher de bien saisir le sens et le génie du drame antique. La pâle traduction du jésuite Brumoy, publiée dans la première moitié de ce siècle, ne suffisait pas pour initier le public au théâtre des anciens, qui reflète avec tant de vivacité leurs idées et leurs habitudes. C'était par la connaissance de celles-ci qu'on pouvait espérer de mieux interpréter tant de vers, tant de scènes imparfaitement entendus. Les bons auteurs du siècle de Louis XIV savaient sans doute à merveille le grec et le latin, mais ils avaient manqué de cette intuition des temps et des lieux qui donne la couleur là où l'intelligence grammaticale ne donne encore que le dessin. Pour n'avoir pas pénétré dans la vie antique, ils avaient vu l'antiquité sous un faux jour; au lieu de l'éclairer du beau soleil de la Grèce et de l'Italie, on aurait dit qu'ils ne voulaient la contempler qu'à la clarté ménagée de nos demeures ou à la lumière artificielle de nos salons. L'abbé Batteux, par son éducation

[1] Voy. *Mémoires de l'Académie*, t. XLVI, p. 183 et 205.

appartenait encore à cette école; aussi porta-t-il dans ses appréciations la stérilité du rhéteur et les lieux communs du collége[1]. Ayant de la société grecque un sentiment plus vrai, et de sa langue une connaissance plus solide, Rochefort appréciait mieux le génie antique et le faisait mieux comprendre, sans pourtant le posséder dans toutes ses délicatesses. A la même époque, Laporte du Theil, qui s'essaya également à faire passer en français les beautés de la tragédie hellénique, dissertait de son côté sur le théâtre des anciens; il cherchait l'interprétation des hymnes religieux de Callimaque, dans une connaissance des fêtes des Hellènes, et décrivait dans des mémoires spéciaux les *Carnéennes*, les *Thesmophories*, les *fêtes de Pallas*[2], solennités liées par une étroite association de croyances à ces fêtes de Dionysos qui virent naître le drame antique; ce drame, Barthélemy, s'aidant des recherches de Castellanus et de Meursius que compléta Larcher[3], en exposait dans son style brillant et correct les époques de représentation et les circonstances de mise en scène[4]. Le savant auteur du *Voyage du jeune Anacharsis* consacra divers mémoires à des sujets que sa plume élégante devait, pour un public moins préparé à goûter les choses anciennes, faire servir à son roman érudit.

[1] La Harpe dit de lui que c'était un bon humaniste, mais que ce n'était ni un bon écrivain, ni un bon confrère. *Correspondance littéraire*, t. III, p. 110.

[2] Voy. *Mémoires de l'Académie*, t. XXXIX, p. 185, 203, 237.

[3] *Ibid.*, t. XXXIX, p. 172.

[4] *Ibid.* t. XLVIII, p. 272. (*Sur quelques fêtes des Grecs omises par Castellanus et Meursius.*)

Les réflexions que je viens de consigner ici sur le sentiment de l'antiquité se présentaient déjà à l'esprit de quelques académiciens du dernier siècle ; ils commençaient à s'apercevoir qu'on avait habillé les anciens trop à la moderne et que, pour rendre l'antiquité aimable et séduisante, on lui avait fort arbitrairement prêté nos sentiments et nos mœurs. La faute en était surtout à Racine et à ses imitateurs ; mais les coupables avaient tant de talent, ils avaient tant illustré le pays, qu'on n'osait les accuser. Pour revenir à une conception plus vraie du monde antique, il fallait relire les poëtes de la Grèce sans préoccupation d'imitation, sans parti pris, et s'attacher surtout à ce qui nous peint le peuple et la société au milieu desquels ils vivaient. Il fallait avant tout relire Homère, miroir limpide et pur de l'antique Hellade, où elle se réfléchit tout entière. Tel fut le motif qui engagea Rochefort à revenir sur une étude que bon nombre de ses confrères s'imaginaient être épuisée. En effet, quel professeur de grec ne croyait pas alors connaître à fond l'*Iliade* et l'*Odyssée?* qui supposait avoir besoin qu'on les lui expliquât? Rochefort leur prouva cependant qu'on pouvait être encore neuf, en traitant des temps primitifs de la Grèce dont Homère nous fournit les principaux traits. Son *Mémoire sur les mœurs des siècles héroïques chez les Grecs*, que l'Académie publia en 1768, est un tableau piquant et animé fait comme d'après nature, puisque ses modèles, Homère, Hésiode, les tragiques, ont posé devant lui. Puis, complétant ce premier essai par un autre travail, il acheva de répandre, sur les vieilles traditions de la Grèce, une lumière et une couleur que l'on eût vainement cherchées dans les commentaires *Variorum*. Sans doute l'helléniste français n'a pas saisi sous toutes ses faces la société héroïque, mais il la place déjà sous son vrai jour, et l'on s'aperçoit, en lisant son mémoire, qu'il vit avec ceux dont il parle.

Pour défaire les esprits de ces vieilles habitudes de rhétorique pédantesque introduites par les écoles, pour les initier à une antiquité autre que l'antiquité de convention qui s'enseignait alors, l'éducation était à refaire; malheureusement il n'y avait pas chez les humanistes assez de souplesse d'esprit pour qu'ils pussent s'identifier avec une langue, des idées et des croyances absolument étrangères à leur nation. Pour arriver à ce but, qui n'a jamais été atteint chez nous, il eût été nécessaire d'approfondir les finesses de la langue grecque, d'en étudier l'histoire à un point de vue comparatif et philologique, ce dont nous n'avons jamais pris l'habitude. Aussi, quand par hasard l'Académie posait des questions dont la solution exigeait une pareille étude, ne recevait-elle pour réponses que ces déclamations d'école dont l'érudition se contentait depuis plus d'un siècle. Tel fut le cas en 1757, dans le concours qui avait pour programme : *Pourquoi la langue grecque s'était conservée si longtemps dans sa pureté, tandis que la langue latine s'était altérée de si bonne heure;* J.-L. Le Beau[1], qui remporta le prix, ne trouva d'explication que dans ce fait, que le grec est plus riche,

[1] J.-L. Le Beau, frère cadet de Charles Le Beau, fut admis à l'Académie à la suite de ce succès; il remplaça son frère à la chaire du collége des Grassins, quand celui-ci fut nommé secrétaire perpétuel, et mourut en 1766.

plus flexible et plus harmonieux que le latin. On ne sortit donc guère de la vieille ornière avant la fin du dix-huitième siècle. On traduisait et retraduisait les auteurs, et plus on avait fait disparaître l'originalité du texte, plus on avait repassé l'estompe sur des clairs dont notre œil était choqué, plus on s'imaginait avoir réussi. Les Mémoires de l'ancienne Académie des inscriptions et belles-lettres abondent en traductions plus ou moins élégantes, plus ou moins fidèles ; aucune ne rend pourtant le tour de pensée et d'expression des anciens; aucune ne peut donner une idée de cette imagination qui s'inspire de la nature, en fait passer la richesse et l'éclat dans les dieux, le culte et les manifestations publiques, en répand dans des êtres circonscrits sans être mesquins, humains sans être petits, le grandiose et la majesté. Aucune ne peut reproduire cette éloquence, tour à tour abondante et contenue, qui charme et qui remue, qui soulève les passions les plus diverses, sans les déchaîner, cette dialectique serrée et pressante qui étreint la pensée sans l'étouffer, cette subtilité qui se joue avec les raisons comme avec les mots. Il fallait, pour rendre tout cela, une science de la langue grecque, une habitude de son histoire, des ressources d'esprit et de langage, dont étaient dépourvus la plupart des traducteurs des dix-septième et dix-huitième siècles, plus élégants que gracieux, plus lourds que solides, plus spirituels que fins, plus pompeux qu'éloquents. Mais quand un style clair et correct, une pensée forte et mâle, ou insinuante et persuasive, ne rachetaient pas tout ce qui manquait au vieil esprit français pour peindre un monde antique qu'il n'avait étudié que dans un cadre moderne, alors rien ne pouvait dissimuler la pauvreté de la copie, et la traduction apparaissait plutôt comme une caricature que comme un calque. On peut s'en convaincre en parcourant les six dissertations que Hardion lisait, de 1732 à 1736, *sur l'origine et les progrès de l'éloquence dans la Grèce.* Il est impossible d'apprécier les orateurs helléniques de moins haut et de rester plus au-dessous de son modèle, quoique l'auteur eût été récemment admis à l'Académie française. A la fin du dix-huitième siècle, un autre académicien, Athanase Auger, fut plus heureux, sans cependant atteindre le but ; les travaux sur les orateurs Lycurgue et Lysias, qu'il communiqua à l'Académie [1], les traductions qu'il publia, ont droit à notre estime ; elles sont généralement exactes ; mais, ainsi que le remarque La Harpe [2], on n'y retrouve ni le feu, ni la noblesse, ni l'harmonie, ni le mouvement de style de l'éloquence attique. L'abbé Couture, recteur de l'Université, malgré sa grande réputation d'humaniste, avait été encore moins heureux. Il en faut dire autant de l'abbé Souchay, qui prétendait traiter de l'élégie antique [3], mais n'avait, ni dans l'âme ni dans le style, rien pour faire comprendre cette plainte poé-

[1] Voy. le tome XLVI des *Mémoires de l'Académie.*

[2] *Correspondance littéraire*, t. II, p. 35. La Harpe appelle Auger un homme de collége qui sait mieux le grec que le français. *Correspondance citée*, t. III, p. 190. « La traduction française d'Auger, écrit M. Havet, n'était pas assez belle, malgré ses mérites, pour populariser Isocrate. » *D'Isocrate*, p. 19, en tête du *Discours d'Isocrate sur lui-même*, trad. par A. Cartelier. (Paris, 1862.)

[3] Voy. *Mémoires de l'Académie*, t. VII, p. 335, 352. Les discours de l'abbé Souchay sont de 1726.

tique puisant dans sa tristesse la beauté de sa forme et ses accents les plus émouvants, genre de composition qu'André Chénier et Millevoye devaient nous rendre, mieux encore que Gilbert, tous trois postérieurs au pesant académicien. L'abbé Gédoyn, qui utilisait les loisirs de son canonicat de la Sainte-Chapelle à traduire et extraire une foule d'auteurs grecs et latins, n'est supportable que quand il fait passer dans notre langue des écrivains de sa force, comme Photius. Sans doute que bon nombre de ces érudits sentaient eux-mêmes toute l'imperfection de leur œuvre, car on les voyait souvent reprendre les auteurs déjà traduits avant eux. Pindare était surtout leur désespoir; en effet il n'est pas de poëte grec dont il soit plus difficile de rendre dans notre langue la vigoureuse inspiration et l'éloquente hardiesse. Massieu, tout professeur de grec qu'il fût au Collége royal, n'arriva à donner, de quelques-unes de ses odes, qu'une version sans couleur et qu'un décalque sans relief; l'abbé Sallier reprenait sa tâche sans plus de succès. Chabanon ne savait point assez le grec pour traduire un lyrique dont son oreille délicate pouvait apprécier l'harmonie et son tact atteindre quelquefois la noblesse [1]. Et comment, d'ailleurs, aurait-on pu posséder ce sentiment exquis de la poésie et de l'éloquence helléniques, quand on persistait à apporter dans son étude les principes étroits et systématiques d'une rhétorique qui préfère la règle de convention à l'inspiration de la nature, quand on continuait à discuter sérieusement sur des questions aussi vides que celle de l'essence de

[1] Chabanon n'a traduit que les *Pythiques*.

la poésie, ou cette autre : Peut-il y avoir des poëmes en prose? Voilà à quoi s'occupaient, dans la Compagnie, Louis Racine et l'abbé Fraguier. Si au moins ces questions eussent été agitées à l'Académie française, on les aurait traitées sinon avec plus de fruit, du moins avec plus d'esprit. Mais Racine le fils, qui n'avait hérité de son père que de l'art de faire des vers coulants, n'eut jamais cette pointe fine et mordante que Jean Racine a mise dans *les Plaideurs*, et ne fut qu'un poëte dévot qui rimait une érudition de collége. L'abbé Fraguier, plus docte et habile versificateur latin [1], avait, lui, de bons motifs pour soutenir qu'il ne saurait y avoir de poëmes en prose, car sa langue était la meilleure preuve que la prose n'a rien absolument de commun avec la poésie.

Des luttes de la force de celles qui s'élevaient entre Louis Racine et l'abbé Fraguier se renouvelaient entre La Barre et l'abbé de Vatry. Celui-ci, fanatique disciple des préceptes de l'école, soutenait avec le P. Le Bossu, qu'il n'y a pas d'épopée sans moralité; La Barre le combattait par cette raison décisive, que la règle n'est pas dans Aristote. Il est vrai qu'indifférent aux règles du péripatéticien, l'abbé de Vatry, tout dévoné qu'il fût aux anciens, avançait que la tragédie ne doit pas nécessairement avoir cinq actes, qu'il n'est pas indispensable que chaque acte contienne quelque événement. Mais, pour s'affranchir des préceptes d'Horace, le bilieux abbé jugeait nécessaire de s'appuyer sur l'exemple de quelques anciens. Dans ces discussions, dignes de

[1] Il est l'auteur de nombreuses poésies latines, et avait été le disciple des PP. Rapin, Jouvency, La Rue et Commire.

Trissotin et de Vadius, on ne pouvait en effet argumenter sans avoir un ancien à citer. Au reste, nul n'entendait moins raillerie sur la critique des auteurs grecs ou romains que l'abbé de Vatry; inspecteur du Collége royal, il était chargé de veiller à ce que MM. les professeurs ne se permissent pas de sortie contre l'antiquité. Ce qu'il y a de particulier, c'est qu'à l'époque où l'on discutait avec tant d'acharnement sur le beau et sur l'art de bien dire des Grecs, on n'avait jamais moins étudié leur langue; les études helléniques entraient alors dans une période d'occultation. Des travaux du genre de ceux que l'abbé Arnaud donnait à l'Académie, où il passait pourtant pour habile helléniste, n'étaient certes pas de nature à soutenir les études grecques. Ses dissertations *sur les accents de la langue grecque*, *sur la prose grecque*[1], quoique renfermant des vues souvent judicieuses, ne s'élevaient pas bien haut, et ne sortaient guère dés éléments. L'étude du grec avait fini par devenir purement facultative dans les colléges, et la plupart des écoliers usaient de la permission de ne point l'apprendre. Grimm[2], en 1768, remarquait que depuis longtemps on avait abandonné le grec, et il ajoutait: On néglige l'étude du latin tous les jours davantage. C'est que, observe-t-il, on écrivait en latin, quand on ne savait pas encore écrire en français. Mais à ce compte, il devait y avoir à cette époque dans l'Académie encore bien des gens sachant le latin, tant on rencontre dans son recueil, de mémoires qui témoignent d'une singulière inexpérience de notre langue.

[1] Voy. *Mém. de l'Acad.*, t. XXXII, p. 432, t. XLI, p. 382.
[2] Voy. *Correspondance littéraire*, t. VI, p. 140.

La décadence des études grecques finit par arriver à ce point, qu'à la fin du dix-huitième siècle les professeurs les plus distingués de l'Université, Sélis, La Harpe, Geoffroy, savaient à peine la langue d'Homère et de Démosthènes. Sans doute que l'abaissement de notre instruction classique sur ce point frappa l'Académie ; car c'est précisément à cette époque que se place la tentative la plus sérieuse faite par elle pour relever la culture des lettres classiques, un retour à la méthode vraiment philologique. Ceux des hommes qui prouvaient que l'on pouvait savoir encore le grec en France, ne s'étaient pas formés tant sur les bancs des collèges que par eux-mêmes; ils s'étaient livrés à une lecture assidue des textes manuscrits, prenant le soin d'appliquer les règles de la grammaire, la connaissance approfondie du vocabulaire à la correction de leçons fautives, à la restitution de passages incomplets ou altérés. Cette discipline excellente, Ét. Fourmont, dès 1720, en recommandait l'usage. Dans des observations soumises à l'Académie, il avait judicieusement appuyé sur l'importance des corrections, sur les règles de critique qu'on doit observer dans le rétablissement des textes défectueux, et avait joint l'exemple au précepte. Sevin, Melot, Geinoz, Béjot, Capperonier, L. Dupuy surtout[1], avaient compris, comme lui, que la restitution des bonnes leçons n'est pas un simple amusement, qu'elle fournissait à la philologie sa meilleure école. Ces érudits étaient entretenus dans leur saine doctrine

[1] L. Dupuy a donné dans le *Recueil de l'Académie* d'excellentes remarques sur Virgile, Oppien, Ovide et sur quelques pièces de Sophocle et d'Euripide.

par une correspondance avec les principaux philologues de la Hollande pour lesquels ils collationnaient souvent des manuscrits[1]. C'est d'ailleurs à pareille école que s'étaient formés les grands hellénistes et les grands latinistes du seizième siècle. Pour ranimer le goût du grec, il fallait donc revenir à cet exercice, rentrer en commerce avec les manuscrits, éditer sur des textes comparés entre eux les auteurs déjà imprimés, mettre au jour ceux qui demeuraient inédits. Toutes les bibliothèques n'étaient pas épuisées; il s'y cachait nombre de textes curieux, parfois même sous d'autres textes qui en avaient envahi le parchemin. Déjà, à la fin du dix-septième siècle, Jean Boivin, qui entra à l'Académie en 1701, était parvenu, dans la bibliothèque du roi, sous le texte des Homélies de saint Éphrem, à retrouver un fort ancien texte du Nouveau Testament. Il pouvait y avoir d'autres palimpsestes dans ce précieux dépôt. On signalait aussi une foule de trésors de ce genre en Italie, en Suisse, en Allemagne, en Orient. Galland et Sevin avaient rapporté de Constantinople un grand nombre de manuscrits dont on avait à peine fait le dépouillement[2]. Mabillon et Montfaucon, qui s'étaient rendus à la fin du dix-septième siècle en Italie, surtout dans le but de rechercher des manuscrits, en avaient sans doute rapporté beaucoup, mais ils étaient loin d'avoir relevé tous les catalogues, dépisté toutes

[1] Voy. *Epistolæ viri clarissimi D. Ruhnkenii ad A. Wyttenbachium*, éd. Mahne, fasc. II, p. 111, et fasc. III, p. 114 et suiv.

[2] Voy. la relation abrégée du voyage littéraire que M. l'abbé Fourmont a fait par ordre du roi en 1729 et 1730, *Histoire de l'Académie*, t. VII, p. 344.

les raretés[1]. La Condamine, qui visita le même pays en 1755, écrivait à son retour : « La fameuse bibliothèque Ambroisienne contient, entre autres richesses, neuf à dix mille anciens manuscrits, dont un grand nombre, orientaux, tirés de Grèce, de Syrie et d'Égypte. On connaît ceux dont les PP. Mabillon et Montfaucon ont donné la notice ; le célèbre Muratori en a publié quelques-uns et a fait usage de plusieurs autres ; le reste est inconnu ; on les tient secrets et on n'en communique pas même le catalogue aux étrangers. » Tout semblait donc, au dernier tiers du dix-huitième siecle, encore promettre des moissons abondantes, et l'on attendait de ces richesses autant de lumière pour l'histoire que d'aliment pour la philologie. Déjà un jeune helléniste que son érudition précoce avait fait admettre à l'Académie avant l'âge requis, Dansse de Villoison, s'était en 1775 rendu en Allemagne et en Hollande, pour achever de se former près des maîtres que possédaient ces deux pays. Là, en effet, se trouvaient les plus éminents philologues; la France ne pouvait opposer à un J. Gronovius, à un Hemsterhuys, à un Valckenaer, à un P. Wesseling, à un Ernesti, à un Ruhnken, à un Heyne, rien, après L. Dupuy, que ce même Dansse de Villoison, qui était précisément leur élève. Louis XIV avait bien tenté de naturaliser parmi nous l'école de philologie germanique, en appelant d'Amsterdam à Paris un savant philologue allemand, Adolphe Küster, auquel il donna une pension de deux mille livres ; mais

[1] Mabillon rapporta à la bibliothèque du roi près de quatre mille manuscrits. Voy. *Correspondance inédite de Mabillon et de Montfaucon en Italie*, publ. par Valery ; t. I, p. 13, 22.

nommé associé surnuméraire de l'Académie en 1713, Küster mourut trois ans après[1], et n'eut pas le temps de faire pénétrer chez ses confrères des habitudes qui leur étaient encore étrangères. Dansse de Villoison revint à Paris, pénétré des principes de cette critique sévère et de cette rigueur grammaticale qu'on appliquait au delà du Rhin.

L'hymne à Déméter, attribué à Homère et découvert en 1780 par Ch.-F. Matthaei dans la bibliothèque de Moscou[2], était un échantillon de ce qu'on pouvait attendre d'explorations plus attentives et plus étendues. Mais, pour stimuler le zèle, il fallut faciliter aux chercheurs les moyens de publier leurs découvertes et créer un recueil qui les enregistrât, dès qu'elles se produiraient. On comptait d'ailleurs sur de prochaines trouvailles. Dansse de Villoison, qui avait prouvé par son édition du *Lexique d'Apollonius* qu'il était déjà au rang des maîtres, venait de partir pour Venise, où il devait mettre la main sur les *Scholies inédites d'Homère;* il comptait de là rejoindre le comte de Choiseul-Gouffier à Constantinople, où l'attendaient d'autres découvertes. Le gouvernement s'était chargé des frais

[1] Küster était né à Blomberg (Lippe) en 1660; il résida successivement à Berlin et à Amsterdam. On lui doit des éditions de Jamblique, de Suidas et d'Hésychius. Il a fait quelques communications à l'Académie des Inscriptions. Voy. plus haut p. 200.

[2] Voy. à ce sujet le Mémoire de Dupuy, intitulé : *Observations critiques sur l'hymne à Cérès*, attribué à Homère, lu en 1782, dans le *Recueil de l'Acad.*, t. XLVI, p. 417. Dupuy chercha dans cette dissertation, marquée au coin de la meilleure école philologique, à faire prévaloir les leçons des manuscrits sur les corrections un peu hardies que Ruhnken avait introduites dans son texte.

de cette expédition, fidèle aux traditions que lui avaient laissées Colbert et ses successeurs. Michel Fourmont et Sevin, qui rapportèrent tant de manuscrits grecs de leur voyage d'Orient en 1728, avaient dû également à l'État les facilités qu'ils trouvèrent pour s'y rendre. Aussi les manuscrits commençaient-ils à s'accumuler à la bibliothèque du roi. Michel Fourmont, Sevin ou plutôt Montfaucon [1], Melot, Capperonier, en avaient dressé le catalogue ; mais l'œuvre de ces académiciens était plutôt un inventaire qu'un dépouillement. Presque tout restait à faire quant à ce qui était de l'analyse et de l'appréciation des manuscrits, et le Recueil de l'Académie n'y pouvait suffire. En 1775, J. Dacier [2] essaya toutefois de commencer le travail par une notice sur un manuscrit grec du seizième siècle ; ce n'était là qu'un spécimen ; il n'en fallait pas davantage pour convaincre l'Académie de l'impossibilité de renfermer dans ses Mémoires tout ce qu'on lui promettait en ce genre.

La docte Compagnie eut recours au crédit du maréchal de Beauvau, alors son président, et les ouvertures qu'il fit au baron de Breteuil obtinrent un plein succès. Le mémoire rédigé pour le ministre fut soumis par lui au roi, et l'institution d'une commission spéciale, choisie dans l'Académie pour publier des notices et des extraits des manuscrits, fut arrêtée. Une ordonnance du 22 décembre 1784 nomma quatre membres

[1] Montfaucon, dans une lettre au président Bouhier que renferme la correspondance manuscrite de celui-ci, nous apprend que c'était lui qui avait fait le catalogue des manuscrits rapportés par l'abbé Sevin.

[2] Voy. *Mémoires de l'Académie*, t. XLI, p. 546.

avec la mission de présider à la publication du recueil. Ce furent Dupuy, alors secrétaire perpétuel, qui vit à cette occasion son traitement porté à deux mille livres, Barthélemy, Garnier et Rochefort. Mais une fois en possession d'un si beau moyen de grossir ses trésors, l'Académie n'entendait pas se limiter à la publication de textes grecs et latins; les voyages de Bréquigny et de Laporte du Theil avaient appris tout ce qu'on devait attendre, pour l'histoire, du dépouillement des archives; la plupart des ouvrages orientaux étaient encore à l'état de manuscrit. On décida donc que le recueil se composerait de trois parties : la première réservée aux notices et extraits de manuscrits grecs et latins; la seconde, qui comprendrait les notices et extraits de manuscrits orientaux; la troisième, consacrée aux notices et extraits de manuscrits français et du moyen âge. Dansse de Villoison, alors absent, Brotier et Larcher furent chargés de la première partie ; De Guignes, auquel un collaborateur devait être adjoint plus tard, eut la seconde; on confia la troisième à Bréquigny, Gaillard, Laporte du Theil et Kéralio. Chacun se mit à l'œuvre, et dès 1787 le premier volume du recueil avait paru. Larcher, que le mauvais état de sa santé força, au bout de quelques mois, à résigner ses fonctions, fut remplacé par Vauvilliers, qui donna dans le premier volume une notice des manuscrits du poëte Eschyle existants à la bibliothèque du roi. C'étaient en effet, comme le titre du recueil l'indiquait, surtout les richesses paléographiques du précieux dépôt, si fort accrues depuis quelques années, qu'on se proposait d'exhumer. Quoique très-inférieur en sagacité et en connaissances philologiques à Dansse de Villoison, Vauvilliers marchait sur ses traces ; il appartenait à cette jeune phalange d'hellénistes qui se prenaient corps à corps avec les textes, en épluchait les mots, en discutait les variantes, et cherchait à en pénétrer toutes les finesses; phalange à laquelle la discipline manquait encore et qui manœuvrait avec plus d'ardeur que d'ensemble, mais qui eût certainement relevé chez nous les études grecques, si la Révolution ne l'eût dispersée. Ses derniers représentants, Coray, Chardon de La Rochette, Boissonade, ont, dans la première moitié du dix-neuvième siècle, représenté avec honneur notre école philologique dont l'Université de France n'a malheureusement pas assez suivi les enseignements. Vauvilliers méditait une édition complète du texte de Pindare qui permît d'en exécuter enfin une version fidèle ; il réunit dans ce but au recueil, dont il était l'une des colonnes, toutes les variantes des manuscrits de la bibliothèque du roi. Pour atteindre le résultat difficile qu'il avait en vue, il ne suffisait pas d'être comme lui un habile helléniste, il fallait encore connaître plus à fond la religion et les mœurs de la Grèce ; il n'y avait qu'un Bœckh qui pût mener à bonne fin une si lourde entreprise. A celui qui veut traduire Pindare, même simplement l'éditer, toute la poésie lyrique de l'ancienne Grèce doit prêter le secours de son histoire. Ni La Nauze, quand il passait en revue dans une dissertation curieuse[1] toutes les chansons des Hellènes, chansons de table, de berger, d'artisan, de bai-

[1] Voy. *Hist. de l'Acad.*, t. IX, p. 320, 347.

gneur, de nourrice ; ni l'abbé Souchay, quand il traçait à grands traits l'histoire des hymnes grecs ou qu'il recherchait l'origine de l'épithalame[1], ne peuvent être regardés comme ayant élevé même simplement les propylées de ce gigantesque édifice.

La partie orientale des *Notices et extraits* allait enfin permettre à des études encore moins avancées chez nous de grandir et de se fortifier. Silvestre de Sacy, nouvellement admis dans la Compagnie, vint au secours de De Guignes, auquel on le donna pour collaborateur.

Pendant longtemps, on n'a guère étudié en fait de langues orientales, que l'hébreu, où l'on ne cherchait que le moyen de mieux comprendre l'Écriture sainte. Les théologiens catholiques y firent peu de progrès ; les discussions philologiques dans la Bible tiennent de trop près à la foi, pour que l'on pût se livrer à une controverse grammaticale, sans risquer de se voir arrêter par la décision souveraine du Saint-Siége. La culture de l'hébreu était plus du domaine de la théologie protestante, qui avait ses coudées franches, et qui, prenant d'ailleurs son autorité dans la Bible, devait en approfondir le texte. C'était à Bâle, ville protestante, que se trouvaient les princes des études sémitiques, les Buxtorf[2], encore plus toutefois talmudistes que philologues et dont J. Leusden, à Utrecht, n'avait guère fait que reproduire les travaux[3].

[1] Voy. *Mém. de l'Acad.*, t. XII, XVI, XXXV.

[2] Les Buxtorf formèrent à Bâle une génération d'hébraïsants, comme les Bernoulli en formèrent une de géomètres.

[3] J. Leusden, professeur d'hébreu depuis 1649, mourut en 1699. Son fils Rodolphe lui succéda.

Et un autre habile homme dans les langues hébraïque et syriaque, au dix-septième siècle, Louis de Dieu, d'origine française, était pasteur d'une église wallone dans les Pays-Bas. Les réformés une fois bannis de France, la philologie hébraïque était condamnée à languir dans notre patrie. Ceux des catholiques qui s'en occupaient étaient sans cesse sous le coup des censures ecclésiastiques et voyaient des entraves incessamment apportées à leurs recherches. C'était là une vieille histoire. Dès le quatorzième siècle, les leçons publiques d'hébreu, consacrées un moment par le concile de Vienne, étaient tombées par suite de la menace de surveillance contenue dans les bulles pontificales [1]. Bossuet, le cardinal de Noailles, la Sorbonne, avaient vertement tancé les premières tentatives d'exégèse dues à un oratorien, Richard Simon, critique habile et pénétrant. Montfaucon eut grand'peine à défendre les *Commentaires sur l'Écriture sainte* de D. Calmet, contre les poursuites du saint-office [2]. Aussi, quoiqu'il existât depuis plus de deux siècles une chaire d'hébreu au Collége royal, fallait-il remonter jusqu'à Vatable, c'est-à-dire à 1547 [3], pour rencontrer, parmi les professeurs, un hébraïsant vraiment distingué. Au dix-huitième siècle, J.-B. Sarrazin, Sallier, Nicolas Henri, G. de Villefroy, J.-J. Garnier, ne furent que des inter-

[1] Voy. J.-V. Leclerc, Discours sur l'état des lettres en France au quatorzième siècle, dans l'*Histoire littéraire de la France*, t. XXIV, p. 387.

[2] Voy. *Correspondance inédite de Mabillon et de Montfaucon en Italie*, publ. par Valery, t. III, p. 206.

[3] Vatable, célèbre par ses *Commentaires sur la Bible*, fut professeur de 1530 à 1547.

prêtes peu expérimentés de l'Écriture sainte [1]. Masclef, plus versé qu'eux dans la langue sacrée, ne fit que suivre sans beaucoup d'originalité l'école qui combattait la tradition de la Masore [2]. A l'Académie, quand Galland et Renaudot, qui, avec l'arabe avaient cultivé l'hébreu, n'existèrent plus, on en abandonna la connaissance à des religieux tels que D. Calmet et le P. Houbigant, qui n'allaient pas bien loin en philologie. Les académiciens se bornaient à puiser dans la langue hébraïque des étymologies ridicules et des comparaisons malencontreuses. Si par aventure Étienne Fourmont traitait de la poésie des hébreux [3], c'était pour montrer combien il en avait peu saisi le génie et le sens. Il ne prétendait rien moins qu'y trouver les règles de notre art poétique. Plus étranger aux langues sémitiques, Louis Racine, dans son *Histoire abrégée de la poésie chez les Hébreux* [4], laissait voir une ignorance plus profonde et jugeait, en poëte du dix-huitième siècle, ce que le génie intuitif de Herder [5] ou la philologie exercée de Wenrich [6] pouvait seul nous faire comprendre.

[1] Voy. Goujet, *Mém. hist. et litt. sur le Collége royal de France*, t. I, p. 340 et suiv.

[2] Voy. à ce sujet E. Renan, *Histoire générale et système comparé des langues sémitiques*, 2e édit. Part. I, p. 175.

[3] Voy. *Mém. de l'Acad.*, t. IV, p. 467.

[4] *Hist. de l'Acad.*, t. XXIII, p. 92.

[5] *Histoire de la poésie des Hébreux*, trad. par la baronne de Carlowitz (Paris, 1845).

[6] T.-G. Wenrich, *De poeseos hebraicæ atque arabicæ origine, indole mutuoque consensu* (Leipzig, 1843), ouvrage couronné par la nouvelle Académie des Inscriptions.

Pour l'arabe, quoiqu'il en existât une chaire au Collége royal, on le savait encore moins à Paris que l'hébreu ; c'était en Hollande qu'avaient enseigné et écrit les maîtres, Erpenius, Golius, Schultens ; Pierre Vattier qui, sous Louis XIV, le professa avec quelque éclat dans cet établissement, D'Herbelot[1], qui mourut avant que l'Académie l'eût appelé à elle, Galland et Renaudot exceptés, le très-petit nombre de ceux qui étudiaient l'arabe, s'en tenaient à l'idiome vulgaire, n'ayant d'autre intention que de se faire interprètes ou voyageurs dans le Levant. Ils avaient commencé, comme on disait alors, par être *enfants de langues*. Les Petis de la Croix et les Defiennes, qui occupèrent la chaire du Collége royal, n'étaient que des drogmans sans grande érudition. Étienne Fourmont, qui succéda à Galland dans cette chaire, n'avait qu'une teinture de la langue, et quand il mourut, on fut contraint, pour le remplacer, d'appeler un étranger, le Suédois Jean Otter[2], qui, comme les Petis de la Croix et les Defiennes, s'était formé en Orient à l'arabe, au persan et au turc, pour embrasser la profession d'interprète. C'est le seul de ces drogmans qui ait pris part aux travaux de l'Académie[3]. Il lui communiqua des *Observations géographiques et*

[1] B. d'Herbelot, l'auteur de la *Bibliothèque orientale*, né à Paris, en 1625, mourut en 1695.

[2] Né à Christianstadt en 1707, est mort en 1748. Le comte de Maurepas l'avait envoyé dans le Levant étudier les langues orientales. Voy. les Mémoires d'Otter dans le tome XXI de l'*Académie*.

[3] Petis de la Croix, père et fils, ont donné des traductions de divers ouvrages orientaux, mais l'Académie ne leur ouvrit jamais ses portes.

historiques tirées des auteurs arabes, une *Relation sommaire de la conquête de l'Afrique*. Mais la Compagnie ne le posséda que deux années; il lui fut enlevé dans la force de l'âge, laissant la *Relation d'un voyage en Turquie et en Perse*, qui n'a pas perdu de nos jours tout intérêt. Ce ne fut qu'après 1785, que De Guignes fut en état de composer ses notices substantielles sur Masoudi et Ibn-al-Wardi, deux des plus importants géographes arabes. On manquait donc à Paris, au milieu du siècle dernier, d'habiles arabisants. Ét. Fourmont, malgré ses prétentions, laissait voir son insuffisance pour dresser le catalogue des manuscrits arabes de la Bibliothèque du roi, et on avait, un moment, songé à appeler de Rome pour cette tâche le célèbre savant Maronite Assemani [1]. C'est aux dernières années de l'existence de la Compagnie seulement, que parut l'homme qui devait donner aux études sémitiques, et surtout à l'arabe, une importance qu'elles n'ont pas perdue depuis. Silvestre de Sacy, admis fort jeune encore, annonça dès son entrée toute la supériorité de son savoir et la pénétration de son esprit, par des mémoires où il abordait des questions encore vierges. En 1785, il entretenait tour à tour ses confrères de *divers événements de l'histoire des Arabes avant Mahomet* et de *l'origine et des anciens monuments de la littérature parmi les Ara-*

[1] Voy. ce que dit à ce sujet le président de Brosses, *Lettres critiques et historiques sur l'Italie*, t. III, p. 138. J.-S. Assemani, né en 1687, mort en 1768, auteur de la *Bibliotheca orientalis*, et éditeur des œuvres de S. Éphrem, devint préfet de la Bibliothèque du Vatican.

bes [1]; quelques années après, il faisait paraître dans les *Notices et extraits des manuscrits de la Bibliothèque du roi* [2], une analyse substantielle de l'*abrégé d'histoire universelle* de Schéhab Eddin Alfassi, point de départ de la suite nombreuse d'excellentes analyses d'auteurs arabes dont il a enrichi ce recueil. Il fallait se reporter à plus d'un siècle en arrière, jusqu'à l'éminent orientaliste anglais, Ed. Pocock, pour rencontrer, sur l'histoire et la littérature arabes, des travaux aussi puissants, aussi approfondis. L'ancienne Académie, à son déclin, assista donc à l'aurore d'une des gloires les plus pures de l'érudition moderne. Je dis aurore, car au siècle dernier, Silvestre de Sacy n'avait point encore jeté par son enseignement les fondements de l'école dont il a été à la fois le législateur et le chef.

Avec sa prodigieuse sagacité et ses facultés brillantes, Barthélemy aurait peut-être devancé le grand arabisant, s'il eût pénétré davantage dans l'étude d'une langue que, comme celui-ci, il avait commencée jeune [3]. Son mémoire *sur quelques médailles arabes* [4] donne la mesure de ce qu'il eût pu faire, si, restant moins exclusivement antiquaire, il se fût livré sérieusement à la philologie orientale. Au demeurant, quelques succès qu'il y eût obtenus, il n'aurait pas à coup sûr atteint

[1] Voy. *Mém. de l'Acad.*, t. XLVIII, p. 484, t. L, p. 247.

[2] T. II, p. 124.

[3] Barthélemy avait appris à parler l'arabe avec un jeune Maronite qui lui en donna des leçons en Provence. Voy. l'*Éloge de Barthélemy* dans ses *Œuvres*, t. I, p. 16, où est rapportée la plaisante aventure d'un rabbin qui se donnait comme fort instruit en langues orientales, et qu'on amena au futur antiquaire.

[4] Voy. *Mémoires de l'Académie*, t. XXVI, p. 557.

plus haut dans cette branche d'études que dans celle qui lui a fait un nom.

Ce que j'ai dit de la quasi-nullité des travaux de langue et de littérature arabes à l'Académie avant Silvestre de Sacy, explique l'état extrême d'infériorité où se trouvait, au milieu du dix-huitième siècle, la connaissance de la langue et de la littérature persanes. Elle était encore plus négligée que les idiomes sémitiques, à la culture desquels elle tient de près, puisque le persan littéral, quoique de la famille indo-européenne, est pénétré de mots et de locutions arabes. Tercier et Otter n'en avaient qu'une notion fort incomplète et, en leur qualité d'interprètes, s'étaient plus attachés à parler cette langue qu'à en approfondir les monuments écrits [1]. Aussi était-ce à l'étranger, surtout en Angleterre, que l'on essayait de traduire et de rendre quelques-uns des meilleurs ouvrages composés en persan. Th. Hyde avait donné une version de quelques odes du grand poëte Hâfiz. William Jones plus tard (1770) traduisit d'autres odes du même poëte et fit paraître la traduction de la vie de Nâdir-Chah, de Mirzà Mehdy. Silvestre de Sacy entreprit de fonder chez nous l'étude sérieuse du persan, en même temps qu'il régénérait celle de l'arabe; et, s'attachant de préférence à l'interprétation de ce qu'on peut appeler les

[1] C'est ce qu'on peut dire aussi à certains égards d'un habile orientaliste français du dix-septième siècle, François Meignien dit Meninski, auquel on doit un dictionnaire arabe, persan et turc (*Thesaurus linguarum orientalium*, 1680). D'ailleurs ce savant qui passa toute la seconde moitié de sa vie à Vienne, quitta la France de bonne heure et ne fonda pas à Paris d'école. Pour l'arabe, il ne fit guère que reproduire les travaux de Golius et de Castell.

classiques de la Perse, il donna, dans les *Notices et extraits des manuscrits de la Bibliothèque du roi* [1], une excellente notice sur le *Pend-Nameh* ou le *Livre des conseils* de Férid-Eddin-Attar [2]; c'était le spécimen du travail plus complet qu'il devait, trente ans après, consacrer à cet auteur [3]. Il songea aussi à nous ouvrir d'une main moins avare que ne l'avait fait D'Herbelot, les trésors de l'histoire de la Perse, et entreprit de nous en faire connaître le grand historien, Mirkhond [4]. D'Herbelot l'avait à peine lu et a même souvent confondu son œuvre avec celle de Khondemir, son fils et son continuateur. Mais le mémoire sur *les antiquités de la Perse*, où Silvestre de Sacy donna la version de l'histoire des Sassanides de Mirkhond, parut trop tard pour que l'Académie en pût profiter; la Compagnie venait d'être supprimée, quand l'ouvrage fut mis en vente Les études de littérature persane n'ont donc été représentées à l'Académie que par le seul Silvestre de Sacy. Mais si l'on fit peu dans la docte assemblée pour les lettres persanes proprement dites, on fit beaucoup pour nous dévoiler le passé lointain, la religion et le primitif idiome de leur patrie, ainsi que je le montrerai plus loin.

Des langues de l'Asie, il n'y en a eu qu'une qui, au dix-huitième siècle, ait obtenu chez nous une véritable

[1] T. I, p. 197.

[2] Auteur du douzième siècle, Le Pend-Nameh, poëme persan, est un abrégé de morale et des règles de la vie spirituelle.

[3] *Pend-Nameh ou Livre des conseils de Férid-Eddin-Attar*, persan et français, Paris, 1819, in-8.

[4] Historien persan du quinzième siècle, très-précieux pour la connaissance des annales de la Perse pendant le moyen âge.

faveur, c'est le chinois. Les jésuites en inspirèrent le goût à quelques hommes que frappait l'importance des documents rapportés par ces missionnaires de l'empire du Milieu. C'est à l'étude de cet idiome que s'appliquaient les savants appelés dans la docte Compagnie pour représenter les lettres orientales; aussi ne tarda-t-on pas à y négliger les autres idiomes de l'Asie. Étienne Fourmont et De Guignes, quoique brevetés du titre de professeurs d'hébreu, d'arabe et de syriaque, s'occupèrent avant tout de chinois. Fréret, bien qu'il n'ait point eu le temps de faire une étude sérieuse des langues orientales [1], y porta également son attention. Après avoir saisi le système d'écriture du chinois [2], il chercha à en faire connaître la poésie. C'était commencer par ce qu'il y avait de plus difficile. La poésie chinoise ne demande pas seulement pour être entendue qu'on se soit rendu complétement maître d'un idiome qui, par son extrême concision, la singulière pénurie de ses formes grammaticales, son manque de flexions, est peut-être celui de tous qui réclame le plus de sagacité et d'habitude; elle exige encore la connaissance d'une foule d'anecdotes, de faits historiques, d'usages, dont il était alors impossible d'avoir la moindre notion. Fréret se borna à examiner les règles de la poésie [3], le

[1] On voit par le *Journal manuscrit* de Galland que Fréret fut quelque temps du fort petit nombre de ses auditeurs.

[2] Voy. son mémoire intitulé : *Principes généraux de l'écriture et en particulier de l'écriture chinoise*. *Mém. de l'Acad.*, t. VI, p. 609. Fréret y montre que l'écriture chinoise était figurative comme celle des Égyptiens.

[3] Voy. *Mém. de l'Acad.*, t. III, p. 268.

nombre des syllabes et la rime, et il avança que la langue chinoise est musicale et harmonieuse. Musicale, cela peut être; car il y a musique et musique, et l'on sait que les tons jouent un grand rôle en chinois; mais harmonieuse, le fait peut paraître problématique à une oreille européenne. Au reste, le grand érudit ne fit dans ses dissertations que reproduire ce qu'il tenait des jésuites, et c'est à l'aide des documents dus aux savants missionnaires qu'il s'improvisa sinologue. Entre ses mains avait été déposé le manuscrit de l'histoire de Chine du P. de Mailla, ouvrage qui ne fut imprimé que beaucoup plus tard par les avis de Grosier; Fréret en eut ainsi la primeur. Je disais tout à l'heure qu'Étienne Fourmont, précisément parce qu'il avait un brevet d'orientaliste, s'était livré d'une manière plus suivie à l'étude de la langue chinoise. Ce n'est pas qu'il dédaignât les autres idiomes de l'Asie, il était au contraire à l'Académie leur grand promoteur, mais il les appliquait fort inconsidérément. En 1733, il lut une dissertation intitulée : *Sur l'utilité des langues orientales pour la connaissance de l'histoire ancienne de la Grèce* [1]. La thèse était assurément excellente et les recherches poursuivies depuis trente ans l'ont surabondamment démontré; mais la façon dont Fourmont entreprit de l'établir était en vérité plutôt propre à en montrer le danger. Entêté plus qu'aucun autre de l'application de l'hébreu à des étymologies arbitraires, mise surtout à la mode par Bochart, le malencontreux érudit, au lieu de donner à

[1] Voy. *Mém. de l'Acad.*, t. VII.

ses confrères un aperçu des trésors de la littérature orientale, se livra à des rapprochements ridicules, par lesquels il avait la prétention d'expliquer la fable de Persée, des Gorgones et des Grées. Armé qu'il était de mots hébreux, il fit un vrai carnage des noms grecs qu'il croyait expliquer; pour lui, Persée devenait l'amiral de la flotte de Polydecte, roi de Sériphe; Phorcys était un roi phénicien d'Ithaque, et toute l'expédition du héros, fils de Danaë, contre les Grées et les Gorgones se réduisait à une guerre maritime; il retrouvait dans les noms de ces héroïnes les appellations des différents genres de navires dont la flotte était composée. Le nom de Méduse, par exemple, signifiait vaisseau amiral, et celui d'Enyo, bâtiment de transport. Fourmont était ainsi ramené à son système favori en mythologie, l'évhémérisme, dont il fut un des plus fanatiques défenseurs. Heureusement ces rêveries ne déteignirent pas sur les études plus sérieuses, bien qu'encore peu profondes qu'il poursuivait sur la littérature hébraïque et qui nous ont valu sa dissertation *sur les manuscrits hébreux ponctués et les anciennes éditions de la Bible*, qu'il lut le 5 juin 1744 à l'Académie. Ce n'est, au reste, qu'un exposé de ce que d'autres avaient déjà montré; car Fourmont n'était pas de force à déchiffrer les manuscrits hébreux, et il avait dû laisser à Montfaucon et au P. Lelong le soin de dresser le catalogue de ceux de la Bibliothèque du roi. En chinois, ses études n'avaient pas été poussées beaucoup plus loin, quoiqu'il jouît alors dans cette matière d'une grande autorité. Le fait, c'est qu'il se faisait convenablement renseigner par les missionnaires avec lesquels il entretenait une correspondance active. C'est grâce à leurs informations qu'en 1734, un an après avoir entretenu ses confrères des billevesées mythologiques dont je viens de donner un échantillon, il put composer une dissertation, qui n'est pas sans valeur, sur les annales chinoises, sur leur époque et la croyance qu'elles méritent. Fourmont dirigea, pour la Bibliothèque du roi, la gravure des caractères chinois[1] : mais cela n'exigeait que la connaissance des signes, et telle n'est pas à beaucoup près la grande difficulté des études chinoises. Rien ne prouve qu'il ait été en état de comprendre les textes. Si on en juge par sa *Grammaire chinoise,* publiée en 1742[2], il n'avait qu'une idée très-imparfaite des véritables principes de cet idiome, que le P. Prémare allait lui faire mieux connaître par sa *Notitia linguæ sinicæ.* Mais, doué d'une bonne dose de charlatanerie, sachant que dans un pays où le chinois était lettre close, il pouvait à peu de frais se faire la réputation de le posséder, il affectait de lire couramment des livres dont il ne comprenait souvent pas un mot ; aussi quand les documents qu'il empruntait aux jésuites lui faisaient défaut, tombait-il dans les plus étranges bévues. Accueillant avec bienveillance les jeunes gens et les littérateurs, il avait fait de sa maison le rendez-vous d'un grand nombre de savants, et il

[1] C'est en 1715 que ces types furent gravés ; ils ont été transportés plus tard à l'Imprimerie royale. Voy. A. Duprat, *Histoire de l'Imprimerie impériale de France*, p. 84.

[2] Cette grammaire fut présentée au roi avec une grande solennité et comme une œuvre capitale, par Fourmont, accompagné de son neveu Leroux des Hauterayes et de De Guignes.

accrut par là beaucoup sa réputation. C'est ainsi qu'il encouragea les premiers débuts de Louis Dupuy, qui devait par la suite honorer l'Académie par de solides travaux et la représenter comme secrétaire perpétuel; mais son élève de prédilection fut J. de Guignes. C'est à son école que celui-ci se forma au chinois; avec un tel maître, il ne put y devenir bien habile. De Guignes avait toutefois poussé ses études beaucoup plus loin que son professeur, et, aidé des communications des missionnaires, il réussit à réunir les matériaux d'une grande histoire qui a fondé sa réputation, celle des Huns. Admis à l'Académie en 1753, il succéda plus tard à Fourmont dans la possession du brevet d'interprète du roi pour les langues orientales; peu de temps après son entrée dans le docte Corps, il commença la lecture d'une suite de mémoires sur l'histoire des peuples barbares de l'Asie, qui sont comme les pièces détachées du grand ouvrage qu'il donna plus tard. De Guignes, qui avait longtemps travaillé sur les migrations des barbares, débrouilla le premier, il faut le reconnaître, les annales de toutes ces populations asiatiques qui, sous les noms d'Alains, de Huns, d'Avares, d'Igoures, de Sabires, envahirent l'Europe orientale. Mais quand il voulut pénétrer plus avant dans l'histoire de l'Asie, non-seulement une connaissance suffisante des langues, mais encore la critique historique lui fit défaut. On en est surtout frappé dans ses recherches sur l'origine de l'alphabet. De Guignes fait dériver les lettres hébraïques et grecques des hiéroglyphes égyptiens. En cela, il voyait juste; mais les raisons dont il s'appuie n'ont aucune valeur, et il ignore absolument ce qu'a montré récemment M. de Rougé, comment la dérivation s'est opérée. Il s'imagina retrouver le même système figuratif dans l'écriture chinoise, et en conclut que les Chinois étaient une colonie d'Égyptiens. Cette folle idée a entaché, on peut le dire, presque tous les travaux de ce savant. Mais comme on était à une époque où ce qui touche à l'origine des peuples n'était encore que ténèbres, son hypothèse rencontra de nombreux et de respectables partisans. Le vieux Mairan, qui suivait avec intérêt les séances d'une Académie sœur de la sienne, lui disputa même l'honneur de cette prétendue découverte, et dans une lettre adressée au P. Parrenin et publiée en 1759, il soutint en avoir eu la première idée[1]. Des Hauterayes, qui s'était formé comme De Guignes au chinois près de Fourmont, son oncle, et avait succédé à Petis de la Croix fils dans la chaire d'arabe du Collége royal, montra en vain tout le vide de cette hypothèse. Le travail qu'il soumit à l'Académie fut prudemment écarté par son condisciple, dont le parti était puissant dans la Compagnie, et qui réussit à l'empêcher d'y être jamais admis. Des Hauterayes eût pu facilement opposer une duplique triomphante à la très-faible réplique de son adversaire; mais il se retira modestement de la lice et continua ses travaux en dehors d'une assemblée qui ne savait pas les apprécier [2].

De Guignes trouva bientôt un autre contradicteur dans un chanoine allemand, De Pauw, qui semble avoir

[1] Grimm, *Correspondance littéraire*, t. II, p. 440.
[2] Leroux des Hauterayes mourut à Rueil en 1795.

rédigé en français ses *Recherches philosophiques sur les Égyptiens et les Chinois* (1774), tout exprès pour le combattre. Mais celui-ci mêlà à sa réfutation tant d'idées étranges et paradoxales, il en usa avec un tel sans-façon à l'égard de la saine érudition, que son arme s'émoussa dans ses mains. L'autorité de De Guignes à l'Académie ne s'en trouva donc pas ébranlée. Il n'en fut pas précisément de même au dehors. Le public goûta peu les rêveries de l'auteur de l'*Histoire des Huns*, qui n'avait ni assez d'esprit, ni assez de style pour les parer de ces attraits qui donnaient alors la vogue à tant d'autres chimères. Grimm, parlant de la traduction du Chou-king due au P. Gaubil, et dont De Guignes, qui n'avait fait que l'éditer, se donnait les honneurs, écrivait : « Je désirerais à M. de Guignes une érudition moins systématique et moins embrouillée ; il ne sera jamais mon guide dans les ténèbres chinoises dont je me sens entouré, et d'où il ne me tirerait que pour m'enfoncer dans les ténèbres plus épaisses de l'Égypte[1]. »

De Guignes prétendit aussi dissiper les ténèbres de la philosophie chinoise; il lut sur ce sujet un mémoire qui n'a plus aujourd'hui de valeur. Pour pénétrer la pensée de ces creux songeurs, il lui aurait fallu ce qu'il n'avait assurément pas, la merveilleuse pénétration qu'un sinologue de notre temps, qui a laissé loin derrière lui ceux qui l'avaient précédé, M. Stanislas Julien, a déployée, en traduisant Meng-tseu et Lao-tseu. Ce n'est donc pas par là qu'il s'est fait un nom.

[1] *Correspondance littéraire*, t. VIII, p. 116.

De Guignes, sans être philologue, entendait passablement l'arabe ; il avait lu ce que nous ont laissé sur l'histoire de l'Asie les principaux écrivains en cette langue. Dans son mémoire lu en 1754 et intitulé : *Recherches sur quelques événements qui concernent l'histoire des rois grecs de la Bactriane*, dans ses *Réflexions générales sur les liaisons du commerce des Romains avec les Tartares et les Chinois*, qu'il communiqua à ses confrères en 1763, dans l'analyse de l'*Histoire de la dynastie des Atabecks* d'Ibn-al-Athir, inséré au tome I des *Notices et Extraits*, on ne peut nier qu'il n'ait déployé une intelligence assez pénétrante pour démêler des faits historiques sur lesquels nous ne possédions que de vacillants témoignages ; ce qu'il dit de la destruction du royaume de Bactriane par les Scythes, de l'établissement de ceux-ci le long de l'Indus et des guerres qu'ils eurent avec les Parthes, dénote un emploi plus délicat et plus adroit des auteurs de l'Orient et de l'antiquité, qu'on ne l'avait fait avant lui ; et quand on songe qu'en 1758 il avait déjà achevé sa volumineuse Histoire des Huns, d'une érudition si neuve pour le temps, on ne peut se défendre d'une véritable estime pour ses travaux, tout erronées qu'aient été souvent ses vues.

La Chine nous fut donc ouverte plus tôt que d'autres contrées asiatiques qui n'étaient pas aussi lointaines ; mais on le doit moins à Ét. Fourmont, de Guignes et des Hauterayes, qu'aux missionnaires, qui nous avaient envoyé sur l'empire du Milieu des documents si complets et si variés. Entre ces missionnaires il en était plusieurs, tels que les PP. du Halde, Visdelou, Parrenin,

Amiot, Incarville, Gaubil, Souciet, qui auraient fait honneur à l'Académie. Quelques académiciens furent désignés pour la publication des précieux documents qu'on leur devait ; malheureusement, le choix tomba sur des hommes étrangers à l'étude de la langue chinoise et même de la Chine. Ce fut d'abord Batteux qui eut la direction de l'impression des *Mémoires sur les Chinois*. Le ministre d'État Bertin en chargea ensuite Bréquigny, qui n'était pas beaucoup plus propre à cette tâche, et c'est lui qui acheva en 1791 l'impression du recueil ; la publication avait été commencée en 1776, elle ne renferme pas moins de quinze volumes in-4°. Un XVIe volume a été donné depuis (1814).

Le mongol, le tibétain étaient choses complétement inintelligibles à l'Académie ; je n'ai donc pas à parler de travaux sur ces langues. Quand un jour, on apporta de Sibérie des rouleaux sur lesquels se trouvaient des textes composés en ces idiomes, tout ce que put faire le président de Brosses, aidé des lumières de Zurlauben, un des grands linguistes de la Compagnie, ce fut de discerner la nature et le caractère de l'alphabet employé[1].

Je viens de dire plus haut ce qu'avait fait Silvestre de Sacy pour introduire chez nous la connaissance de la littérature persane. Le turc, au point de vue littéraire, n'était pas mieux connu à l'Académie. Cependant

[1] Voy. *Description d'un vase et de quatre rouleaux manuscrits trouvés en Sibérie* par Zurlauben, dans les *Mémoires de l'Académie*, t. XXX, p. 377. Ce vase avait été découvert dans le gouvernement de Perm. Le président de Brosses en prit occasion pour donner, d'après un antiquaire allemand appelé Müller, quelques détails sur les antiquités de la Sibérie. Les rouleaux provenaient des ruines d'Ablaïkit au pays des Kirghises-Kaïsaks.

on n'attendit pas que les idiomes des Ottomans et des Persans eussent été étudiés pour parler de l'histoire de ces peuples. On essaya, avec des documents empruntés à d'autres et le petit nombre d'auteurs orientaux déjà traduits, de débrouiller quelques faits de leur histoire liée d'ailleurs à celle des Arabes. Trop confiant dans ce procédé, et à l'occasion d'une communication de Levêque de La Ravalière sur le Vieux de la Montagne [1], Falconet avait déjà composé une dissertation sur la fameuse tribu des Assassins; on y trouve esquissés les faits principaux de l'histoire d'une secte orientale dont nous avions étrangement métamorphosé le nom [2]. Tercier, qui pouvait au moins déchiffrer quelques passages des auteurs originaux turcs et persans, essaya d'éclairer d'autres points de cette histoire de l'Orient, que l'on ne connaissait guère à l'Académie que par la *Bibliothèque orientale* de D'Herbelot. Il lut, en février 1748, un mémoire *sur l'origine de la dynastie des Sophis en Perse*, où il se livre à des recherches pour expliquer le nom de *Kizilbasch*, ou *Têtes rouges*, donné par les Turcs aux Persans, et l'inimitié qui règne entre les deux nations. L'érudition orientale de Tercier ne pou-

[1] Voy. *Hist. de l'Acad.*, t. XVI, p. 155.

[2] *Mém. de l'Acad.*, t. XVII, p. 127. Les Assassins, Ismaéliens ou Baténiens, que le Vieux de la Montagne (*Cheikh al Djebal*) a rendus si célèbres et dont les croyances et les pratiques étaient fort peu connues au temps de Falconet, ont été de la part du célèbre orientaliste allemand J. de Hammer, l'objet d'un livre dont M. Hellert a donné une traduction en 1833, in-8. L'ouvrage de Silvestre de Sacy sur la religion des Druses (1838), et surtout un savant mémoire d'un habile orientaliste contemporain, M. Ch. Defrémery, ont achevé de les mieux faire connaître. Voy. *Journal asiatique*, 5e série, t. VIII et XV.

vait être ni bien profonde ni bien étendue ; mais le sujet avait tant de nouveauté pour ses confrères, que son mémoire, accueilli avec une faveur marquée, parut l'œuvre d'un grand savoir. Il eût peut-être produit des travaux plus solides s'il avait élargi la voie où il entrait. Malheureusement pour Tercier, sa déconvenue dans la publication du livre d'Helvétius sur *l'Esprit*, en lui enlevant sa place de censeur royal, porta aussi une grave atteinte à son crédit académique, et il s'arrêta dans un ordre d'études qu'il aurait pu faire fructifier.

Si, au milieu du dix-huitième siècle, l'histoire des populations de l'Orient au moyen âge ne faisait qu'accidentellement le sujet des communications académiques, celle des anciennes religions de l'Asie piquait beaucoup plus la curiosité. On semblait pressentir qu'il y avait là pour la mythologie de la Grèce et de Rome une source riche d'explications, et que, rapprochées des croyances de l'Occident, celles de l'Orient en éclaireraient l'histoire et les transformations. L'ouvrage de Hyde sur la religion des anciens Perses, publié au commencement du siècle, avait été une véritable révélation. Les théologiens s'étaient émus d'un livre qui attribuait au culte zoroastrien quelque chose de cette pureté, de cette moralité, de cette simplicité dont ils tenaient à faire le privilége exclusif dans l'antiquité de la religion juive. L'abbé Fénel, en exposant ce que l'orientaliste anglais nous avait dit de la doctrine de la résurrection chez les Mages, chercha à démontrer que Hyde avait à tort fait honneur à leur antique doctrine d'opinions beaucoup plus modernes chez les Perses qui les tenaient des musulmans, auxquels les chrétiens les avaient communiquées [1]. L'abbé Foucher, sous les mêmes inspirations, commença une suite de lectures à l'Académie où, continuant son rôle de censeur royal chargé d'empêcher la propagation des écrits préjudiciables à la foi, il ouvrit une véritable campagne contre Hyde, tout en lui empruntant son érudition orientale.

Foucher avait trop d'instruction en effet, pour ne pas s'apercevoir que les témoignages des Grecs sont insuffisants à nous faire connaître le magisme, qu'il faut recourir à d'autres informateurs, les écrivains arabes et persans. Dans l'impossibilité où l'on se trouvait de contrôler ce qu'avaient dit les Grecs, on était même enclin à leur prêter, sur ce point, moins de foi qu'ils ne méritent. Frappés des doutes émis par Cicéron sur la véracité de la *Cyropédie* de Xénophon, on n'osait se fier à ce que l'historien grec avait raconté des Perses. Fréret, en s'occupant de la partie géographique de cet ouvrage, avait, il est vrai [2], réhabilité Xénophon en fait d'exactitude chorographique; mais devait-on également se fier à cet auteur quand il parle du culte, de la religion de Cyrus? on n'osait l'affirmer; et il a fallu la contre-épreuve des monuments nationaux pour rendre à la *Cyropédie* son importance en fait d'ethnologie perse.

L'abbé Foucher, dans un premier mémoire communiqué en 1748, s'attacha à démontrer contre Hyde que la religion de Zoroastre est entachée d'erreurs, et, pour mieux établir sa thèse, il grossit le plus qu'il put

[1] Voy. son mémoire lu en décembre 1744, *Sur ce que les anciens païens ont pensé de la résurrection*, *Mém.*, t. XIX, p. 323.

[2] Voy. *Mémoires de l'Académie*, t. VII, p. 442.

les énormités théologiques du mazdéisme. Ces mêmes erreurs, il les poursuivit dans la philosophie grecque dont il allait chercher en Orient les origines ; il écrivit donc une suite de mémoires sur l'histoire du dualisme, depuis Pythagore jusqu'aux Gnostiques et autres sectes où il voyait des précurseurs de Manès. Enfin il termina l'ensemble de ses communications par un mémoire *sur la doctrine du fondateur du manichéisme*, où, malgré ses efforts, il est resté très-inférieur à Beausobre.

Le but que s'était proposé *à priori* Foucher, enleva à ses travaux sur la religion des Perses la plus grande partie de leur valeur. Ignorant la langue du pays dont il prétendait éclairer les croyances, il était dans l'impossibilité de discuter solidement la thèse qu'il avait si à cœur de faire prévaloir. La découverte des livres zends vint renouveler ces études, précisément au moment même où le savant abbé croyait en avoir dit le dernier mot. Un jeune voyageur plein de dévouement et d'ardeur, Anquetil du Perron, en rapportant de l'Inde une version française du code religieux des Parsis, mit définitivement sous les yeux de l'Europe les vrais principes du magisme dont Hyde n'avait eu, par les Orientaux, que des comptes rendus incomplets et tronqués. Les portes de l'Académie des inscriptions s'ouvrirent promptement pour l'auteur d'une si belle découverte, et Anquetil du Perron y enleva aussitôt à l'abbé Foucher la compétence souveraine dans un ordre d'études où celui-ci régnait sans sujets et sans couronne. En possession des livres zends, pehlvis et parsis, Anquetil du Perron put juger enfin, sur les originaux, du système théologique des mages et s'assurer ainsi de l'exactitude de ce qu'en avait dit Plutarque. Ce fut là l'objet de deux mémoires; lus à la Compagnie l'un le 15 janvier 1765, et l'autre en mai 1767. Mais avant de livrer à la docte assemblée le fruit de ses investigations sur des écrits inconnus avant lui, Anquetil voulut lui faire connaître les idiomes dans lesquels ils sont composés, et peu après son admission, en août et décembre 1763, il avait présenté à ses confrères des *Recherches sur les anciennes langues de la Perse*[1], où se trouve traité un des points les plus curieux de l'histoire des langues asiatiques. Ces communications marquent une des époques les plus importantes dans l'histoire de l'érudition au siècle dernier. La découverte de l'Avesta allait permettre des aperçus entièrement nouveaux, et à mesure qu'on s'avancerait sur le terrain que ce savant avait comme ramené à la surface du sol, éclairé par ses lumières, et tiré des profondeurs où il s'était enfoncé depuis des siècles, les horizons devaient s'agrandir et s'illuminer. Bien qu'il ne donnât qu'une image imparfaite des livres mazdéens traduits par lui sur la version persane traditionnelle des Guèbres, Anquetil rendait un immense service aux antiquités de l'Orient. Les travaux des Kleuker, des E. Burnouf, des Spiegel, des Müller, des Windischmann, des Westergaard, ont complété et corrigé l'œuvre d'Anquetil; mais sa traduction demeurera toujours la base de l'édifice, et l'on ne saurait en refaire quelques parties sans recourir à ses travaux.

[1] Voy. son mémoire *Sur les anciennes langues de la Perse*, dans les *Mém. de l'Acad.*, t. XXXI, p. 393.

Anquetil, une fois introduit, par sa persévérance et son courage, jusqu'au cœur de la Perse antique, s'appliqua à en éclairer l'histoire par des recherches nouvelles. Il lut, en 1786 et 1787, des mémoires *sur la migration des Mardes*, dont les données ont été puisées à une source qui peut n'être pas toujours pure, mais qui du moins n'avait point encore été mise à profit par l'érudition [1]. Cette même étude de la Perse ancienne, Sainte-Croix essayait de son côté de l'aborder sans d'autres secours que les informations des Grecs et des Romains, avec lesquelles il était plus familiarisé qu'Anquetil. Le concours de ces deux ordres de documents était indispensable. Le mémoire de l'infatigable érudit *sur le gouvernement des Parthes, sur l'étendue de leur empire*, ses *Recherches géographiques sur la Médie* [2], ont ajouté sans doute à nos connaissances, mais sans dissiper à beaucoup près toutes les obscurités de cette branche importante de l'histoire ancienne.

Anquetil ne se bornait pas à nous révéler, par ses lumineuses dissertations, ce qu'avait été l'empire des Achéménides et des Sassanides, il nous fit aussi connaître l'Inde que nous ignorions au siècle dernier plus encore que la Perse. Voltaire ne prenait-il pas le sanscrit, qu'on appelait alors le sanscretan, pour un livre, et n'était-il pas dupe du faussaire qui avait composé l'*Ezour-Védam*, et surpris la religion du P. Nobili? Les Vêdas eux-mêmes étaient si ignorés que le P. Paulin de Saint-Barthélemy ne croyait pas à leur exis-

[1] Voy. *Mém. de l'Acad.*, t. L, p. 1 et suiv.

[2] *Ibid.*, t. L.

tence et les tenait pour des livres mythiques. On peut dire que les découvertes sont dans l'air et qu'au moment où elles se produisent, à côté de leurs auteurs, se rencontrent une foule de chercheurs qui s'en étaient approchés et qui auraient été appelés à les faire, si le découvreur avait été enlevé au monde avant d'arriver à son but. Ainsi, en même temps qu'Anquetil du Perron soulevait le voile qui nous dérobait l'Inde antique, l'abbé Étienne Mignot, savant théologien que l'Académie[1] avait inscrit parmi ses membres, éclairait dans cinq mémoires publiés successivement par son Recueil, l'histoire des doctrines hindoues. Esprit indépendant, qui avait secoué le joug de la Sorbonne, Mignot réussit parfois, malgré des documents très-incomplets, à débrouiller les spéculations de ces antiques penseurs indiens dont il aimait la hardiesse, et qui ont demandé un siècle d'études pour être connus et compris. Anquetil n'avait pu s'avancer que sur le seuil de la littérature hindoue, à l'aide de traductions persanes; mais il avait réuni en revanche un nombre prodigieux d'informations sur l'Inde et l'Orient, qu'il mit à contribution et qui nous ont valu des ouvrages demeurés indispensables à l'étude de l'Asie[2]. A mesure que sa réputation s'étendit, les manuscrits orientaux et les documents émanés de l'Hindoustan et de la Perse affluèrent en plus grande quantité chez lui; il finit par devenir en Europe le véritable représentant et l'agent littéraire de ces contrées, qu'on ne connaissait auparavant

[1] Il ne faut pas le confondre avec l'abbé Vincent Mignot, neveu de Voltaire.

[2] Voy. sa *Législation orientale* et *L'Inde en rapport avec l'Europe*.

chez nous que par les relations de Bernier, de Tavernier, de Chardin, marchands ou touristes philosophes qui n'avaient ni l'ardeur de l'orientaliste français, ni le goût de l'érudition. Si Anquetil avait pu apprendre le sanscrit, le dernier siècle eût joui déjà de quelques-unes des découvertes qui ont été le patrimoine exclusif du nôtre; mais n'ayant à sa disposition qu'un vocabulaire incomplet qui lui avait été communiqué par le cardinal Antonelli, préfet de la congrégation de la Propagande, il tenta vainement de traduire les Védas[1], et dut se contenter de nous faire connaître les *Oupanichads*[2]; un de ses correspondants lui en avait transmis le texte en 1775. Grâce à ces curieux mais obscurs traités, Anquetil put donner à l'Académie une idée de la philosophie religieuse des Hindous, et il en fit paraître plus tard[3] une version latine.

De Guignes, par une autre source d'informations, les

[1] On voit par une lettre du P. Cœurdoux à Anquetil du Perron, qui lui est adressée des Indes en 1771, que l'on regardait alors la traduction des Védas comme une entreprise à peu près impossible : « Le vrai Védam, écrit ce missionnaire, est, de l'avis du P. Calmette, d'un sanscroutan (sanscrit) si ancien qu'il est presque inintelligible, et que ce qu'on en cite est du Védantam, c'est-à-dire des introductions et des commentaires qu'on y a faits. » Voy. Correspondance manuscrite d'Anquetil du Perron, conservée à la Bibliothèque impériale.

[2] Voy., sur les Oupanichads, Max Müller, *A history of ancient sanskrit literature*, 2e édit., p. 316-319. Ces livres, qui sont des commentaires métaphysiques sur les Védas destinés à l'enseignement des jeunes disciples de la science brahmanique, se rattachent à la classe d'écrits appelés *Aranyakas*, et jouissent de la plus grande autorité dans l'Inde.

[3] Sous le titre d'*Oupnek'hat*, 1802, in-4°. Voy. l'analyse qu'en a donnée Lanjuinais, dans ses *Œuvres*, t. IV, p. 246.

documents chinois, chercha à éclairer les ténèbres de la religion hindoue. Faute d'être en état de comprendre les livres originaux, on était, comme on le voit, réduit à demander la connaissance du brahmanisme et de sa philosophie aux peuples voisins de l'Hindoustan, qui n'en avaient eu qu'une notion imparfaite ; aussi confondait-on toutes les écoles, toutes les sectes ; on ne savait même pas distinguer la religion védique du bouddhisme ; car on resta longtemps sans avoir, de cette dernière religion, la moindre idée. C'est en 1753, que De Guignes lut à l'Académie son mémoire sur les philosophes samanéens, où apparaissent les premières lueurs de la connaissance du bouddhisme, dont il avait retrouvé en Chine les enseignements. Il associait toutefois aux informations que lui fournissait la Chine quelques indications qu'il tirait directement de l'Inde. Il avait entre les mains la traduction du Bhâgavata-Pourâna faite sur une version tamoule et due à un interprète indigène de Pondichéry, nommé Méridas Poullé. Il la devait au ministre Bertin, qui la lui avait remise en 1769. De Guignes s'efforça d'en faire sortir des données pour la chronologie indienne et les communiqua en 1772 à ses confrères [1]. Mais, comme cela était inévitable, cet orientaliste, qui n'avait à sa disposition aucun des éléments propres à éclairer sa marche, fit, sans en avoir conscience, un complet naufrage. Quatre ans plus tard, en 1776, De Gui-

[1] Le Bhâgavata-Pourâna, l'un des plus importants et plus curieux Pourânas ou poëmes légendaires mythologiques de l'Hindoustan au moyen âge, a été traduit sur le texte sanscrit par Eugène Burnouf, 1840-1848, 3 vol. in-fol.

gnes n'était pas plus heureux dans ses *Recherches historiques sur la religion indienne et sur les livres fondamentaux de cette religion*, que fit paraître l'Académie. En effet, sans la connaissance du sanscrit, on ne pouvait avoir sur l'Inde que des notions incomplètes et confuses. Il était réservé à l'Angleterre de nous doter enfin des documents qui plaçaient l'Inde sous son véritable jour. Mais l'aube de ce jour perçait à peine, quand De Guignes écrivait ses mémoires, et le malheur pour la réputation de cet orientaliste fut d'être venu trop tôt. C'est seulement aux dernières années de l'Académie, en 1785, que les travaux de Ch. Wilkins commencèrent à pénétrer chez nous. Parraud donnait, en 1787, la traduction française de la version anglaise du poëme indien intitulé : *Bhagavat-gîta*, c'est-à-dire, chant du bienheureux, épilogue d'une des grandes épopées sanscrites, le Mahâbhârata, que A.-W. de Schlegel devait, au siècle suivant, nous faire mieux connaître. Un éminent compatriote de Wilkins, William Jones, qui avait été dans l'Inde achever de s'initier à sa connaissance, donnait à Calcutta, en 1789, la traduction du célèbre drame de Kâlidâsa, *Sacountala*, et faisait paraître en 1793 la version des *Lois de Manou*.

Il est un autre pays dont, au dix-huitième siècle, l'histoire n'était pas moins voilée pour nous que celle de l'Inde, je veux parler de la Phénicie. Des monuments littéraires, elle ne nous en pas laissé sans doute, mais tout n'a pas péri de son histoire et de ses antiquités. Cette histoire, par une longue recherche, pouvait être reconstruite, sinon complétement, du moins en partie.

Il fallait pour cela arracher des édifices où ils ont été comme encastrés, les débris marqués de la langue et de la main des Phéniciens, et en les assemblant, en composer un monument qui les fît revivre. C'est ce que tenta, à partir de 1763, l'abbé Étienne Mignot, dans vingt-quatre mémoires, fruit d'une vaste érudition et d'une recherche singulièrement patiente. La mort le frappa avant qu'il eût complétement achevé sa tâche [1]. Mignot a eu le mérite de nous montrer dans son ensemble l'histoire d'un peuple dont on ne saisissait avant lui que des apparitions en Occident, qu'on n'avait point encore réellement étudié sur son sol. Ses dissertations ont préparé le savant ouvrage d'un autre prêtre catholique, Movers [2], qui imita son indépendance philosophique et lui emprunta plus d'une idée. Il n'a manqué à l'abbé français, pour égaler celui-ci, qu'une connaissance plus étendue des langues et des croyances de l'Asie ; c'était la faute non de l'auteur, mais du temps ; car, je l'ai déjà dit, les idiomes orientaux étaient alors si peu étudiés, que les hommes qu'on chargeait de les enseigner au Collége royal les connaissaient à peine ; la chaire de syriaque et d'hébreu n'était guère qu'un moyen détourné d'assurer une pension à un savant occupé de toute autre étude.

L'épigraphie phénicienne fournissait matière à des investigations non moins neuves. J'ai parlé plus haut des essais de Barthélemy. La merveilleuse sagacité et la

[1] Son dernier mémoire parut en 1780, dans le tome XLII, après sa mort.

[2] *Die Phönizier*, Berlin, 1841-1850, 3 vol. in-8°.

critique pénétrante de cet antiquaire avaient fait oublier les essais imparfaits de Renaudot[1]. C'était à l'auteur du *Voyage du jeune Anacharsis* que Charles Wood était contraint de s'adresser pour avoir l'interprétation des inscriptions rapportées par lui de Palmyre[2]. Il fallait, pour s'avancer dans une voie où tout était difficultés et ténèbres, un ensemble de connaissances que Barthélemy possédait alors presque seul. Mettant à profit les informations de la numismatique et de l'épigraphie, réunissant des médailles de Tyr, de Sidon, de Chypre, de Sicile, comparant leurs légendes avec une inscription phénicienne de Malte que Caylus avait fait mouler pour lui, il parvint à reconstituer l'alphabet des anciens Phéniciens[3], et fraya à Gesenius la voie qu'il a parcourue en philologue plus exercé, mais en antiquaire moins sûr.

La langue, les institutions et les croyances de l'Égypte, que l'on s'efforçait d'éclairer, en s'aidant de l'hébreu et du grec, auraient exigé bien d'autres investigations pour sortir de dessous le voile épais dont les siècles les avaient couvertes. Les inscriptions hiéroglyphiques, qui devaient porter la lumière dans ces ténèbres, étaient encore enfouies au milieu des sables, loin des yeux des antiquaires, et les papyrus

[1] Voy. *Remarques sur quelques inscriptions en langues punique, étrusque et phénicienne*, dans les *Mémoires de l'Académie*, t. I, p. 204, et les *Observations* du même Renaudot sur les interprétations proposées en Angleterre des inscriptions palmyréniennes rapportées par Halifax.

[2] Les observations de Barthélemy sur l'alphabet palmyrénien ont été imprimées dans l'ouvrage de Wood, *Les Ruines de Palmyre*.

[3] Voy. *Mém. de l'Acad.*, t. XXX, p. 405.

hiératiques attendaient que des explorateurs ouvrissent les tombeaux où ils avaient été ensevelis à côté des momies. L'Égypte, il y a cent cinquante ans, était vraiment une *terra incognita*. Les difficultés qu'on rencontrait jadis à voyager sur les bords du Nil s'opposaient à ce que des savants y allassent méditer sur les monuments de cette écriture symbolique qui nous a conservé le secret de la religion et de l'histoire des temps pharaoniques. On dut d'abord se contenter de la relation fort incomplète de De Maillet, consul au Caire au commencement de 1692. Quelques années après, Paul Lucas parcourut l'Égypte et le Levant et en rapporta de curieux documents; ils étaient toutefois plus propres à signaler l'importance des antiquités égyptiennes qu'à nous initier à leur étude. Malgré le titre d'antiquaire du roi qu'il obtint en 1714, Paul Lucas, sans lettres aucunes (il avait acquis simplement les connaissances d'un brocanteur[1]), ne pouvait rendre ses voyages bien profitables à la science sérieuse; il dut même avoir recours à l'Académie des inscriptions, à Baudelot, à Étienne Fourmont et à l'abbé Banier, pour rédiger sa relation : c'est ce qui en explique les nombreuses inexactitudes. Les voyages plus complets et plus savants de Richard Pococke et de Norden récemment publiés apportaient des documents précieux, tout inexactes que soient encore leurs planches et leurs descriptions. Mais pas plus que A. Gordon qui les avait précédés et dont j'ai parlé

[1] Voy. ce qui est dit dans l'*Éloge de l'abbé Banier*, *Hist. de l'Acad.*, t. XVI, p. 304.

plus haut, le voyageur anglais et le voyageur danois n'avaient pris soin de relever attentivement les inscriptions hiéroglyphiques et les édifices où elles sont gravées; les seuls spécimens qu'on eût sous les yeux et qu'eût dessinés Caylus, étaient des obélisques, quelques figurines, quelques statues de cette époque bâtarde où l'art romain tentait d'imiter le ciseau égyptien. L'Académie comprenait quels immenses desiderata il y avait là dans la science historique; l'Égypte avait occupé une place considérable dans l'antiquité, il importait de la lui rendre.

Cette Compagnie pensa qu'en choisissant pour sujets de ses concours une série de questions sur l'Égypte, elle appellerait les recherches dans une matière dont la difficulté ne pouvait faire oublier l'intérêt; et le fleuve qui baigne la contrée des Pharaons en étant comme l'âme et le trait essentiel, elle commença par proposer à l'étude des concurrents la recherche des différents noms que l'antiquité donnait au Nil, et la description du culte qui lui était rendu. Un érudit alsacien, F.-S. Schmidt, remporta le prix en 1760. Deux ans après, le même savant était couronné dans le concours qui avait pour programme de fixer l'étendue de la navigation et du commerce sous les Ptolémées. Mais il partagea la médaille avec Ameilhon [1], alors sous-bibliothécaire de la ville de Paris, et qui devait plus tard venir représenter à l'Académie des inscriptions et à l'Institut des études où il resta toujours un débutant.

[1] Le travail d'Ameilhon parut en 1766, sous le titre de : *Histoire de la navigation et du commerce des Égyptiens sous les Ptolémées*, in-12.

L'Égypte des Ptolémées promettait de se mieux laisser pénétrer que celle des Pharaons, grâce aux inscriptions grecques dont Pococke avait rapporté une riche moisson, grâce aux auteurs qui là ne nous faisaient pas défaut. Letronne, auquel était réservé de porter la lumière sur cette branche de l'égyptologie, n'était cependant pas encore né. Mais ce qui dans l'ancienne Égypte piquait surtout la curiosité, c'était sa religion, mélange de pratiques fétichistes et de dogmes sublimes dont les voiles n'avaient jamais été déchirés. Les Grecs en avaient parlé avec admiration et étonnement; les Romains d'abord avec mépris, puis avec superstition. Hérodote assurait que le vieux panthéon hellénique avait été apporté des bords du Nil, et les traditions en faisaient venir Danaüs, donné pour frère à la personnification du fleuve ou de l'Égypte. Impatiente d'avoir la solution de ce curieux problème, sans songer que les éléments manquaient, et qu'on ne pourrait que reproduire les notions insuffisantes transmises par les Grecs et les Romains, l'Académie proposa en prix, coup sur coup, des questions relatives à la religion égyptienne. Le mémoire à couronner à la Saint-Martin de 1762 devait traiter des divinités inférieures de l'Égypte, de ce que les auteurs et les monuments nous apprennent de leurs noms, de leurs qualités, de leur origine, de leurs formes et de leurs attributs. Le mémoire de l'année suivante avait pour programme : Quels étaient les animaux et les divers objets auxquels l'Égypte en général, et ses diverses contrées en particulier, ont rendu un culte religieux, et quelles ont été la forme et la durée de ce culte. F.-S. Schmidt fut de nouveau couronné. Mais cette suite de mémoires composés à la hâte, loin des lieux qui pouvaient en fournir les plus sûrs éléments, et sans la connaissance de l'idiome et de l'écriture hiéroglyphique, n'a point fait avancer la connaissance de l'Égypte. La langue égyptienne devait encore attendre plus de soixante ans pour être retrouvée. On admettait déjà, sans doute, que le copte en était un débris; toutefois avant Jablonski, les arguments sur lesquels on s'était appuyé pour le soutenir, n'avaient rien de décisif. Son *Panthéon égyptien*, récemment publié [1], était d'ailleurs à peine connu à Paris. Ce livre a été la première tentative sérieuse pour débrouiller les obscurités de la religion des Pharaons; elle était si en avant des idées du temps, qu'on ne sut pas tout d'abord en apprécier l'importance et la solidité, quoique Schmidt, qui, à raison de son voisinage de l'Allemagne, s'était plus facilement procuré le livre de Jablonski, l'eût mis beaucoup à contribution dans ses deux derniers mémoires. Avant le savant professeur de Francfort-sur-l'Oder, on avait bien su le copte, mais on était loin d'en comprendre l'importance. Le P. Kircher, il est vrai, au siècle précédent, appela l'attention sur cet idiome comme sur un reste de l'ancien égyptien; malheureusement son *Prodromus* et son *Lingua ægyptiaca restituta* ne renferment qu'un amas de rêveries, où les vérités et les idées saines sont comme étouffées par mille extravagances. Ces livres étaient en réalité des mystères presque aussi impéné-

[1] Paul-Ernest Jablonski, né à Berlin en 1693, professeur à l'université de Francfort-sur-l'Oder, fit paraître son *Pantheon Ægyptiorum* de 1750 à 1752.

trables que ceux de l'Égypte qu'ils prétendent nous expliquer. Partant, ils avaient dégoûté du copte bien des érudits. Renaudot, quoiqu'il comprît aussi que le copte était dérivé de l'ancien égyptien, n'avait guère employé la connaissance qu'il eut de cette langue, que dans l'intérêt de la religion et de la théologie ; il s'attacha surtout à la liturgie des chrétiens d'Égypte. La Croze [1], qui savait beaucoup de copte et avait été le maître de Jablonski, aurait pu singulièrement faire avancer l'archéologie égyptienne, mais il contribua au contraire à frapper de stérilité l'étude de cet idiome. Sur les conseils de Leibniz, il s'embarqua imprudemment dans l'étude du chinois, et se persuada que l'écriture chinoise avait une étroite parenté avec les hiéroglyphes [2] ; il s'imagina même avoir trouvé la clef de ces signes mystérieux, et consomma bien du temps et du savoir à poursuivre la thèse chimérique, reprise en 1766 par De Guignes [3].

Au moment où l'Académie faisait d'inutiles efforts pour échapper à cette ignorance de la vieille Égypte qui lui pesait comme un remords, Barthélemy lui apporta le secours de sa pénétration. Ses *Réflexions générales sur les rapports des langues égyptienne, phénicienne et grecque*, lues le 12 avril 1763, con-

[1] Mathieu Veyssière de La Croze, né à Nantes, d'un père protestant, en 1661, quitta la France pour pouvoir exercer librement son culte ; il devint bibliothécaire du roi de Prusse, et mourut en 1739. On lui doit divers ouvrages sur l'histoire du christianisme en Orient.

[2] Voy. ce que La Croze écrivait à Cuper, d'après la citation de Barthélemy, *Mém. de l'Académie des inscriptions*, t. XXXII, p. 216.

[3] Voy. *Mém. de l'Acad.*, t. XXXIV, p. 1.

tiennent, sur le copte, des idées d'une remarquable justesse. Dans ce mémoire, le grand antiquaire pose déjà les principes sur lesquels, un demi-siècle plus tard, devait être édifiée la philologie comparée ; car, ainsi qu'il l'observe au début de sa dissertation, on s'était enfin désabusé des systèmes fondés sur des étymologies arbitraires et de l'usage abusif des langues orientales. Barthélemy donna une démonstration complète de ce que Jablonski avait déjà établi, à savoir, que le copte est un reste de l'ancien égyptien ; puis, entrevoyant la parenté des idiomes sémitiques et chamitiques, aujourd'hui soutenue par d'habiles philologues, il ajoutait, touchant les langues phénicienne et égyptienne : « L'une et l'autre doivent être regardées comme des dialectes d'une langue générale répandue autrefois en Orient et en Afrique, et qui, suivant la diversité des pays, a pris le nom de phénicienne, de punique, de syriaque, de chaldéenne, de palmyrénienne, d'hébraïque, d'arabe et d'éthiopienne. Elle s'est partout modifiée, mais elle a toujours conservé à peu près le même génie et les mêmes racines. » C'était sans doute aller trop loin; mais l'insuffisance de ses connaissances, qui ne permettaient pas à Barthélemy de reconnaître l'absurdité de l'hypothèse de De Guignes, l'empêchait aussi de mesurer la distance qui sépare le copte des idiomes sémitiques, et, trompé par de mensongères traditions sur les antiques relations de la Grèce et de l'Égypte, il osa demander à la première de ces langues l'explication de certaines formes grammaticales, l'étymologie de certains mots qu'il rencontrait dans le grec. Il s'apercevait pourtant que l'égyptien diffère beaucoup plus des autres idiomes qui s'en rapprochent, que ceux-ci ne diffèrent entre eux. Outre une très-grande quantité de mots qui lui sont particuliers, sa marche, écrivait-il, est plus embarrassée, et ses traits semblent annoncer un âge plus avancé.

On le voit, Barthélemy, malgré bien des idées justes sur la langue égyptienne, était encore trop engagé dans des opinions erronées, pour qu'un commencement d'interprétation des hiéroglyphes pût sortir de ses appréciations générales. Gibert, en commentant l'explication de l'obélisque d'Hermapion, donnée dans Ammien-Marcellin, et examinant le célèbre passage de Clément d'Alexandrie sur la nature et les différents genres d'écritures des Égyptiens, fit, il est vrai, çà et là quelques observations que devait confirmer, un demi-siècle plus tard, le génie de Champollion. Tout cela n'aurait assurément pas éclairé d'une bien vive lumière le mystère, si un texte bilingue, la pierre de Rosette, n'eût été découvert. On continua donc jusqu'à la fin du siècle à se traîner dans l'ancienne voie, à demander inutilement au grec et au latin le secret des hiérogrammates de l'Égypte. Leblond et l'abbé Brottier dissertèrent sur le dieu Apis, et en 1785, l'Académie couronnait, comme je l'ai dit plus haut, un mémoire de Quatremère de Quincy sur l'architecture égyptienne, qui est une preuve frappante de l'impossibilité de faire l'histoire d'un art dont on ne peut ni dater les œuvres par la lecture des inscriptions, ni caractériser les styles par l'étude des événements et des mœurs. Malgré l'érudition et le jugement exercé dont Quatremère de Quincy fit preuve dans son travail, auquel l'avait comme convié l'Académie, son ouvrage, pour être venu trop tôt, n'a porté aucun fruit, et quinze ans plus tard, la mémorable expédition d'Égypte le condamnait à un définitif oubli, en nous apportant les descriptions de ces édifices gigantesques, de ces colosses de granite et de basalte, de ces bas-reliefs écrits dont Quatremère et l'Académie n'avaient eu connaissance que par Norden et Pococke.

L'Égypte, en effet, ne pouvait être connue que par des explorations scientifiques, et ces explorations étaient encore très-rares au dix-huitième siècle ; les habitudes de nos érudits s'y opposaient non moins que les difficultés matérielles. Hommes de cabinet et de retraite, les académiciens voyageaient peu ou même point du tout ; bon nombre n'avaient jamais quitté la capitale ou sa banlieue. D'Anville, tout géographe qu'il fût, ne s'était point éloigné de plus de quarante lieues de Paris. Il est vrai que les voyages étaient alors longs, pénibles et dispendieux ; que si nos érudits n'avaient pas la chance d'être attachés, comme le furent Galland, Tercier, Michel Fourmont, Sevin, à quelque diplomate, ou au moins à quelque grand seigneur dont ils instruisaient les enfants, leurs modestes ressources s'opposaient à ce qu'ils courussent l'étranger. Ceux même qui, devançant leur siècle, comme F. Bourdelin, avaient cherché à compléter leur instruction par des voyages de plaisir, ne pouvaient les pousser bien loin. Aller en Angleterre, en Hollande, en Italie, c'étaient encore, au commencement du dix-huitième siècle, des voyages difficiles et dispendieux, et pour celui qui les entreprenait, d'importants événements dont il communiquait le plus souvent la relation au public. Le voyage que fit en Italie, dans l'année 1739, De Brosses avec Lacurne de Sainte-Palaye fut un véritable événement scientifique. Ceux de Vaillant père, de Barthélemy n'eurent pas moins de retentissement. Il s'ensuivit que nos érudits acquéraient peu la connaissance des langues étrangères, moins indispensable, il est vrai, à la science qu'elle ne l'est aujourd'hui, puisque la majorité des ouvrages d'histoire, d'antiquités, de philologie, publiés en Allemagne, dans les Pays-Bas, en Angleterre et en Italie, étaient encore écrits en latin. Cependant, outre la littérature nationale de ces contrées, qui eût assurément mérité l'attention de nos académiciens, bien des livres importants pour eux à connaître avaient déjà paru au siècle dernier dans l'idiome du pays. Les ouvrages anglais se multipliaient singulièrement, et les Allemands préféraient souvent au latin leur propre langue, dans laquelle ils transportaient les habitudes de style et la lourdeur du langage scolastique. Les académiciens qui pouvaient traduire les auteurs de quelques langues étrangères furent longtemps clair-semés. On citait La Barre, parce qu'il comprenait l'espagnol et l'italien, et il avait pour mission spéciale de tenir ses confrères au courant de ce qui se publiait dans ces langues. Fréret s'était mis en état de comprendre les livres écrits dans les principales langues de l'Europe. François Bourdelin, amateur de voyages, apprit l'italien, l'espagnol, l'anglais, l'allemand et même un peu d'arabe ; ce qui lui valut d'être attaché en qualité d'interprète au ministère des affaires étrangères, fonctions qui absorbèrent tellement son activité qu'il lui en resta peu pour l'Académie. Tercier, attaché plus tard au même ministère, parlait avec facilité la langue allemande, mais n'oublions pas qu'il n'était point Français ; le fait ne saurait conséquemment être tenu pour une exception. Dans la seconde moitié du dix-huitième siècle, la connaissance de l'anglais commença à se répandre ; les philosophes l'avaient mis à la mode. On voulait lire les écrits du peuple penseur et libre, pour se former à leur école. On traduisait leurs romans, leurs voyages, leurs ouvrages d'histoire et de philosophie. Un des membres de l'Académie des inscriptions, l'abbé du Resnel donna la première version française des *Essais sur l'homme* de Pope (1736) ; un autre membre, Louis Racine, traduisit *le Paradis perdu* (1755). En revanche la connaissance de l'allemand restait un fait exceptionnel, et si rare, qu'elle donnait un brevet de savant. Jusqu'en 1780, on compta à Paris à peine vingt ou trente Français en état de traduire une page d'allemand. Turgot fut de ce petit nombre. J'ai ouï dire à ce sujet au comte de Lasteyrie, que peu d'années avant la Révolution, cet idiome demeurait encore si inconnu, qu'ayant reçu une lettre écrite en allemand, il fut huit jours sans pouvoir découvrir personne en état de la lui traduire, malgré ses nombreuses relations.

Cette ignorance de la langue allemande fermait à notre pays la littérature encore, il est vrai, assez pauvre d'outre-Rhin. Mais si, à cette époque, les chefs-d'œuvre n'avaient point encore paru en Allemagne, si Schiller, Gœthe, Klopstock, Herder, Bürger ne s'étaient point encore fait connaître par leurs admirables créations ; il y avait pourtant une vieille littérature datant du moyen âge, et qui méritait surtout l'attention des érudits, car elle se rattachait par ses origines à notre poésie du même temps, dont elle pouvait éclairer l'histoire. Les académiciens qui s'occupèrent de nos troubadours et de nos trouvères ne purent puiser à cette source, et c'est seulement à la fin du dix-huitième siècle, qu'un officier suisse au service de la France, le baron de Zurlauben, dont j'ai déjà rappelé d'autres travaux, initia l'aréopage érudit aux chants des *Minnesänger*, en lui analysant le recueil qu'avait dressé, en 1313, Roger Manassé, de 140 de ces poëtes, recueil dont le manuscrit se trouvait à la Bibliothèque du roi [1]. L'antiquaire suisse fut ainsi amené à passer en revue les principales œuvres poétiques de l'Allemagne au moyen âge; il fit en outre connaître, dans une dissertation spéciale adressée à l'Académie en 1777, le *Theuerdank* [2], composition allégorique du commencement du seizième siècle, qui avait été en Allemagne l'objet de diverses publications [3]. Il ne faut pas, on le pense bien, chercher dans ces communications des recherches profondes et neuves. Le but que se proposait Zurlauben excuse ce qu'elles ont de superficiel.

A la fin de son existence, l'Académie finit par posséder ce que nous appelons aujourd'hui des germanistes. Un savant breton, Kéralio [4], en prit le goût, trouvant

[1] Voy. *Mém. de l'Acad.*, t. XL.

[2] Le *Theuerdank* a été écrit en 1507. Voy., sur ce poëme, Gervinus, *Geschichte der poetischen national Literatur der Deutschen*, 2e édit., t. II, p. 235.

[3] Kœler avait notamment publié cet ouvrage en 1714; on en avait donné une autre édition en 1737.

[4] Louis-Félix Guinement de Kéralio, né à Rennes en 1731.

l'étude de la littérature germanique encore vierge parmi nous, et, entré à l'Académie des inscriptions, il fit, comme son domaine propre, de l'histoire et des lettres septentrionales; il se chargea d'analyser les ouvrages écrits en allemand, en danois et en islandais[1]. Bientôt un associé de la même Compagnie, Hennin, diplomate comme l'avait été Tercier, et qui s'était vu, par état, obligé d'étudier les langues étrangères, vint en aide à Kéralio; il acheva de faire pénétrer chez ses confrères la connaissance des littératures germaniques. Dans un mémoire *sur les Runes*[2], qui n'était au reste qu'une reproduction des recherches déjà faites au delà du Rhin, il donnait une notion de ces curieux caractères et des compositions des Scaldes. Déjà le Genevois Paul-Henri Mallet, dans son *Introduction à l'histoire de Danemark*, publiée en 1755 et 1756, avait présenté un premier aperçu de cette archéologie scandinave dont le dix-septième siècle n'avait guère ouï parler. Son *Edda*, sans être de nature à bien faire comprendre la richesse et l'origine des traditions du Nord, en laissait cependant entrevoir l'intérêt[3]. L'ouvrage de Mallet valut à son auteur d'être inscrit sur la liste des correspondants de l'Académie, et prépara cette Compagnie à apprécier les tentatives plus sérieuses de Kéralio et d'Hennin.

[1] Voy. notamment sa Notice sur l'*Joms-Wickinge-Saga*, dans les *Notices et extraits des manuscrits de la Bibl. du roi*, t. II, p. 104.

[2] Voy. ce qui est dit dans Grimm (*Correspondance littéraire*, t. XIV, p. 496), de la séance publique de l'Académie du 25 avril 1787.

[3] P.-H. Mallet publia, en 1759 et 1760, des *Mélanges sur la littérature du Nord*, qui ajoutèrent encore aux premiers aperçus qu'il avait donnés.

Quand, en 1782, le tsar Paul Ier, sous l'incognito fort peu déguisé de comte du Nord, vint à Paris, il honora de sa présence une séance de l'Académie des inscriptions, honneur qu'il fit également aux deux autres Académies[1]. Nos érudits tinrent à lui prouver que les antiquités de la froide région qu'il habitait avaient une place dans leurs études, et Kéralio fit lecture d'un mémoire *Sur l'origine du peuple suédois*[2], où, suivant la remarque de Grimm[3], il discutait fort ingénieusement sur la question de savoir si les hommes du Nord n'ont pas toujours été d'une petite taille et très-inférieurs, à tous égards, aux habitants des climats méridionaux. Quelle impression produisit sur l'esprit du tzar le mémoire de l'érudit français? on ne saurait la connaître; mais ce qu'il est permis d'affirmer, c'est qu'il dut penser qu'en fait d'histoire et d'archéologie septentrionales, les savants français étaient fort au-dessous de ceux du Nord. Venir l'entretenir doctement de ce qui s'enseignait aux enfants dans les gymnases de l'Allemagne, du Danemark, et peut-être dans les écoles de la Russie, c'était en vérité avoir l'air d'instituteurs de village qui, pour souhaiter la bienvenue à quelque académicien, lui exposeraient les Principes de la grammaire de Lhomond.

Les langues slaves étaient au dix-huitième siècle encore moins connues en France que les langues ger-

[1] Voy. ce que j'ai dit à ce sujet dans l'*Ancienne académie des sciences*, p. 179.

[2] Voy. ce mémoire, lu le 26 février 1782, au tome XLVI, p. 580 et suiv., des *Mémoires de l'Académie*.

[3] *Correspondance littéraire*, t. XII, part. III, p. 459.

maniques, et, à cet égard, il faut l'avouer, le dix-neuvième a fait peu de progrès. L'Académie attendait vainement, sur ces idiomes, des communications de deux associés étrangers qu'elle s'était choisis, avec cet espoir, dans les contrées de langues slaves : le prince Jablonowski, palatin de Novogorod et le prince Massalski, évêque de Wilna. En 1793, Ch. Levesque, qui avait pris pendant son séjour à Saint-Pétersbourg quelque teinture du russe, entreprit d'expliquer à ses confrères les analogies du grec et du slavon ; mais à ce moment la tête de Louis XVI était tombée, et la Compagnie, réduite à sept ou huit personnes, prêta peu d'attention à la communication ; pas une d'ailleurs n'était apte à contrôler un travail qui, vu l'ignorance où son auteur se trouvait des principes de la philologie comparée, ne pouvait avoir grande valeur. On n'a guère été plus loin chez nous dans l'étude des langues slaves, et de nos jours encore, lorsqu'il s'est agi de désigner au Collége de France un professeur de ces langues, on s'est vu contraint de choisir un étranger.

Je n'ai rien dit des travaux de littérature italienne, espagnole et portugaise à l'Académie, parce qu'ils ont été à peu près nuls, quoique les langues italienne et espagnole fussent comprises à la lecture par bon nombre d'académiciens. La Bastie et Ménard sont presque les seuls qui s'en soient occupés à propos de la biographie de Pétrarque et de Laure qui fit l'objet de leurs recherches [1], et que l'abbé de Sade n'avait point encore

[1] Voy. *Mém. de l'Acad.*, t. XV, p. 746, t. XVII, p. 390, t. XXX, p. 756.

fait connaître en France, par la publication d'un ouvrage spécial[1].

Quant à l'étude des langues dans leur histoire et d'une manière comparative, on en saisit les premières traces dans certains mémoires de Bonamy, de La Curne de Sainte-Palaye, de Tercier dont j'ai parlé plus haut. Barthélemy, comme on l'a vu, avait énoncé plusieurs des principes qui sont devenus le point de départ de la philologie comparée. Quelques années plus tard, en 1765, le président De Brosses aborda hardiment le problème de la formation des langues que Turgot chercha à traiter dans l'*Encyclopédie*[2], et devant lequel a reculé l'abbé Arnaud dans ses remarques pourtant judicieuses sur les langues française, latine, grecque, italienne et espagnole[3]. De Brosses fit à ce sujet quelques communications à la Compagnie; mais c'était là une matière trop délicate pour que l'illustre magistrat pût librement développer ses idées; il préféra fournir à l'*Encyclopédie* des articles qui n'eussent point été déplacés dans les *Mémoires de l'Académie*, et réunit dans un ouvrage à part l'ensemble de ses recherches[4], destinées à montrer qu'il est des sons primitifs qui se retrouvent plus ou moins purs, plus ou moins composés dans les radicaux de toutes les langues. Le traité de De Brosses, sur

[1] 1764; 3 vol. in-4.

[2] Turgot, dans l'article *Etymologie*, se montre beaucoup plus avancé sur la matière que De Brosses, qui avait communiqué ses idées à l'abbé Morellet d'abord chargé de cet article. Voy. Morellet, *Mémoires*, t. I, p. 40.

[3] Voy. les *OEuvres de l'abbé Arnaud*, t. I, p. 40.

[4] 1765, 2 vol. in-12.

la *Formation mécanique des langues,* n'appartient pas, on le voit, aux travaux de l'Académie ; il sort de la sphère où elle se tenait encore et respire un esprit trop hardi pour qu'elle lui donnât son approbation.

Un autre érudit qui, né avant que les langues fussent assez connues pour que leur mécanisme pût être soumis à une analyse féconde, Court de Gébelin [1], tenta aussi, par une étude plus approfondie du langage, d'en saisir les lois. Dans son *Monde primitif*, publié de 1773 à 1784, il accumula des trésors d'une érudition qui, pour n'être pas toujours sûre, n'en est pas moins réelle. Si son imagination l'a souvent égaré, on doit cependant reconnaître qu'il découvrit plusieurs des principes que l'école des G. de Humboldt, des Bopp et des J. Grimm a démontrés avec plus de philologie et de méthode. Il comprit que la langue, c'est-à-dire la manifestation de la pensée, a ses lois physiologiques, qu'elle n'est pas livrée à un arbitraire qui n'est pas plus dans l'homme pensant que dans l'homme sentant, que la parole est née avec l'humanité, qu'elle lui a été donnée par sa nature, et que les règles qui la dirigent ne sont que des modifications de principes immuables. Bien que couronné par l'Académie française, loué par les journaux, Court de Gébelin ne trouva qu'un froid accueil dans une Compagnie qui, déjà plus réservée en fait de recherches étymologiques, était peut-être effrayée de ses hardiesses. Il mourut avant

[1] Né à Nîmes, d'une famille protestante, en 1725, mort en 1784. Il obtint deux fois à l'Académie française le prix fondé par M. de Valbelle.

que la docte Assemblée eût songé que si, comme elle en manifestait l'intention, elle voulait récompenser ses efforts[1], il n'y avait pas de moyen plus digne que de l'élire dans son sein. Ce fut un regrettable oubli. Aussi dans une histoire de l'érudition française, Court de Gébelin, qui, suivant la remarque de Lanjuinais[2], donna à son siècle une impulsion forte et durable vers l'étude des langues et de la grammaire, a-t-il droit d'être mentionné; s'il n'appartint pas de fait au tribunal de l'érudition française, il est un de ceux qui ont plaidé devant sa barre avec le plus d'éloquence.

L'aperçu que je viens de présenter des travaux de l'Académie durant la période comprise entre sa réorganisation et la chute de l'ancien régime, a pu suffire pour donner une idée du progrès qu'imprima cette Compagnie aux sciences historiques, morales et philologiques; il a laissé déjà entrevoir les changements que le temps apporta dans son esprit. Mais pour mieux saisir ces changements, je dois maintenant revenir sur les hommes qui l'ont composée.

Le genre de vie que menaient d'ordinaire les membres de l'Académe des inscriptions, l'éducation qu'ils avaient reçue, les idées un peu étroites que leur donnaient parfois des études spéciales, dont l'objet était fait pour leur inspirer de l'attachement aux vieilles choses, tout cela les prédisposait peu à prendre part

[1] Brissot, qui l'avait particulièrement connu, dit qu'il avait la simplicité de l'homme de la nature et la timidité d'un écolier. Voy. *Mém. de Brissot*, publ. par F. de Montrol, t. I, p. 75.

[2] *Discours sur les écrits et la personne de Court de Gébelin*, dans les *Œuvres de Lanjuinais*, t. IV, p. 645.

au grand mouvement de rénovation qui marqua le dix-huitième siècle. Il y avait sans doute parmi eux des hommes sortis de toutes les conditions, de tous les rangs de la société, des enfants de très-modestes bourgeois, comme Lancelot, Le Beau, même des fils de pauvres paysans, tels que l'orientaliste Galland [1], Bonamy [2] et l'abbé Garnier [3]. Mais l'esprit démocratique et révolutionnaire ne gagna jamais la Compagnie; car une caste privilégiée y dominait. Les hommes d'Église y constituèrent toujours la majorité, même au temps où y pénétra la philosophie nouvelle. Aussi cette invasion ne put-elle s'opérer que parce qu'elle rencontra des adhérents chez ceux-ci. Longtemps la Compagnie eut à peine le caractère laïque ; car aux ecclésiastiques proprement dits, il faut joindre les simples tonsurés, ceux qui, comme Simon [4], bien qu'ayant renoncé à entrer dans la vie spirituelle, continuaient à porter le petit-collet. Les laïques plébéiens grossirent peu à peu en nombre, mais ils subissaient l'influence de leurs confrères des deux premiers ordres. Les gentilshommes membres honoraires ou associés, unis aux abbés, formaient donc la partie prépondérante; partant, il régnait dans la Compagnie ce que nous appellerions aujour-

[1] Antoine Galland, né à Rollot, près Montdidier, fut élevé par charité.

[2] Voy. plus haut, p. 55.

[3] J.-J. Garnier, né à Goron (Mayenne) en 1720, mort en 1805. Voy. ce que j'ai déjà dit de ses travaux et ce que j'en rapporte plus loin.

[4] Simon, fils d'un chirurgien de Paris, commença par être précepteur du fils de M. Le Pelletier de Souzy. Voy. ce que j'ai dit de cet académicien, p. 45.

d'hui un esprit fort conservateur, à savoir une extrême déférence pour le pouvoir et les doctrines officielles. Ceux même des académiciens qui montraient de l'indépendance d'esprit, l'affichaient peu dans leurs écrits, réserve imposée d'ailleurs par l'obligation de soumettre leurs mémoires au contrôle du secrétaire perpétuel. Tant qu'ils virent leur existence dépendre du pouvoir, leurs intérêts leur firent une nécessité de ne rien imprimer qui pût le leur aliéner ; car, à la différence des littérateurs, leurs ouvrages ne s'adressaient pas à un public nombreux disposé à bien payer ceux qui l'amusaient. L'érudition n'a jamais été la route de la fortune, et force était aux membres de l'Académie des inscriptions de chercher dans des places rétribuées par le roi, dans des emplois de cour, le moyen de vivre. Ces places ne s'obtenaient pas sens de puissants appuis dans le haut clergé et la noblesse. Conséquemment, pour réussir, les candidats devaient mériter, par leur docilité et la sagesse de leurs principes, la bienveillance des hommes en faveur. Entre les places affectées aux gens de lettres, celle de censeur royal était une des plus recherchées, et, bien entendu, on n'y pouvait prétendre sans une sévère orthodoxie politique et religieuse, tout au moins sans l'afficher au dehors. Le nombre des censeurs était fort limité, et il y fallait faire une part aux hommes de sciences mathématiques et physiques et aux purs littérateurs. Les érudits n'en avaient donc pas le monopole. La pension à l'Académie constituait aussi une sorte de place, et elle suffisait généralement à l'existence modeste de la majorité des académiciens. Mais tout le monde n'y arrivait pas, et l'on voit par les *Lettres* de Louis Racine [1] qu'il fallait encore bien solliciter pour l'obtenir. Boivin l'aîné était un travailleur infatigable, le modèle des académiciens ; il ne vivait que pour sa Compagnie et déclamait toujours contre les vacances, disant qu'il les choisirait pour mourir, parce qu'alors il n'avait plus rien à faire [2] ; un tel homme ne put cependant passer au nombre des pensionnaires, et De Boze, en faisant son éloge, remarque que s'il échoua, c'est qu'il n'avait pas pour la société les talents dont il était doué pour l'étude.

Les membres de l'Académie ne trouvaient pas dans le journalisme une existence beaucoup plus indépendante ; car le petit nombre de journaux publiés alors, étaient des priviléges ou la propriété de quelque fraction du clergé. Le *Mercure de France*, qui avait succédé en 1717 au *Mercure galant*, était surveillé de très-près ; il avait de plus un caractère trop frivole pour ouvrir habituellement ses pages aux dissertations un peu lourdes, aux recherches très-sérieuses, telles que les composaient la majorité des doctes académiciens [3]. Ce ne fut qu'en juin 1778, quand le libraire Panckoucke se fut chargé de l'entreprise, qu'il prit un caractère plus historique et plus scientifique. Le *Journal des Savants*, fondé en 1665, était une publication du gouvernement, comme elle l'est encore de nos jours, mais

[1] Voy. *Lettres inédites de Jean Racine et de Louis Racine*, publ. par leur petit-fils, l'abbé A. de Laroque, p. 445 (Paris, 1862).

[2] De Boze observa que sa prédiction se réalisa ; car Boivin mourut pendant les vacances de l'Académie.

[3] Cependant quelques membres de l'Académie des inscriptions en furent collaborateurs, notamment l'abbé Lebeuf.

malgré son titre, son caractère n'était pas aussi exclusivement scientifique qu'il l'est actuellement. Ses rédacteurs n'étaient qu'en nombre fort limité. Ce n'étaient que les plus en crédit de l'Académie qui parvenaient à y écrire. Tels furent Fontenelle, J. Pouchard [1], Vertot, l'abbé Lebeuf, De Guignes, Barthélemy, Gaillard et Dupuy. Il est vrai qu'on accueillait aussi dans le recueil quelques articles de savants qui n'étaient pas les rédacteurs officiels. Aussi était-ce là le débouché principal ouvert à l'érudition. Le *Journal de Trévoux*, ou, pour lui donner son véritable titre, les *Mémoires pour l'histoire des sciences et des beaux-arts*, imprimés d'abord à Trévoux, sous les auspices du prince de Dombes, paraissaient depuis 1701. L'influence de ce recueil était grande, et il n'avait pas cessé d'accroître ses volumes; formant à l'origine, par an, neuf petits tomes, il était arrivé en 1759 à en comprendre seize. Mais confisqué par les Jésuites, successivement aux mains des PP. Catrou, Tournemine, Buffier, Du Cerceau, Brumoy, Rouillé, Berthier, Mercier, abbé de Saint-Léger, il s'était constitué l'adversaire de l'Académie des inscriptions, qu'il trouvait beaucoup trop téméraire et surtout trop janséniste, en sorte que les membres de cette Compagnie se voyaient fermer un journal qui aurait offert un écoulement productif à leurs recherches. Le *Journal de Verdun*, qui parut pour la première fois en 1704, sous le titre de *Clef du cabinet des Princes*, et prit en juillet 1717 celui de *Journal historique*, était le

[1] Jean Pouchard, membre de l'Académie des inscriptions, professeur de grec au Collége royal, né à Domfront en 1656, mort en 1705. Voy. son *Éloge* dans l'*Hist. de l'Acad.*, t. I, p. 343.

seul qui eût la confiance et comme l'oreille de l'Académie des inscriptions. Un de ses membres, La Barre, en fut longtemps le rédacteur principal; Lebeuf, Bonamy y travaillèrent aussi; et en 1775, Ameilhon, qui entra également dans le docte Corps, en prit la direction pour la partie scientifique; toutefois cette partie était fort limitée; l'objet spécial du journal étant de donner les résumés d'événements dont le public se contentait; car alors chaque Français ne tenait pas à savoir le matin ce qui s'était passé la veille. Il exista encore quelques autres recueils dont la durée fut plus courte et où les érudits trouvaient parfois le moyen d'occuper leur plume, tout en mettant quelques écus dans leur bourse; telle fut l'*Europe savante*, fondée en 1718 par Saint-Hyacinthe, et où Burigny se fit connaître par quelques articles; ce n'était que la continuation du *Journal littéraire*, fondé en 1713 par Sallengre. Telle fut également la *Bibliothèque raisonnée des ouvrages des savants de l'Europe*, qui parut de 1728 à 1753, et où Armand de La Chapelle, Barbeyrac et Desmarseaux appelèrent quelquefois à leur aide des académiciens.

A partir du milieu du dix-huitième siècle, les recueils périodiques se montrent en plus grand nombre; mais ils restèrent aux mains d'une classe d'écrivains, hommes de partis ou littérateurs à la mode, peu sympathiques à l'Académie, qui se livraient à une polémique dont l'acharnement et souvent la mauvaise foi répugnaient à la modération de ses membres. Aussi ceux-ci demeurèrent-ils à peu près étrangers à l'*Année littéraire*, commencée en 1754 par Fréron, et ce fut seulement après la mort du bilieux polémiste, en 1776, qu'un savant qui devait entrer à l'Académie, Brottier, s'adjoignit à Fréron fils, Royon et Geoffroy. Le *Journal étranger*, qui commença la même année et se poursuivit jusqu'en 1762, compta parmi ses rédacteurs quelques académiciens [1], l'abbé Arnaud, et Suard, qui devait dans la suite devenir un des représentants les plus accrédités de l'Académie française. A ce recueil succéda en influence la *Gazette de France*, à laquelle ces deux écrivains furent appelés, et qui prit sous leur direction un caractère plus littéraire [2].

La presse scientifique n'offrit donc, dans le siècle dernier, aux érudits de profession et aux savants véritables, que des ressources très-limitées et fort précaires. Ceux qui étaient entrés dans les ordres et se trouvaient assez bien appuyés pour obtenir un bénéfice, avaient là un moyen précieux de se livrer à leurs études de prédilection, sans avoir à songer à gagner leur pain. Ils partageaient avec les laïques d'autres positions non moins enviées, la garde de quelque bibliothèque publique, les chaires du Collége royal. Tout cela venait-il à leur manquer, ils étaient forcés d'accepter dans la maison d'un prince un emploi de précepteur ou de sous-précepteur, de se placer sous l'égide d'un grand seigneur, qui devenait leur Mécène, et leur conférait souvent le titre de conservateur

[1] Les autres rédacteurs principaux de ce journal furent Toussaint, Hernandez, Prévost et Fréron.

[2] La *Gazette de France* n'avait jusqu'alors été qu'une feuille d'annonces politiques et de faits divers. Voy. l'*Éloge* de l'abbé Arnaud dans ses *Œuvres*, t. I, p. 9.

de sa bibliothèque, de sa galerie ou de sa collection.

Les Mécènes, ils les rencontraient quelquefois parmi les membres honoraires de l'Académie qui n'avaient généralement pas d'autre titre scientifique à faire valoir. Ces protecteurs des sciences et des lettres commençaient à n'être pas toujours des gentilshommes. La fortune avait déjà souri à bien des roturiers; des financiers, des médecins, des avocats, s'étaient fait un beau patrimoine où avait notablement grossi celui qu'ils avaient hérité de leur père. Quelques-uns de ces parvenus eurent, au dix-huitième siècle, le goût des lettres, qu'ils cultivaient souvent eux-mêmes avec succès. La philosophie du temps leur dut beaucoup; c'est grâce à leur appui que des écrivains libres penseurs purent trouver les moyens de vivre. Il se formait alors au-dessous du gouvernement une aristocratie d'argent; devenue l'auxiliaire des esprits indépendants, elle permit aux travailleurs de s'affranchir un peu de la tutelle du pouvoir.

L'Académie des inscriptions, malgré ses sentiments conservateurs et ses habitudes traditionnelles, subit le contre-coup de cette émancipation graduelle. Elle gagna en indépendance, et à la fin du dix-huitième siècle, elle alla quelquefois jusqu'à repousser les candidats le plus chaudement recommandés par la cour. A la mort de l'abbé Foucher, Monsieur, depuis Louis XVIII, avait voulu faire élire un avocat, homme d'esprit, auteur de l'*Observateur hollandais*, mais qui n'avait aucun titre en érudition. Il écrivit en sa faveur à la Compagnie et pesa du poids de sa grandeur sur tous les membres. Ses efforts furent impuissants; on présenta l'abbé Guénée, en première ligne, et Vauvilliers, en seconde. Laharpe[1], qui nous rapporte le fait, le signale presque comme un acte d'insubordination de la docte assemblée à l'égard du pouvoir dont elle dépendait ; car le ministre qui contrôlait ses choix, avait appuyé le candidat du comte de Provence. Déjà plusieurs années auparavant, D'Argenson, s'était plaint de la dépendance où le choix des candidats laissé au ministre sur la liste de présentation, mettait ses confrères, et il s'était querellé avec l'abbé Sallier, qui trouvait bon que son Académie fût ainsi tenue dans la dépendance ministérielle[2].

Entre les protecteurs qu'ont trouvés les érudits hors des rangs de la haute noblesse, en ce temps de servilité des bourgeois à l'égard des grands et des grands à l'égard du roi, il faut surtout citer un des membres de l'Académie, Camille Falconet. Médecin de Lyon, héritier d'une belle fortune qu'il avait consacrée en partie à former une vaste bibliothèque[3], il mettait à la disposition de ses confrères ce précieux dépôt et les aidait à s'en servir. Ses livres, de toutes dates et de tous sujets, auraient pu fournir matière à une étude aussi intéressante que celle que donnait, en 1736, Bonamy sur la fameuse bibliothèque d'Alexandrie[4], ou à des extraits aussi instructifs que ceux que le marquis

[1] *Correspondance littéraire*, t. II, p. 256, 257.

[2] Voy. ce que D'Argenson écrivait à son frère en 1755. *Mémoires et Journal inédits du marquis d'Argenson*, publ. par le marquis d'Argenson, t. IV, p. 64, 65.

[3] A la mort de Falconet, en 1762, cette bibliothèque, qui ne contenait pas moins de 50,000 volumes, passa en grande partie, par une disposition de son testament, à la bibliothèque du roi.

[4] Voy. *Mém. de l'Acad.*, t. IX, p. 397.

de Paulmy tirait de la sienne. Au reste, si la collection de Falconet était précieuse à ses confrères, elle était loin d'être la seule qui fût d'un accès facile. Au dix-huitième siècle, les grandes bibliothèques ne manquaient pas à Paris. Sans parler de ces bibliothèques privées [1], dont l'étendue et la libéralité de leur possesseur faisaient de véritables bibliothèques publiques, telles que celles du duc de La Vallière, du maréchal d'Estrées, de l'abbé de Rothelin [2], il y avait les bibliothèques de divers établissements, ouvertes à certains jours aux travailleurs, celle de l'abbaye Saint-Victor, dont Bonamy fut d'abord sous-bibliothécaire, celle de l'abbaye Saint-Germain-des-Prés, celle du collége Mazarin, dont Leblond a été l'un des gardiens, celle de l'abbaye Sainte-Geneviève, celle de la Sorbonne, celles du cloître Saint-Honoré, des Feuillants, des Blancs-Manteaux, etc. La Bibliothèque du roi, ouverte trois fois la semaine, était déjà fort riche et assez fréquentée. Celle de la ville de Paris, qui eut Ameilhon pour conservateur, ne comptait guère moins de visiteurs.

Dans ces établissements, les membres de l'Académie des inscriptions se retrouvaient après s'être vus aux séances de leur Compagnie, et ils y continuaient souvent leurs discussions. Lire, amasser des notes, dispu-

[1] Telles avaient été précédemment les bibliothèques de Colbert, de De Mesmes, d'Hozier, Galland, Gaignières, Thévenot, Bulteau, Ét. Bigot.

[2] L'abbé de Rothelin, qui avait accompagné comme secrétaire le cardinal de Polignac en Italie, était membre honoraire de l'Académie des inscriptions.

ter sur une foule de questions de littérature ancienne et d'histoire, voilà comment se passait généralement leur vie. Ils mettaient leur indépendance, ils la faisaient consister, à interpréter les textes comme ils l'entendaient, et bon nombre ne pensaient librement que sur des matières auxquelles ne pensaient guère les libres penseurs du temps; car, dans leurs discussions, ils semblaient plus préoccupés de faire preuve de savoir que d'éclairer le public. On eût pu dire d'eux ce que Publius Décius disait à Rome des patriciens : *Tout ce qu'ils demandent, c'est de contester, quel que puisse être le sujet de la contestation* [1]. Les questions d'érudition prêtent, il faut en convenir, encore plus à l'ergoterie que les sujets de science pure ; n'est-ce pas souvent à celui qui cite le plus d'auteurs et de témoignages que le succès est assuré ? L'Académie compta dans son sein bon nombre de ces disputeurs sempiternels, qui poursuivaient leurs confrères de leur opinion et de leurs textes; tel était Boivin l'aîné, grand amasseur de notes [2], mais qui ne sut jamais les rédiger sous une

[1] *Certamen tantum patricii petunt, nec curant quem eventum certaminum habeant.* Tite-Live, X, 8.

[2] « Il n'en finissait jamais, écrit De Boze, quand il prenait la parole, et ne pouvait lire ses ouvrages, sans s'interrompre lui-même par des commentaires de vive voix qu'il était rare de voir finir. — Ses ouvrages imprimés se réduisent à ce qu'on trouve dans le *Recueil de l'Académie*. Il est seulement bon d'avertir que ceux qui sont employés dans la partie de l'Histoire ne sont que des extraits qu'il a fallu lui enlever de mémoire, par l'impossibilité de les avoir autrement, et que ceux qui sont imprimés tout au long ne l'ont été que sur des copies dont on n'a pu lui confier la révision, à cause des changements continuels qu'il n'aurait cessé d'y faire. » On trouve dans les procès-verbaux de l'Académie, à la date du 13 juin 1721, une

forme claire et intéressante; tel était Tourreil, franc dans la dispute jusqu'à la grossièreté; tel était encore l'abbé de Vatry, qui prenait pour une injure personnelle la moindre censure d'Homère ou de Virgile [1]. Il ne faudrait pas cependant juger sur ces types de tous les membres de l'ancienne Académie des inscriptions. Il y eut dans cette Compagnie des parleurs agréables, des hommes de tact et d'esprit, dont le commerce était recherché avec raison. Caylus se montrait plein d'originalité et de verve dans le dialogue. Foncemagne attirait à ses réunions, dites *conversations*, les hommes les plus distingués et les plus aimables. Barthélemy avait dans le discours autant de trait que d'aménité, et les charmes de son commerce le faisaient appeler un trésor par Mme du Deffant, dont il fut l'ami [2]. Chabanon était encore plus un homme du monde qu'un savant. Bréquigny, tout enfoncé qu'il fût dans ses manuscrits, plaisait par sa douce bonhomie, et la célèbre Mme du Boccage l'avait trouvé de mœurs assez agréables pour en faire son pensionnaire. Burigny fut un des habitués du salon de Mme Geoffrin, où il avait son mot amusant

preuve curieuse de ce fait; l'analyse de la séance se réduit à cette mention de De Boze : « M. Boivin l'aîné a recommencé la lecture de sa dissertation intitulée : *le Callimaque romain*; mais il n'a précisément relu que la première page, qu'il avait lue dans la séance du vendredi 30 mai.

[1] Voy. l'*Éloge de l'abbé de Vatry*, dans l'*Histoire de l'Académie*, t. XXXVIII, p. 221.

[2] Voy. *Correspondance inédite de Mme du Deffant*, publ. par le marquis de Saint-Aulaire, t. I, p. LXXXIV, Lettre à Walpole. — « Vous avez, écrivait cette femme spirituelle à Barthélemy, la facilité de style, qui est le charme des lettres; vous possédez cette même facilité dans la conversation. » *Ibid.*, t. I, p. 98.

à dire. Il est vrai qu'il fréquentait les philosophes et l'était lui-même. Toutefois, la majorité des Académiciens ne pouvait se défendre de la pédanterie, maladie endémique en érudition; mais on leur passait d'autant plus volontiers ce travers, qu'il était celui de presque toutes les soutanes et de tous les petits-collets.

Reçus chez les grands, quand ils n'étaient pas trop sauvages ou trop épris de leurs études pour y sacrifier tout commerce de société, ils ne recevaient guère chez eux que des amis. Il n'y avait d'exceptions que pour ceux qui, comme Et. Fourmont et Foncemagne, aspiraient à dominer leurs confrères, et visaient à une popularité que leurs efforts ne purent jamais beaucoup étendre. La plupart, d'ailleurs, n'étaient pas mariés; les ecclésiastiques et ceux qui en portaient l'habit pullulaient dans la Compagnie; d'autres, tout en restant laïques, pensaient comme Martine dans les *Femmes savantes*, que :

Les livres cadrent mal avec le mariage [1].

Si modestes étaient d'ordinaire leurs ressources, si nombreuses étaient alors les familles, que bien des académiciens, qui n'avaient pas l'incroyable activité d'un Du Cange, se seraient trouvés embarrassés de vaquer à la fois à leurs travaux et aux obligations d'un bon père. Libres de soins domestiques, ils se contentaient de peu, ignorant le luxe, le confortable, privés

[1] Voy. les réflexions de l'abbé Arnaud sur le mariage, dont cet académicien, sous le voile de l'anonyme, cherche à détourner les gens de lettres et les savants, dans ses *Œuvres*, t. I, p. 299.

parfois même du nécessaire. Ils se trouvaient assez riches, quand ils avaient juste de quoi étudier et lire à leur guise.

Ce n'est pas à de pareilles gens que la philosophie du dix-huitième siècle, si légère dans ses hardiesses, si frivole en traitant les sujets les plus graves, pouvait être généralement sympathique. La lourdeur de leur esprit les eût d'ailleurs empêchés de goûter ce spirituel persiflage qui, tour à tour en vers ou en prose, décidait par un bon mot des questions sur lesquelles la réflexion leur était interdite[1]. Voltaire leur paraissait manquer de bon sens, à force de vouloir tout réduire aux lumières du sens commun. L'Académie des inscriptions soutenait qu'il fallait un peu plus de discrétion et d'étude pour traiter des matières où le patriarche de Ferney tranchait si résolûment, et elle s'apercevait avec dépit qu'il avait fréquemment mis à contribution ses Mémoires, en y ajoutant ce que leurs auteurs se seraient bien gardés d'y placer.

Les conquêtes dues à l'esprit nouveau, les membres de l'Académie des inscriptions étaient peu préparés, par leurs habitudes intellectuelles, à les apprécier. L'analyse des idées était poussée plus loin, le besoin de se rendre raison de tout, le désir de lier, d'expliquer, de comprendre les faits et les doctrines, voilà quels étaient avant tout les mobiles des hommes du dix-hui-

[1] L'abbé Leblanc, candidat malheureux, écrivait en janvier 1742 au président Bouhier, que les membres de l'Académie des inscriptions disaient pour se justifier de l'avoir repoussé, qu'ils n'avaient que *faire d'esprit*. (Voy. *Corresp. mss. du prés. Bouhier*, Bibl. imp., suppl. franç., 165.

tième siècle[1]. On cherchait des lois générales et on voulait remonter aux principes. Les érudits étaient au contraire des hommes de détails, se contentant d'éclairer quelque obscur recoin de l'histoire, et n'aspirant nullement à ces clartés mal définies qui permettent de saisir un ensemble, mais laissent dans le demi-jour chaque partie dont il se compose. Leurs qualités mêmes s'opposaient à ce qu'ils pussent généraliser; car, ainsi que le remarque Ancillon[2] qui, a si bien apprécié le dix-huitième siècle, la faculté de généralisation exclut d'ordinaire celle qui rend apte à observer les détails.

Ce n'est pas assurément que tous les académiciens s'enfermassent dans une étroite orthodoxie, et ne se fussent souvent affranchis, en parlant morale ou philosophie, de la surveillance de la Sorbonne; j'ai déjà noté plus haut la tolérance dont la Compagnie fit preuve, dès son origine; mais ils voulaient en critique plus de modération et de prudence que n'en apportaient les novateurs, moins de sans-façon et d'outrecuidance. Ce même Bonamy qui, par quelques-uns de ses Mémoires, prouva qu'il ne manquait point d'indépendance dans l'appréciation de faits confinants à la théologie, condamnait cependant l'*Encyclopédie*, et figura

[1] Voy. Ancillon, *Caractère du dix-huitième siècle*, dans ses *Essais philosophiques*, t. I, p. 150.

[2] « L'habitude des idées générales rend l'esprit moins propre aux observations particulières; les individus, et bien plus les traits individuels échappent facilement à celui qui voit toujours les espèces et qui embrasse un vaste horizon. » *Les gens de lettres* dans les *Mélanges de littérature et de philosophie*, t. II, p. 304.

parmi les commissaires auxquels le Parlement avait confié le soin de l'examiner [1]. Dans sa discussion prolongée avec Voltaire, sur l'authenticité du *Testament politique du cardinal de Richelieu*, où il battit à deux reprises différentes le spirituel philosophe [2], Foncemagne montra que la vraie critique et la raison ne sont pas toujours du côté de celui qui nie. Voltaire, qui voulait absolument que ce Testament fût une invention de l'abbé de Bourzeis, essaya vainement d'écarter par des saillies les pressants arguments de l'érudit ; il ne mit pas même de son côté ceux qui auraient souhaité le voir triompher, et ses amis en furent réduits à le louer de l'habileté qu'il avait déployée à défendre une mauvaise cause [3]. Larcher, qui imitait alors les hardiesses de la philosophie du jour, dans ses *Recherches de chronologie* [4], où la Bible, était assez cavalièrement traitée, ne se croyait pas pour cela obligé de mettre son érudition aux pieds de celle de Voltaire, et dans son *Supplément à la philosophie de l'histoire*, qui parut en 1767, il ne se faisait pas faute de relever les nombreuses erreurs qu'avait laissé échapper le philosophe de Ferney. De là une grande querelle que Larcher soutint résolûment, et où il eut presque toujours l'avantage.

[1] Voy. *Journal historique du règne de Louis XV*, de *l'avocat Barbier*, publié par La Villegille, t. IV, p. 305.

[2] Voy. dans les *Œuvres de Voltaire*, éd. Beuchot, t. XLII, p. 92, *Arbitrage entre M. de Voltaire et M. de Foncemagne* (1765).

[3] Voy. Grimm, *Correspondance littéraire*, 3e série, t. IV, p. 208.

[4] Après s'être converti, Larcher donna une édition plus orthodoxe de sa *Chronologie*.

L'Académie, qui n'aimait pas beaucoup Voltaire, applaudit au succès d'un de ses membres; elle vit avec plaisir que ces hommes en *us* si maltraités par l'école philosophique, savaient au besoin se défendre. Deux ans plus tard, l'abbé Guénée, dans ses *Lettres de quelques Juifs à M. de Voltaire*, combattait le grand homme par un savoir plus solide que pénétrant; il le ramenait bon gré mal gré à des textes dont il avait fait une étude suivie, sans porter dans leur appréciation plus de critique que Voltaire lui-même, quoiqu'il en connût beaucoup mieux les mots. Cette publication eut toutes les sympathies des dévots de l'Académie, et en ouvrit les portes à son auteur. L'abbé Guénée fut admis comme associé en 1778; il continua dans la Compagnie sa guerre contre les Voltairiens, et dans un mémoire *sur la géographie et les antiquités judaïques* [1], il s'efforça de retenir la science dans les bornes d'une orthodoxie qui consent à être éclairée, sans cesser d'être sincère.

A la fin du dix-huitième siècle, la philosophie nouvelle restait donc pour un grand nombre d'académiciens une témérité coupable, et on vit, en plusieurs occasions, les dévots et les jansénistes de la Compagnie fulminer contre elle. Duclos avait eu son franc-parler sur bien des choses alors respectées; il avait hanté les philosophes [2], été un des habitués du salon du baron d'Hol-

[1] Voy. *Mém. de l'Acad.*, t. L, p. 142.

[2] Duclos, qui était entré à l'Académie en 1739, avec un faible bagage d'érudition, appartenait, avec le comte de Caylus, à une société de beaux esprits qui aimaient la gaieté et quelque peu la licence, et dont faisaient partie M. de Maurepas, Pont-de-Veyle, De Surgères, et

bach[1] ; Dupuy, fidèle aux doctrines de l'Église, à laquelle il s'était d'abord destiné, crut, à la mort de son confrère, ne pouvoir en prononcer l'éloge, qu'en l'accompagnant d'une manifestation contre le *Système de la nature*, et déclara que ces doctrines subversives n'avaient rien de commun avec la philosophie de Duclos. Cependant, dans la docte Compagnie, il y en avait alors déjà plusieurs d'atteints de la contagion qui effrayait son sécretaire perpétuel ; des hommes qui partageaient les doctrines philosophiques du dix-huitième siècle y siégeaient là, à côté de gallicans tel qu'était Dupuy[2], et de très-nombreux jansénistes. Boindin, il est vrai, n'existait plus ; mais d'autres lui avaient succédé qui, sans afficher si ouvertement leur incrédulité, montraient cependant par leurs discours, même quelquefois par leurs écrits[3], qu'ils ne désapprouvaient pas les hardiesses du temps ; le président de Brosses, le comte de Caylus, Chabanon[4] étaient de ce nombre. Mais celui de tous les académiciens qui, dans les dernières années

l'abbé de Voisenon. Il avait aussi recherché les réunions de Lamotte, Terrasson, Dumarsais, Lafaye, Boindin, dont j'ai parlé plus haut (p. 55). Voy. à ce sujet Auger, *Mélanges philosophiques et littéraires*, t. I, p. 50.

[1] L'abbé Morellet, dans ses *Mémoires* (t. I, p. 127), nous apprend qu'il rencontrait, chez le baron d'Holbach, Duclos, Barthez, depuis associé de l'Académie des inscriptions, Rouelle, La Condamine, D'Arcet, de l'Académie des sciences, et Franklin, alors à Paris.

[2] Voy. à ce sujet l'*Éloge de Dupuy*, par Walckenaer, *Mém. de l'Acad. des inscript.*, 2e série, t. XIV, part. I.

[3] Voy. ce que dit Grimm, *Correspond. littéraire*, 1re série, t. V, p. 11.

[4] Chabanon entra à l'Académie en 1760.

du règne de Louis XV, représenta la plus franchement les tendances des philosophes contemporains, ce fut Lévesque de Burigny. Il s'était formé au scepticisme historique à l'école du P. Hardouin, ce sceptique chrétien qui, ne respectant que la Vulgate, rejetait tous les témoignages tirés des écrits de l'antiquité, où il ne voyait qu'une œuvre de faussaires et une mystification de moines. Plus judicieux que celui qu'on appelait le *Père éternel des Petites-Maisons*, Burigny ne donna pas dans ses rêveries; il les abandonna au P. Berruyer ; et, appliquant avec mesure et réserve les principes de la critique indépendante dont il repoussait les excès, il se livra avec ardeur à l'étude des matières religieuses. Il voulut d'abord éclairer la question de l'autorité papale, et entreprit un ouvrage où il combattait énergiquement la doctrine de l'infaillibilité du Saint-Siége et les prétentions de la cour de Rome. Un pareil livre ne pouvant être imprimé en France, l'auteur se rendit en Hollande pour en diriger la publication, ainsi que celle d'une *Histoire de la philosophie* qu'il y acheva. Ce pays était l'asile ouvert aux écrits que leur hardiesse ou leur hétérodoxie exposait aux interdictions de la censure. Bien que les Aristarques du gouvernement ne fussent pas tous au fond des plus orthodoxes, ils ne s'en montraient pas moins fort sévères pour les ouvrages soumis à leur examen. On peut ici rappeler un trait de Fontenelle, qui, tout libre penseur qu'il fût, exerçait les fonctions de censeur royal. Il refusait un jour son approbation à un manuscrit que l'auteur lui avait soumis par ordre de l'autorité. « Comment, Monsieur, lui fit observer celui-ci, vous qui avez composé les *Oracles*, vous ne me passerez pas cela? Eh! repartit Fontenelle, si j'avais été le censeur des *Oracles*, je ne les aurais pas approuvés. » Cette rigueur hypocrite était souvent plus tracassière que l'intolérance sincère de quelques censeurs orthodoxes. Aussi ce que les écrivains préféraient encore, c'étaient les censeurs peu intelligents qui, comme Tercier, n'y voyaient pas malice : Tercier laissa passer *L'Esprit* d'Helvétius, faute de s'être aperçu du but vers lequel tendait l'auteur. Enfoncé dans ses paperasses diplomatiques, il apportait toute sa sagacité à traduire des correspondances et des protocoles, et jugeait tout à la façon d'un commis; ce qui avait fait dire malicieusement au sujet de son équipée sur l'ouvrage d'Helvétius, que pour lui l'*Esprit* était affaire étrangère [1].

N'ayant que rarement affaire à des censeurs à vue si courte, les écrivains hardis cherchaient parfois à surprendre la confiance de l'Aristarque officiel. Quand Duclos eut composé son *Histoire de Louis XI*, en vertu de son titre d'académicien, il obtint pour censeurs deux de ses confrères, Foncemagne et Secousse. Ceux-ci signalèrent au philosophe les nombreux passages qui ne pouvaient recevoir leur approbation; mais par égard pour un confrère, au lieu de rayer sur le manuscrit les phrases malsonnantes, ils lui indiquèrent par des notes en marge ce qui devait disparaître ou être adouci. Après quoi ils rendirent à Duclos son

[1] Voy. Grimm., *Corresp. littér.*, 1re série, t. V, p. 458. Tercier fut contraint de donner sa démission de censeur et encourut les remontrances du Parlement. Voy. *Journal historique de Barbier*, t. IV, p. 304.

manuscrit, en lui faisant promettre qu'on leur communiquerait les épreuves; ils avaient toutefois donné provisoirement le *nec obstat* indispensable pour qu'on pût commencer l'impression. Tandis que les confiants censeurs attendaient encore les épreuves, pour s'assurer si l'auteur avait fait droit à leurs observations, ils reçurent le livre tiré et imprimé. *L'Histoire de Louis XI* était déjà en vente; et, loin de corriger, Duclos avait ajouté en hardiesse à son texte original. Grande fureur de Secousse. Le malin philosophe ne dissimula pas sa ruse et l'avoua en pleine Académie. Il reconnut qu'il avait abusé de la bonne foi de ses censeurs, afin, disait-il, de sauver leur responsabilité; mais le tour était fait et 2000 exemplaires étant déjà vendus, une saisie serait arrivée trop tard [1].

Burigny, qui n'osait compter sur des censeurs si peu clairvoyants, ne courut pas, comme je l'ai dit plus haut, les chances du privilége du roi, et établi temporairement en Hollande, il prit les conseils de Leclerc et de Basnage avec lesquels il se lia d'une amitié que l'éloignement ne refroidit jamais. Ainsi en commerce avec les libres penseurs des Pays-Bas, puisant à leur érudition et y ajoutant la sienne propre, qui était fort étendue, le futur académicien fit paraître une série d'ouvrages où se décèle l'indépendance de ses opinions en toutes matières. Dans sa *Théologie païenne*, qui n'est que la seconde édition de son *Histoire de la philosophie*, on découvre aisément la pensée de mettre en

[1] Tout ceci est rapporté par Secousse dans une lettre au président Bouhier. *Corr. de Bouhier*, mss. *Bibl. imp. Suppl. fr.*, 165, t. XII.

relief les analogies du paganisme et du catholicisme. Les emprunts faits par le culte nouveau à l'ancien ressortent de son exposé et, en laissant uniquement parler les faits, il ne les rend que plus probants. Admirateur des lumières et de la noble indépendance de Grotius, il se montra, dans la *Vie* qu'il composa du grand publiciste, non moins dégagé des timidités de ses pères. Ces hardiesses effrayaient l'Académie, restée encore sous l'impression de celles de son frère, Lévesque de Pouilly, condamné, pour avoir médit de la certitude historique, à une sorte d'ostracisme académique. Le clergé reprochait en outre à Burigny d'avoir traduit un des ouvrages de Porphyre [1], l'un des principaux adversaires du christianisme, et de posséder les matériaux d'une histoire générale des papes, dont il méditait la clandestine publication. Tout cela tint longtemps Burigny éloigné de la docte Assemblée, malgré l'estime que l'on avait pour son érudition et son caractère. Ce ne fut qu'en 1756, quand il était déjà plus que sexagénaire, que les portes de l'Académie s'ouvrirent enfin pour lui. Cette nomination était un indice manifeste du changement qui tendait à s'opérer dans l'esprit de la majorité des académiciens. Les doctrines que quelques-uns d'entre eux avaient secrètement caressées, allaient enfin se produire au grand jour. D'Argenson écrivait à ce sujet en 1754 : « J'observe dans l'Académie des belles-lettres, dont je suis membre, qu'il commence à y avoir une fermentation contre les prêtres. Cela a commencé

[1] Le *Traité de l'abstinence de la chair des animaux*, dont la traduction parut en 1747.

à paraître à la mort de Boindin, à qui nos dévots refusèrent service à l'Oratoire et éloge public. Nos philosophes déistes en furent choqués, et, d'après cela, à chaque élection on se met en garde contre les prêtres et les dévots. Nulle part cette division n'est si marquée, si nette, et elle commence à rendre des fruits [1]. »

Une fois entré dans la Compagnie, Burigny, ne se vit donc pas forcé de mettre des sourdines à ses opinions et de jeter un voile sur ses précédents écrits. En religion, en politique, il demeura ce qu'il avait été, et poursuivit résolûment ses études sur les croyances et le culte des anciens, sur les origines du christianisme. Tantôt il passait en revue *les livres sacrés des peuples profanes*, tantôt il montrait que les anciens avaient connu la prière comme les chrétiens, tantôt il énumérait *les ouvrages apocryphes ou supposés des premiers siècles de l'Église*. Fidèle à des traditions que j'ai signalées plus haut, l'Académie n'osa reproduire *in extenso* dans son Recueil des dissertations qui pouvaient fournir des armes dangereuses aux adversaires de la foi. Et en effet, le travail de Burigny servit à composer le célèbre écrit intitulé : *Examen critique des apologistes de la religion chrétienne*, qui parut en 1767 sous le nom de Fréret. Il est facile de se convaincre que les parties les plus importantes et les plus solides de cet ouvrage sont empruntées aux travaux de Burigny, et l'on ne saurait conséquemment admettre qu'il ait eu

[1] *Mémoires et Journal inédit du marquis d'Argenson*, publié et annoté par le marquis d'Argenson, t. IV, p. 181.

Fréret pour auteur. Est-ce Burigny lui-même qui, après l'avoir composé, voulut le placer sous l'autorité imposante du grand érudit? Ne doit-on pas plutôt l'attribuer à Naigeon, qui publiait comme du même Fréret la *Lettre de Thrasybule à Leucippe?* On ne saurait le décider. Ce qui est constant, c'est que le grand érudit qui a passé pour avoir écrit ces deux ouvrages, de l'aveu de ses amis, professait sur certains points les opinions que laissait percer Burigny et qu'affichait Naigeon ; mais il était payé pour ne pas se risquer contre des adversaires encore tout-puissants, lui qu'une hardiesse en histoire de France avait fait envoyer à la Bastille. On n'a rien trouvé d'ailleurs dans ses papiers qui prouve qu'il eût jamais composé les deux livres posthumes qu'on lui prête, et s'il fut grand admirateur de Bayle, il prit soin de ne pas l'imiter. Indépendant dans ses croyances et ses opinions, Fréret ne saurait cependant être classé parmi les fauteurs de la philosophie nouvelle; même aux premiers temps qui suivirent son entrée à l'Académie, alors qu'il avait encore la franchise de la jeunesse, il n'aborda les questions de critique religieuse qu'avec une extrême circonspection, et opposé par caractère à toute exagération, il se montra également éloigné du mépris des théologiens pour le paganisme et du scepticisme outré des philosophes. Dans son mémoire *sur les prodiges* [1], qu'il lut en 1717, combattant la thèse que l'abbé Anselme avait développée, à la même époque, *sur ce que le paganisme a publié de merveilleux,* et où cet académicien faisait

[1] Voy. *Mémoires de l'Académie*, t. IV, p. 399, 433.

bon marché des miracles du paganisme, le grand érudit montra que bien des phénomènes naturels ont été pris par les anciens pour des prodiges, qu'il y eut là de leur part plus d'ignorance que de crédulité, et que cette ignorance ne saurait sans injustice leur être reprochée. « Les anciens historiens, écrit-il, ont eu raison de faire souvent mention des prodiges; et ils ne pouvaient prévoir qu'il y aurait un temps où les hommes n'y feraient attention que pour en rechercher la cause physique et pour satisfaire un léger mouvement de curiosité. » On ne pouvait se montrer plus impartial. C'était là de la raison et non du scepticisme. La tendance de Fréret est plutôt, cela est manifeste, d'interpréter rationnellement les témoignages que de les rejeter. Peut-être même sur ce point demeurait-il au-dessous de la critique; car trop enclin, avec les érudits de son époque, à se fier aux anciens, il accepte trop aisément les faits miraculeux, non par superstition, mais par le motif que leur cause naturelle peut n'avoir pas encore été découverte. « Les philosophes ont tort, ajoute-t-il, de nier souvent comme impossibles des faits que nous ne devons nier qu'autant que l'impossibilité en est démontrée. » Si, en s'exprimant ainsi, le grand érudit ne faisait pas assez la part de la crédulité naturelle à l'ignorance, de l'instinct superstitieux de l'homme sans culture, il énonçait pourtant un principe salutaire. Son esprit sérieux et chercheur redoutait plus le scepticisme superficiel que la crédulité naïve. Burigny, quand il soumit à une étude attentive les superstitions des Romains [1], montra une

[1] Voy. *Mémoires de l'Académie*, t. XXXVI, p. 48.

critique plus vigilante, tout en demeurant par l'heureux emploi des textes un disciple de Fréret, qui voulait qu'on traitât avec profondeur l'histoire même des idées les moins profondes.

Cette critique indépendante, mais impartiale dont l'école de Fréret a donné dans le recueil de l'Académie divers spécimens, ce grand érudit en a laissé un éclatant témoignage dans ses *Observations sur les causes et quelques circonstances de la condamnation de Socrate*, mémoire lu en 1736, mais qui n'a été imprimé que plus de soixante ans après la mort de son auteur [1]. Repoussant également l'admiration enthousiaste que les uns professaient pour le sage Athénien, et le dénigrement systématique inspiré aux autres par le désir de rabaisser la vertu d'un païen, Fréret nous montre que dans ce procès célèbre on a gratuitement prêté à Aristophane et aux sophistes une influence qu'ils n'eurent point. Il établit que, victime de la démocratie triomphante, Socrate, qui s'en était posé l'adversaire, fut sacrifié à des passions et à des préjugés qu'il avait souvent attaqués; comparant ce que dit Platon dans le *Criton* avec ce que dit ailleurs le même philosophe et ce que Xénophon nous rapporte, il ramène les faits à leur véritable caractère et substitue à la légende philosophique l'image réelle d'un homme, grand encore, mais ayant ses contradictions et ses faiblesses.

Telles étaient les vues de Fréret sur des matières où les passions contraires du dix-huitième siècle rendaient l'équité difficile. Il demeura exclusivement critique.

[1] *Mém. de l'Acad.*, t. XLVII (1809), p. 209.

Ses élèves, en appliquant ses principes, brisèrent davantage avec les doctrines réputées orthodoxes, et Burigny surtout en cimenta l'alliance avec les idées que la Révolution devait faire triompher.

Ce n'était pas, en effet, sur le seul terrain des croyances religieuses et de la philosophie, que celui-ci leva au sein de l'Académie l'étendard de l'indépendance. A peine élu, il faisait paraître une *Vie d'Érasme*, ce hardi penseur. qui a été l'un des ancêtres de la philosophie du dix-huitième siècle. La biographie de Burigny était écrite dans le même esprit qui lui avait inspiré ses premiers ouvrages. En 1767, il abordait une question plus délicate encore, celle du progrès social, dans un curieux aperçu qui n'a point été assez remarqué. Le travail avait pour titre : *Mémoire dans lequel on prouve que dans les siècles précédents il y avait beaucoup de causes de malheurs qui n'existent plus présentement*. On y trouve indiquée à grands traits, à l'aide de faits habilement choisis et savamment recherchés, cette vérité jusqu'alors trop méconnue, que les premiers temps de la monarchie furent un âge d'inhumanité et de barbarie. Burigny signale résolûment la férocité de nos anciens rois, montre les traces de cette férocité dans la rigueur des lois sur la chasse; il rappelle tous les maux, toutes les horreurs enfantées par le droit de guerre privée que s'arrogeaient les seigneurs; il dépeint la détresse du clergé inférieur, souffrant des énormes frais de visite des prélats et de leur cortége nombreux, frais qui exigeaient souvent la vente des ornements des églises; puis, passant à l'état des finances, il rappelle toutes les malversations des agents du trésor, fréquemment tolérées par les rois, les abus dans l'altération des monnaies et les détournements dans la gestion des deniers publics. Tenir un pareil langage, c'était presque faire le procès au gouvernement d'alors, quoique Burigny affectât de le placer bien au-dessus de ces gouvernements si barbares et si mal servis ; c'était faire induire des faits anciens que l'humanité marche et que nous devons tendre sans cesse vers le mieux ; c'était en même temps suggérer la pensée d'effacer ce qui restait encore des abus révoltants des siècles précédents. Burigny se faisait ainsi le précurseur de l'idée de Condorcet, à laquelle il apportait des éléments de démonstration que celui-ci n'a pu recueillir dans l'asile où, pour échapper aux terreurs de la proscription, il s'enivrait des grandeurs de l'avenir.

Quand Burigny communiqua ses travaux à l'Académie, l'indépendance de ses opinions pouvait être encore du courage ; elle avait cessé d'être de la témérité. Trois hommes qui avaient passé au timon des affaires, les deux D'Argenson et Machault, venaient de prêter à la philosophie nouvelle un appui presque officiel. Celle-ci régnait déjà en souveraine sur l'opinion, et l'opinion défendait contre le pouvoir celui qui s'en était fait le disciple.

« La facilité des mœurs, dit M. de Ségur en peignant cette époque[1], donnait mille moyens d'éluder la sévé-

[1] *Mémoires*, t. I, p. 18. On peut rapprocher ce tableau de celui-ci, que nous trace le judicieux Ancillon : « La puissance de l'opinion créa la puissance des écrivains à qui elle devait une partie de sa force et à qui elle rendit avec usure les services dont elle leur était redevable. » Et plus loin, le même Ancillon ajoute : « Depuis ce moment

rité des lois; les actes de rigueur des parlements contre les écrits philosophiques n'avaient pas d'autre effet que de les faire rechercher et lire plus avidement. L'opinion publique devenait une puissance d'opposition qui triomphait de tous les obstacles; la condamnation d'un livre était un titre de considération pour l'auteur, et sous le pouvoir d'un roi absolu, la liberté, devenant une mode dans la capitale, y régnait plus que lui. » Cette mode, l'Académie des inscriptions ne put donc tout à fait s'y soustraire; mais elle fit comme ces bonnes mères de famille sans coquetterie, qui attendent pour changer la façon de leur robe, que la forme nouvelle soit devenue si générale, qu'on ne puisse plus garder l'ancienne, sans tomber dans le ridicule. Elle subit malgré elle l'influence du temps; elle finit par se permettre quelques hardiesses sur le terrain religieux, même sur le terrain politique; elle se montra de moins en moins l'esclave des théologiens. A l'époque où Bu-

Il y eût en France, et plus tard dans tous les États de l'Europe, un revirement de pouvoir, une véritable révolution dans les rangs que l'opinion publique assigna aux différents ordres de la société ou aux qualités qui les distinguent. L'esprit, les lumières, les connaissances, surtout une certaine hardiesse d'esprit et une certaine audace de caractère donnèrent la plus haute considération... Les grands seigneurs devinrent les courtisans des gens de lettres et tâchèrent de leur dérober ou furent leur mendier humblement un reflet de leur gloire. Afin de conserver eux-mêmes une sorte de cour, il ne leur restait autre chose à faire que de se ranger autour de ceux qui attiraient tous les regards du public. Les ministres, les hommes d'État suivaient l'exemple des courtisans. Bientôt toute la puissance réelle fut entre les mains des gens de lettres; car ou ils dirigeaient l'action du gouvernement, ou ils l'entravaient; tantôt ils dirigeaient ses opérations, tantôt ils les frappaient de nullité. » *Caractère du dix-huitième siècle* dans les *Essais philosophiques*, t. I, p. 163, 170.

rigny venait hautement professer dans la Compagnie l'esprit philosophique, en 1759, Bréquigny, nouvellement admis, payait sa première dette d'académicien par un mémoire qui sentait tout à fait son dix-huitième siècle. Combattant l'idée que tout bon chrétien s'était faite jusqu'alors en France de Mahomet, il soutenait que le législateur des Arabes n'était pas, ainsi qu'on l'avait tant de fois répété, un grossier imposteur, un obscur et vil conducteur de chameaux, ignorant les lettres, et obligé de recourir à un moine nestorien pour composer les rêveries décousues de son Coran [1]. Ces débuts de Bréquigny effrayèrent la partie la plus timide de l'Académie; mais il ne demeura pas longtemps dans une route si périlleuse, et il l'abandonna pour les études où il devait se faire un nom. Le coup n'en était pas moins porté; le Mémoire fut inséré dans le Recueil, non pas seulement par extraits, mais *in extenso*. Toutefois cette victoire de l'esprit moderne ne fut pas emportée sans de vives résistances. La Compagnie, comme les parlements, se détachait difficilement des doctrines gallicanes. Également éloignée de l'ultramontanisme, qui faisait tous les jours des recrues dans le clergé, et des hardiesses de l'incrédulité, la majorité ne souffrait point encore des professions de foi trop ouvertes de libre penseur. Fréquenter les encyclopédistes, prendre part à leurs travaux, propager leurs idées, cela demeura jusqu'aux dernières années de l'Académie une assez mauvaise note pour les candidats, cela s'opposa longtemps à l'entrée

[1] Voy. *Mém. de l'Acad.*, t. XXXII.

dans la Compagnie d'hommes qui y avaient des droits par leur savoir et leurs publications. Bouchaud fut, pendant plusieurs années, écarté pour ce motif, même à une époque où l'esprit de tolérance avait fait de notables progrès. Malgré cela, comme je viens de le dire, les doctrines novatrices s'étaient glissées dans la Compagnie ; elles y comptaient, depuis le milieu du siècle, des partisans qui levaient déjà le masque, et l'on découvre, dans les derniers volumes du Recueil de l'Académie, plus d'un symptôme trahissant un affaiblissement dans la rigueur de l'orthodoxie officielle. L'Académie des Inscriptions ne faisait au reste que suivre l'exemple de sa sœur aînée. Déjà l'Académie française était manifestement infectée. Le gouvernement s'alarma des progrès de la philosophie, et pour retenir les membres de ces Compagnies dans les bornes d'un respect qui menaçait d'être de mauvais ton, il créa des pensions destinées à récompenser ceux qui n'avaient jamais, dans leurs écrits, donné le moindre ombrage au pouvoir et s'étaient docilement soumis à toutes ses exigences. C'est ce que les mauvais plaisants appelèrent *le prix de sagesse*, prix qui pouvait être retiré, si l'académicien venait à céder à de coupables tentations. Deux membres de l'Académie des inscriptions, Batteux et Foncemagne, obtinrent cette pension et prirent soin de la conserver. Thomas, à l'Académie française, plus indépendant, mérita d'en être privé. Et ce qui prouve combien on s'était relâché de la rigueur, je veux dire de l'étroitesse de principes imposée d'abord aux savants, c'est que ce prix fut aussi donné à un homme dont les écrits eussent, cinquante ans plus tôt, paru d'une hardiesse dangereuse. Sylvain Bailly, dans ses *Lettres sur l'origine des sciences*, publiées en 1777, et *sur* l'*Atlantide de Platon*, qui parurent deux ans après, proposait un système qui n'avait rien de bien biblique, à ce point qu'un journal le dénonça comme ayant manqué de respect à Moïse. Mais il régnait dans ses écrits un ton d'urbanité, une réserve sur les points les plus délicats dont le gouvernement lui sut gré. Bailly glissait sur les faits compromettants, et s'étendait avec complaisance sur ce qu'il y avait de plus inoffensif dans son système. Comparée à celle de Voltaire ou de Diderot, cette manière paraissait de la haute sagesse, et Bailly, comme Buffon son protecteur, se trouvait classé par la marche des idées au nombre des modérés, quand, un demi-siècle plus tôt, il eût semblé un révolutionnaire.

Bailly apportait dans l'Académie quelque chose de beaucoup plus fâcheux pour ses travaux que l'indépendance des croyances religieuses, c'était l'esprit de système. Conduit, par ses études sur l'histoire de l'astronomie, à chercher le berceau des connaissances humaines, il crut avoir découvert dans une contrée septentrionale l'origine de nos sciences et de nos arts. Voltaire l'avait placée ailleurs. Avec plus de vraisemblance, le philosophe de Ferney allait le chercher dans l'Inde, et attribuait aux Brahmanes, ou comme on disait alors aux Brames, les premières inventions. Bailly entreprit de le réfuter, et le fit avec tous les égards dus à un homme qui était alors au faîte de la popularité. Infatué de ses idées chimériques, il n'avait pas la conscience de leur faiblesse, et il apporta dans la discussion d'autant plus de modération, qu'il croyait avoir moins à craindre de son adversaire. Voltaire, octogénaire, n'eut ni la force ni le temps nécessaires pour faire justice de toute cette fantasmagorie d'une érudition d'emprunt, que Bailly a déployée dans les *Lettres sur l'origine des sciences* et les *Lettres sur l'Atlantide de Platon*. Il mourut avant la publication du second de ces ouvrages.

Le système de l'astronome français était assez bien tissu pour en imposer à des érudits qui ne s'étaient jamais occupés de la question ; il y avait tant de charme et d'élégance dans le style de ses *Lettres!* Aussi les portes de l'Académie des inscriptions lui furent-elles ouvertes. Ce n'est pas cependant que cette élection n'ait soulevé des réclamations ; tous les membres étaient loin de tenir l'érudition de Bailly pour de bon aloi; plusieurs lui reprochaient d'ignorer les langues classiques et de parler des anciens sur ouï-dire. Ils n'avaient assurément pas tout à fait tort ; ce n'est pas sans étonnement qu'on voit un de ses modernes biographes récriminer contre la Compagnie à ce sujet. « L'Académie, écrit Arago [1], bien loin de partager les rancunes puériles, les préjugés aveugles de quelques enfants perdus de l'érudition, appela Bailly dans son sein en 1785. Jusqu'alors le seul Fontenelle avait eu l'honneur d'appartenir aux trois grandes Académies de France. » Eh bien! n'en déplaise au célèbre astronome, qui ne fut, lui, que d'une seule Académie, mais qui a laissé dans la science une trace plus durable que l'infortuné maire de Paris, ce n'étaient point des rancunes puériles

[1] *Éloge de Bailly*, dans les *OEuvres d'Arago*, t. II, p. 317.

et des préjugés aveugles qui repoussaient de l'Académie des inscriptions l'auteur des *Lettres sur l'Atlantide*. On peut sans doute, sans savoir ni grec ni latin, être une grande intelligence et un homme fort savant, mais on ne saurait être un habile archéologue. Prétendre traiter de l'antiquité, interpréter ses auteurs et découvrir le véritable sens de ses traditions, sans avoir, par un long commerce avec les anciens, et de langue et de pensées, pénétré dans leur esprit et comme vécu de leur vie intellectuelle : c'est là une prétention exorbitante qui a égaré Bailly et l'a amené à torturer les témoignages et à dénaturer les faits.

L'avocat astronome s'imaginait avoir éclairé des lumières de la philosophie les obscurités que l'érudition n'avait pu percer. Parlant d'une prétendue identité du royaume d'Ophir avec l'Amérique, il disait dans sa quatorzième lettre à Voltaire, que c'étaient là les idées du siècle des érudits, non celles du siècle des philosophes. Cela pouvait être; mais quant à ses idées, elles n'étaient assurément pas celles du siècle de la critique. Bailly encombra le terrain de l'histoire primitive de suppositions et d'hypothèses inadmissibles, que tout a depuis contredit ; il arrêta momentanément l'érudition dans la droite voie que lui avait frayée Fréret, et il inaugura cette période de déclin pour la critique où l'esprit de système se substitua à la simple appréciation des traditions. On ne vit jamais dans la science plus le danger d'un beau style mis au service de l'erreur ; car, séduit par son langage, le public prit l'éloquence pour de la logique et l'imagination pour du savoir. « Vos *Lettres sur l'Atlantide*, disait Condorcet à Bailly, en le recevant à l'Académie française, ont eu un avantage réservé presque uniquement aux romans et aux pièces de théâtre, celui d'avoir pour lecteurs tous ceux qui savent lire. Vous y établissez votre opinion avec tant d'adresse, vous l'avez tellement embellie par des détails ingénieux, qu'on a de la peine à s'empêcher de l'adopter. On est de votre avis tant qu'on a votre livre entre les mains, et il faut le quitter pour avoir la force de se défendre contre vous. »

Mais ce n'était pas seulement de l'éclat de son style que Bailly parait des hypothèses trompeuses, il y ajoutait, par un autre art, toutes les apparences d'une vérité mathématique. Il prétendait, par des calculs, assigner l'époque où avait vécu ce peuple primitif auquel il faisait remonter l'origine de nos connaissances, et qu'une catastrophe avait, selon lui, anéanti. Poursuivant ses prétendues démonstrations chronologiques au sein de la Compagnie qui l'avait élu, il communiquait à l'Académie des inscriptions un mémoire *sur la chronologie indienne*, qu'il traitait avec bien moins de prudence que Fréret [1], et où se trouvent développées des vues déjà consignées dans son *Histoire de l'astronomie*.

L'Inde, comme on l'a vu plus haut, était alors trop mal connue pour que dans ses monuments littéraires on pût distinguer des notions qui datent des premiers âges, celles qui ne sont que le reflet de la science grec-

[1] Voy. le Mémoire de Fréret, intitulé : *Recherches sur les traditions religieuses et philosophiques des Indiens pour servir de préliminaire à l'examen de leur chronologie*, dans les *Mém. de l'Acad.*, t. XVIII, p. 34.

que. Bailly faisait grand fondement sur les tables indiennes[1], sans songer que la conjonction générale qui leur sert de base n'est que la simple conclusion d'un calcul rétrograde tiré de ces tables mêmes; nos tables modernes, plus exactes, montrent que le phénomène astronomique est fort loin d'avoir eu lieu au temps marqué par les Hindoux.

La chronologie comme la mythologie étaient ainsi lancées dans une voie qui ne pouvait aboutir qu'à des théories erronées et où s'égarait en même temps que Bailly toute une phalange de savants, dupes de spécieux aperçus. L'astronomie semblait fournir la clef des mythes antiques. Au lieu de s'en tenir au principe fécond du naturalisme qui suffisait à expliquer la plupart des fables des anciens et qu'un Anglais, Blackwell, avait développé dans ses *Lettres sur la mythologie*, traduites en français en 1774, on voulait absolument que les créations mythologiques fussent des traductions littérales de phénomènes célestes dont l'observation ne date pas en Grèce de l'âge où toutes ces fables se sont formées. A l'Académie des sciences, Legentil, qui avait visité l'Inde, et qui confondait dans une commune antiquité le peuple de ce pays et sa moderne astronomie, voulait faire remonter l'origine du zodiaque mille ans avant les commencements de l'histoire grecque[2]. En 1779, Dupuis, encouragé par Lalande, commençait dans le *Journal des Savants* la publication de mémoires sur

[1] Voy. ce qui a été dit de Bailly dans *L'Ancienne Académie des sciences*, p. 165.

[2] Voy. les *Mém. de l'Acad. des sciences* pour 1785, p. 9.

l'origine des constellations et sur l'explication de la fable par l'astronomie. C'étaient là les premiers linéaments du fameux système qu'il devait développer, seize ans plus tard, dans son *Origine des cultes*, œuvre aussi téméraire qu'ingénieuse dont la publication fit une sensation profonde. Moins hardi à ses débuts, Dupuis laissait pourtant déjà entrevoir toute la portée de ses explications. La nouveauté de ses aperçus en imposa aux meilleurs esprits, que Bailly avait déjà entraînés hors des droites voies; car si Dupuis ne portait pas dans ses écrits le charme de style de l'astronome français, il déployait en revanche une érudition bien plus étendue. L'Académie ne put se défendre de l'admiration qu'inspirait le mythologue novateur, et elle l'élut en 1788. Dupuis avait mêlé à des idées fausses des recherches très-sérieuses ; il était digne assurément par son savoir de faire partie de la docte assemblée, où il vint remplacer Rochefort. Son élection ne se fit pas toutefois sans difficultés, et il dut son succès au duc de la Rochefoucauld, son protecteur, et à l'intervention active de Leblond[1], qui l'aidait dès cette époque à réunir les matériaux de l'*Origine des cultes*. Les plus timides d'entre les amis du nouvel élu obtinrent de lui la promesse de ne jamais sortir, dans ses publications, des bornes qu'impose la prudence. La Révolution allait le dispenser de tenir ses engagements.

Si le système de Dupuis faisait illusion par son apparente solidité à des esprits aussi judicieux que Lalande et Volney, et nuisait ainsi à l'avancement des sciences

[1] Barthélemy patronna aussi vivement Dupuis en cette occasion.

historiques, il donna pourtant naissance à des vues qui devaient ramener dans la voie du progrès. C'est sous l'influence des doctrines mythologiques nouvelles, qu'un élève de Court de Gébelin, Rabaut Saint-Étienne [1], dont le nom devait acquérir tant de célébrité durant nos luttes révolutionnaires, conçut l'idée de ses *Lettres sur l'histoire primitive de la Grèce*. Si l'on fait la part des opinions erronées sur le caractère astronomique de bien des fables antiques, on reconnaîtra dans ce livre des vérités générales saisies avec une remarquable sagacité. Rabaut Saint-Étienne montre fort bien comment l'anthropomorphisme a graduellement fait prendre corps à des mythes d'un caractère purement naturaliste ; et tandis qu'il efface de l'histoire positive les origines fabuleuses des nations helléniques et les dates qui s'y rattachent, il s'aperçoit qu'il y a au fond de tous ces mythes des traditions d'un peuple antérieur dont les écrits perdus, selon lui, pourraient seuls nous donner la clef. Ce peuple, la critique moderne l'a retrouvé, ce sont les Aryas ; ces écrits, nous les possédons maintenant, ce sont les hymnes des Védas ; c'est là qu'il faut chercher l'interprétation première des fables que Rabaut Saint-Étienne ne pouvait comprendre, mais dont il pressentait le berceau. Les *Lettres sur l'histoire primitive de la Grèce*, adressées à Bailly, parurent en 1787 ; les événements politiques ne laissèrent pas le temps à l'Académie d'en récompenser l'auteur ; et je répéterai ici de Rabaut Saint-Étienne ce que j'ai dit de son coreli-

[1] Rabaut Saint-Étienne était pasteur de l'église réformée à laquelle appartenait Court de Gébelin.

gionaire Court de Gébelin : quoiqu'il n'ait point appartenu à l'illustre Compagnie, on ne saurait parler de l'érudition française à la fin du siècle dernier, sans mentionner ses travaux. Dupuis, auquel revient l'honneur d'avoir imprimé un mouvement nouveau à l'étude des origines religieuses, eut le malheur d'y introduire l'esprit de système ; il prétendait faire une application plus indépendante de la critique ; mais il maniait cette arme sans avoir la connaissance de son emploi. Se méprenant sur l'âge des témoi ges, ce savant prétendait expliquer des mythes nés de la poésie et de la naïve contemplation de la nature, par une science raisonnée, une observation systématique des astres dont plus tard, il s'imagina retrouver les antiques monuments dans des zodiaques égyptiens comparativement modernes.

Pour être juste, il faut rappeler que la critique mythologique n'avait pas moins fait défaut aux plus illustres érudits du dix-septième siècle qu'à Dupuis. On a vu ci-dessus que les théories antérieures sur l'origine des fables de la Grèce, pour avoir été plus chrétiennes, ne furent pas moins chimériques ; et à tout prendre, Dupuis, en cherchant dans le ciel la source des mythes helléniques, était plus près de la vérité que ceux qui, comme Huet, la plaçaient dans la Bible, ou comme Banier, dans l'histoire. Le philosophe érudit arriva, par une fausse méthode, à constater une vérité que la comparaison des mythes védiques et des traditions de la Grèce et de l'Italie primitives ont fait ressortir, à savoir que la personnification du soleil a été le point de départ de la plupart des divinités de l'Olympe antique : « Plus on pénétrera dans la nature intime des mythes primitifs, observe un habile et ingénieux représentant de la nouvelle école mythologique[1], plus on se convaincra qu'ils se rapportent pour la plus grande partie au Soleil. » L'astre qui distribue à tous les êtres la chaleur et la vie, qui illumine le monde de ses feux, embellit le firmament et frappe par sa disparition de tristesse et d'effroi l'homme encore ignorant et naïf, a fourni à l'imagination, sous toutes les zones, le premier thème de ces créations religieuses dont l'accroissement séculaire devait aboutir aux mythologies. Ces idées, qui ont donné une face nouvelle à la science des origines religieuses, étaient alors entrevues par quelques penseurs allemands; en France, on s'était arrêté à Fréret, qui saisit admirablement sans doute les formations secondes, mais ne sait pas pénétrer jusqu'aux couches primaires. Le dix-huitième siècle s'acheva donc sans que l'érudition eût éclairé d'une lumière suffisante les origines du polythéisme antique. Les systèmes se succédèrent sans rien établir de solide. Tandis que les interprétations astronomiques séduisaient Dupuis, que Bailly se livrait à ses rêveries sur un peuple primitif, un antiquaire lorrain, D'Hancarville, imaginait une autre hypothèse, le système scythique, et faisait servir une connaissance très-réelle des arts de l'antiquité à l'échafaudage de la plus invraisemblable des suppositions[2]. Ainsi l'esprit de système, qui semblait ruiné par

[1] Voy. les judicieuses observations de M. Michel Bréal, à propos des travaux du grand indianiste M. Max Müller. *Revue archéologique*, 2e série, t. IV, p. 194 (*Le mythe d'Œdipe*, 1863).

[2] Voy. ses *Recherches sur l'origine, l'esprit et le progrès des arts*

la défaite de Banier, se releva sous une autre forme en apparence plus philosophique, mais qui était simplement plus hardie. Les philosophes triomphèrent aussi bruyamment et aussi gratuitement avec leurs interprétations, que l'avaient fait les croyants et les dévots. On se bâtit une Égypte mère de nos croyances, de nos arts et de notre philosophie, qui n'était pas moins fantastique que cette Judée institutrice de la Grèce qu'avait imaginée le dix-septième siècle. On supposa que l'humanité avait été dépouillée dans la création de ses croyances, des dons de l'intelligence et du cœur qui y coopèrent comme la personnification des objets physiques; on travestit en allégories méthodiques ces grandes épopées du sentiment, à l'aide desquelles l'homme se représente ses rapports avec Dieu et la nature et qui s'appellent les religions; on prêta aux hommes des premiers âges la sécheresse et le positif des doctrines matérialistes d'un siècle d'incrédulité religieuse. Ce n'est qu'après la création de l'Institut, en 1806 et 1807, que Larcher, préparant l'application de la vraie critique à l'Égypte, qui était réservée à Letronne, ruina les hypothèses de Dupuis, et du même coup réduisit à néant la réalité du phénix et la haute antiquité de l'astronomie égyptienne. L'esprit de système se montra bien encore quelquefois dans la nouvelle Académie, avec les travaux de Petit-Radel, d'Émeric David, de Lajard; mais ses apparitions furent plus rares, et la critique sincère et impartiale y rem-

dans la Grèce, sur leurs connexions avec les arts et les religions des plus anciens peuples connus, 1785, 3 vol. in-4°.

plaça dans les études d'histoire des religions, comme dans celles d'autres branches de l'érudition, le parti pris des dévots ou des incrédules. On ne chercha pas plus à fortifier les enseignements de l'Église que les doctrines des philosophes ; on s'attacha à constater les faits, sans arrière-pensée d'aucune nature.

Si la philosophie du dix-huitième siècle, dans ce qu'elle avait de sérieux et d'élevé, finit, par pénétrer l'Académie des inscriptions, elle n'y fut jamais admise sous les dehors licencieux et moqueurs qui en assuraient le succès près des gens corrompus et frivoles. Les sujets graveleux et obscènes furent toujours soigneusement écartés des travaux de la Compagnie, et quand Le Beau jeune communiquait son mémoire sur l'*âne d'or de Lucius de Patras*[1], où se trouvent analysés quelques romans fort libres de l'antiquité, quand J. Dacier examinait si l'histoire de la matrone d'Éphèse est un fait véritable ou une fiction, et en suivait les imitations jusque dans les fabliaux du moyen âge, ils gardaient l'un et l'autre toute la gravité du savant, et ne prenaient, dans ces compositions scandaleuses, que ce qui peut peindre les mœurs d'une époque et mieux caractériser une forme de littérature.

J'ai dit, en traitant de l'histoire de l'Académie des sciences, combien la philosophie du dix-huitième siècle a contribué à répandre l'estime des connaissances posi-

[1] Voy. *Mém. de l'Acad.*, t. XXXIV. Ch. Le Beau s'occupa comme son frère des romans grecs, et donna, d'après Photius, l'analyse des *Babyloniques* de Jamblique (voy. *Histoire de l'Académie*, t. XXXIV, p. 57) que Chardon de la Rochette nous a beaucoup mieux fait connaître (*Mélanges de critique et de philologie*, t. I, p. 34).

tives, à populariser l'observation des faits physiques et à faire comprendre l'importance de leurs applications à nos besoins. L'Académie des inscriptions, sentant que le courant de l'opinion portait les esprits dans cette direction, voulut aussi faire servir l'érudition au progrès des sciences d'observation qu'elle ne pouvait aborder que par le côté historique. Sa préoccupation se manifesta, à la fin du siècle dernier, par le choix des questions mises au concours. Elle proposa successivement pour sujets de prix à décerner, en 1776 et 1777, l'histoire de l'agriculture chez les Romains depuis les commencements de la république jusqu'à César, et depuis César jusqu'à Théodose; concours qui lui valut le mémoire d'un avocat, M. Dumont, qu'ont fait oublier l'ouvrage allemand d'Anton et les Mémoires lus à l'Institut par Mongez et Dureau de la Malle. En 1779, abordant un problème dont la poursuite allait devenir toute une science, l'Académie proposait de rechercher ce que les monuments historiques nous apprennent des changements survenus à la surface du globe, par le déplacement des eaux de la mer. La docte assemblée croyait naïvement qu'il était possible, dans l'espace de deux années, d'arriver à résoudre l'une des questions les plus difficiles qu'agite aujourd'hui la géologie, et, ne se doutant pas des cataclysmes nombreux qui ont remué l'écorce de notre planète, elle supposait que, sans fouiller le sol et sans de longues et minutieuses observations, il était possible de contrôler les témoignages incertains que nous ont laissés les anciens à cet égard. La question resta sans réponse. La Société royale de Gœttingue ayant mis la même question au concours, quarante ans plus tard, un savant allemand, K. E. Ad. de Hoff, la traita, sinon complétement, au moins avec une grande abondance d'érudition [1].

L'influence de l'esprit nouveau se fit moins sentir à cette époque, au sein de l'Académie, dans les nouvelles études dont la philosophie des anciens était l'objet que dans l'histoire des religions et des sciences de l'antiquité. Les doctrines métaphysiques et morales des philosophes grecs et romains, au lieu d'être scrutées dans leur essence et sous le rapport de leur influence sociale, continuèrent à être exposées, bien qu'avec plus d'attention et d'exactitude, à un point de vue purement historique et littéraire. Capperonier recomposait la vie du philosophe cynique Pérégrin [2]; J.-J. Garnier s'attachait à mieux faire connaître le véritable esprit de divers ouvrages de Platon [3]. Conduit par la pensée de laver les philosophes anciens du reproche d'avoir manqué de méthode, il recherchait dans les écrits d'Épictète [4] les principes de la doctrine stoïcienne dont il était l'admirateur. Villoison travaillait de son côté à mieux faire connaître, dans ses rapports avec la mythologie [5], cette philosophie que de nos jours, dans la même Académie, a si

[1] *Geschichte der durch Ueberlieferungen, nachgewiesenen natürlichen Veränderungen der Erdoberfläche*, Gotha, 1822; 3 vol. in-8.

[2] Mémoire lu en 1752. Voy. *Mémoires de l'Académie*, t. XXXVIII, p. 69.

[3] *De l'usage que Platon fait des fables* (lu en 1762), — *sur le Cratyle de Platon* (lu en 1763), — *sur les paradoxes philosophiques* (lu en 1765).

[4] Voy. *Mémoires de l'Académie*, t. XLVIII, p. 408.

[5] Voy. son savant mémoire intitulé : *Theologia physica stoicorum* imprimé à la suite de son édition du traité de Cornutus, *de natura deorum*, publiée par F. Osann (Gottingen, 1844).

lumineusement exposée M. Ravaisson. Une autre fois Garnier montrait le véritable but du Tableau de Cébès [1], sur lequel s'est exercée la sagacité de bien des critiques. Sevin, en 1711, avait cherché à établir que nous avons véritablement dans cet écrit l'œuvre d'un des disciples de Socrate [2]. Garnier combattit cette opinion avec force et chercha à établir que le *Pinax* est dû à un Cébès de Cyzique, contemporain d'Athénée et de Lucien. En 1780 et 1781, Gautier de Sibert lisait un judicieux travail sur la philosophie de Cicéron, qui demeure encore aujourd'hui un des exposés les plus complets des idées philosophiques du grand orateur romain.

Villoison, esprit libre, s'éleva plus haut et, par sa connaissance profonde de la langue grecque, arrivant à saisir l'ensemble et le véritable sens des spéculations antiques, communiquait à ses confrères, en 1777, sa dissertation *sur la théologie et les mystères des païens* [3], tentative la plus avancée qu'ait faite au dix-huitième siècle la France, pour définir le génie religieux des Grecs dans ses formes les plus cachées ; il y montrait l'alliance, chez les anciens, de la philosophie de la nature et de la religion, qu'on avait auparavant trop séparées. Les vues du savant hélleniste, peu conformes à celles de son ami Sainte-Croix dans l'ouvrage duquel il insérait subrepticement sa dissertation, dénotent un esprit que la méditation a rendu familier avec des conceptions faites pour effaroucher quelque peu un chrétien. Sainte-Croix

[1] *Mémoires de l'Académie*, t. XLVIII, p. 455.
[2] Voy. *Histoire de l'Académie*, t. III, p. 137.
[3] *De triplici theologia mysteriisque veterum.*

s'émut de voir figurer à côté de ses recherches plus timides, bien que fort avancées pour l'érudition française d'alors[1], des aperçus si hardis. Mais les vues de Villoison furent promptement dépassées, tant chaque jour la critique s'affranchissait davantage des scrupules de l'orthodoxie.

Dans l'étude dont les législations étaient l'objet à l'Académie, l'influence de l'esprit nouveau apparaît plus que dans celle des systèmes de philosophie de l'antiquité. Un avocat provençal, Pastoret, devenu conseiller à la Cour des aides, et dont j'ai déjà noté plus haut les premiers essais, s'était fait connaître, en 1784, par un travail *sur les lois maritimes des Rhodiens*. Il avait porté dans l'étude des législations antiques ces vues philosophiques et élevées dont Montesquieu nous a laissé un parfait modèle dans l'*Esprit des lois* et qui perçaient déjà dans quelques mémoires de Sainte-Croix, notamment dans ses remarques *sur les traités conclus entre les Carthaginois et les Romains*[2]. L'Académie, en proposant pour sujet de prix à décerner, en 1786, le *Parallèle de Zoroastre*, *Confucius et Mahomet*,

[1] Villoison avait été prié en 1784 par Sainte-Croix, de veiller en son absence sur l'impression des *Mémoires pour servir à l'histoire de la religion secrète des anciens peuples*, il accepta ce soin, mais se permit des retouches, des interpolations, des coupures et des additions. Voy. ce que disent à ce sujet Chardon de la Rochette, *Mélanges*, t. III, p. 44, et Silvestre de Sacy, dans la préface de la nouvelle édition qu'il a donnée de l'ouvrage de Sainte-Croix.

[2] Voy. *Mémoires de l'Académie*, t. XLVI, p. 21. Sainte-Croix met en relief dans ce mémoire la politique des Carthaginois, et montre comment, par ces traités, ils voulaient resserrer la navigation des Romains sur la Méditerranée.

considérés comme sectaires, législateurs et moralistes[1], entrait dans ce nouvel esprit et donnait ainsi la mesure du progrès accompli par elle, dans l'appréciation des législations religieuses. Pastoret traita le sujet de la manière incomplète dont il était alors seulement permis d'apprécier les trois grands législateurs de l'Asie, mais avec cette impartialité et cette liberté d'esprit qu'il devait à la philosophie de son siècle. Deux ans après, le même savant faisait paraître, avec l'approbation de l'Académie qui venait de l'appeler dans son sein, son *Moïse considéré comme législateur*, ouvrage remarquable où se montrent la même impartialité et la même hauteur de vues. C'était là un heureux fruit du mouvement intellectuel d'alors! Il n'a manqué à Pastoret qu'une connaissance plus complète du génie et des institutions des Hébreux, impossible à posséder sans la connaissance de leur langue; qualité qui brille à un haut degré dans l'ouvrage de M. J. Salvador, publié quarante ans plus tard et qui a fait oublier celui de son devancier. Pastoret alla grossir à l'Académie la petite phalange des philosophes. Il y représenta en religion le dix-huitième siècle dans ses principes les plus sages et les plus larges, comme il ne tarda pas à représenter la Révolution dans ce qu'elle eut de plus sensé et de plus légitime.

L'agrandissement du cadre de la Compagnie avait permis à des hommes nouveaux d'en rajeunir l'esprit. En 1785, le roi, sur la proposition du baron de

[1] Le mémoire de Pastoret a été publié en 1787, avec la permission de l'Académie. La rapidité avec laquelle il arriva à une seconde édition prouve assez le succès qu'il obtint dans le public.

Breteuil, avait créé, en faveur de savants auxquels leurs occupations ne permettaient pas de s'astreindre aux travaux réguliers des pensionnaires et des associés, une classe nouvelle de huit académiciens, celle des associés libres résidents. Bailly, Hennin, Silvestre de Sacy [1], Camus, D'Ormesson de Noiseau, Mongez, Barthez y prirent place. J'ai suffisamment fait connaître les travaux des deux premiers, je parlerai plus loin du troisième; je complète ce que j'ai dit plus haut des autres. Silvestre de Sacy, qui, ainsi que je l'ai montré, régénéra dans l'Académie l'étude de la philologie orientale, fit en même temps que Villoison, pénétrer dans notre pays cette rigueur d'interprétation des textes et ce besoin de connaissances précises qui allaient devenir un des traits distinctifs de la critique. Appartenant encore par ses idées jansénistes à la génération qui l'avait précédé, il annonçait déjà cependant cette haute impartialité, cette absence de parti pris, cet esprit vraiment scientifique qui sont autant de caractères essentiels de la science telle que l'a comprise le dix-neuvième siècle. L'avocat Camus [2], jurisconsulte et helléniste, associait la vie laborieuse d'un bénédictin, à l'austérité des principes républicains qu'il avait puisés dans son commerce intellectuel avec Rome, Sparte et Athènes. Antoine Mongez, antiquaire plein de zèle, marchait de loin sur les traces de Montfaucon et cachait, sous la soutane du génovéfain, les opinions hardies

[1] Silvestre de Sacy, devint peu de temps après, associé résident et fut remplacé comme associé libre par D. Poirier.

[2] Armand-Gaston Camus, né à Paris en 1740, mort en 1804.

de son temps[1]. Barthez, médecin philosophe, s'était fait connaître de l'Académie dans deux concours[2] où il obtint la couronne; établi alors à Montpellier, il partageait ses journées entre la pratique d'un art où il a laissé un grand nom[3], et des études d'histoire et de littérature qui n'ont point été sans mérite.

La création de cinq nouvelles pensions assura le sort de quelques associés et leur permit de se livrer tout entiers à leurs travaux. Un nouveau règlement fut donné à la Compagnie le 22 décembre 1786; il la délivrait des entraves que lui imposaient certaines dispositions de ses anciens statuts devenues inapplicables ou même ridicules. Mais rien ne fut changé pour le fond à l'organisation de l'Académie. Les nouvelles recrues donnèrent la main aux anciens membres, et à dater de ce jour, se manifesta un effort plus marqué pour produire des œuvres solides et des travaux mieux digérés. Les événements de 1789 arrêtèrent cet élan et separèrent les hommes qui avaient mis en commun

[1] Mongez, né à Lyon en 1747, mourut en 1835 (voy. son éloge par Walckenaer, *Mémoires de l'Académie des Inscriptions*, 2e série, t. XVIII, Part. I). Son frère cadet périt dans l'expédition de La Pérouse. Mongez, à raison du rôle qu'il avait joué pendant la Révolution, fut exclu de l'Institut en 1816, par l'ordonnance Vaublanc. L'Académie des Inscriptions répara cette iniquité, en le réélisant à l'unanimité en 1818, à la place de Dupont (de Nemours).

[2] En 1756 et 1757 ; les questions proposées étaient alors : En quels temps et par quels moyens le paganisme a été entièrement éteint dans les Gaules. — Quel fut l'état des villes et des républiques situées dans le continent de la Grèce européenne depuis qu'elles ont été réduites en provinces romaines jusqu'à la bataille d'Actium.

[3] Voy. ce que je dis de Barthez dans *L'Ancienne Académie des sciences*, p. 206.

leur érudition et leurs idées. Mais avant de raconter les derniers moments d'une Compagnie qui avait duré plus d'un siècle, je veux compléter le tableau de sa vie intérieure, pour mieux faire apprécier son action au dehors.

L'Académie, n'ayant laissé pénétrer qu'un petit nombre d'hommes imbus des idées nouvelles, leur imposant dans leurs lectures une assez grande réserve et les retenant dans les bornes d'une critique prudente, avait échappé aux causes les plus puissantes qui auraient pu l'agiter. L'antagonisme se révélait dans des questions qui n'avaient généralement qu'un intérêt secondaire pour la politique et la philosophie du temps. On se disputait, comme on l'a vu, sur des textes, sur des dates, sur des appréciations de faits historiques, de personnages célèbres, sur des questions de style et de goût, et si dans ces débats, apparaissait l'antipathie des caractères, du moins les hostilités ne prenaient que rarement une forme tout à fait agressive. L'esprit de confraternité régnait d'ordinaire dans la Compagnie, et cette confraternité s'étendait même aux membres de l'Académie des sciences, que l'Académie des inscriptions regardait comme sa sœur. Malgré l'organisation distincte et la constitution séparée que présentaient alors ces deux corps savants, quoiqu'ils ne formassent pas comme aujourd'hui deux divisions d'une seule et même assemblée, les académiciens respectifs de l'une et de l'autre se traitaient en collègues, et, depuis les nouveaux règlements dus à Pontchartrain, l'usage s'introduisit qu'à la fin de chaque semestre, chaque Compagnie envoyât à l'autre des commissaires pour lui faire un rapport sur ses propres travaux. L'Académie française, au contraire, fière de son origine, tenait ses deux sœurs cadettes à distance. Je dis sœurs, j'aurais dû plutôt appeler l'Académie des inscriptions et belles-lettres sa fille, puisque c'était dans son sein qu'on avait été pris le noyau. Les Quarante regardaient avec un certain air de dédain ceux qu'ils appelaient les cuistres de l'Académie des inscriptions, les arpenteurs et les apothicaires de l'Académie des sciences. Ils croyaient faire grand honneur à quelques-uns des membres de ces deux Compagnies, en les admettant parmi eux ; et de fait, en briguant leurs suffrages, après avoir été déjà honorés du choix d'une autre Académie, les érudits et les savants reconnaissaient implicitement à l'Académie française un droit de suzeraineté sur ses deux émules. On estimait alors tant l'art de bien dire, on portait si haut le titre d'homme de lettres, qu'un géomètre aussi éminent que D'Alembert, un naturaliste tel que Buffon, un voyageur aussi célèbre que La Condamine, se tenaient pour plus honorés d'une élection à l'Académie française que d'appartenir à la Compagnie dont ils faisaient l'illustration. Les choses n'ont pas changé, quoique de nos jours toutes les Académies de l'Institut confèrent des droits égaux. Et cependant l'Académie française a, plus souvent que ses deux sœurs cadettes, ouvert ses rangs à des médiocrités. Qu'on jette les yeux sur la succession des quarante fauteuils, et l'on se convaincra que l'immortalité fut décernée aux réputations les plus éphémères, souvent même à des hommes qui n'en avaient point du tout. « L'Académie française, écrit Saint-Simon, se perdit peu à peu par sa vanité et sa complaisance; elle serait demeurée en lustre, si elle s'en était tenue à son institution; la complaisance commence à la gâter. Des personnes puissantes par leur élévation ou par leur crédit, protégèrent des sujets qui ne pouvaient lui être utiles, conséquemment ne pouvaient lui faire honneur. Ces protections s'étendirent après jusque sur leurs domestiques, par orgueil, et ces domestiques, qui n'avaient souvent pas d'autres mérites littéraires, furent admis... Pour essayer de se relever au moins par la qualité de ses membres, elle élut des gens considérables, mais qui ne l'étaient que par leur naissance ou leurs emplois, sans lesquels les lettres ne les auraient jamais admis dans une société littéraire, et ces personnes eurent la petitesse de s'imaginer que la qualité d'académicien les rendait académiques [1]. » Ces réflexions un peu sévères n'étaient pourtant, au siècle dernier, que l'expression de la vérité. L'immortalité de tant d'auteurs oubliés et qui n'avaient rien fait pour la postérité, de tant de grands seigneurs dont les titres étaient plus périssables encore que de mauvaises pièces de théâtre ou d'insignifiantes déclamations, ressemblait fort à celle que les anciens Hébreux admettaient pour les âmes dans le scheol : c'était une immortalité pâle et triste, qui tenait encore plus du néant que de la vie.

Et cependant, il faut le reconnaître, cette préférence accordée par l'opinion à l'Académie française tirait sa source du caractère même de la nation. Le style est le

[1] Voy. notes de Saint-Simon, au *Journal du marquis de Dangeau*, publié par Soulié et Dussieux, t. XV, p. 148.

reflet de la pensée, non dans ce qu'elle a de plus profond et de plus abstrait, mais de plus vif et de plus saisissant. C'est un art qui met en relief les facultés les plus brillantes et les plus gracieuses de l'esprit. L'homme, ainsi que l'a remarqué Buffon, s'y peint tout entier. Quoi d'étonnant que le peuple spirituel et aimable par excellence préfère ce qui fait ressortir davantage ses propres qualités! Notre vanité nationale devait assurer le premier rang à ceux qui personnifiaient le mieux ce qu'elle aime et recherche. Le monde, quoi qu'on fasse, est toujours pour les Français un grand salon où les belles sont plus fêtées que les bonnes, et ce n'est pas sans raison que l'Académie des beaux-esprits s'appelle l'Académie française. Les savants, les érudits purs se rencontrent en France, mais ils ne sont pas les vrais enfants du pays; ils forment une classe à part, qu'on respecte, mais pour laquelle on sympathise peu. C'est là ce qui révolta, au siècle dernier, quelques hommes de l'Académie des inscriptions, qui prenaient leur mission au sérieux et n'entendaient pas que le savoir fût moins prisé que le bien dire. Ils voulurent mettre un terme à l'ambition de ceux qui ne briguaient leurs suffrages qu'afin de se faire du titre de membre de l'Académie des inscriptions un marchepied pour l'Académie française; ils prirent la résolution de ne promettre leurs voix qu'aux candidats qui s'engageraient à ne point se présenter au choix des Quarante, et prétendirent avoir le droit de rayer de leur liste ceux qui, élus, manqueraient par la suite à cet engagement. Rien dans le règlement de l'Académie ne leur attribuait un droit pareil, et Louis XV annula la délibération. Mais les quinze membres qui l'avaient signée n'en persistèrent pas moins dans leur projet, et ne donnèrent leurs voix qu'aux candidats qui juraient de ne point se porter à l'Académie française.

Quinze membres, c'était beaucoup dans une Académie qui n'en comptait point alors quarante, et bien des candidats se virent réduits à passer par les fourches Caudines où les avait engagés la nécessité de s'assurer des voix. De ce nombre fut le comte de Choiseul-Gouffier, qui, désireux d'entrer dans une Compagnie dont l'approbation était la meilleure récompense de ses premiers travaux, prit tous les engagements qu'on voulut. Mais, une fois admis, n'ayant plus rien à attendre et rien à craindre de ceux dont il avait malgré lui accepté les conditions, l'illustre voyageur se présenta à l'Académie française. Il y avait alors chez nous une juridiction particulière qui connaissait du point d'honneur; c'était celle de la *Table de marbre*. Les maréchaux de France formaient un tribunal qui jugeait ceux qui manquaient à ces engagements que la loi ne consacre pas, et qui ne se formulent pas par des contrats. Anquetil du Perron, un des plus zélés partisans de la mesure d'exclusion, assigna Choiseul-Gouffier devant les maréchaux comme ayant manqué à un engagement d'honneur. C'était la première fois que la Table de marbre se voyait saisie d'une affaire de ce genre; fort embarrassée, elle soumit la difficulté au roi, qui répondit qu'il se réservait la décision de l'affaire, et Sa Majesté ne décida rien. Profitant de la complicité de cette inaction, Choiseul-Gouffier reprit ses démarches, fut élu et mit les rieurs de son côté [1]; Anquetil réclama vainement. Le cordon sanitaire dont avait voulu s'entourer sa Compagnie était ainsi ouvertement violé, et la contagion ne fit que se répandre davantage; les rêves d'ambition d'écrivain des membres de l'Académie des inscriptions prirent plus de force que jamais.

Si le public prisait peu les travaux d'une Compagnie qu'il n'avait pas assez de savoir et de sérieux pour apprécier, il y avait cependant des hommes distingués et des amis de l'étude qui s'honoraient encore de son approbation. Mais l'Académie des inscriptions, flattée de la déférence que ce petit nombre de gens sensés lui témoignaient, était trop disposée à donner, par un échange de bons procédés, des éloges à tous ceux qui sollicitaient son jugement. Les commissaires étaient choisis d'ordinaire parmi les amis de l'auteur du livre qu'il s'agissait d'examiner; et, moins sévère que les Quarante, la Compagnie par là compromettait un peu, il faut en convenir, son crédit et sa dignité. Duclos, membre des deux corps, et qui portait à l'Académie érudite les habitudes de l'Académie française, provoqua enfin une mesure propre à arrêter cet excès de condescendance. Il fit substituer une formule uniforme à ces approbations longues et ultra-laudatives dont on avait pris la mauvaise habitude [2]. Mais l'on se montra alors moins empressé à déférer ses œuvres au jugement de la docte assemblée.

Une des principales causes de la popularité de l'Aca-

[1] Voy. tout le récit de cette affaire dans la *Correspondance littéraire* de Grimm, t. XIII, p. 391.

[2] Voy. la notice sur Duclos, dans Auger, *Mélanges philosophiques et littéraires*, t. I, p. 75, 76.

démie française, c'était ses séances de réception. Les solennités où le nouvel élu, en faisant l'éloge de son prédécesseur, s'efforçait d'obtenir le sien du public, où le directeur de la Compagnie faisait assaut d'éloquence avec le récipiendaire et tâchait de l'écraser en le louant, attiraient, comme aujourd'hui, un nombreux auditoire. L'Académie des inscriptions et belles-lettres avait aussi ses séances, mais elles étaient beaucoup moins courues. Les plaisirs que la science procure ne sont pas de ceux que l'on prend à la volée, qui se communiquent avec la rapidité d'un bon mot ou au seul énoncé d'une belle période; les joies du savant sont moins bruyantes et plus calmes; elles se goûtent dans le silence du cabinet et non au milieu d'une assemblée élégante. Les meilleurs travaux scientifiques, débités en façon de discours, ne peuvent que paraître ennuyeux et froids, et l'on a bien de la peine à intéresser un public ignorant et frivole à la biographie d'hommes dont la vie s'est passée au travail et dont les livres furent toute la société. Aussi voit-on qu'à la fin du dix-huitième siècle, les séances de l'Académie des inscriptions n'avaient pas plus d'attraits pour les gens du monde qu'elles n'en offrent aujourd'hui. On les trouvait ennuyeuses, et, afin de retenir un auditoire fatigué, les lecteurs se voyaient généralement condamnés à retrancher de leurs mémoires toute la partie solide, pour n'y laisser que les anecdotes ou des détails qu'ils cherchaient à rendre amusants en y semant quelques saillies. L'Académie des inscriptions se montrait donc au public sous des apparences qui donnaient tous les avantages de la comparaison à l'Académie française. Ce que nous rapporte de plusieurs de ces séances la *Correspondance* de Grimm [1], nous en est la preuve. De pareilles solennités n'avaient pu fonder la réputation de la Compagnie. Heureusement elle eut des occasions plus favorables pour prouver son utilité et son importance. C'est lorsqu'il s'agissait d'éclairer certaines questions d'histoire et de géographie intéressant la politique et la législation, et sur lesquelles elle était en mesure de prononcer avec une autorité dont tout autre corps en France eût été dépourvu. La confiance qu'on avait en ses jugements était si grande qu'on s'adressa à elle, même de l'étranger. En 1760, le roi de Danemark avait formé le projet d'envoyer des savants explorer l'Yémen. Cette contrée, encore aujourd'hui si peu visitée, était alors bien moins connue; le monarque danois sentait l'intérêt qu'il y avait pour l'histoire à explorer une terre voisine du berceau des premiers Hébreux, l'importance que présentait pour le commerce l'étude des ressources de cette partie de l'Arabie placée sur la route de l'Égypte à l'Inde. Ayant besoin d'instructions pour ses voyageurs, il ne vit rien de mieux que de consulter une Compagnie qui comptait D'Anville dans son sein. Honorée d'une si haute marque de confiance, l'Académie rédigea avec tout le soin possible les instructions demandées; elle y déploya toutes les ressources de son érudition. Son travail, consigné au tome XXIX de son Recueil, est un monument remarquable du degré d'avancement où avait été déjà portée à cette époque l'histoire des Arabes, malgré le petit nombre de documents

[1] Voy. *Correspondance littéraire*, t. XIV, p. 496.

alors rassemblés et la connaissance imparfaite qu'on avait de la langue de ce peuple. Plus tard, deux autres circonstances achevèrent de montrer quelles lumières l'étude approfondie de l'histoire, dont l'Académie des inscriptions avait le sacerdoce, peut jeter sur les questions contemporaines, et lavèrent la Compagnie de l'accusation banale de ne s'occuper que de choses sans utilité pratique. En 1773, le parlement anglais avait ordonné de rechercher l'origine des fortunes acquises par les généraux et les autres officiers de la Compagnie des Indes ; il avait posé en principe que toutes les acquisitions faites par l'influence militaire appartiennent de droit à l'État. Mais était-ce à l'État, et non pas plutôt à la couronne, que le butin devait revenir? Le monarque en jouissait-il comme chef de l'État faisant les frais de la guerre ou comme capitaine général des armées? Voilà ce que l'on se demandait au delà de la Manche ; et comme il s'agissait d'un principe de droit public, on pensait ne pouvoir l'éclairer que par la tradition et l'histoire. Un homme d'État de l'Angleterre, Stanley, que son goût pour les antiquités avait mis en relation avec Barthélemy, s'adressa pour avoir une réponse à l'homme qui personnifiait alors le mieux l'Académie des inscriptions. L'antiquaire français lui répondit par deux lettres, ou plutôt par deux dissertations, l'une sur le partage du butin chez les Grecs, l'autre sur l'usage des Romains à l'égard du butin fait sur l'ennemi. Barthélemy y releva une erreur de Grotius, et, en ne se guidant que par les anciens, donna des conclusions que Stanley trouva tout à fait décisives [1]. Il fit ressortir

[1] Voy. J.-J. Barthélemy, *Œuvres diverses*, part. II, p. 15 et suiv.

les droits des généraux sur le butin pris à l'ennemi en distinguant toutefois les différentes espèces de butin; il servit ainsi indirectement la cause de lord Clive, un des généraux auxquels le parlement voulait faire rendre gorge. Tandis que la Grande-Bretagne s'effrayait des richesses conquises dans l'Hindoustan par les officiers de la Compagnie des Indes, elle s'efforçait de retenir sous son joug d'autres colonies envers lesquelles les agents anglais n'avaient point agi d'une manière moins vexatoire. Le premier ministre d'Angleterre, pour combattre les prétentions des Américains à l'autonomie, avait invoqué l'exemple de l'antiquité, où les colonies, selon lui, demeuraient toujours soumises à l'empire de la métropole. Telle était en effet l'opinion qu'avait soutenue Bougainville, couronné en 1745, pour un mémoire sur cette question. C'était là une erreur qui pouvait devenir funeste aux intérêts de la Nouvelle-Angleterre, et, plein de sympathie pour les Américains, Sainte-Croix, alors associé de l'Académie des inscriptions, s'empressa, de la signaler. Il composa sur l'*état des colonies des anciens peuples*, un livre qui parut en 1779, sous les auspices de la Compagnie, et où il établissait qu'en fondant des colonies, les nations de l'antiquité se donnaient des alliés et non des sujets; il montrait que chaque colonie avait le droit de se gouverner elle-même et que les colons emportaient avec eux, en quittant la métropole, celui de fonder des colonies nouvelles. La démonstration de Sainte-Croix n'était pas complétement irréfragable [1], mais elle produisit son

[1] Voy. les *Remarques* de Barthélemy *concernant les droits des métropoles sur les anciennes colonies*, où ce savant fait quelques

effet. L'ouvrage fit grand bruit, fut lu avidement en Angleterre, et nos voisins comprirent que, pour faire valoir leur autorité sur l'Amérique, il leur fallait se passer de l'histoire; l'histoire s'est, à son tour, passée d'eux dans le Nouveau Monde.

D'autres questions de politique et de législation s'agitèrent, vers la même époque, devant l'Académie, soit à l'occasion de mémoires, soit à propos d'ouvrages que lui offraient ses membres. En janvier 1777, Anquetil du Perron communiqua à ses confrères les parties les plus importantes de son livre *sur la législation orientale*, bien fait pour donner à réfléchir à une nation qui recueillait les fruits amers d'un despotisme aussi énervant, quoique beaucoup plus doux. Quelques années auparavant, en 1770, l'Académie ouvrit son recueil à un mémoire du fils de Lévesque de Pouilly[1], *sur la naissance et les progrès de la juridiction temporelle des églises depuis l'établissement de la monarchie jusqu'au commencement du quatorzième siècle*, ouvertement dirigé contre l'autorité cléricale. Deux ans après, Desormeaux, dans une dissertation *sur la noblesse de France*[2], passait en revue les vicissitudes de cette institution, et, tout historiographe et protégé de la maison des Bourbon-Condé qu'il fût, il en

réserves sur les assertions de Sainte-Croix. *Œuvres diverses*, part. II, p. 473.

[1] Voy. *Mém. de l'Acad.*, t. XXXIX, Lévesque de Pouilly, né à Reims en 1734, fut élevé à Paris sous les yeux de son oncle Burigny, qui l'introduisit dans la société de Mmes Geoffrin, Du Boccage et Dupin. Il fut nommé associé libre de l'Académie en 1768. Voy. ce que je dis de lui plus loin.

[2] Voy. *Mém. de l'Acad.*, t. XLVI, p. 632.

signalait les empiétements sur le clergé et le peuple. On sent, en lisant ces écrits, percer les tendances réformatrices qu'allait vainement essayer d'appliquer Turgot, qui lui aussi fut membre de l'Académie des inscriptions, juste appréciatrice de son érudition et de son caractère[1]. Ces réformes, appelées par les sages, combattues par les courtisans, s'étaient déjà offertes à l'esprit éclairé du père du grand ministre; elles avaient trouvé dans Bougainville, en pleine séance publique de l'Académie, un hardi panégyriste[2]. En louant Michel-Étienne Turgot, le prévôt des marchands, qui avait assaini Paris, embelli ses quartiers, assuré par la liberté du commerce des grains ses approvisionnements, le secrétaire perpétuel rappela les dangers que faisait courir à l'ordre et au bonheur de la France une centralisation imprévoyante[3]. En proposant pour modèle à des

[1] Turgot s'était occupé de philologie et de littérature allemande. J'ai dit plus haut qu'on lui doit l'article *Étymologie* de l'*Encyclopédie*, qui annonce des études sérieuses et renferme quelques aperçus judicieux. Voy. ses *Œuvres*, t. III et IX. Turgot, dont l'éloge a été prononcé par Dupuis, fut remplacé comme membre honoraire par l'abbé Bignon, bibliothécaire du roi et de la grande famille des Bignon.

[2] M. E. Turgot, père du grand Turgot, membre honoraire de l'Académie des inscriptions, né à Paris en 1699, président au parlement, puis prévôt des marchands, mort en 1751, n'a rien écrit et ne possédait aucune des connaissances propres à justifier son entrée dans cette Compagnie. Voy. son *Éloge* dans l'*Histoire de l'Académie*, t. XXV, p. 27

[3] Il est curieux de rappeler ici les paroles de Bougainville : « Tous nos livres économiques s'élèvent d'une voix unanime contre l'énorme ascendant que la capitale usurpe de jour en jour sur les provinces. Nous gémissons de voir ce gouffre destructeur attirer sans cesse et absorber sans retour tous les talents, tous les arts, toutes les riches-

érudits un de leurs confrères dont le seul titre à siéger parmi eux fut d'avoir été un grand citoyen, il les exhortait à unir à leur savoir un patriotisme aussi courageux et à travailler comme lui à l'amélioration de la chose publique.

Tout se tient effectivement dans les sciences morales et historiques. On ne saurait sans inconvénient séparer l'étude des faits de celle des idées. L'histoire embrasse tout, la politique comme la vie privée, les institutions comme les œuvres d'art, les croyances comme les langues. Aussi l'ancienne Académie des inscriptions et belles-lettres étendait-elle ses recherches à ces diverses branches de nos connaissances, et elle n'était pas dépouillée, comme elle le fut un demi-siècle plus tard, par la création d'une autre Académie, du droit de faire avancer parallèlement la science du passé et celle du présent. En dépit de cette scission qu'a consacrée un ministre éminent inspiré par le noble désir de rendre à la philosophie et à l'économie politique la place dans l'Institut qui leur avait été injustement enlevée, la nouvelle Académie des inscriptions, par la force d'attraction des études qu'elle poursuit, a souvent appelé dans son sein des travaux et des hommes que l'Académie des sciences morales et politiques pouvait lui disputer, et celle-ci, à son tour, ramenée dans le champ de l'érudition, a défriché, en commun avec sa sœur aînée, un terrain dont le partage est à peu près impossible. On verra plus loin que la Convention avait mieux compris le

ses, tous les hommes de la nation, et tromper les yeux par le fantôme d'une opulence et d'une population dont il tarit insensiblement les sources. »

mode de division des connaissances humaines, sans cependant faire la part assez large aux lettres savantes. L'Institut attend encore un mode de division plus adapté à la classification et aux relations mutuelles des connaissances humaines ; mais si l'histoire a été arbitrairement partagée entre deux Compagnies qui s'estiment et qui s'honorent, elle n'a pas cessé de laisser à l'Académie des inscriptions le sacerdoce plus particulier de son sanctuaire le plus mystérieux et le plus révéré.

Au siècle dernier, les questions actuelles de politique et de législation n'avaient point encore trouvé place dans les Mémoires académiques ; toutefois elles étaient déjà comme aux portes de la docte assemblée. En se reportant au passé, on commençait à songer sérieusement au présent ; on agitait des réformes, en n'ayant l'air que de traiter des questions historiques ; on jugeait la religion de l'État, en suivant les vicissitudes et les transformations des croyances de l'antiquité. La science osait demander les preuves et la justification de leurs droits aux castes dont on allait bientôt instruire le procès. La justice de l'histoire était installée et servait comme d'instruction à la justice populaire ; mais, moins passionnée et surtout moins cruelle, elle discutait les pièces, pesait les témoignages et condamnait sans colère et sans esprit de vengeance. On aurait dit que l'Académie avait le pressentiment des terribles procès qui devaient commencer par celui du roi. Déjà l'abbé Sallier, Lancelot et Bonamy s'étaient occupés de réunir les documents relatifs à quelques procès célèbres dans notre histoire. Une fois que les *Notices et extraits des manuscrits* eurent été créés, la Compagnie chargea un de ses membres, M. de L'Averdy, d'y publier tout ce qui concernait les procès fameux dans nos annales. L'ancien contrôleur général commença par la plus triste et la plus inique de ces procédures, le procès de l'héroïque Jeanne d'Arc[1], que devait donner au siècle suivant, avec plus de soin et de critique, un savant paléographe, M. Jules Quicherat; suivirent les procès de Gilles de Laval, seigneur de Retz, de Robert d'Artois, du connétable de Bourbon, de l'amiral Chabot, de Nicolas de La Salzède, du maréchal de Biron, du maréchal d'Ancre, du duc de Montmorency, du maréchal de Marillac, etc. L'Averdy put ainsi se donner en esprit le spectacle de ces vengeances politiques dont il devait être bientôt la victime. Ces publications furent comme le testament politique de l'Académie; elle léguait à ceux qui allaient se disputer le pouvoir, l'exemple des terribles et sanglants retours de la faveur populaire ou royale. Le même L'Averdy, en se chargeant de rédiger la table des matières du volumineux Recueil de l'Académie, qui fut publiée en 1791, semblait annoncer par là que l'existence de la Compagnie était close, et dressait comme l'inventaire après décès d'un domaine qui allait passer à d'autres héritiers.

[1] Voy. *Notices et extraits des manuscrits de la Bibliothèque du roi*, t. III (1790). Il faut rattacher à ce travail deux mémoires imprimés dans le même tome et qui ont pour objet de fixer le lieu du supplice de Jeanne d'Arc. Ils sont dus au Mis Godard de Belbeuf, alors avocat général au parlement de Rouen et que la noblesse de cette ville députa aux états généraux, et à un maître de la cour des comptes de Normandie, Rondeaux de Sétry; ces deux magistrats étaient correspondants de l'Académie.

Le mouvement de la Révolution, en entraînant les esprits vers les plus folles et les plus décevantes espérances, les éloignait de l'étude réfléchie du passé, qui seule eût pu les désillusionner. Les clubs littéraires et philosophiques, qui s'étaient formés à Paris depuis la guerre d'Amérique, une fois la Révolution commencée, ne s'occupèrent plus que de politique. Rechercher les origines des sociétés, scruter les anciens monuments des peuples, écarter des vieux parchemins la poussière qui les ternit, paraissaient un soin superflu et presque puéril, quand on avait tant de grandes choses à accomplir dans le présent et d'institutions à édifier pour l'avenir. L'Académie des inscriptions et belles-lettres rentra donc dans l'obscurité qui l'enveloppait à ses débuts. A dater de 1789, elle ne joue plus aucun rôle dans le mouvement intellectuel et elle poursuit dans l'indifférence ou l'oubli du public, des travaux qui se ressentent eux-mêmes de la défaveur dont ils étaient frappés. Vainement elle tente par quelques-unes des questions qu'elle met encore au concours, d'intéresser à ses études la nation en proie à une fièvre de réformes. Elle demande à ceux que les clubs n'ont point arrachés aux patientes recherches, quels étaient les soins pris par les Grecs et les Romains pour la police et la salubrité des villes, afin de savoir si l'on peut tirer quelque avantage des lumières qu'ils nous ont laissées sur cette partie de l'administration. Par une sorte de pressentiment des périls qu'une démocratie vindicative et passionnée fera courir à la liberté des citoyens, effrayée d'entendre défendre comme de justes représailles des fureurs populaires qui se passent de tribunaux et de preuves, elle interroge à deux reprises les érudits pour s'assurer si par hasard l'ostracisme et le pétalisme ont contribué au maintien des républiques grecques. Ces questions demeurent sans réponse. Il ne se rencontre même presque aucun concurrent pour venir recevoir les prix que l'abbé Chalut, l'abbé Raynal[1] ont chargé l'Académie de décerner et qui portent pourtant sur des points de philosophie et d'histoire politique. Il n'y a que l'éloge de Mably, ce précurseur des idées du moment, qui stimule encore les travailleurs. Le prix est partagé entre deux lauréats, P. Ch. Lévesque et l'abbé Bruzard. L'homme qui ne voulut appartenir à aucune académie, qui n'admirait que la Grèce et Rome et prétendait en faire revivre les mœurs, son panégyrique est presque la seule œuvre d'érudition pour laquelle l'appel de la Compagnie trouve un écho. C'était là un nouveau et grave symptôme de la destinée qui l'attendait. Les utopies de Mably répondaient mieux aux aspirations du temps que les recherches plus solides des érudits de l'Académie; et quand l'académicien Dusaulx, devenu membre de la Convention, demanda les honneurs du Panthéon pour celui qui avait fait le mieux revivre l'antiquité, ce ne fut ni Scaliger, ni Ducange, ni Fréret, mais Mably qu'il proposa.

[1] L'abbé Raynal, encore sous le coup de l'arrêt du Parlement qui avait frappé son *Histoire philosophique*, cherchait à attirer l'attention et à soutenir sa popularité par des fondations de prix. Il en fonda un à Lausanne, deux autres à Lyon. C'est en 1788, qu'il remit à l'Académie des Inscriptions une somme destinée à un prix dont celle-ci devait indiquer le sujet.

Alors que la France se préoccupait d'introduire dans ses lois fondamentales un régime constant et régulier qui la mît à l'abri de l'arbitraire et du despotisme et enlevât au hasard la désignation du régent, en cas de minorité du roi, Bréquigny chercha à réunir dans l'histoire tous les faits propres à fixer à cet égard notre droit public [1]. Quoiqu'il ne rencontrât dans nos annales aucun principe certain, qu'il se heurtât à des exemples contradictoires, il essaya de démêler dans ce chaos le fil conducteur. Il trouvait que la volonté du souverain, authentiquement établie, devait faire loi, quand de puissantes raisons d'État ne s'y opposent pas, et il revendiquait pour la nation la faculté de décider dans le silence du roi défunt, ou lorsque des obstacles ne permettaient pas d'obéir à sa volonté. Cette même souveraineté nationale, il la réclamait pour la question de tutelle, toutes les fois que la mère se trouvait écartée. Ainsi Bréquigny dans son mémoire, lu au moment même où se réunissaient les états généraux (10 mars 1789), invitait à interroger l'histoire l'assemblée qui était appelée à refaire les bases de notre politique. Les enseignements du savant historien furent inutiles; la France, qui se préoccupait du régent futur, au cas où son roi serait enlevé par une mort prématurée, détourna promptement son attention d'un problème qu'elle devait résoudre par un moyen que nos annales n'avaient point encore fourni. C'est elle qui décida de la régence et de la tutelle, après avoir amené elle-même cette fin prématurée du monarque qu'elle

[1] Voy. *Mém. de l'Acad.*, t. L, p. 520.

redoutait ; le geôlier de la prison du Temple fut le tuteur de l'héritier infortuné de Louis XVI, tandis que la Convention se chargeait d'une régence qui ne devait finir que par l'abolition complète des traditions laborieusement discutées dans le mémoire de Bréquigny. Tant étaient superflus les efforts de la science historique pour éclairer la marche d'une révolution que conduisaient la nécessité ou les passions du moment !

D'autres travaux de l'Académie dénotent également la direction qui entraînait à cette époque tous les esprits, même les plus tournés vers le passé. La France, emportée par des sentiments généreux, conviait toutes les nations à une fraternité universelle. Elle se montrait empressée à conférer la qualité de français à ceux qui embrassaient les rêves de liberté et de félicité générales. Elle avait décerné ce titre à Franklin ; elle allait bientôt appeler à la représenter dans la Convention le quaker Thomas Paine et l'allemand Clootz, l'orateur du genre humain. Elle s'imaginait pouvoir revenir par un brusque retour aux vertus des premiers âges, à la simplicité des mœurs, à l'hospitalité, et elle cherchait dans l'antiquité ses modèles. Le ministre de la marine, M. de La Luzerne, avait consulté l'Académie sur une inscription latine gravée sur une plaque de cuivre et qui avait été rapportée de Tunis. Dans le mémoire qu'il lut le 8 mai 1789, à cette occasion, Ameilhon, l'un des promoteurs de l'épigraphie parmi nous à la fin du dix-huitième siècle, expliqua le caractère de l'hospitalité publique, telle que la pratiquaient les anciens, et dont cette inscription était un monument [1]. On disserta à ce sujet dans la Compagnie, en admirant cet *hospitium* qui semblait un premier pas vers la fraternité universelle dont la déclaration devait préluder chez nous à des guerres sans merci et à des proscriptions impitoyables. Nobles illusions pourtant, qui ont jeté dans les esprits des germes de progrès et de justice que des flots de sang n'ont point étouffés, et dont les fruits font oublier les déchirements qui les ont accompagnées.

L'impuissance des érudits à prendre une part efficace à la rénovation de la société qui se préparait dut naturellement faire peu priser leurs services, et si la popularité ne les avait jusque-là guère entourés, elle fut alors plus éloignée d'eux que jamais. Les membres honoraires qui ne trouvaient plus dans le titre d'académicien un titre qui flattât leur vanité, venaient de moins en moins aux séances que l'on désertait pour celles de l'Assemblée nationale. Les hommes d'État nouveaux qui surgissaient, se montraient indifférent à une élection à l'Académie qui leur eût été facile. Plusieurs membres s'étaient relâchés de leurs travaux. La personne que la Compagnie avait en ce temps à sa tête, était au reste peu propre à soutenir sa dignité et à défendre les études de l'abaissement qui les menaçait. J. Dacier, esprit léger et d'une érudition superficielle, mais d'un commerce agréable et d'un savoir varié, avait remplacé le savant Louis Dupay, que ses infirmités contraignirent à résigner le secrétariat. Le carac-

[1] Voy. *Mém. de l'Acad.*, T. XLIX, p. 501. Ameilhon montra que la plaque était une tessère d'hospitalité accordée par une ville d'Afrique à son patron C. Pomponius.

tère du secrétaire perpétuel exerça sur les travaux de l'Académie une influence qui se reconnaît à la lecture des Mémoires. De Boze, son premier secrétaire perpétuel, qui réunissait aussi les fonctions de trésorier, représentait bien la Compagnie, alors que d'une érudition tempérée et d'une réserve prudente, elle ne voyait dans l'histoire qu'un moyen d'embellir les lettres. Il y avait chez lui toutes les habitudes et les qualités du courtisan, pour lequel l'étiquette est un devoir plus impérieux que la morale, et le respect du souverain une religion. Son influence fut grande à l'Académie jusqu'au moment où il résigna ses fonctions. Il conduisait les élections, et ses confrères acceptaient sa domination, malgré ce qu'il avait de tranchant et de pédantesque dans ses jugements et d'impérieux dans ses idées[1]. Les éloges sortis de sa plume sont écrits avec élégance et bon goût, mais n'annoncent qu'un savoir médiocre et qu'un esprit sans profondeur. L'abbé Goujet, qui l'aida souvent dans sa tâche, n'était pas de force à en rendre le tissu plus serré[2]. Quand De Boze eut obtenu la vétérance, Duclos et l'abbé du Resnel briguèrent sa succession. Ils n'avaient ni l'un ni l'autre l'étoffe d'un secrétaire perpétuel. Le premier était un littérateur instruit, non un érudit; le second, d'un savoir plus varié que pénétrant, était un homme du

[1] Voy. ce qu'écrit l'abbé Goujet au président Bouhier dans la *Correspondance manuscrite* de celui-ci, conservée à la Bibliothèque impér., suppl. franç., 105.

[2] Mort en 1767; on lui doit un supplément au Dictionnaire de Moréri et une histoire du Collége de France; il ne fut pas de l'Académie des inscriptions.

monde qui courait après toutes les places[1], et ne pouvait au moins faire valoir le talent d'écrivain de Duclos. La Compagnie fut heureusement inspirée en préférant Fréret. Celui-ci représente l'Académie arrivée à la maturité de sa science et personnifie l'indépendance, encore réservée mais ferme, du savant. Bougainville n'a fait que passer dans la Compagnie, et sous son secrétariat l'ombre de Fréret plane encore sur elle. L'homme qu'il aurait fallu pour remplacer Fréret, c'était Barthélemy. Il avait toutes les qualités nécessaires à un secrétaire perpétuel; écrivain brillant et spirituel, antiquaire, orientaliste, philologue, il unissait la profondeur à l'étendue des connaissances. Bougainville le sentit, et, devinant sa fin prématurée, il l'avait désigné à ses confrères. Mais Barthélemy refusa, et le choix de la Compagnie se tourna vers celui qu'on appelait le *dernier des Romains*, Ch. Le Beau[2], rhéteur érudit, plus disert qu'éloquent, qui, tout latiniste qu'il fût, n'était pas un de ces savants en *us*, étrangers à l'esprit du siècle; toutefois la manière assez pédantesque de Le Beau cherchait plus dans les lettres érudites un supplément aux études de collége qu'une voie nouvelle pour la science. Ce nouveau secrétaire perpétuel réconcilia un peu l'art de bien dire avec celui de beaucoup apprendre; mais il n'avait ni dans l'esprit ni dans le caractère ce qu'il fallait pour diriger ses confrères. L'autorité du premier officier de l'Académie, affaiblie par Bougainville, ne se releva pas sous son règne.

[1] Voy. la lettre de l'abbé Goujet au président Bouhier du 12 septembre 1742, dans la *Correspondance manuscrite* de Bouhier, citée.
[2] Né à Paris en 1701, mort en 1778.

Esprit chagrin, aisément prévenu, la modestie, l'extrême honnêteté même de Le Beau l'éloignaient de tout ce qui aurait pu avoir l'apparence d'intrigue[1]; et pendant un temps, accablé par la douleur que lui causait la perte de son frère, il se reposa sur l'abbé Garnier du soin des éloges et du secrétariat, faute d'avoir pu faire accepter ses fonctions à Barthélemy, qui les repoussa une seconde fois[2]. Cette influence qu'il abandonnait, un de ses confrères, Foncemagne[3], l'avait tirée presque tout entière à lui. On lui avait offert de remplacer De Boze, quand celui-ci demanda la vétérance; mais il voulait avoir les avantages du secrétariat, sans en supporter les charges[4]. Homme aimable plutôt que spirituel, plus savant bibliographe que philologue et diplomatiste, Foncemagne n'avait guère que les apparences d'une science profonde, et le cédait en érudition à bon nombre de ses confrères moins en réputation que lui; habile à se ménager des amis dans tous les camps, religieux avec tolérance, très en crédit dans la maison d'Orléans, il parvint à dominer les élections et à se faire le centre des agitations intérieures de la Compa-

[1] Voy. son *Éloge* par Dupuy, *Hist. de l'Acad.*, t. XLII, p. 206, 207.

[2] Je vous devais le secrétariat, dit Le Beau à Barthélemy, je vous le rends. — Je le cède à un autre, repartit celui-ci, mais je ne cède à personne le droit et le plaisir de publier qu'on ne saurait vous vaincre en bons procédés.

[3] Étienne Laureault de Foncemagne, né à Orléans en 1694, mort en 1779.

[4] Voy. la lettre de l'abbé Goujet au président Bouhier dans la *Correspondance manuscrite* de celui-ci, Biblioth. impér. suppl. franç. 165, t. III.

gnie[1]. Le successeur de Le Beau au secrétariat perpétuel, Louis Dupuy[2], sans avoir l'influence de Foncemagne, représenta pourtant davantage l'Académie aux yeux de l'Europe savante. Helléniste, hébraïsant, historien, géomètre, il écrivait avec agrément et mesure. Il nous représente l'érudition atteignant déjà à la hauteur des sciences positives, l'histoire visant à n'être pas seulement une saisissante peinture du passé, mais à constituer une recherche méthodique et sévère de tout ce qui peut y faire pénétrer. Quand, après un tel homme, l'Académie retombait sous la direction de J. Dacier[3], qui n'avait d'illustre en érudition que son nom, sans être de la famille de ceux auxquels revient l'honneur de l'avoir rendu célèbre, qui s'était ménagé habilement la protection de Foncemagne et de D'Alembert, elle semblait annoncer son prochain déclin[4]. Homme d'esprit et ami des lettres, helléniste médiocre et historien sans profondeur, Dacier n'avait pas assez d'étendue dans le savoir et de force dans les conceptions, pour régénérer l'érudition, dont on l'ordonnait grand pontife.

[1] Voy. ce que dit à ce sujet La Harpe, *Correspondance littéraire*, t. III, p. 8 et suiv. Cette influence profita au reste à l'Académie, à laquelle Foncemagne fit faire quelques choix excellents, notamment celui de Barthélemy.

[2] Né à Chasey (Ain) en 1709, mort le 10 avril 1795.

[3] Bon-Joseph Dacier, né à Valognes (Manche) en 1742, mort en 1833. Il avait d'abord aidé dans leurs travaux les frères Lacurne, qui le présentèrent à Foncemagne. Voy. sur sa nomination comme secrétaire perpétuel, La Harpe, *Corresp.*, t. IV, p. 104.

[4] Les secrétaires perpétuels avaient été jusqu'alors au choix du ministre, mais celui-ci nommait en réalité sur la présentation du secrétaire perpétuel, qui indiquait, de son vivant, son successeur. J. Dacier fut le premier qu'élut la Compagnie.

La Compagnie aurait pu échapper à cette décadence qui devait l'atteindre dans ses rejetons, si elle avait demandé au dehors les forces qui lui manquaient au dedans ; mais elle eut le tort de ne point assez imiter sa sœur, l'Académie des sciences, qui nouait avec les principaux représentants des études dont elle avait la direction, des relations suivies et se les attachait à titre d'associés étrangers ou de correspondants. L'Académie des inscriptions, au lieu d'appeler à elle tous les grands érudits de l'Europe, consultait dans ses choix, en province et surtout à l'étranger, plus des rapports particuliers de correspondance que les intérêts des connaissances historiques et philologiques ; elle enlevait ainsi une partie de ses avantages à l'institution des correspondants et des associés étrangers, qui, mieux choisis, auraient rehaussé l'éclat et l'autorité de la Compagnie. Cela tenait à ce que les membres résidant à Paris étaient assez peu au courant de l'enseignement et des lettres savantes au delà de la Manche et du Rhin. Si des savants étrangers tenaient à s'en faire connaître, il fallait qu'ils vinssent en France, et ce n'était guère qu'à cette occasion que le titre d'associé leur était conféré ; partant, la liste des membres étrangers de la Compagnie ne représenta jamais les sommités de l'érudition en Europe, quoique quelques hommes éminents y aient trouvé place. On y inscrivit en même temps des érudits de province, tellement confinés chez eux, qu'ils apparaissaient à l'Académie comme de véritables étrangers : Grosley[1], avocat de Troyes, qui s'était beaucoup oc-

[1] Né en 1718, mort en 1785.

cupé de l'histoire de sa province; J.-F. Séguier, habile antiquaire et éminent épigraphiste de Nîmes, bien connu par une dissertation sur la *Maison carrée*[1]; Fauris-Saint-Vincent, antiquaire d'Aix[2], digne imitateur de son compatriote Peiresc; Brunck, commissaire des guerres à Strasbourg, helléniste un peu téméraire, formé à l'école de l'Allemagne[3]. Sainte-Croix lui-même, habitant du comtat Venaissin, fut compris dans la classe des associés étrangers, quoiqu'il soit venu quelque temps se fixer à Paris. D'autres associés tels que Dutens[4], Bitaubé[5], étaient des réfugiés de familles françaises, auxquels l'intolérance avait ravi leur patrie, mais qui gardaient à l'étranger le génie et la langue de leur sol natal.

C'est seulement parmi les Italiens, que l'Académie sut choisir les représentants les plus attitrés de l'érudition, des hommes vraiment dignes d'asseoir sa réputation en Europe. Un bénédictin de Raguse, Philippe Banduri, élève de Montfaucon pour le grec et l'hébreu, et qui s'est fait un nom dans la numismatique ancienne, se fixa à Paris en 1702 et fut agrégé, comme on l'a vu

[1] Jean-François Séguier, né à Nîmes en 1703, mourut en 1784.

[2] J.-F.-Paul Fauris de Saint-Vincent, né à Aix, en Provence, en 1718, mort en 1798.

[3] Rich.-Fr.-Phil. Brunck, né à Strasbourg en 1729, mort en 1803.

[4] Dutens, protestant français, né à Tours en 1730; forcé de s'expatrier, il devint historiographe du roi d'Angleterre, et mourut en 1812; il a été l'éditeur des *Œuvres* de Leibniz. Voy. ce qui est dit p. 61 de sa discussion avec Ameilhon.

[5] Pierre-Jérémie Bitaubé, né à Kœnigsberg, de parents français, en 1732, mort en 1808.

plus haut, à la Compagnie. Un autre bénédictin, le P. Quirini, élevé dans la suite au cardinalat et qui a été une des gloires de son ordre, obtint en 1743 le titre d'académicien honoraire étranger [1]. Il était venu à Paris communiquer à l'Académie les trésors d'histoire littéraire qu'il avait recueillis dans ses persévérantes explorations. C'est aussi grâce à un voyage à Paris fait en 1734, que le marquis Scipion Maffei [2] vit créer pour lui une place spéciale d'académicien honoraire. Le grand antiquaire de Vérone ne cessa d'entretenir avec ses confrères une correspondance suivie. Le cardinal Passionei, nommé à sa place en 1755, dut de même son élection moins à la notoriété de son savoir qu'à sa présence dans la capitale; jeune abbé, il avait été porter la barrette au nonce Ph. Gualterio, que l'Académie, comme on l'a vu, compta également parmi ses membres [3]. Chargé de la garde de la bibliothèque du Vatican, à la mort du cardinal Quirini, Passionei fut pour ses confrères de Paris d'une obligeance sans bornes et du commerce le plus libéral [4]. Je citerai encore au nombre des

[1] Voy. son *Éloge* par Le Beau, *Hist. de l'Acad.* pour 1765. De Brosses nous le représente comme plus savant que spirituel; il va même jusqu'à le qualifier de sot. (*Lettres sur l'Italie*, t. III, p. 591.) Il y a peut-être là de l'exagération; mais chacun sait que le savoir n'exclut pas la sottise!

[2] Voy. son *Éloge*, par Le Beau, *Hist. de l'Acad.*, t. XXXVII, p. 278.

[3] Voy. l'*Éloge* du cardinal Gualterio, par De Boze, *Hist. de l'Acad.*, t. VII, p. 386. Gualterio, grand amateur de médailles, et qui avait exploré les principales bibliothèques de l'Europe, mourut en 1728. Il fut l'ami de Bignon, Malebranche, Mabillon, et du marquis de L'Hôpital.

[4] C'est le cardinal Passionei qui tenta d'attirer à Rome le savant abbé Lebeuf.

associés italiens de la Compagnie : le théatin Paciaudi [1], qui, étant venu à Paris en 1762, fut accueilli avec empressement par Barthélemy et Caylus, dont il resta un actif correspondant ; l'abbé Mazocchi [2], savant antiquaire de Naples, qui avait fait connaître, peu après leur découverte en 1732, les fameuses tables d'Héraclée, et doté par là l'histoire des villes italiques d'un de ses documents les plus curieux ; l'abbé de Guasco [3], diplomate, antiquaire et érudit, célèbre par ses liaisons avec Montesquieu et par un ouvrage sur l'usage des statues chez les anciens ; enfin Bartoli [4], antiquaire du roi de Sardaigne, dont les livres sont estimés.

Au commencement du dix-huitième siècle, l'érudition germanique ne fut guère représentée sur la liste des associés étrangers que par le pasteur Iselin [5], homme d'un vaste savoir, qui entretenait des correspondances avec toute l'Europe et que ses mérites firent admettre dès 1717 à l'Académie, malgré son zèle pour le protestantisme.

L'agrégation à la docte Compagnie des savants que je viens de citer, ne doit pas être regardée comme l'effet

[1] Né à Turin en 1710, mort en 1785 ; sa correspondance avec Caylus a été publiée.

[2] Né près de Capoue en 1684, mort en 1771. Voy. son *Éloge*, *Hist. de l'Acad.*, t. XXXVIII, p. 283.

[3] Octavien de Guasco, né à Pignerol en 1712, mort en 1781. Voy. son *Éloge*, par Dupuy, *Hist. de l'Acad.*, t. XLV, p. 186.

[4] Joseph Bartoli, né à Padoue en 1717, mort en 1790.

[5] Iselin, professeur à Bâle, mort en 1737, a donné à l'Académie un mémoire sur l'inscription de trois médailles de Sidon, *Hist. de l'Acad.*, t. V, p. 277. Il possédait la plupart des langues de l'Europe ; hébraïsant très-exercé, il avait vivement critiqué Bossuet sur divers points d'antiquité sacrée. Voy. son *Éloge*, par De Boze, *Hist. de l'Acad.*, t. XII, p. 345.

de ses tendances cosmopolites et de la préoccupation de réunir dans son sein toutes les illustrations de l'érudition contemporaine. Même en les choisissant, l'Académie restait fidèle à l'usage consacré qui faisait du diplôme d'associé ou correspondant étranger une sorte de lettre de remercîment adressée en retour des prévenances dont la Compagnie avait été l'objet ou de quelques services particuliers qui lui avaient été rendus. L'Académie usait aussi de ce mode d'agrégation pour se faire des protecteurs influents, comme lorsqu'elle élisait le prince régnant de Hesse-Cassel, Frédéric II[1].

Les correspondants regnicoles de l'Académie n'étaient ni assez nombreux, ni généralement assez haut placés dans la science, pour apporter au docte corps ce que ses membres étrangers ne lui donnaient point. Le nombre n'en était pas déterminé, et l'Académie, prodigue d'un titre qui aurait dû être une marque particulière d'estime, expédiait souvent des lettres de correspondant à des personnes qui lui avaient simplement offert un ouvrage ou soumis un mémoire[2]. Cependant quelques-uns des correspondants regnicoles de l'Académie furent vraiment dignes par leur science de lui appartenir; tel fut le baron de La Bastie, nommé en 1737 simplement correspondant honoraire; le règlement d'alors s'opposant à ce qu'il pût être élu associé à Paris, où il ne résidait pas. L'abbé Venuti, qui remplaça en 1743 La Bastie comme correspondant honoraire, et que l'Académie avait couronné, deux années

[1] Il mourut en 1786.

[2] C'est ce qui arriva par exemple en 1777 pour l'abbé Grandidier.

auparavant, pour un mémoire *sur les époques de la fermeture du temple de Janus*, est un des choix qui ont le plus honoré la Compagnie. J'en dirai autant d'un capitaine au régiment des gardes-suisses, M. de Surbeck, habile numismatiste, auquel l'Académie décerna, en même temps qu'à l'abbé Venuti, le titre de correspondant honoraire. Mais ces savants, bien que fixés dans le royaume, étaient étrangers. Leur présence dans le corps confirme l'observation que j'ai faite tout à l'heure, c'est qu'en réalité l'Académie ne connaissait guère en fait de savants étrangers que ceux qui avaient pris soin de se faire connaître d'elle. L'orientaliste Michaëlis[1], que l'Académie compta deux années sur sa liste, et le savant philologue Heyne, qui habitait comme lui Gœttingue, et qui le remplaça en 1792 à titre d'associé étranger, sont les seuls érudits qui paraissent avoir été redevables de leur admission uniquement à la réputation dont ils jouissaient en Europe.

La France, arrivée au faîte de sa grandeur, pouvait être comparée à un souverain qui demeure dans l'isolement parce qu'il n'a autour de lui que des flatteurs, point d'égaux. Les étrangers apprenaient à parler sa langue et dispensaient ses savants du soin d'apprendre la leur; une foule d'Allemands, de Russes, de Danois, de Hollandais, d'Anglais même, tenaient alors à honneur de nous imiter et venaient prendre à Paris des leçons d'esprit et de goût; nous n'allions guère au contraire visiter leur pays, et quand nous le faisions par hasard, c'était

[1] Jean-David Michaëlis, né à Halle en 1717, aussi savant dans les langues sémitiques que dans les antiquités, s'était acquis chez nous une grande réputation par ses nombreux travaux.

pour y fréquenter des hommes qui, initiés à notre idiome et à nos œuvres, en offraient au dehors le reflet; en sorte que nous n'avions rien à gagner dans ce contact avec l'extérieur, et que nous ne puisions pas chez l'étranger ce qui manquait à notre génie et à notre science. L'Angleterre nous avait toutefois communiqué quelques-unes de ses idées, et plusieurs gentilshommes cherchaient à en acclimater parmi nous les habitudes. Le peu d'éloignement où Londres est de Paris, faisait que bien des gens aisés avaient visité la capitale de l'empire britannique, où ils avaient appris à balbutier la langue anglaise. Mais nous n'avions encore de l'Angleterre qu'une connaissance superficielle et hâtivement acquise, et nous l'imitions sans la comprendre. Ce que nous avions été chercher dans ce pays, c'était la liberté de penser et la liberté politique. Nous avions traduit ses livres de philosophie et d'économie politique; on lisait à Paris et l'on admirait Locke, Addison, Shaftesbury, Bolingbroke, Hume, Adam Smith. On tentait aussi de mieux s'instruire de la géographie par la lecture de leurs voyages, car les Anglais étaient alors presque les seuls qui parcourussent le monde en observateurs intelligents. Les ouvrages de Shaw, qui explora l'Afrique, de W. Coxe, qui décrivit un grand nombre de contrées de l'Europe, de Richard Pococke, qui visita l'Orient, les voyages de circumnavigation de Dampier[1], Anson[2], Cook, furent

[1] Le *Voyage de Dampier à la Nouvelle-Hollande* fut traduit dès 1701.

[2] Les *Voyages d'Anson* avaient été traduits en 1750 par l'abbé du Gua, membre de l'Académie des sciences.

successivement traduits pendant le dix-huitième siècle. Mais l'admiration qu'on avait pour les Anglais, comme celle que l'on professa plus tard pour les Américains, était en France plus affaire de mode que le fruit de l'étude. On ne s'était pas attaché à pénétrer dans l'esprit d'un peuple qui n'a rien de notre caractère, qui possède toutes les qualités opposées à nos défauts et a des défauts là où nous avons des qualités. La science solide de l'Angleterre, comme la stabilité de ses institutions politiques, ce n'était pas là ce qu'on imitait chez nous. La prudence temporiseuse des Anglais qui remplace pierre par pierre les parties dégradées de l'édifice social et ne renverse pas pour reconstruire, leur persévérance qui les fait toujours arriver au but, bien qu'ils marchent plus lentement que nous, qui assure leurs conquêtes sans les exposer à des retours, en un mot, tout ce qui a fait le progrès de l'Angleterre, nous n'avons pas songé à l'imiter; nous avons procédé tout autrement, et si nous avons fait plus vite, en revanche nous avons bien souvent rétrogradé. Aussi, tandis que nous prenions aux Anglais ce qui, dans les sciences historiques et morales, nous paraissait de plus nouveau et de plus brillant, négligions-nous les enseignements que nous fournissaient ses érudits et ses philologues. Fr. Potter, Ashton, Ed. Pocock, Prideaux, J. Hudson, G. Cave, J. Taylor, R. Dawes, J. Toup, Bentley, Markland, S. Musgrave, constituèrent dans la Grande-Bretagne une forte école qui ne trouva pas de disciples à l'Académie, et pas un seul de ces noms ne figure sur la liste de ses associés étrangers. Lord Chesterfield, dont on goûta à Paris l'esprit si élevé et l'instruction si rare, est le seul Anglais auquel fut accordé cet honneur.

Les rapports de l'érudition allemande avec l'érudition française n'étaient pas plus suivis, et on n'avait pas même la ressource des traductions pour se tenir au courant chez nous des travaux accomplis au delà du Rhin. J'ai déjà dit plus haut combien l'ignorance de la langue allemande était encore générale dans notre pays, à la fin du dix-huitième siècle. Kéralio et Hennin se firent des droits à l'Académie, rien que pour avoir puisé dans les livres allemands ce que les autres académiciens n'étaient pas en état d'y chercher.

L'esprit germanique était d'ailleurs trop éloigné de l'esprit français, pour que des relations bien étroites pussent s'établir entre les savants des deux pays. Ceux de nos érudits qui restaient fidèles aux principes et aux habitudes du dix-septième siècle, n'avaient pas plus d'affinité avec les doctes allemands que les philosophes du dix-huitième. On trouvait au delà du Rhin les premiers trop mesquins dans leurs idées, trop superficiels dans leurs recherches, trop compassés dans leurs jugements; on ne tenait les écrits des seconds que pour des déclamations sans portée et des hardiesses sans profondeur. Les seuls hommes auxquels les Allemands fussent alors quelque peu sympathiques, Diderot et J.-J. Rousseau, n'appartenaient à aucune académie, et n'avaient pas de brevet de savant [1].

L'érudition des académiciens français n'offrait en

[1] Voy. ce que dit à ce sujet Gœthe, dans ses *Mémoires*, *Œuvres*, trad. par Porchat, t. VIII, p. 422, 423.

effet rien de cette solidité pesante et indigeste, à force d'être substantielle, qui est en Allemagne tant prisée. Les Français étaient-ils vraiment érudits, ils n'avaient pas de systèmes; proposaient-ils des systèmes, l'érudition d'ordinaire leur faisait défaut. La tendance des Allemands était au contraire de construire des systèmes les plus savants qu'il leur était possible. Selon eux, le naïf, le naturel nous manquaient; c'est que nous n'avions ni leur trempe, ni leur caractère. Aussi leur façon de comprendre le beau et de le chercher dans l'antique, n'était-elle pas la nôtre. Nous voulions la beauté noble et pure, ou spirituelle et légère, jamais la beauté bizarre, inégale et farouche. Les Allemands, dont les mœurs gardaient une rudesse que nous avions dépouillée, prenaient nos règles de goût pour des entraves et notre badinage pour des fadaises; ils aimaient mieux suivre leur caprice et leur fantaisie, sans s'assujettir, dans leur exposition et leur langage, à la méthode qui nous semblait la première condition de l'art de parler et d'écrire. Nous travestissions, selon eux, les anciens, en leur prêtant nos sentiments, et peut-être avaient-ils raison; mais la science germanique se bornait à nous montrer l'antiquité, sans prendre le soin de nous enseigner à la comprendre. Elle croyait avoir assez fait, quand elle avait donné un texte, décrit un monument, réuni tout ce qu'avaient rapporté les auteurs sur un sujet. Les Français demandaient à la fois moins et davantage. L'érudition inculte de nos voisins nous fatiguait, et leur soin minutieux à tout dire nous semblait superflu. Nous voulions avant tout comprendre, et, pour y arriver, nous consentions à négliger une foule d'accessoires. Plus enthousiastes de l'antiquité que les Français, les Allemands se contentaient d'admirer tout ce qui pouvait refléter la Grèce et Rome ; nous n'admirions les anciens qu'après y avoir retrouvé ce qui nous éclaire, nous charme et nous amuse ; et pour admirer davantage, nous prêtions souvent aux anciens, il faut l'avouer, un esprit et des grâces analogues aux nôtres, mais dont ils étaient dépourvus, laissant passer des beautés réelles qui choquaient nos goûts et nos habitudes. L'érudit allemand s'identifiait plus profondément aux anciens et trouvait dans leur culture un plaisir plus désintéressé. L'obscurité que pouvaient lui offrir leurs monuments littéraires ou figurés ne lui déplaisait pas, parce que cette obscurité, il la tenait avec raison pour la condition même du mythe dont s'enveloppe leur poésie, pour le principe de la subtilité où se joue leur philosophie. Il ne songeait pas à la pénétrer ; le tenter, c'eût été pour lui violer la beauté antique. Nous autres, avec notre besoin de conceptions précises et de sentiments arrêtés, nous cherchions à arracher ces voiles et nous ne nous croyions savants que quand nous pensions y avoir réussi.

En un mot, les Français du dix-huitième siècle, comme encore les Français de nos jours, poursuivaient une vue nette et claire des choses, même ténébreuses de nature, et sacrifiaient à ce but tout ce qui pouvait y nuire. Les Allemands d'alors, comme ceux d'à présent, n'étaient satisfaits que quand leur œil avait tout scruté, tout approfondi, et que cette contemplation, à la fois pleine et confuse, leur avait donné non la notion, mais l'intuition de ce qui fut. Voilà comment les écoles de l'Allemagne formèrent de grands philologues, des critiques subtils, des archéologues philosophes et des historiens érudits ; tandis que des écoles françaises sortirent des interprètes sagaces, des critiques plus spirituels et avisés que savants, des antiquaires ayant plus la pratique des monuments que l'intelligence de l'idée qui les avait fait exécuter, des historiens moins soucieux des détails, mais sachant enchaîner les faits et les raconter avec intérêt et clarté.

Les travaux de l'érudition allemande, encore peu goûtés parmi nous au siècle dernier, n'y pénétrèrent que très-lentement. L'ignorance où ils étaient presque tous, comme je l'ai dit, de la langue parlée au delà du Rhin, empêcha nos académiciens d'en aller chercher le suc, pour le déposer, à la manière des abeilles, dans leur ruche. Il n'y eut d'exception, vers la fin du dix-huitième siècle, que pour un fort petit nombre d'ouvrages qui, traduits en français, purent être lus, appréciés, et exercer ainsi quelque influence sur nos études. De ce nombre ont été la *Description de l'Arabie* et le *Voyage* de C. Niebuhr, fruit de cette exploration dont l'idée avait été suggérée au monarque danois ou plutôt à son ministre, le comte de Bernstorf, par l'orientaliste Michaëlis, et à laquelle avaient pris part l'orientaliste De Haven et le botaniste Forskaal. L'importance des découvertes du voyageur frappa vivement nos savants, qui tinrent à s'initier à leurs résultats ; De Guignes prit lui-même le soin de revoir l'une de ces traductions[1]. Dès 1765, Niebuhr abordait le déchiffrement

[1] La traduction de la *Description de l'Arabie* fut donnée par M. Mourier en 1773 ; elle fut revue et corrigée par De Guignes

des caractères cunéiformes persépolitains dont son compatriote Grotefend devait le premier nous révéler les systèmes, et qu'une glorieuse succession d'érudits[1] a achevé de restituer. C'est en s'aidant des informations de Niebuhr, que Silvestre de Sacy put entreprendre son beau travail sur les *Antiquités de la Perse*, qui couronne l'érudition française du siècle dernier. D'un autre côté, les vues originales et neuves que développait Michaëlis dans son livre *Sur l'influence des opinions sur le langage et du langage sur les opinions*, trouvèrent également en 1762 des interprètes[2]; elles ouvrirent à nos philologues et à nos philosophes l'accès d'un ordre de recherches que nous ne poursuivîmes guère, il est vrai, mais qui n'en éclairèrent pas moins nos études.

Grâce aux traductions d'un Hollandais familiarisé avec notre langue Henri Jansen, les œuvres et la correspondance de Winckelmann, ainsi que divers mémoires archéologiques de l'Allemagne entre lesquels il faut surtout citer l'ingénieuse dissertation de Lessing *sur les images de la mort chez les anciens*, devinrent, à la fin du dix-huitième siècle, accessibles à nos antiquaires; nous y puisâmes des vues et des idées d'esthétique, qui aiguisèrent notre critique, sans pourtant se naturaliser beaucoup parmi nous. Mais ces

en 1770. La traduction du *Voyage* parut de 1776 à 1780, en 2 vol. in-4°. Quant aux instructions rédigées par Michaëlis, elles furent aussi traduites en français (1763, 1768 et 1775.)

[1] Saint-Martin, Rask, Lassen, E. Burnouf, Hincks, Rawlinson, J. Oppert.

[2] Traduit par Mérian et Prémontval.

tentatives pour nous faire jouir des fruits de l'érudition germanique ne se produisirent que tard et quand l'Académie voyait approcher le terme de son existence. L'isolement où se trouvait l'Académie des inscriptions à l'égard des académies étrangères, ne fit que s'accroître, quand la guerre interrompit nos relations avec nos voisins. La Compagnie fut de plus en plus réduite à ses propres forces, et encore les préoccupations de la Révolution, les agitations de la rue étaient-elles venues les affaiblir. On ne voyait plus paraître à ses séances qu'un petit nombre de ses membres restés fidèles au culte des lettres savantes. Déjà, dès 1790, L'Averdy était à peu près le seul des membres honoraires qui vînt encore aux assemblées. Jefferson, en 1789, avait honoré de sa présence l'Académie; il y fut reçu avec un grand honneur, signe caractéristique de la révolution qui allait s'opérer. Alors ce n'étaient plus des princes et des rois qui recevaient les hommages de l'élite intellectuelle de la France; tout le respect était réservé aux fondateurs de l'indépendance américaine. Jefferson, remplissant les fonctions de ministre des États-Unis, pria la Compagnie de composer l'inscription et l'exergue d'une médaille que le congrès de Philadelphie avait décidé de faire frapper en mémoire de trois des officiers de la guerre de l'Indépendance. Ainsi l'enthousiasme pour la liberté retentissait jusque dans les réunions d'une Académie qui n'avait auparavant connu que l'enthousiasme de l'étude.

Aucune interruption n'eut lieu dans la tenue des séances ordinaires jusqu'au 10 août 1792. Ce jour néfaste, la séance ne put avoir lieu, et les vacances furent forcément avancées. Mais, le 13 octobre, la Compagnie fit sa rentrée solennelle suivant l'usage. A l'abondance des mémoires dont il fut donné lecture, on ne se serait pas douté des circonstances terribles où l'on se trouvait. Il n'y eut que le public qui fit défaut. Sainte-Croix lut un mémoire sur la vie et les ouvrages de l'empereur Hadrien; Ch. Lévesque, un sur Aristophane; Ameilhon, un sur les couleurs et la teinture des anciens; Bréquigny, un sur l'histoire de Calais. Tous ces sujets étaient bien loin de ce qui occupait alors les esprits, et, quelques jours après les massacres de septembre, disserter sur de pareilles matières, c'était prouver que l'agitation s'arrêtait aux portes de l'Académie, asile assuré contre la tempête, comme ces rades fermées d'où les matelots contemplent tranquillement sur leur bord la haute mer bouleversée par les vents. L'Académie restait calme et impassible comme l'histoire qu'elle personnifiait. Le mardi 27 novembre, elle s'apprêtait à élire un associé à la place de J. Dacier, qui venait de succéder à Chabanon à titre de pensionnaire; elle avait été convoquée par billets, suivant l'usage, quand elle fut avertie que la Convention, dans un décret rendu depuis quelques heures, avait interdit aux Académies la faculté d'élire aux places vacantes. Ce décret, s'il consterna la Compagnie, qui entrevoyait par là sa suppression prochaine, la tira pourtant d'un pénible embarras. Plusieurs jours auparavant, elle avait été mise en demeure de statuer sur ceux de ses membres passés à l'étranger; mais refusant de se mutiler elle-même, elle avait écrit au ministre de l'intérieur pour connaître le nom des académiciens inscrits sur la liste des émigrés. Cependant la Compagnie n'avait pas tout à fait perdu la confiance du gouvernement. Le directeur de la liquidation nationale la consultait sur le mérite de quelques-uns de ses membres, Dusaulx, Anquetil du Perron, Bréquigny, sur celui du poëte Écouchard-Lebrun, auxquels il s'agissait d'accorder une indemnité.

Les vacances de Noël, qui voyaient clore définitivement les séances de l'Académie des sciences, ne mirent pas fin à celles de l'Académie des inscriptions. En janvier, cette Compagnie reprit courageusement ses travaux. L'Averdy y vint lire un mémoire sur le procès du maréchal de Marillac, et, en l'écoutant, ses confrères se reportaient à celui d'une tête plus auguste sur laquelle les académiciens, assis dans la Convention, allaient prononcer. Belin de Ballu communiquait ses réflexions sur la conformité de la langue allemande et de la langue grecque. Le 22 janvier, lendemain de la mort de Louis XVI, Bréquigny lisait un mémoire touchant le projet de mariage d'Élisabeth, reine d'Angleterre, d'abord avec le duc d'Anjou, puis avec le duc d'Alençon. Aux matières traitées dans cette séance, on se serait cru en pleine monarchie. Quelle admirable sérénité scientifique chez ces hommes trouvant en eux assez de calme pour traiter de pareils sujets, quand tout autour d'eux s'écroulait du régime dont ils se faisaient les historiens. En avril 1793, Sainte-Croix dissertait sur la fermeture du temple de Janus, dont, au moment où il parlait, les portes semblaient précisément avoir été arrachées pour ne plus jamais se fermer. Quoique rien dans le cours de son travail ne se sente des inquiétudes dont l'auteur était bourrelé, on devine combien sa pensée se reportait sur le présent, alors qu'en terminant son mémoire, il écrivait « Rome se trouvait livrée à la fureur sanguinaire de ses tyrans, tandis que le reste de l'empire était assez tranquille [1]. »

La séance annuelle de Pâques eut lieu comme de coutume; Gosselin y lut des recherches sur le système géographique de Polybe. Mongez, en composant, à cette époque, un mémoire *sur les ruines de Persépolis*, ramenait sa pensée sur des sujets plus actuels; il traitait d'un grand empire détruit, et en vérité l'époque n'avait jamais été plus faite pour appeler les méditations sur la ruine des empires. Emprunté à un travail pour lequel il avait jadis obtenu une couronne de l'Académie de Cassel, son mémoire fut le précurseur des grandes découvertes faites, dans ce siècle, en Babylonie et en Perse, découvertes qui sont devenues comme un monde nouveau ouvert aux pacifiques conquêtes de l'érudition [2]. Mais déjà la persécution menaçait ce petit cénacle d'érudits infatigables, et, ne trouvant plus le moyen de publier leurs travaux, ils tournaient les yeux vers l'étranger. Silvestre de Sacy, qui venait d'achever la rédaction de son mémoire sur la version arabe des livres de Moïse à l'usage des Samaritains, était contraint de l'envoyer à la *Bibliothèque de littérature biblique* d'Eichhorn, pour en assurer l'impression [3]. Toutefois l'Académie poursuivait en-

[1] Voy. ce mémoire dans le Recueil de l'Académie, t. XLIX, p. 385.

[2] Ce mémoire fut lu à la classe de littérature et beaux-arts, le 3 brumaire an VII. (Voy. *Mém. de l'Inst.*, 3e sect., t. III, p. 212.)

[3] Ce mémoire fut imprimé, avec de nouveaux développements,

core le cours de ses publications; les tomes XLV et XLVI des Mémoires de l'Académie portent la date de 1793, et sont indiqués comme sortis des presses de l'imprimerie nationale et exécutive du Louvre.

La journée du 31 mai, qui conduisait à l'échafaud les imprudents dont l'inexpérience enthousiaste avait compromis la Révolution, ne mit pas même fin à ces réunions presque furtives d'une Compagnie déjà décimée. Cependant, les Jacobins, victorieux, réclamaient le local qui lui servait de refuge. Des hommes s'y étaient présentés, déclarant que la salle allait être affectée à un atelier pour l'habillement des troupes. Les membres en écrivirent au ministre de l'intérieur, et, le 26 mai, Garat assura l'Académie qu'elle resterait en possession de son local. Bouchaud, Lévesque, Leblond, Ameilhon, Sainte-Croix, Dacier, L'Averdy, continuèrent comme par le passé de s'y rendre, le mardi et le vendredi de chaque semaine, pour y faire des lectures. L'Averdy y acheva le 26 juillet la communication du procès du maréchal de Marillac, et Sainte-Croix, le 2 août, lut un mémoire *sur les assemblées amphictyoniques*. Cette séance fut la dernière. En vain, afin de gagner la bienveillance du Comité de salut public, Leblond et Ameilhon venaient-ils de se concerter avec l'architecte Heurtier, pour aider l'autorité révolutionnaire à faire disparaître, des monuments et des édifices publics, tout ce qui pouvait rappeler l'ancienne monarchie; les Académies n'étaient-

au tome XLIX du Recueil de l'Académie, par les soins de la 3e classe de l'Institut.

elles pas elles-mêmes un des monuments qui en conservaient davantage l'empreinte et les insignes; n'était-ce pas une des plus glorieuses créations de nos rois? Ces Compagnies furent supprimées, et les membres de l'Académie des inscriptions allèrent cacher dans la retraite leurs études et leur douleur.

Ainsi furent brusquement suspendus les travaux d'une Compagnie, dont l'existence était déjà plus que séculaire et qui avait marqué sa place dans l'histoire intellectuelle de l'humanité. L'illustration de quelques-uns de ses membres ne put la sauver de la proscription qui frappait toutes les institutions de la monarchie. D'ailleurs, les temps s'opposaient à la poursuite de recherches et d'études qui demandent une facilité dans l'échange des idées, et une liberté d'esprit qu'on ne trouvait plus nulle part en France. Il ne restait de rôle et d'emploi que pour la vie active et pratique; tous ceux qui ne mettaient pas leurs bras au service de la République n'avaient pour partage que l'exil, la détresse et les alarmes. Si, au moment où Gosselin tremblait pour sa vie, il se vit requis, à titre d'*érudit en géographie*, de communiquer ses informations et ses papiers au comité de la guerre, c'est qu'on s'imaginait fort à tort que ses notes pourraient servir à éclairer la marche des armées[1]. Si Ameilhon eut l'importante mission de recueillir les livres de toutes les bibliothèques supprimées à Paris et d'en dresser l'inventaire, c'est qu'il fallait bien connaître ce qui allait

[1] Voy. l'*Éloge* de Gosselin, *Mémoires de l'Académie des inscriptions*, 2e série, t. IX, p. 206.

devenir propriété de l'État[1]. Hors de pareils services, l'érudition n'avait point de place dans l'œuvre révolutionnaire. Aussi la grande majorité des membres de l'Académie des inscriptions vit-elle avec effroi et regret tomber un régime dont elle n'avait connu que les bienfaits. Sans doute, ceux des Académiciens qui accueillirent avec enthousiasme les espérances de 1789 s'étaient d'abord mêlés aux affaires et avaient occupé des fonctions municipales ou politiques. De ce nombre étaient à Paris, Vauvilliers, Dacier, Pastoret, Kéralio, à Strasbourg, Brunck. Mais la marche des événements les avait promptement rejetés dans la réaction, et si quelques-uns, comme Mongez, affichèrent des principes conformes à ceux du parti victorieux, c'était la peur qui les faisait agir. Le courage n'est pas la vertu ordinaire des hommes de cabinet. Du fond de la retraite où les infirmités le tenaient cloué, L. Dupuy, malgré son grand âge, s'associa, lui aussi, aux espérances de la nation et essaya de concilier son orthodoxie avec la constitution civile du clergé[2]. Lorsqu'il écrivait à la Convention pour la féliciter d'avoir fêté l'Être suprême et la disculper du reproche d'athéisme, on ne sait si un enthousiasme sénile ou la crainte de la persécution lui dictait ces louanges. Il était au moins singulier de voir un vieillard, un pied dans la tombe, désavouer ainsi son passé; il ne trouva pas d'imitateurs dans ses anciens

[1] Voy. l'*Éloge* d'Ameilhon, *Mém. de l'Acad.*, 2e série, t. V, p. 142. Ameilhon s'acquitta de sa mission avec une rare activité.

[2] Voy. ce que dit Walckenaer dans l'*Éloge* de Dupuy, *Mémoires de l'Acad. des inscript.*, 2e série, t. XIV, part. 1, p. 203. Dupuy, dans cet écrit, blâme l'Église d'avoir imposé le célibat à ses membres.

amis, et Malesherbes, auquel il avait envoyé sa brochure, ne songea pas à la faire imprimer, comme Dupuy le voulait, dans le *Journal des Savants* qui n'existait d'ailleurs plus. Trois hommes seulement entre les membres de l'Académie des inscriptions à laquelle ils appartenaient à titre d'associés, Dupuis, qui allait se faire un nom par l'*Origine des cultes*, le latiniste Dusaulx et l'avocat Camus, acceptèrent franchement les conséquences de la journée du 10 août, et vinrent siéger dans la terrible assemblée à laquelle étaient remises les destinées du pays. Mais bien qu'approuvant l'établissement du gouvernement républicain, Dupuis, Dusaulx et Camus, restèrent purs des mesures violentes prises par la Convention ; ils gardèrent dans leurs actes une modération qui les honore. Camus parut, il est vrai, un instant donner la main aux Jacobins. Absent de Paris, lors du déplorable jugement de Louis XVI, il écrivait qu'il voterait la mort du tyran. Mais cette exaltation, voisine du fanatisme, tenait à son enthousiasme pour le bien que son esprit étroit et inflexible lui faisait chercher dans une fausse voie. Il sentait si vivement la haine du déshonnête, que partout où il croyait l'apercevoir, il ne gardait plus de mesure, et abjurait la douceur de sa vie charitable et pieuse [1]. Camus, républicain austère et chrétien convaincu, ne consentit jamais à renier sa foi ; il en donna des signes publics même, quand la pratique du catholicisme eut été assimilée au crime de contre-révolution ; aussi inébranlable dans ses opi-

[1] Voy. le portrait qu'a tracé de Camus Lacretelle aîné (*Œuvres*, t. I, p. 140), portrait qui commence par ce vers :

O ciel ! que de vertus vous me faites haïr !

nions politiques que dans ses croyances jansénistes, il fut, plus tard, le seul à l'Institut qui ait répondu par un *non* à la proposition d'établir le consulat à vie. Tout autre était Dupuis, qui allait devenir un des coryphées de la philosophie ; il fit preuve d'une modération qui était presque de l'héroïsme dans un temps, dans une assemblée où le *modérantisme* suffisait pour conduire à la guillotine. Au procès de Louis XVI il se borna à voter la détention du roi, *comme d'un otage précieux* que le peuple aurait un jour le droit de redemander. Étranger aux affaires, auxquelles sa profession ne l'avait pas préparé comme Camus, plus timide mais plus sensé, il évita de monter à la tribune, tant que dura la dictature de Robespierre, et n'y parut qu'après thermidor pour réclamer en faveur des droits de la philosophie. Appelé au Corps législatif sous le Consulat, il servit un instant de drapeau aux oppositions que le Concordat rencontrait dans cette assemblée, et en fut élu président ; mais sa modération ne se démentit pas, et il reconnut avec sa sincérité habituelle la nécessité de réconcilier la France catholique avec son chef spirituel[1]. Dusaulx émit un vote semblable à celui de Dupuis, dans le procès du roi, et ne fit pas preuve de moins de modération et de sens. Tandis que ces trois académiciens restaient debout sur

[1] Voy. ce que dit M. Thiers, *Histoire du Consulat et de l'Empire*, liv. XIII, p. 331. Napoléon Ier n'aimait pas au reste Dupuis, et une des premières paroles qu'il adressa à Chateaubriand fut de lui dire, en le complimentant sur son *Génie du Christianisme*, par une allusion aux idées du savant qui s'était montré opposé au concordat : Des idéologues n'ont-ils pas voulu réduire le christianisme à n'être qu'un système d'astronomie ! Voy. *Mémoires d'outre-tombe*, t. IV, p. 120.

les ruines d'une société qu'ils travaillaient à régénérer, leurs confrères, moins ambitieux et plus effrayés, abdiquaient toute prétention aux honneurs populaires et allaient chercher dans la retraite une sécurité précaire et le calme de quelques jours, afin, s'il était possible, de poursuivre leurs travaux chéris et d'oublier par la sereine contemplation du passé les scènes sanglantes du présent. Silvestre de Sacy, fixé dans un village, à quinze lieues de la capitale[1], y achevait son livre *Sur les antiquités de la Perse,* et se rendait, chaque semaine, à pied à Paris pour en surveiller l'impression. Dansse de Villoison trouvait dans la bibliothèque, alors déserte, de la ville d'Orléans[2], un asile plus sûr que ne lui eût offert la plus isolée des cabanes, et là, il se livrait tout entier à la lecture des ouvrages dont il était entouré. Belin de Ballu gagna Bordeaux, qui lui semblait moins exposé aux agitations que la capitale; l'abbé Guénée se cacha près de Fontainebleau ; Gaillard, déjà atteint par l'âge et les infirmités, réfugié au village de Saint-Firmin, s'enfonçait chaque jour dans la forêt de Chantilly, pour s'y livrer, à l'abri des hommes, à des études dont les malheurs de la France ne pouvaient le détacher[3].

[1] Voy. mon *Étude* et *biographie* sur ce savant dans le *Moniteur universel* n^{os} des 10 11 juin 1853.

[2] Dansse de Villoison relut alors tous les auteurs de l'antiquité, et notamment jusqu'à quatre fois la grande collection des historiens byzantins; il s'occupa d'une nouvelle édition de la paléographie grecque de Montfaucon. Voy. la notice sur Villoison, de Chardon de la Rochette, dans ses *Mélanges de critique*, t. III, p. 18.

[3] Voy. l'*Éloge de Gaillard*, par Dacier, dans les *Mémoires de l'Institut*, 3e classe, t. IV, p. 18.

Bien des académiciens restèrent à Paris et eurent le bonheur de n'être point inquiétés. On laissa Larcher au milieu de ses manuscrits grecs, qui n'avaient rien offert de *contre-révolutionnaire* aux perquisitions de la police. D. Poirier ne quitta pas le précieux dépôt littéraire confié à sa garde, et dont ne l'avaient pas même éloigné les affreuses journées de septembre, où l'on massacra à la prison contiguë. L'incendie qui dévora une partie des bâtiments de l'Abbaye, le 20 août 1794, ne put même pas l'arracher à un trésor sur lequel il veillait, bien qu'indigent et malade. Non moins pauvre, Garnier restait oublié dans un réduit du collége des Cholets. Échappé aux scènes de carnage qui avaient ensanglanté le Comtat Venaissin, ayant perdu ses manuscrits et sa bibliothèque, dévastés par la populace, Sainte-Croix était venu chercher à Paris un asile qui ne fut pas heureusement violé.

Jamais dispersion d'un corps jusqu'alors si sédentaire et si uni, n'avait été plus complète. En outre au moment de sa suppression, l'Académie venait de faire des pertes nombreuses. Désormeaux, D. Clément, l'auteur de l'*Art de vérifier les dates*, étaient morts dans les premiers mois de 1793. Kéralio termina ses jours le 10 décembre de la même année, près de Montmorency où il s'était retiré. La Terreur fut comme une agonie pour d'autres qui, sur le point d'achever leur carrière, avaient déjà quasi déserté un monde où tout était pour eux angoisse et calamité. L. Dupuy, Barthélemy, Bréquigny ne survécurent que peu à la chute de Robespierre, et moururent tous trois en 1795. Le premier, que sa célébrité et l'estime de tous avaient sauvé de l'échafaud, donnait encore, au sortir de ces terribles orages, un utile avis à la commission des arts[1], et expirait dans sa quatre-vingtième année, un Horace à la main. Dupuy, depuis longtemps retenu par la maladie loin de l'Académie, supporta la douleur de voir sa Compagnie supprimée, mais il ne put survivre à celle que lui causa la nouvelle de la vente de la bibliothèque de Soubise, dont il était garde.

Ainsi, malgré la loi des suspects, malgré l'hostilité connue de la majorité des académiciens contre le régime révolutionnaire, presque tous les pensionnaires et les associés échappèrent à l'échafaud ; il n'y eut que deux exceptions pour trois des membres appartenant à cette catégorie. On sait quelle a été la fin de Sylvain Bailly, associé de l'Académie. Toutefois, je dois le faire remarquer, ce n'était pas l'érudit et l'astronome que traînait ignominieusement au supplice le ressentiment implacable des Jacobins ; c'était le maire de Paris, celui qui avait fait tirer sur les émeutiers du Champ de Mars. Lefèvre d'Ormesson de Noiseau, fils du premier président d'Ormesson, mort en 1789, et que son savoir comme helléniste avait fait également associer à l'Académie, subit, après lui, le même sort et fut guil-

[1] Barthélemy avait été dénoncé, ainsi que les autres conservateurs de la Bibliothèque du roi, Desaulnays, Capperonier, Barthélemy-Courcat, neveu de Barthélemy, Van Praet et Barbié du Bocage. Arrêté à la suite de cette dénonciation, il fut sur un ordre du Comité de sûreté générale, emprisonné aux Madelonnettes ; mais Courtois et Danton, avertis de sa détention, le firent aussitôt relâcher.

Barthélemy fit, en janvier 1795, un rapport à cette commission en faveur d'une nouvelle édition des œuvres de Winckelmann.

lotiné le 20 avril 1794[1], à l'âge de quarante-deux ans, avec plusieurs de ses confrères de l'ancien Parlement[2]. Enfin, l'évêque d'Agde, De Rouvroy de Sandricourt de Saint-Simon, protecteur vaniteux des lettres et peu aimé de ses confrères[3], porta sa tête sur l'échafaud, la veille du 9 thermidor[4].

La proscription choisit surtout ses victimes dans la classe des membres honoraires, qui, appartenant tous à la noblesse ou au haut clergé, avaient pour la plupart exercé des fonctions importantes sous la monarchie. L'illustre Lamoignon de Malesherbes paya de sa tête sa courageuse défense de Louis XVI. Bien que retiré dans sa terre de Gambais, près Montfort-l'Amaury, où il se livrait tout entier à la culture des lettres, et où il avait dressé l'excellente table des Mémoires de l'Académie, à laquelle son nom est resté attaché, l'ancien contrôleur général L'Averdy ne put échapper aux dénonciations, et, mandé à Paris, il alla grossir le nombre des victimes. On se rappelait qu'il avait, étant contrôleur général, signé l'arrêt du conseil de 1764, qui défendait

[1] D'Ormesson de Noiseau avait fait partie de la commission des monuments publics en 1791; Louis XVI l'avait nommé son bibliothécaire.

[2] Le premier président Bochart de Saron, les présidents à mortier De Gourgues et Molé de Champlatreux. De Bastard, *Les Parlements de France*, t. II, p. 662.

[3] Voy. à ce sujet la lettre de Sainte-Croix à Anquetil du Perron, dans la *Correspondance manuscrite* de celui-ci, conservée à la Bibliothèque impériale.

[4] La riche bibliothèque de l'évêque d'Agde fut acquise par Barthez, et léguée par lui à la Faculté de médecine de Montpellier. De Rouvroy de Saint-Simon était, comme on l'a vu plus haut, associé libre non résident de l'Académie.

d'imprimer, sur les matières d'administration, aucun ouvrage, sous peine d'être poursuivi extraordinairement : acte insensé d'un pouvoir qui croyait conjurer le danger, en prohibant la lumière qui pouvait le lui faire éviter. Les accusations absurdes qu'on entassa pour l'assassiner juridiquement [1] ne prouvent que trop combien cette éducation politique, que L'Averdy [2] voulait proscrire, avait manqué aux Français. Le gouvernement avait donné l'exemple de l'arbitraire et de l'injustice ; le peuple se crut autorisé à revendiquer la liberté par les mêmes moyens. D'autres membres honoraires, sans avoir été frappés de la hache, périrent cependant par la Révolution. L'ex-ministre Amelot expirait en 1794 de chagrin et d'infirmités, dans la prison du Luxembourg, où il avait été enfermé ; le cardinal de Loménie de Brienne mourait, à la suite des violences populaires qu'il avait eues à essuyer ; le maréchal de Beauvau, dernier président de l'Académie, finit ses jours le 19 mai 1793, à temps pour ne pas monter sur l'échafaud ; le Cardinal de Bernis, qui se trouvait en Italie, au moment de la révolution du 10 août, le baron de Breteuil [3], qui émigra en Belgique, évitèrent l'échafaud ; mais le premier ne survécut que peu à la Terreur et mourut le 2 novembre 1794. Les

[1] Voy. *Mémoires de Morellet*, publ. par Lémontey, t. I, p. 141.

[2] L'Averdy, ancien conseiller d'honneur du Parlement, fut condamné pour avoir fait *pourrir ses grains* dans ses étangs. Il avait alors soixante-dix ans. Voy. De Bastard, *Les Parlements de France*, t. II, p. 65.

[3] Le baron de Breteuil, rentré plus tard en France, mourut en 1807 ; il était né en 1733.

ex-ministres Bertin et Laurent de Villedeuil [1] se cachèrent, et furent, comme le duc de Nivernais, assez heureux pour n'être pas réduits à acheter la vie au prix de leurs devoirs envers la patrie [2]. D'autres membres de l'Académie, que leur nom aristocratique désignait à la proscription, parvinrent à s'y soustraire. Lévesque de Pouilly, associé libre non résidant, que n'aurait pu protéger à Reims la mémoire respectée de son père, se retira quelque temps à Genève; de retour dans sa ville natale, il fut plus tard compris, par l'ordonnance de 1816, au nombre des membres libres de la nouvelle Académie des inscriptions. Le comte de Choiseul-Gouffier dut, comme le cardinal de Bernis, son salut à son éloignement de la France. Mandé de Constantinople à Paris par le gouvernement révolutionnaire, qui avait surpris sa correspondance avec Louis XVI, il gagna en toute hâte la Russie, où il trouva près de Catherine II un accueil bienveillant.

Quand, sortie de la crise terrible où elle s'était elle-même décimée, la Convention voulut rétablir les corps scientifiques supprimés par le régime révolutionnaire, et leur donner, en créant l'Institut national, une unité qui reflétait celle que devaient avoir désormais l'administration et les lois, elle trouva encore vivants

[1] Laurent de Villedeuil fut nommé membre libre de l'Académie par l'ordonnance de 1816, et mourut le 28 avril 1828.

[2] Le duc de Nivernais (Louis-Jules Barbon de Mancini-Mazarin), ne fut détenu qu'un instant à la suite des journées de septembre 1792; il mourut en 1798. On trouve de lui dans le *Recueil de l'Académie* deux mémoires, l'un *Sur la politique de Clovis*, l'autre *Sur l'indépendance des premiers rois de France par rapport à l'empire*, *Mém.*, t. XX, p. 147 et 162.

et habitant le territoire, la grande majorité des savants qui composaient l'Académie des inscriptions et belles-lettres, au moment de sa destruction. Mais elle ne ressuscita pas sous un nom nouveau la docte Compagnie. Dans la première organisation que reçut l'Institut par la loi du 3 brumaire an IV (25 octobre 1795), les branches de nos connaissances qu'avait antérieurement représentées l'Académie des inscriptions et belles-lettres, ne correspondaient plus à une classe spéciale ; elles se trouvèrent partagées entre les attributions de la seconde et celles de la troisième classe. A la classe des *sciences morales et politiques* furent attribuées l'histoire et la géographie, représentées chacune par une section; dans la classe de *littérature et beaux-arts* furent placées les deux sections de *langues anciennes* et d'*antiquités et monuments*. On voit que l'organisation primitive de l'Institut faisait une part moins large aux lettres savantes; celles-ci se trouvaient, pour ainsi dire, absorbées, d'un côté, par la philosophie et la politique, de l'autre, par la littérature et la poésie; les sciences historiques n'apparaissaient plus dans ce mode de division que comme des branches accessoires; et l'érudition devait nécessairement en souffrir. D'ailleurs la Révolution avait apporté une grave perturbation dans les études classiques; toute une génération s'était formée qui n'avait point fait ses humanités et dont l'instruction s'était bornée à apprendre par cœur la Constitution, les Droits de l'homme, les hymnes patriotiques et le maniement des armes. Ceux même qui étaient déjà sortis des écoles au moment de la levée en masse, n'avaient reçu pour la plupart qu'une teinture des langues anciennes, dont on a vu plus haut que l'enseignement s'était singulièrement affaibli. L'attention publique se portait alors presque exclusivement sur les questions de droit public, de législation, d'économie politique, de philosophie et de morale. Aussi quand on jette les yeux sur la première liste de l'Institut, y voit-on figurer, dans la classe des sciences morales et politiques, plus de publicistes et d'hommes politiques que d'érudits. Quelques membres possédaient sans doute une instruction étendue et une connaissance assez approfondie de l'antiquité ou de l'histoire du moyen âge : tels étaient Daunou, Volney, Lebreton, Ginguené, Toulongeon; mais la grande majorité, sortie de l'administration, du barreau, de la presse, prêtres constitutionnels, jurisconsultes ou journalistes, ne s'était occupée que de législation, de philosophie, et avait plus travaillé en vue de devenir d'habiles écrivains que des érudits consommés : Raynal, Cabanis, Garat, Naigeon, Cambacérès, Merlin (de Douai), Sieyès, Baudin (des Ardennes), Rœderer, Talleyrand, Mercier, Lakanal, Grégoire, Delisle de Sales, Dupont (de Nemours), apportaient dans l'Institut une culture distinguée de l'esprit, une connaissance des sciences sociales, un talent d'orateur ou de polémiste, cette sagacité d'observation, ce sens pratique qui se développent au milieu des assemblées politiques. Ceux des membres de l'ancienne Académie des inscriptions et belles-lettres qui furent appelés à siéger dans la seconde classe, se trouvaient donc un peu effacés par les hommes nouveaux issus de la Révolution. Si l'on excepte Bouchaud et J. Dacier, qui se rattachaient par leurs opinions à la philosophie du dix-huitième siècle, devenue souveraine dans la classe des sciences morales et politiques, les membres de l'ancienne Académie des inscriptions qui y avaient été admis représentaient un esprit et des habitudes fort différentes. C'étaient P. Charles Lévesque, Gosselin, D. Poirier, tous trois anciens membres de l'Académie, et Anquetil, ex-génovéfain, que la même Compagnie avait compté parmi ses correspondants [1]. Dans la section de géographie, à côté d'un érudit comme Gosselin, avaient été nommés des hommes dont les études rentraient beaucoup plus dans la catégorie des sciences mathématiques que dans celle qui constitue les lettres érudites : l'hydrographe Buache, les navigateurs Bougainville et Fleurieu, auxquels on avait joint un diplomate, Reinhard, et un modeste professeur de géographie élémentaire, Mentelle. L'esprit de l'ancienne Académie des inscriptions se réfugia davantage dans la troisième classe, celle de *Littérature et Beaux-Arts*. Les deux sections de *Langues anciennes* et d'*Antiquités et Monuments* étaient presque exclusivement composées de membres de la Compagnie. Mongez, Leblond, Leroy, Ameilhon, Camus, Dupuis, Bitaubé, Larcher, Dusaulx, Laporte du Theil, s'y trouvaient réunis; et peu de temps après, la mort de Sélis permit à Dansse de Villoison de reprendre à côté de ces érudits, dont il avait été le confrère et souvent le guide, une place qu'on avait oublié de lui donner, dès le principe. Pougens et

[1] Louis-Pierre Anquetil, frère d'Anquetil du Perron, et connu par son ouvrage intitulé : *L'Esprit de la Ligue*, né à Paris en 1723, mort en 1806.

Langlès furent avec Sélis les seuls hommes nouveaux; faible acquisition destinée à tenir lieu des philologues et des orientalistes d'une plus réelle valeur que leurs opinions antirépublicaines éloignaient de l'Institut : à savoir De Guignes, qui mourut en 1800, sans jamais y avoir appartenu, Anquetil du Perron et Silvestre de Sacy, qui n'y entrèrent qu'après la réorganisation du premier Consul.

Les poëtes, les purs littérateurs firent, dès l'origine, bande à part dans la troisième classe; hommes d'imagination, ils n'avaient que peu de points de contact avec des érudits, enfoncés dans leurs livres, plus sagaces que spirituels, plus avides de savoir que préoccupés de bien dire. Quant aux artistes, ils étaient là encore moins à leur place. Si un commerce journalier avec les archéologues pouvait leur être profitable, en leur faisant mieux comprendre les chefs-d'œuvre de l'antiquité, manquant presque tous d'instruction classique, ils n'étaient que rarement aptes à en apprécier les travaux.

L'homogénéité faisait donc encore plus défaut dans la troisième classe de l'Institut que dans la seconde; mais plus nombreux et ayant sur leurs confrères une supériorité marquée de savoir, les membres de l'ex-Académie des inscriptions exerçaient dans cette classe une influence qu'ils ne purent conquérir dans la classe des sciences morales et politiques. Cependant l'érudition parvint par degrés à se faire une place assez large dans les Mémoires de la seconde classe. La tranquillité renaissante, la confiance qu'inspirait le gouvernement de Bonaparte, ramenaient à des études dont les agitations politiques avaient longtemps détourné les esprits. Des dissertations relatives à des matières vraiment du domaine de l'Académie des inscriptions apparaissent dès le tome II du recueil de cette classe, imprimé en l'an VIII, quoique les sujets proposés en prix ne soient encore que des questions de philosophie. Lévesque, Legrand d'Aussy, Champagne, Bouchaud surtout, insérèrent aux tomes suivants des mémoires qui, s'ils n'accusent pas encore un grand progrès dans les recherches historiques, annoncent du moins une culture assidue de l'histoire et un vif désir d'y ramener l'attention. Dans les Mémoires de la troisième classe, les lettres savantes entrèrent, dès le début, pour une assez forte part. Ce que j'ai dit tout à l'heure en explique la raison. Ameilhon, Leroy, Mongez, Laporte du Theil, Dupuis, Camus et Bitaubé y fournirent des dissertations qui ne dépareraient pas la collection de l'ancienne Académie. Un associé de cette classe, Barailon, remit en honneur les antiquités nationales par un mémoire sur les monuments de la Creuse, et fut un des promoteurs de ce mouvement d'études qui détermina en 1800 la fondation d'une Académie spéciale, l'*Académie celtique*, devenue plus tard la *Société royale des Antiquaires de France*. Schweighæuser, associé à la section de langues anciennes, insérait au tome Ier du recueil, publié en l'an VI, un mémoire *sur Simplicius*, qui montre que, sous l'influence de l'Allemagne, la bonne philologie grecque continuait à avoir en France, au sein de l'Institut, de dignes représentants. Oberlin, Brunck, Alsaciens comme Schweighæuser, et, comme lui, philologues dans la vraie acception du mot, avaient été également nommés associés ; et quand Dansse de Villoison eut été admis, l'Institut p[illegible] vraiment se regarder comme réunissant ce que la France avait alors de plus habiles philologues. Toutefois Vauvilliers n'obtint pas dans la troisième classe une place qui lui revenait de droit, et il finit par aller en Russie chercher une chaire que Paris lui refusait injustement. C'est aussi en Russie qu'un autre helléniste de l'ancienne Académie des inscriptions, Belin de Ballu, trouva une position digne de son mérite. Il avait été d'abord nommé associé de la troisième classe ; mais il quitta la France pour Wilna, avant d'avoir obtenu le fauteuil de membre titulaire.

Plusieurs ex-académiciens ne furent en effet appelés à l'Institut qu'à titre d'associés, malgré la notoriété de leurs travaux. L'éloignement où ils s'étaient trouvés de Paris, lors de la création de ce corps savant, en fut généralement la cause. Gaillard, Garnier, Gautier de Sibert, Houard, et, comme je viens de le dire, Brunck, ne figurèrent que sur la liste des associés. En revanche, Bitaubé, rendu à sa patrie d'origine, vint occuper, à côté de confrères pour lesquels il était encore un étranger avant 1793, une place que lui avait méritée la persévérance de ses travaux. Peut-être aussi l'indifférence de quelques anciens académiciens pour une institution de fondation récente et dont ils ne soupçonnaient pas les hautes destinées, des opinions trop ouvertement manifestées contre le nouveau régime, contribuèrent-elles à les écarter tout d'abord d'une assemblée qu'ils auraient honorée par leur présence. Ce qui est constant, c'est que l'hostilité à la Révolution fut la cause pour laquelle on n'appela pas à l'Institut, lors de sa création, Anquetil du Perron, De Guignes, l'abbé Guénée, Vauvilliers, Choiseul-Gouffier, Silvestre de Sacy, Pastoret et Hennin. Le premier ne tenait guère à un honneur qu'il déclina, peu de temps après l'avoir obtenu; d'un désintéressement allant jusqu'à l'incurie, d'un caractère bizarre rendu irascible par la retraite, et d'une simplicité de vie qui égalait celle des anachorètes, Anquetil du Perron, en proie à une singulière exaltation religieuse [1], refusa obstinément de l'Empereur une pension qu'il avait déjà refusée d'un monarque plus selon son cœur; il donna sa démission en 1804 [2]. De Guignes ne manifesta aucun désir de se réunir à d'anciens confrères. D'une indépendance que rien ne pouvait fléchir et dont il avait donné une preuve éclatante en 1773 par sa démission de la chaire de syriaque au Collége royal, ne voulant pas consentir à l'annexion de cet établissement à l'Université, il n'entendait pas être astreint au serment. L'abbé Guénée était oublié et maudissait le triomphe d'une philosophie qu'il avait toujours combattue [3]. Vauvilliers et Pastoret, compromis comme royalistes, lors des menées du parti clichien, étaient mal vus du Directoire et des hommes de la Révolution. Choiseul-Gouffier, auquel la classe nouvelle d'histoire et de littérature ancienne ouvrit ses portes,

[1] On en a la preuve dans sa correspondance avec Camus et Lecoz, archevêque de Besançon, dont les principes l'indignaient. Voy. sa *Correspondance manuscrite* conservée à la Bibliothèque impériale.

[2] Anquetil du Perron mourut le 17 janvier 1805; il était né à Paris en 1731. Voy. son *Éloge* par Dacier, dans les *Mémoires de l'Académie des inscriptions*, IIe série, t. III, p. 140.

[3] Il mourut en 1803.

avait à se faire pardonner la caste antirévolutionnaire à laquelle il appartenait et son émigration en Russie. Silvestre de Sacy, admis avec Pastoret à l'Institut, après la réorganisation du 3 pluviôse an XI, avait été écarté autant pour opinions que par les intrigues de Langlès, qui craignait qu'il ne démasquât son ignorance en arabe et en persan. Hennin enfin, qui n'avait que bien peu marqué dans l'ancienne Académie, à laquelle il était attaché à titre d'associé libre non résidant, retiré de la politique, s'amusait à écrire des romans[1], et ne songea pas, après la création de l'Institut, à rappeler ses droits; il mourut en 1807, sans avoir jamais appartenu à ce corps. Le baron de Breteuil, ancien membre honoraire, Lévesque de Pouilly, Laurent de Villedeuil, associés, furent pareillement tenus à l'écart. Quant au médecin Barthez, sa place était désignée dans la classe des sciences, et l'unité de l'Institut s'opposait à ce qu'on lui rendît parmi ses anciens confrères le fauteuil que lui avait valu son vaste savoir.

L'Institut, sans renouer complétement avec les savants étrangers des relations qui, dans les dernières années de l'ancienne Académie des inscriptions, devenaient plus étendues, voulut cependant s'agréger quelques célébrités du dehors. Dans l'ordre de l'érudition, on élut pour la seconde classe, à titre d'associés étrangers, le célèbre géographe anglais Rennell et le voyageur allemand Niebuhr[2], et, pour la troisième

[1] Suivant l'expression de Chateaubriand, Hennin, qui avait été commis des affaires étrangères, était ennuyeux comme un protocole. Voy. *Mémoires d'outre-tombe*, t. IV, p. 340.

[2] Voyez ce que j'en ai dit plus haut.

classe, Heyne, qui, ainsi qu'on l'a vu, avait figuré parmi les associés de l'ancienne Académie des inscriptions. Jefferson, dont on se rappelait la visite à l'ancienne Académie, fut aussi inscrit au nombre des associés étrangers de la seconde classe, à côté de Fox et du comte de Rumford. Mais les noms de Dutens, du cardinal Antonelli[1], qui appartinrent jusqu'en 1793 à la liste des associés libres, ne reparurent plus sur celle de l'Institut. Le prince de Torremuzza, associé étranger aux derniers temps de l'Académie, était mort peu de temps avant sa suppression[2]. L'évêque de Wilna, prince Massalski, également associé, avait été pendu dans l'insurrection de Pologne en 1794, et le baron de Zurlauben, attaché à l'Académie au même titre, expirait au moment où l'Institut était fondé[3].

C'est à dater de la reconstitution, due au premier Consul, que l'érudition française reprit le cours régulier de ses travaux, et que fut complétement renouée la chaîne qui rattachait une des classes de l'Institut à l'ancienne Académie des inscriptions et belles-lettres. Presque au début de ses séances, Silvestre de Sacy ve-

[1] Léon Antonelli, né en 1730, rédigea dans sa jeunesse le bref d'interdiction du duc de Parme, qui fournit à Voltaire le sujet de sa pièce : *le Royaume mis en interdit*. En 1791, il se déclara pour que la cour de Rome sanctionnât la Constitution civile du clergé décrétée par l'Assemblée nationale ; il concourut à l'élévation de Pie VII.

[2] Le prince de Torremuzza, antiquaire et numismatiste distingué, né à Palerme en 1727, mourut le 27 février 1792.

[3] Le baron de Zurlauben, né en 1720, à Zug, et dont j'ai fait connaître plus haut les communications à l'Académie, se retira du service de la France avec le titre de lieutenant-général, et mourut en 1795.

nait lire à la classe d'histoire et de littérature ancienne un premier mémoire *sur la nature et les révolutions du droit de propriété territoriale en Égypte*, et Larcher communiquait son intéressant travail sur le *Phénix*. Des prix, dont les sujets rentraient tout à fait dans les études auxquelles la Révolution avait arraché l'ancienne Académie, furent proposés. Toutefois les encouragements du gouvernement impérial ont été loin d'être aussi multipliés et aussi efficaces pour les études historiques et philologiques qu'ils le furent sous la vieille monarchie; l'attention était appelée ailleurs. L'érudition ne jeta jusqu'en 1816 qu'une pâle lumière, et quand J. Dacier, qui avait repris sa place de secrétaire perpétuel, écrivit, en 1808, son *Rapport sur les progrès de l'histoire et de la littérature ancienne*, il n'eut, à signaler pour notre pays, qu'un petit nombre de travaux importants. Les sciences, par leurs découvertes, jetaient un éclat qui éclipsait les modestes recherches d'une Compagnie dont presque toutes les forces étaient employées à réunir l'héritage dispersé de l'ancienne Académie des inscriptions. C'était en effet par ses soins que s'imprimaient les mémoires laissés inédits dans les archives de l'illustre Compagnie [1], et en particulier ceux de Fréret, que, dans son indifférence pour ses œuvres, une fois qu'elles étaient achevées, il n'avait pas songé à publier. De plus, l'histoire contemporaine offrait un intérêt si saisissant, elle faisait assister à de si merveilleux événements, que les yeux s'y portaient de préférence et qu'on

[1] Ces mémoires sont contenus dans les tomes XLVII à L.

négligeait volontiers l'histoire des vieilles choses. Aussi est-ce en 1815 seulement, que parut le premier volume des Mémoires de la troisième classe de l'Institut, tel que l'avait organisée Napoléon Ier. Douze années s'étaient donc écoulées, sans que la classe d'histoire et de littérature ancienne eût rien publié, tandis que, pendant les sept premières années de son existence, l'Institut avait vu les volumes de Mémoires de ses deux classes des sciences morales et politiques, et de littérature et beaux-arts, se succéder à courts intervalles; chacune d'elles avait fait paraître cinq volumes. Il est vrai, que dans ces dix volumes, une place assez modeste avait été faite aux travaux d'érudition. Cette place, elle devint ce qu'elle devait être dans les publications de l'Institut, quand, après l'ordonnance de 1816, la classe d'histoire et de littérature ancienne reprit son vieux nom et ses vieilles habitudes d'Académie des inscriptions et belles-lettres. La paix dont la France allait jouir rendait aux sciences historiques le calme et la sécurité nécessaires à leur culture, aux études classiques et aux lettres orientales des intelligences que la guerre leur aurait enlevées en se perpétuant; la liberté assurée par la charte allait permettre d'aborder tous les sujets. Le Collége de France, l'École des langues orientales vivantes, la Faculté des lettres voyaient le nombre de leurs chaires accru. La Bibliothèque royale allait profiter comme l'Institut des ressources dues à une prospérité matérielle qui devait consoler pour un temps la France de ses revers, la philosophie du triomphe des hommes de l'ancien régime et l'Institut lui-même de l'injuste expulsion de plusieurs de ceux qui l'avaient honoré. Alors on entra résolûment dans un ordre de travaux qui allait produire des résultats inespérés et apporter de vives lumières sur les points demeurés le plus obscurs. Là où l'on procédait auparavant par des principes encore empruntés à la scolastique, une méthode nouvelle, fondée sur la comparaison et l'analyse, fut introduite, et elle se perfectionna par l'application même des préceptes sur lesquels elle reposait. L'étude des mythologies ne devint plus qu'une branche de celle des religions, et l'histoire des croyances religieuses s'éclaira des enseignements simultanés de la psychologie, de l'ethnologie et de la philologie comparée. L'antiquaire s'habitua de plus en plus, par la pratique constante des monuments, à distinguer les âges, les provenances et les styles ; il classa et compara tous les produits de l'art humain, dont il suivit attentivement les transformations et les vicissitudes. Le sol fut fouillé avec plus d'ardeur que jamais, et d'innombrables matériaux vinrent s'amonceler dans le laboratoire de l'histoire. Soumises à une analyse aussi fine que rigoureuse, les langues laissèrent entrevoir dans les formes qu'elles ont successivement revêtues, des lois qui rattachent la manifestation de la parole au progrès de la pensée et aux révolutions de l'état social. Les textes furent publiés avec une exactitude et une minutie jusqu'alors inconnues ; on confronta les manuscrits ; on releva les variantes ; on discuta les diverses leçons, en s'aidant des lois que l'analyse comparative des phases de la langue avait révélées. On déchiffra des écritures inconnues, on refit la grammaire de langues oubliées ; on soumit les étymologies à des principes certains, et, après avoir traduit et commenté les textes écrits dans tous les idiomes, on prépara l'histoire des littératures, dont l'étude fut poussée parallèlement avec celle des faits. Chaque branche des connaissances historiques trouva des ouvriers intelligents qui surent en tirer des fruits. Les institutions furent approfondies comme les événements; la vie de tous les acteurs du drame du passé fut éclairée dans ses moindres détails. On prit comme le moulage de tout ce qui avait vécu, agi et pensé. Quand on ne put refaire la biographie des nations et des hommes, on chercha, par l'examen de leurs créations poétiques ou plastiques, le caractère de leur éloquence ou de leur théâtre, à se faire une idée de leurs mœurs et de leur génie ; quand les dates manquèrent, on rétablit la chronologie à l'aide des données empruntées à la genèse des langues et des sociétés, des institutions et des arts. On ne se fatigua jamais d'amasser des matériaux, et si on ne parvint pas toujours à les ajuster, on travailla du moins à les rendre plus solides et plus parfaits.

Dans ce vaste ensemble de recherches, d'analyses et de rapprochements, la France érudite garda son rang, mais n'éclipsa pas plus qu'aux siècles derniers les contrées qui concouraient aux mêmes efforts. Notre pays avait agrandi son domaine, rectifié ses idées, amélioré ses méthodes, grossi ses trésors; mais son esprit ne perdait pas pour cela sa tournure propre et ses prédilections natives. Cherchant la clarté dans l'exposition des faits, la netteté dans les résultats, la précision dans le savoir, les Français continuèrent de se distinguer des grandes nations qui les égalent ou les surpassent sur d'autres points. Moins laborieuse que l'Allemagne, moins patiente, mais aussi moins subtile, la France n'atteignit pas aussi haut dans ces régions transcendantes de la philologie et de la critique, où le travail persévérant devient du génie, et où la mémoire, à force de puissance, devient créatrice. Tandis que l'Angleterre, par l'originalité des vues et l'heureux emploi d'une sagacité pénétrante, jette sur une foule de questions de brillantes mais passagères clartés, que par les moyens dont elle dispose, les vastes régions qu'elle domine, les voyages qu'elle entreprend, elle dote la science des plus précieuses acquisitions, notre pays, plus timide dans ses conceptions, découvre moins peut-être, mais féconde davantage. L'Italie profite d'un sol qui est à lui seul la plus remplie des pages de l'histoire; la Grèce commence à l'imiter dans ses investigations archéologiques. Les contrées scandinaves nous révèlent une autre antiquité dont, à l'école de l'Allemagne, elles ont appris à approfondir les monuments; la Russie songe sérieusement à scruter son histoire et en rattache le fil à celle de l'Asie qu'elle étudie jusque dans son berceau; la Hollande n'a pas tout à fait perdu la tradition de ses grands érudits. La France est comme le point central de tant de travaux divers, de tant d'efforts méritants; elle avait aussi bien des terres vierges dans le domaine de son histoire; elle les a toutes défrichées, et les amende aujourd'hui par un vigilant labeur. Elle s'est formée à la pratique des monuments en Italie, aux vues générales de l'histoire en Angleterre; elle écoute les doctes enseignements de l'Allemagne, élucide ce qu'elle lui emprunte et la suit, sans la jalouser.

Voilà ce que l'Académie des inscriptions et belles-lettres, placée à la tête de l'érudition française, a vu s'opérer sous ses yeux et en partie par ses efforts. Bien des voies n'ont point été ouvertes par elle, mais il n'en est aucune qu'elle n'ait parcourue avec honneur; et si dans plusieurs directions elle ne marche que seconde ou troisième, elle n'a jamais passé quelque part, sans laisser l'empreinte visible et durable de ses pas.

Aux grands noms que l'ancienne Académie des inscriptions lui avait légués, à ceux de Silvestre de Sacy, de Dansse de Villoison, d'Anquetil du Perron, de Sainte-Croix, de Laporte du Theil, l'Institut a ajouté les noms non moins glorieux de Visconti, de Millin, de Quatremère de Quincy, de Champollion, d'Abel Rémusat, de Daunou, de Raynouard, de Boissonade, de Letronne, de Fauriel, d'Eugène Burnouf, de Benjamin Guérard et d'Augustin Thierry. Bien d'autres noms seront inscrits en lettres d'or par la France érudite sur les voûtes de l'édifice où chaque fait, chaque idée, chaque création de l'esprit, de la main de l'homme aura sa pierre commémorative, éloquent bien que silencieux sanctuaire où l'Académie des inscriptions exerce un sacerdoce maintenant près de deux fois séculaire. La science prononce déjà ces noms avec reconnaissance, mais ils n'appartiennent point encore à la postérité.

FIN.

TABLE ANALYTIQUE

DES MATIÈRES CONTENUES DANS L'HISTOIRE DE L'ANCIENNE ACADÉMIE DES INSCRIPTIONS ET BELLES-LETTRES.

FIN DE LA TABLE ANALYTIQUE.

TABLE GÉNÉRALE

DES NOMS DES MEMBRES DE

L'ANCIENNE ACADÉMIE DES INSCRIPTIONS ET BELLES-LETTRES

ET DES AUTRES NOMS CITÉS DANS CET OUVRAGE.

OBSERVATIONS. — Les noms de ceux qui ont appartenu à titre de membre, associé, élève ou correspondant honoraire, à l'ancienne Académie des inscriptions, sont écrits en lettres italiques. On a marqué d'un astérisque (*) les noms des académiciens qui n'ont point été mentionnés dans le cours de l'ouvrage. Au nom de chaque académicien se trouvent jointes les dates de naissance et de mort qui n'avaient point été données dans le texte ou les notes. L'orthographe de plusieurs de ces noms ayant varié au siècle dernier, on a adopté celle qui a paru la plus authentique ou la plus répandue [1]. On a aussi rectifié dans cette table quelques indications inexactes du texte.

A

[1] Ces variations d'orthographe apparaissent surtout dans les doubles lettres et l'emploi de l'article. C'est ainsi qu'on trouve écrits *Brotier* et *Brottier*, *La Bleterie* et *La Bletterie*, *Batteux* et *Le Batteux*, etc., dans des documents émanés de ceux même qui portaient ces noms.

B

C

D

E

F

G

H

I

J

K

L

M

N

O

P

Q

R

S

T

U

V

W

ADDITIONS ET CORRECTIONS.

P. 376, *au lieu de* est le seul Anglais auquel, etc., *lisez* : est, après le bibliophile érudit Askew, le seul Anglais auquel, etc.

P. 404, note 1. *Ajoutez* : Des intrigues et des rivalités de doctrines paraissent avoir beaucoup contribué à empêcher au siècle précédent l'impression de ces mémoires ; car si Fréret avait laissé bien des admirateurs, il avait aussi laissé des jaloux !

FIN DE LA TABLE GÉNÉRALE.

Paris. — Imprimerie de P.-A. BOURDIER et Cie, 30, rue Mazarine.

LIBRAIRIE ACADÉMIQUE

DIDIER & Cie

PARIS

35, QUAI DES AUGUSTINS, 35

1864

DISCOURS ACADÉMIQUES.

Discours de MM. Berryer et de Salvandy à l'Académie française, le 22 février 1855. In-8 de 80 pages. 1 fr.

Discours de MM. Sylvestre de Sacy et de Salvandy à l'Académie française, le 28 juin 1855. In-8 de 64 pages. 1 fr.

Discours de MM. le duc de Broglie et Désiré Nisard à l'Académie française, le 3 avril 1856. In-8 de 60 pages. 1 fr.

Discours de MM. Biot et Guizot à l'Académie française, le 5 février 1857. In-8 de 61 pages. 1 fr.

Discours de MM. le comte de Falloux et Brifaut à l'Académie française, le 26 mars 1857. In-8 de 44 pages. 1 fr.

Discours de MM. de Laprade et Vitet à l'Académie française le 17 mars 1859 In-8 de 48 pages. 1 fr.

Discours de MM. J. Sandeau et Vitet à l'Académie française, le 26 mai 1859. In-8 de 44 pages. 1 fr.

Discours de MM. Villemain et Guizot à l'Académie française (séance annuelle du 25 août 1859). In-8. 1 fr.

Discours de M. Guizot à l'Académie française, en réponse au discours prononcé par M. Lacordaire, dans la séance du 24 janvier 1861. 50 c.

Discours de MM. le prince de Broglie et Saint-Marc-Girardin à l'Académie française, le 26 février 1863. In-8. 1 fr

Éloge de M. Horace Vernet, par M. Beulé, prononcé à l'Académie des Beaux-Arts, le 3 octobre 1863. In-8. 1 fr.

Réponse de M. Ingres au rapport sur l'École des Beaux-Arts adressé à M. le maréchal Vaillant. In-8. 50 c.

Le Décret du 15 novembre et l'Académie des Beaux-Arts. Examen des critiques, suivi des pièces officielles par M. Ernest Chesneau. Br. in 8 2 fr.

Rapport de M. le comte de Nieuwerkerke sur les travaux de remaniement et d'accroissement réalisés depuis 1849 dans les musées Impériaux, suivi d'un relevé sommaire des objets d'art entrés dans les Collections de 1849 à 1863. In-8. 2 50

CATALOGUE

PAR ORDRE ALPHABÉTIQUE.

HISTOIRE — LITTÉRATURE — PHILOSOPHIE

ÉDITIONS IN-8°

AMPÈRE (J. J.).

La Grèce, Rome et Dante, études littéraires d'après nature, 3e édit. 1 vol. in-8. 7 »

OCTAVE D'ASSAILLY.

Les Chevaliers-Poëtes de l'Allemagne (*Minnesinger*). 1 vol. in-8. 5 »

BABOU (HIPP.).

Les Amoureux de Madame de Sévigné, LES FEMMES VERTUEUSES DU GRAND SIÈCLE, etc., 1 vol. in-8. 7 »

BARANTE.

Vie politique de M. Royer-Collard. 2 vol. in-8. 14 »

Vie de Mathieu Molé, etc. 2e édit. 1 vol. in-8. 7 »

Histoire du Directoire de la République française, *complément de l'Histoire de la Convention*, 3 vol. in-8 cavalier. 21 »

Études historiques et biographiques. 2 vol. in-8. 14 »

Études littéraires et historiques. 2 vol. in-8. 14 »

Pensées et Réflexions morales et politiques de M. de FICQUELMONT, précédé d'une Notice par M. de Barante, 1 vol. in-8. 7 »

Schiller. *Œuvres dramatiques*, trad. par M. de Barante. 3 vol. in-8. 15 »

BARTHÉLEMY (ED. DE).

Galerie des Portraits de Mademoiselle. Nouv. édition, avec notes et Introduct., par M. ED. DE BARTHÉLEMY, 1 vol. in-8. 7 »

BASTARD D'ESTANG.

Les Parlements de France. Essai historique sur leurs usages, leur organisation et leur autorité. 2 forts vol. in-8. 15 »

BAUDRILLART.

Publicistes modernes. 1 vol. in-8. 7 »

BAUTAIN (L'ABBÉ).

La Conscience, ou la Règle des actions humaines. 1 vol. in-8. 7 »

BERSOT (ERN.)

Essais de Philosophie et de Morale. 2 vol. in-8. 12 »

BERTAULD.

La Liberté civile. Nouvelles études sur les publicistes contemporains, 1 vol. in-8. 7 »

Philosophie politique de l'histoire de France. — 1 vol. in-8. 6 »

BLAMPIGNON.

Étude sur Malebranche, d'après des documents inédits. (*Ouv. couronné par l'Académie française*). 1 vol. in-8. 4 »

J.-F. BOISSONADE.

Critique littéraire sous le 1er empire, publiée par F. COLINCAMP, précédée d'une notice par M. NAUDET, de l'Institut. 2 très-forts vol. in-8, avec portrait. 16 »

ÉMILE DE BONNECHOSE.

Histoire d'Angleterre, depuis les temps les plus reculés jusqu'à l'époque de la Révolution française, avec un résumé chronolog. des événements jusqu'à nos jours. 4 vol. in-8. 28 »

L'Académie française a décerné, pour la première fois, à cet ouvrage, le prix triennal fondé par M. Halphen pour le livre le plus remarquable au point de vue historique ou littéraire et le plus digne au point de vue moral.

Histoire de France, continuée jusqu'à la fin de 1848. 2 très-forts vol. in-8. 12 »

LE DUC DE BROGLIE.

Écrits et Discours. Philosophie, littérature, discours et éloges, 3 vol. in-8. 18 »

ALBERT DE BROGLIE.

L'Église et l'Empire Romain au IVe siècle. — 2 Parties. 1re Partie : RÈGNE DE CONSTANTIN. 3e édit. 2 vol. in-8. 14 »

- 2me Partie : CONSTANCE ET JULIEN L'APOSTAT. 2e édition. 2 vol. in-8. 14 »

Le prince de Broglie et Dom Guéranger, par M. Marty. In-8. 1 »

CARNÉ (L. DE).

Les Fondateurs de l'Unité française. — Suger. — Saint Louis. — Du Guesclin. — Jeanne d'Arc — Louis XI. — Henri IV. — Richelieu. — Mazarin. — *Études historiques*. 2 vol. in-8. 14 »

La Monarchie Française au XVIIIe siècle. Études hist. sur les règnes de Louis XIV et de Louis XV. 1 vol. in-8. 7 »

L'Histoire du Gouvernement représentatif en France (ÉTUDES SUR), de 1789 à 1848. (*Ouvrage couronné par l'Académie française.*) 2 vol. in-8. 14 »

Dr CASELLI

La Réalité, ou accord du spiritualisme avec les principes et les faits et incompatibilité des autres systèmes philosophiques avec la Réalité. 1 vol. in-8. 6 »

Dr CASTLE.

Phrénologie spiritualiste. Nouvelles études de psychologie appliquée. 1 vol. in-8, fig. 7 »

CHAMPAGNY (Cte FR. DE)

Les Césars. — Histoire des Césars jusqu'à Néron. 3 v. in-8. 18 »

Les Antonins. — Suite des Césars. 3 volumes in-8. 18 »

CHASSANG.

Apollonius de Tyane. Sa vie, ses voyages, ses prodiges, par PHILOSTRATE, et ses lettres, trad. du grec. 1 vol. in-8. 7 »

Histoire du Roman dans l'antiquité grecque et latine et de ses rapports avec l'histoire. (*Ouvrage couronné par l'Académie des Inscriptions et Belles-Lettres*). 1 vol. in-8. 7 »

PIERRE CLÉMENT.

Enguerrand de Marigny, *Beaune de Semblançay, le Chevalier de Rohan*. Épisodes de l'hist. de France. 2e édit. 1 vol. in-8. 7 »

Jacques Cœur et Charles VII, ou la France au XVe siècle. (*Ouvrage couronné par l'Académie française.*) 2 vol. in-8. 12 »

F. COMBES.

La Princesse des Ursins. — Essai sur sa vie et son caractère politique. 1 vol. in-8. 7 »

V. COUSIN.

Études sur les Femmes illustres et la société du XVIIe siècle, 8 vol. in-8. 56 »

—**La Société française au XVIIe siècle,** d'après le *Grand Cyrus*, roman de Mlle de Scudéry, 2 beaux vol. in-8. 14 »

—**Jacqueline Pascal.**—4e édit. 1 vol. in-8, avec fac-simile. 7 »

—**Madame de Hautefort.** - *Études sur les femmes illustres*, etc. 1 vol. in-8, orné d'un portrait. 7 »

—**Madame de Chevreuse.** *Nouvelles études*, etc., 2e édition revue et augmentée. 1 vol. in-8, orné d'un portrait. 7 »

—**La jeunesse de Mme de Longueville.** -*Études*, etc. 4e édit, 1 beau vol. in-8 orné de deux jolis portraits. 7 »

—**Madame de Longueville pendant la Fronde** (de 1651 à 1653), 1 vol in-8. 7 »

—**Madame de Sablé.**—*Études*, etc. 2e édit. 1 vol. in-8. 7 »

Études Littéraires 2 vol. in-8 qui se vendent séparément :

—**Études sur Pascal.** 1 vol in-8 7 »

—**Fragments et Souvenirs littéraires.** 1 vol. in-8. 7 »

Premiers Essais de Philosophie. (Cours de 1815.) Nouv. édit. refondue, 1 vol. in-8. 6 »

Introduction à l'Histoire de la Philosophie. (Cours de 1828.) Nouvelle édition entièrement revue. 1 vol. in-8. 6 »

Histoire générale de la Philosophie. depuis les temps les plus anciens jusqu'à la fin du XVIIIe siècle. 1 vol. in-8. 7 »

Philosophie de Locke. (Cours de 1830.) Nouvelle édition entièrement revue. 1 vol. in-8. 6 »

Du Vrai, du Beau et du Bien, 10e édit. 1 beau vol. in-8 avec un portrait de M. Cousin. 7 »

COURDAVEAUX.

Du Beau dans la Nature et dans l'Art. In-8. 3 75

Entretiens d'Épictète, recueillis par Arrien, trad. nouv. et complète. 1 vol. in 8. 7 »

DANTE.

La Divine Comédie. Traduite avec Introd. et notes, par LA MENNAIS, accomp. du texte italien, 2 vol. in-8. 14 »

CH. DE BROSSES.

Le Président de Brosses en Italie, ou Lettres familières écrites d'Italie par Ch de Brosses. 2e édition *authentique*, revue sur les manuscrits, avec une notice par M. R. Colomb. 2 vol. in-8. 12 »

E. J. DELÉCLUZE.

Louis David. Son école et son temps. Souvenirs. 1 vol. in-8. 6 »

S. DELORME.

Les Hommes d'Homère Essai sur les mœurs de la Grèce aux temps héroïques. 1 vol. in-8. 6

F. DELTOUR.

Les Ennemis de Racine au XVIIe siècle. (*Ouvrage couronné par l'Académie française.*) 1 vol. in-8. 5

ERNEST DESJARDINS.

Le grand Corneille historien. 1 vol. in-8. 5

Alésia. 7e *campagne de J. César*. Résumé du débat, etc., avec notes inédites de NAPOLÉON Ier, etc. 1 vol. in-8. 5

CH. DESMAZE.

Le Châtelet de Paris. Son organisation, ses privilèges, etc. 1 volume in 8. 7 »

CH. DREYSS.

Mémoires de Louis XIV POUR L'INSTRUCTION DU DAUPHIN. 1re édition complète, avec une étude et des notes. 2 v. in-8. 14 »

J. DROMEL.

La Loi des Révolutions.—1 vol. in-8. 7 »

FRÉD. DUBOIS D'AMIENS.

Éloges lus à l'Académie de Médecine.—Pariset.—Broussais. Ant. Dubois.—Richerand.—Hallé.—Boyer —Orfila.—Desormeaux.—Capuron.—Deneux.—Baudelocque.—Récamier.—Roux.—Magendie.—Gueneau de Mussy.—Geoffroy-Saint-Hilaire.—A. Richard.—Chomel.—Thénard.—Chervin. 2 vol. in-8. 14 »

DUBOIS GUCHAN.

Tacite et son siècle, ou la société romaine impériale, d'Auguste aux Antonins. 2 beaux vol. in-8. 15 »

DU CELLIER.

Histoire des Classes laborieuses en France, depuis la conquête de la Gaule par Jules César. 1 vol. in-8. 7 »

F. G. EICHHOFF

Tableau de la Littérature du Nord, AU MOYEN AGE, en Allemagne, en Angleterre, en Scandinavie et en Slavonie. *Nouvelle édition* revue et augmentée. 1 vol. in-8. 6 »

G. EYRIÈS.

Simart, statuaire; sa vie et son œuvre. 1 v. in-8, avec portr. 6 »

FALLOUX (Cte DE).

Correspondance du R. P. Lacordaire et de Madame Swetchine, publiée par M. de Falloux. 1 fort vol. in-8. 7 50

Madame Swetchine. Journal de sa conversion, méditations et prières, publiées par M. de Falloux. 1 vol. in-8. 7 50

Lettres de Madame Swetchine, publiées par M. de Falloux. 2 vol. in-8. 15 »

Madame Swetchine. Sa vie et ses pensées, publiées par M. de Falloux. 4e édition. 2 vol. in-8. 15 »

FEILLET.

La Misère au temps de la Fronde et saint Vincent de Paul, ou un chapitre de l'histoire du paupérisme. 1 vol. in-8. 7 »

J. FERRARI.

Histoire des Révolutions d'Italie, ou Guelfes et Gibelins. 4 vol. in-8. 24 »

FEUGÈRE.

Caractères et Portraits littéraires du XVIe siècle. 2 v. in-8. 14 »

Les Femmes poëtes du XVIe siècle, étude suivie de notices sur Mlle de Gournay, d'Urfé, Montluc, etc. 1 vol. in-8. 7 »

GALITZIN (LE PRINCE AUG.)

La Russie au XVIIIe siècle. Mémoires inédits sur les règnes de Pierre le grand, etc. 1 vol. in-8. 7 »

GEFFROY.

Lettres inédites de Mme des Ursins, avec une introduction et des notes. 1 vol. in-8. 7 »

GÉRUZEZ.

Histoire de la Littérature française depuis ses origines jusqu'à la Révolution. (*Ouvrage couronné par l'Académie française. Prix Gobert*) 3e édit. 2 vol. in-8. 14 »

GERMOND DE LAVIGNE.

Le Don Quichotte de Fernandez Avellaneda, nouvellement trad. de l'espagnol et annoté. 1 vol. in-8. 6 »

SAINT-MARC GIRARDIN.

Tableau de la Littérature française au XVIe siècle, suivi d'études sur la littérature du moyen âge et de la renaissance. 1 vol. in 8. 7 »

F. GODEFROY.

Lexique comparé de la langue de Corneille et de la langue du XVIIe siècle, en général. (*Ouvrage couronné par l'Académie française.*) 2 vol. in-8. 15 »

GUADET.

Les Girondins, leur vie politique et privée, leur proscription, leur mort. 2 vol. in-8. 12 »

MAURICE ET EUGÉNIE DE GUÉRIN.

Maurice de Guérin — Journal, Lettres et Fragments, publiés par M. G. S. Trebutien, avec une étude par M. Sainte-Beuve. Nouv. édit. 1 vol. in-8. 7 »

Eugénie de Guérin — Journal et Lettres, publiés par M. G. S. Trebutien. (*Ouvrage couronné par l'Académie française*). Nouv. édition. 1 volume in-8. 7 »

GUIZOT.

Sir Robert Peel. — Étude d'histoire contemporaine, accompagnée de fragments des Mémoires de Robert Peel. 2e édit. 1 vol. in-8. 7 »

Histoire de la Révolution d'Angleterre, depuis l'avénement de Charles Ier jusqu'à la mort de R. Cromwell (1625-1660). 6 vol. in-8, en 3 parties. 42 »

— **Histoire de Charles Ier**, depuis son avénement jusqu'à sa mort (1625-1649); précédée d'un *Discours sur la Révolution d'Angleterre*. 8e édit. 2 vol. in 8. 14 »

— **Histoire de la République d'Angleterre et de Cromwell.** (1649-1658). 2e édit. 2 vol. in-8. 14 »

— **Histoire du protectorat de Richard Cromwell,** et du *Rétablissement des Stuarts* (1659-1660). 2 vol. in-8. 14 »

Études sur l'Histoire de la Révolution d'Angleterre, 2 vol. in-8 :

— **Monk. Chute de la République**, étude historique. Nouv. édit. 1 vol. in-8, portrait. 6 »

— **Portraits politiques** des hommes des divers partis : *Parlementaires*, *Cavaliers*, *Républicains*, *Niveleurs*. Études historiques. Nouv. édit. 1 vol. in-8. 6 »

Essais sur l'Histoire de France. 10e édition revue et corrigée. 1 vol. in-8. 7 »

GUIZOT (SUITE.)

Histoire des origines du gouvernement représentatif en Europe, depuis la chute de l'empire romain jusqu'au XIVᵉ siècle. (*Cours d'Histoire moderne de* 1820 à 1822.) Nouvelle édition revue et corrigée. 2 vol. in-8. 10 »

Histoire de la civilisation en Europe et en France, depuis la chute de l'empire romain jusqu'à la Révolution française. Nouv. édition revue et corrigée. 5 beaux vol. in-8. 30 »

—**Histoire de la civilisation en Europe**. Nouv. édition. 1 vol. in-8. 6 »

—**Histoire de la civilisation en France**. Nouv. édition revue et corrigée. 4 vol. in-8. 24 »

Discours académiques, suivis des discours prononcés pour la distribution des prix au Concours général et devant div. sociétés, et de trois Essais littéraires. 1 vol. in-8. 1861. 6 »

Corneille et son temps. Étude littéraire : 1° *État de la Poésie en France avant Corneille* ; — 2° *La vie et les œuvres de Corneille* ; — 3° *Chapelain*, *Rotrou* et *Scarron*, etc. 1 vol. in-8. 5 »

Shakspeare et son temps. Étude littéraire. 1 vol. in-8. 5 »

Méditations et Études morales. Nouv. édit. 1 vol. in-8. 6 »

Études sur les beaux-arts en général. 3ᵉ édit. 1 vol. in-8. 6 »

Abailard et Héloïse, essai historique, par M. et Mᵐᵉ Guizot, suivi des *Lettres d'Abailard et d'Héloïse*, traduites par M Oddoul ; nouv. édit. revue et corrigée. 1 vol. in-8. 6 »

De la Démocratie en France. (Janvier 1849), in-8 de 164 p. 2 50

Shakspeare. — **Œuvres complètes**. — Trad. de M. Guizot, entièrement refondue, avec une étude, des notices et des notes. 8 vol. in 8. 40 »

Histoire de Washington, par M. C. de Witt, avec une introduction par M. Guizot, 2ᵉ édit. 1 vol. in-8, portr. et carte. 7 »

Washington, correspondance et écrits, traduits et mis en ordre par M. Guizot. 4 vol. in-8. 12 »

Dictionnaire universel des synonymes de la Langue française : Girard, Beauzée, Roubaud, d'Alembert, etc., augmenté d'un grand nombre de nouveaux synonymes, par M. Guizot. 6ᵉ édit. entièrement refondue. 1 vol. gr. in-8. 13 »

L'Introduction de cet ouvrage est autorisée dans les établissements d'instruction publique, par décision de S. E. M. le Ministre de l'Instruction publique.

Grégoire de Tours et Frédégaire — HISTOIRE DES FRANCS ET CHRONIQUE. trad. de M. Guizot. Nouv. édition revue et augmentée de la *Géographie de Grégoire de Tours et de Frédégaire*, par M. Alfred Jacobs. 2 forts vol. in-8, avec une carte spéciale de la Gaule mérovingienne. 14 »

Cet ouvrage est autorisé pour les écoles publiques par décision de S. Ex. M. le ministre de l'instruction publique.

GUILLAUME GUIZOT.

Ménandre. Étude historique et littéraire sur la Comédie et la Société grecques. (*Ouvrage couronné par l'Académie française.*) 1 vol. in-8, avec portrait. 6 »

HERDER.

Histoire de la poésie des Hébreux, trad. de l'allemand par Mme de Carlowitz. (*Ouvrage couronné par l'Académie française.*) 1 vol. in-8. 6 »

JACQUINET.

Les Prédicateurs du XVIIe siècle avant Bossuet. 1 vol. in-8. 6 »

JULES JANIN.

La Poésie et l'Eloquence à Rome au temps des Césars 1 vol. in-8. 7

JOUBERT.

Pensées, Essais et Maximes, suivis de sa correspondance, avec une notice, par M. P. DE RAYNAL. 2 vol. in-8. 12 »

MARY LAFON.

Le Maréchal de Richelieu et Madame de Saint-Vincent. 1 vol in-8. 6 »

LÉON LAGRANGE.

Joseph Vernet ou la peinture au XVIIIe siècle, avec le texte des livres de raison et des pièces justificatives. 1 vol. in-8. 7 »

LA HARPE.

Lycée ou Cours de Littérature.—18 vol. in-8. 24 »

LAMENNAIS.

Dante—La Divine Comédie. Traduct. précédée d'une Introd., accomp. de notes et du texte italien. 2 vol. in-8. 14 »

Correspondance inédite. Nouv. édit. 2 vol. in-8. 14 »

VICTOR DE LA PRADE.

Questions d'art et de morale. — 1 vol. in-8. 7 »

LE COULTEUX DE CANTELEU.

Les Sectes et Sociétés secrètes politiques et religieuses 1 vol. in-8. 5 »

L'ABBÉ LE DIEU.

Mémoires et journal de l'abbé Le Dieu, sur la vie et les ouvrages de BOSSUET, publiés, pour la première fois, sur les manuscrits autographes. 4 vol. in-8. 24 »

LÉLUT.

Physiologie de la pensée.—Recherche critique des rapports du corps à l'esprit. 2 vol. in-8. 14 »

LEMOINE (ALBERT).

L'Aliéné devant la Philosophie, la morale et la société. 1 vol. in-8. 7 »

LITTRÉ.

Histoire de la Langue française. — Etudes sur les origines, l'étymologie, la grammaire, les dialectes, la versification et les lettres au moyen âge. Nouv. édit. 2 vol. in-8. 14 »

CH. LIVET.

Précieux et Précieuses Caractères et mœurs du XVIIe siècle. 1 vol. in-8. 7 »

La Grammaire française et les Grammairiens du XVIe siècle (*Mention honorable de l'Acad. des Inscript.*) 1 fort vol. in-8. 7 50

LOVE.

Le Spiritualisme rationnel. — 1 vol. in-8. 7 »

MARCOU.

Pellisson, étude sur sa vie et ses œuvres. (*Ouvrage couronné par l'Académie française.*) 1 vol. in-8. 7 »

MARTHA BECKER.

Le général Desaix. Étude historique. 1 vol. in-8, portrait. 6 »

MATTER.

Swedenborg. Étude sur sa vie et ses œuvres. 1 vol. in-8. 7 »

Saint Martin, *le Philosophe inconnu*. Sa vie et ses écrits. Son maître Martinez et leurs groupes. 1 vol. in-8. 7 »

ALFRED MAURY.

Les Académies d'autrefois. 2 parties :

— L'ancienne Académie des Sciences. 1 vol. in-8. 7 »

— L'ancienne Académie des Inscriptions et Belles-Lettres. 1 vol. in-8 7 »

Le Sommeil et les Rêves. Études psychologiques. 1 vol. in-8. 7 »

CH. MERCIER DE LACOMBE.

Henri IV et sa politique. (*Ouvrage couronné par l'Académie française. 2ᵉ Prix Gobert.*) 1 vol. in-8. 7 »

P. MERRUAU.

L'Égypte contemporaine. — De Méhemet-Ali à Saïd-Pacha; avec une lettre de M. F. de Lesseps. 1 vol. in-8. 6 »

MIGNET.

Éloges historiques, pour faire suite aux *Portraits et Notices*. 1 vol. in-8. 6 »

Portraits et notices HISTORIQUES ET LITTÉRAIRES, etc. Nouv. édit. augmentée. 2 vol. in-8. 10 »

Histoire de Marie Stuart. Nouv. édition. 2 vol. in-8 ornés d'un joli portrait. 12 »

Charles-Quint, SON ABDICATION, SON SÉJOUR ET SA MORT AU MONASTÈRE DE YUSTE. 5ᵉ édition revue et corrigée. 1 beau vol. in-8. 6 »

Histoire de la Révolution Française, depuis 1789 jusqu'en 1814. 8ᵉ édition. 2 vol. in-8. 12 »

LOUIS MOLAND.

Origines Littéraires de la France. Roman. Légende. Théâtres. Prédication, etc. 1 vol. in-8. 7 »

F. MONNIER.

Le chancelier d'Aguesseau, sa conduite et ses idées politiques, etc., avec des documents inédits et des ouvrages nouveaux du Chancelier. (*Ouvrage couronné par l'Académie française.*) 2ᵉ édit. augmentée. 1 vol. in-8. 7 »

C. DE MONTALEMBERT.

L'Eglise libre dans l'état libre. — Discours prononcés au congrès de Malines. 1 vol. in-8. 2 50

ERNEST MORET.

Quinze ans du règne de Louis XIV. 1700-1715. (*Ouvrage couronné par l'Académie française : 2ᵉ prix* Gobert.) 3 vol. in-8. 15 »

V. DE NOUVION.

Histoire du règne de Louis-Philippe Iᵉʳ, roi des Français, (1830-1840). 4 vol. in-8. Prix du vol. 6 »

PELLISSON ET D'OLIVET.

Histoire de l'Académie française. Nouv. édition, avec une introduction, des notes et éclaircissements, par M. CH. LIVET. 2 gros vol. in-8. 14 »

AUG. POIRSON.

Histoire du règne de Henri IV. — Ouvrage qui a obtenu le grand prix Gobert en 1857 et en 1858. — 2e édit. considérablement augmentée. 4 vol. in-8. Les tomes I et II en vente. Prix du vol. 7 »

EUG. POUJADE.

Chrétiens et Turcs, scènes et souvenirs de la vie politique, militaire et religieuse en Orient. 1 fort vol. in-8. 6 »

M. RAYNAUD.

Les Médecins au temps de Molière. 1 vol. in-8. 7 »

RÉMUSAT (CH. DE).

Bacon. Sa vie, son temps et sa philosophie. 1 vol. in-8. 7 »

Saint Anselme de Cantorbéry. Tableau de la vie des couvents et de la lutte des deux pouvoirs au XIe siècle. 1 vol. in-8. 7 »

Abélard : Sa vie, sa philosophie et sa théologie. 2 vol. in-8. 14 »

L'Angleterre au XVIIIe siècle. Études et portraits. 2 vol. in-8. 14 »

Channing : Sa vie et ses œuvres, avec préface de M. DE RÉMUSAT. 1 vol. in-8. 7 »

ANT. RONDELET.

Du Spiritualisme en économie politique. (*Ouvrage couronné par l'Académie des sciences morales.*) 1 vol. in-8. 6 »

CAMILLE ROUSSET.

Histoire de Louvois et de son administration politique et militaire, 1re PARTIE. (*Ouvrage couronné par l'Académie française. 1er Prix Gobert.*) Nouv. édit. 2 vol. in-8. 14 »

Histoire de Louvois et de son administration. 2e PARTIE. 2 vol in-8. 14 »

A. ROUSSELOT.

Histoire de l'Évangile éternel, in-8 3 50

AMÉDÉE ROUX.

Montausier, sa vie et son temps (un misanthrope à la cour de Louis XIV) 1 vol. in-8. 6 »

S. DE SACY.

Variétés littéraires, morales et historiques. Nouv. édition. 2 vol. in 8. 14 »

J. BARTHÉLEMY SAINT-HILAIRE.

Le Bouddha et sa religion. Nouvelle édition. 1 vol. in-8. 7 »

E. SAISSET.

Précurseurs et Disciples de Descartes. Études d'histoire et de philosophie. 1 vol. in-8. 7 »

N. DE SALVANDY.

Histoire de la Pologne et du roi SOBIESKI. Nouv. édition revue. 2 vol. in-8. 14 »

Don Alonso, ou l'Espagne; histoire contemporaine. Nouv. édit. 2 vol. in-8. 14 »

La Révolution de 1830 et le parti révolutionnaire, ou Vingt mois et leurs résultats. Nouv. édit. 1 vol. in-8. 5 »

Discours de MM. Berryer et de Salvandy à l'Académie française. In-8. 1 »

Discours de MM. de Sacy et de Salvandy à l'Académie française. In-8. 1 »

F. DE SAULCY.

Histoire de l'Art Judaïque, d'après les textes sacrés et profanes. 1 vol. in-8. 7 »

Les campagnes de Jules César dans les Gaules. Études d'archéologie militaire. 1ʳᵉ Partie. 1 vol. in-8, fig. 7 »

SCHILLER.

Œuvres dramatiques. Trad. de M. DE BARANTE, entièrement revue, avec une étude, des notices et des notes. 3 vol. in-8. 15 »

SCHNITZLER.

La Russie en 1812. *Rostoptchine et Kutusoe.* 1 vol. in-8. 7 »

SCLOPIS.

Histoire de la Législation italienne, traduite par M. Ch. Sclopis. 2 vol. in-8. 14 »

SHAKSPEARE.

Œuvres complètes.—Trad. de M. GUIZOT, entièrement refondue, avec une étude, des notices et des notes. 8 vol. in-8. 40 »

ALEX. SOREL

Le Couvent des Carmes et l'ancien Séminaire Saint-Sulpice *pendant la Terreur.* 1 vol. in-8, avec cinq planches. 7 »

AMÉDÉE THIERRY.

Tableau de l'Empire romain, depuis la fondation de Rome jusqu'à la fin du gouvernement impérial en Occident. 1 vol. in-8. 7 »

Récits de l'Histoire romaine au vᵉ siècle. 1 vol in-8. 7 »

Histoire d'Attila, de ses fils et de ses successeurs en Europe, etc. 2 vol. in-8. (*Sous presse*).

Histoire des Gaulois, depuis les temps les plus reculés jusqu'à la domination romaine. Nouv. édit. 2 vol. in-8. (*Sous presse.*)

THIERCELIN.

De l'Autorité et de la Liberté, in-8. 4 »

TISSOT.

Turgot. Sa vie, son administration, ses ouvrages. (*Ouvrage couronné par l'Académie des sciences morales.*) 1 vol. in-8. 7 »

H. DE LA VILLEMARQUÉ.

La Légende celtique *et la poésie des cloîtres* en Irlande, en Cambrie et en Bretagne. 1 vol. in-8. 7 »

Les Romans de la Table ronde *et les contes populaires des anciens Bretons.* Nouv. édit. 1 vol. in-8. 7 »

Myrdhinn ou l'enchanteur Merlin. Son histoire, ses œuvres, son influence. 1 vol in-8. 7 »

Les Bardes bretons. Poëmes du vɪᵉ siècle, trad. avec le texte en regard. Nouvelle édition. 1 vol. in-8, avec fac simile. 7 »

VILLEMAIN.

Œuvres de M. Villemain. Nouvelle édition revue et augmentée, 14 vol. in-8, papier vélin satiné. 87 »

Souvenirs contemporains *d'histoire et de littérature*. nouv. édit. (1re et 2e parties), 2 vol. in-8. 14 »

La République de Cicéron, traduite avec une introduction et des suppléments historiques. 1 vol. in-8. 7 »

Choix d'Études SUR LA LITTÉRATURE CONTEMPORAINE : *Rapports académiques*. Études sur *Chateaubriand*, *A. de Broglie*, *Nettement*, etc. 1 vol. in-8. 6 »

Cours de Littérature française, comprenant : *le Tableau de la Littérature au XVIIIe siècle* et le *Tableau de la Littérature au moyen âge*, nouv. édit. 6 vol. in-8. 36

—Tableau de la Littérature au XVIIIe siècle. 4 vol in-8. 24 »

—Tableau de la Littérature au moyen âge. 2 vol. in-8. 12 »

Tableau de l'éloquence chrétienne au IVe siècle, accompagné d'Études sur *le Polythéisme*, sur *l'empereur Julien*, sur *Symmaque*, etc. Nouvelle édition. 1 fort vol. in-8. 6 »

Discours et mélanges littéraires : *Éloges de Montaigne et de Montesquieu.—Notices sur Fénelon et sur Pascal.—Discours sur la critique.—Rapports et Discours académiques*. Nouv. édition. 1 vol. in-8. 6 »

Études de Littérature ancienne et étrangère : *Sur Hérodote.—Du poëme de Lucrèce.—Études sur Lucain, Cicéron, Tibère et Plutarque.—De la corruption des lettres romaines.—Essai sur les romans grecs.—Shakspeare; Milton; Wicherley; Young; Pope; Byron*. Nouv. édit. 1 vol in-8. 6 »

Études d'Histoire moderne : *Discours sur l'état de l'Europe au XVe siècle.—Lascaris.—Essai historique sur les Grecs depuis la conquête musulmane.—Vie du chancelier de L'Hôpital*. 1 vol. in-8. 6 »

VOLTAIRE.

Voltaire à Ferney. — Étude suivie de sa correspondance inédite avec la duchesse de Saxe-Gotha, de nouvelles lettres et de notes historiques inédites, publiées par MM. Ev. BAVOUX et A. FRANÇOIS. 1 vol. in-8. 7 »

Lettres inédites de Voltaire, précédées d'une *Étude* par M. SAINT-MARC GIRARDIN. 2e édition. 2 vol. in-8. 14 »

Voltaire et le président de Brosses. Correspondance inédite publiée avec notes, etc, par M. TH. FOISSET. 1 vol. in-8. 5 »

CORNELIS DE WITT.

Études sur l'histoire des États-Unis d'Amérique. 2 vol. in-8 :

—Thomas Jefferson. Étude historique sur la démocratie américaine. 2e édit. 1 vol. in-8, orné d'un portrait. 7 »

—Histoire de Washington *et de la fondation de la République des États-Unis*, avec une Étude par M. GUIZOT. 3e édit. 1 vol. in-8, orné de portraits et d'une carte. 7 »

ZELLER.

Les Empereurs romains. — Caractères et Portraits historiques. 1 vol. in-8. 7 »

ÉDITIONS IN-12

ALAUX.

La Raison. Essai sur l'avenir de la philosophie. 1 vol. in-12. 3 50

J. J. AMPÈRE.

Littérature et Voyages, suivis de POÉSIES. 2 vol. in-12. 7 »
La Grèce, Rome et Dante, études littér. 3e édit. 1 vol. in-12. 3 50

H. BABOU.

Les Amoureux de Madame de Sévigné. — LES FEMMES VERTUEUSES DU GRAND SIÈCLE, etc., 2e édition. 1 vol. in-12. 3 50

BARANTE.

Histoire des Ducs de Bourgogne de la maison de Valois. Nouv. édition illustrée de vignettes. 8 vol. in-12. 24 »
Tableau littéraire du XVIIIe siècle. 1 vol. in-12. 3 50
Études historiques et biographiques. 2 vol. in-12. 7 »
Études littéraires et historiques. 2 vol. in-12. 7 »
Histoire de Jeanne d'Arc. *Édition populaire.* 1 vol. in-12. 1 25
Royer-Collard (Vie politique de M.) — Ses discours et ses écrits. Nouv. édit. 2 vol. in-12. 7 »

BAUDRILLART.

Publicistes modernes. — 2e édit. 1 vol. in-12. 3 50

L'ABBÉ BAUTAIN.

La Conscience, ou la Règle des actions humaines. 1 vol. in-12. 3 50
Philosophie des lois au point de vue chrétien. 1 vol. in-12. 3 50

ERN. BERSOT.

Essais de Philosophie et de Morale. — 2 vol. in-12. 7 »

H. BONHOMME.

Madame de Maintenon et sa famille. — Lettres et documents inédits, avec notes, etc. 1 vol. in-12. 3 50

BOUCHITTÉ.

Le Poussin. Sa vie, son œuvre. (*Ouvrage couronné par l'Académie française.*) 2e édit. 1 vol. in-12. 3 50

BURGGRAEVE.

Le Livre de tout le monde sur la santé. Notions de physiologie et d'hygiène. 1 vol. in-12. 3 50

J. CAILLET.

L'Administration en France sous le cardinal de Richelieu. 2e édit. (*Ouvr. couronné par l'Acad. française.*) 2 vol. in-12. 7 »

CASS-ROBINE.

Odes d'Horace. Nouv. trad. avec texte et notes. 1 vol. in-12. 3 50

CASTLE.

Phrénologie spiritualiste. 2e édit. 1 vol. in-12. 3 50

CHASSANG.

Apollonius de Tyane, sa vie, ses voyages, ses prodiges, par PHILOSTRATE, trad. du grec, etc. 2e édit. 1 vol. in-12. 3 50
Histoire du Roman dans l'antiquité grecque et latine. (*Ouv. couronné par l'Ac. des Inscript.*) Nouv. édit. 1 vol. in-12. 3 50

CHESNEAU (ERNEST).

Les Chefs d'École — La peinture au XIXe siècle. 1 vol. in-12. 3 50
L'Art et les artistes modernes France et Angleterre. 1 vol. in-12 3 50

V. COUSIN.

Jacqueline Pascal. Premières études, etc., 5e édit. 1 vol. in-12. 3 50
Madame de Chevreuse. 3e édit. 1 vol. in-12. 3 50
Jeunesse de Mme de Longueville. 5e édit. 1 vol. in-12. 3 50
Premiers Essais de Philosophie. Nouv. édit. 1 vol. in-12. 3 50
Introduction à l'histoire de la Philosophie. 1 vol. in-12. 3 50
Histoire générale de la Philosophie. 1 vol. in-12. 3 50
Philosophie de Locke 5e édit. revue, 1 vol. in 12. 3 50
Du Vrai, du Beau et du Bien, 9e édit. 1 vol. in-12. 3 50
Fragments philosophiques 4 vol. in-12. 14 »
—Fragments de Philosophie ancienne : *Xénophane. Zénon Socrate. Platon. Eunape. Proclus. Olympiodore.* 1 vol. in-12. 3 50
—Fragments de Philosophie du moyen âge : *Abélard. G. de Champeaux Bernard de Chartres. St Anselme*, etc. 1 vol. in-12. 3 50
—Fragments de Philosophie moderne: *Descartes.—Malebranche —Spinoza.—Leibnitz. Le P. André*, etc. 1 vol. in-12. 3 50
—Fragments de Philosophie contemporaine : *D. Stewart. Buhle.— Tennemann.—Laromiguière.—De Gérando.—M. de Biran.* 1 vol. in-12. 3 50
Des Principes de la Révolution française et du gouvernement représentatif, suivi des *Discours politiques*. 1 vol. in-12. 3 50

PIERRE CLÉMENT.

Portraits historiques. *Suger, Sully, Norion, Grignan, d'Argenson, Law, Paris, M. d'Arnouville, Terray*, etc. 1 vol. in-12. 3 50
Enguerrand de Marigny, *Beaune de Semblançay, le Chevalier de Rohan.* Episodes de l'hist. de France. 2e édit. 1 vol. in-12. 3 50

L'ABBÉ COGNAT.

Traditionalisme et Rationalisme. Quelques pièces pour servir à l'histoire des controverses de ce temps. 1 vol. 3 50

Cte CLÉMENT DE RIS.

Critiques d'Art et de Littérature. 1 vol. in-12. 3 50

CH DE BROSSES.

Le Président de Brosses en Italie, ou Lettres familières écrites d'Italie. 2e édit revue par M R. Colomb. 2 vol. in-12. 7 »

CASIMIR DELAVIGNE.

Œuvres complètes comprenant le THÉATRE, les MESSÉNIENNES et les CHANTS SUR L'ITALIE, 4 vol. in-12. 14 »

E. J. DELÉCLUZE.

Louis David. Son école et son temps. Souvenirs. 1 vol. in-12. 3 50

DESJARDINS.

Le grand Corneille historien.— 2e édition. 1 vol. in-12. 3 50

FALLOUX (Cte DE).

Madame Swetchine. Journal de sa conversion. Méditations et prières. 2e édit. 1 vol. in-12. 3 50
Madame Swetchine Sa vie et ses Œuvres. Nouv. édit. 2 vol. 7 »
Lettres de Madame Swetchine.— 2e édition. 2 vol. in-12. 7 »
Louis XVI. 1 vol. in-12. 3 50
Histoire de saint Pie V, pape. 2 vol. in-12. 7 »

FEILLET.

La Misère au temps de la Fronde et saint Vincent de Paul. Nouv. édit. 1 vol. in-12. 3 50

FÉNELON.

Aventures de Télémaque, précédées d'une étude par M. VILLEMAIN. Nouv. édit. ornée de 24 vignettes. 1 vol in-12. 3 »

LÉON FEUGÈRE.

Caractères et Portraits littéraires du XVIe siècle. 2 vol. in-12. 7 »

Les Femmes poëtes du XVIe siècle, étude suivie de notices sur Mlle de Gournay, d'Urfé, Montluc, etc. 1 vol. in-12. 3 50

ED. FLEURY.

Saint-Just et la Terreur. Étude sur la Révolution. 2 vol. in-12. 6 »

VICTOR FOURNEL.

La Littérature indépendante et les Écrivains oubliés. Essais de critique et d'érudition sur le XVIIe siècle. 1 vol. in-12. 3 50

GALITZIN (LE PRINCE AUG.).

La Russie au XVIIIe siècle. Mémoires inédits sur les règnes de Pierre le Grand, Catherine Ire et Pierre II. Nouv. édit. 1 vol. in-12. 3 50

GERMOND DE LAVIGNE.

Le Don Quichotte de Fern. Avellaneda. Trad. 1 vol. in-12. 3 50

GERUZEZ.

Histoire de la Littérature française depuis ses origines jusqu'à la Révolution. (*Ouvrage couronné par l'Académie française. 1er prix Gobert.*) Nouv. édit. 2 vol. in-12. 7 »

SAINT-MARC GIRARDIN.

La Syrie en 1861. Condition des chrétiens en Orient. 1 v. in-12 3 50

Tableau de la Littérature française au XVIe siècle. 2e édit. 1 v. in-12. 3 50

ALPH. GRÜN.

Pensées des divers âges de la vie. 1 vol. in-12. 3 50

GUADET.

Les Girondins. Leur vie privée, leur vie publique, leur proscription, leur mort. 2e édit 2 vol. in-12. 7 »

MAURICE DE GUÉRIN.

Journal, lettres et fragments, avec une étude par M. SAINTE-BEUVE. Nouv. édit. 1 vol. in-12. 3 50

EUGÉNIE DE GUÉRIN.

Journal et lettres publ. par M. Trebutien. Nouv. éd. 1 v. in-12. 3 50

Étude sur Eugénie de Guérin, par M. Aug. Nicolas, in-12. » 60

GUIZOT.

Histoire de la Révolution d'Angleterre, depuis l'avénement de Charles Ier jusqu'au rétablissement des Stuarts (1625-1660) 6 vol. in-12, en trois parties. 21 »

— **Histoire de Charles Ier** (1625-1649), précédée d'un *Discours sur la Révolution d'Angleterre*. 8e édition. 2 vol. in-12. 7 »

— **Histoire de la République d'Angleterre et de Cromwell** (1649-1658). Nouvelle édition. 2 vol. in-12. 7 »

— **Histoire du protectorat de Richard Cromwell** et du rétablissement des Stuarts (1659-1660). 2 vol. in-12. 7 »

Monk. Chute de la République, etc. Etude historique. Nouv. édit. 1 vol. in-12. 3 50

Portraits politiques des hommes des divers partis : *Parlementaires, Cavaliers, Républicains, Niveleurs.* 1 vol. in-12. 3 50

Sir Robert Peel. Etude d'histoire contemporaine, augmentée de documents inédits. 1 vol. in-12. 3 50

Essais sur l'Histoire de France, etc. Nouv. édit. 1 vol. in-12. 3 50

Histoire de la civilisation en Europe et en France, depuis la chute de l'Empire romain, etc. 6e édit. 5 vol. in-12. 17 50

Histoire de la civilisation en Europe, 6e édit. 1 vol. in-12. 3 50

GUIZOT (suite).

Histoire des origines du Gouvernement représentatif *et des Institutions politiques de l'Europe*. Nouv. édition. 2 vol. in-12. 7 »

Corneille et son temps. Étude littéraire suivie d'un *Essai sur Chapelain, Rotrou* et *Scarron*, etc. 1 vol. in-12. 3 50

Méditations et Études morales sur *la Religion, la Philosophie, l'Éducation*, etc. Nouvelle édition. 1 vol. in-12. 3 50

Études sur les Beaux-Arts en général. *De l'État des beaux-arts en France et du Salon de* 1810, etc. Nouv. édit. 1 vol. in-12. 3 50

Discours académiques, suivis des *Discours prononcés au concours général de l'Université*, etc. 1 vol. in-12. 3 50

Abailard et Héloïse, essai historique, suivi des *Lettres d'Abailard et d'Héloïse*, etc.; nouv. édit. 1 vol. in-12. 3 50

Grégoire de Tours et Frédégaire. — *Histoire des Francs*, trad. nouv. augm. de la *Géographie*, etc., par M. Alf. Jacobs. 2 vol. in-12. 7 »

Histoire de Washington *et de la fondation de la République des États-Unis*, par M. C. de Witt, avec une étude par M. Guizot. 3e édition. 1 vol. in-12, avec carte. 3 50

GUILLAUME GUIZOT.

Ménandre. Étude sur la Comédie et la Société grecques (*Ouv. couronné par l'Académie française.*) 1 vol. in-12, portrait. 3 50

ALFRED JACOBS.

L'Afrique nouvelle. Récents voyages, etc., dans le continent noir. 1 vol in-12. 3 50

ARSÈNE HOUSSAYE.

Les Charmettes. Jean-Jacques Rousseau et Mme de Warens. 2e édit. 1 joli vol. in-12, avec portrait. 3 50

JOUBERT.

Pensées, précédées de sa Correspondance, d'une notice et de jugements littéraires par MM. Sainte-Beuve, Saint-Marc Girardin, de Sacy, Gérusez et Poitou. Nouv. édit. 2 v. in-12. 7 »

STANISLAS JULIEN.

Yu-Kiao-li, Les deux Cousines, roman chinois. Nouv. trad. 2 vol. in-12. 7 »

Les deux jeunes filles lettrées, roman chinois. 2 vol. in-12. 7 »

LAGRANGE.

Joseph Vernet et la Peinture au XVIIIe siècle, etc. 2e édit. 1 vol. in-12. 3 50

LAJOLAIS (Mlle DE).

Éducation des Femmes. (*Ouvrage couronné par l'Académie française.*) 2e édit. 1 vol. in-12. 3 »

LAMENNAIS.

Dante. — La Divine Comédie. Trad. avec introduction et notes. Nouv. édit. 2 vol. in-12. 7 »

LANNAU-ROLLAND.

Michel-Ange et Vittoria Colonna. Étude suiv. de la trad. complète des poésies de Michel-Ange. Nouv. édit. 1 vol. in-12. 3 50

V. DE LA PRADE.

Questions d'Art et de Morale. Nouv. édit. 1 vol. in-12. 3 50

LÉLUT.

Physiologie de la pensée. Recherche critique des rapports du corps à l'esprit. Nouv. édit. 2 vol. in-12. 7 »

ALBERT LEMOINE.

L'Ame et le Corps. Études de philosophie, etc. 1 vol. in-12. 3 50

J. LEVALLOIS.

Critique militante. Études de philosophie littéraire. 1 vol. in-12. 3 50

LITTRÉ.

Histoire de la Langue française. 3e édit. 2 vol. in-12. 7 »

CH. L. LIVET.

Précieux et Précieuses. Caractères et mœurs du XVIIe siècle. 2e édition. 1 vol. in-12. 3 50

MATHIEU.

Histoire des Miraculés et des Convulsionnaires de Saint-Médard, précédée de la vie du diacre Pâris, de Carré de Montgeron, etc. 1 vol. in-12. 3 50

MATTER.

Saint-Martin, *le philosophe inconnu*, etc. 2e édit. 1 vol. in-12. 3 50

Swedenborg, *sa vie, sa doctrine*, etc. 2e édit. 1 vol. in-12. 3 50

ALFRED MAURY.

Croyances et Légendes de l'antiquité. 2e édit. 1 vol. in-12. 3 50

La Magie et l'Astrologie dans l'antiquité et le moyen âge. 3e édit. 1 vol. in-12. 3 50

Le Sommeil et les Rêves. Études psychologiques. 2e édit. 1 vol. 3 50

CH. MERCIER DE LACOMBE.

Henri IV et sa politique.—(*Ouvrage couronné par l'Académie française*. 2e Prix Gobert.) 2e édit. 1 vol. in-12. 3 50

GUST. MERLET.

Réalistes et fantaisistes. Études morales et littéraires. 2e édit. 1 vol. in-12. 3 50

Portraits d'hier et d'aujourd'hui. *Attiques et Humoristes*. 1 vol. in-12. 3 50

MIGNET.

Charles-Quint, *son abdication, son séjour et sa mort au monastère de Yuste*. 5e édition. 1 vol. in-12. 3 50

Histoire de la Révolution française depuis 1789 jusqu'à 1814. 8e édit. 2 vol. in-12. 7 »

MOLAND (LOUIS).

Origines littéraires de la France. 2e édit. 1 vol. in-12. 3 50

MONTALEMBERT.

De l'avenir politique de l'Angleterre. 6e édit. augm. 1 vol. in-12. 3 50

MONTARAN (Mme DE).

Passiflores, poésies. 1 vol. in-12. 3 50

MOÜY (CH. DE).

Don Carlos et Philippe II. (*Ouvrage couronné par l'Académie française*. 1 vol. in-12. 3 50

NIGHTINGALE (MISS).

Des soins à donner aux malades, etc. Trad. de l'anglais, et précédé d'une lettre de M. GUIZOT et d'une introd. par le dr DAREMBERG. 1 vol. in-12. 3 »

F. NOURRISSON.

Portraits et Études.—Hist. et Philos. Nouv. édit. 1 v. in-12. 3 50

Tableau des progrès de la pensée humaine, depuis Thalès jusqu'à Leibniz. 1 vol. in-12. 3 50

Le cardinal de Bérulle. Sa vie, son temps, ses écrits. 1 vol. in-12. 3 »

J. D'ORTIGUE.

La musique à l'église. Philosophie, histoire, critique et littérature musicales. 1 vol. in-12. 3 50

C. PAGANEL.

Histoire de Scanderbeg, ou *Turks et Chrétiens au XVe siècle.* Nouv. éd. 1 vol. 3 50

Mme PENQUER.

Les Chants du Foyer. — Poésies. 3e édit. 1 vol. in-12. 3 50

PLUTARQUE.

Œuvres morales, trad. de Ricard. 5 vol. in-12. 17 50

PUYMAIGRE (TH. DE).

Les vieux Auteurs Castillans. 2 vol. in-12. 7 »

RAYNAUD.

Les médecins au temps de Molière. 2e édit. 1 vol. in-12. 3 50

RÉMUSAT (CH. DE).

Bacon. Sa vie, son temps et sa philosophie. 1 vol. in-12. 3 50

L'Angleterre au XVIIIe siècle. Études et Portraits pour servir à l'histoire politique de l'Angleterre. 2 vol. in-12. 7 »

Critiques et Études littéraires. Nouv. édit., 2 vol. in-12. 7 »

* * *

Channing. Sa vie et ses œuvres, avec préface de M. DE RÉMUSAT. 1 vol. in-12. 3 50

La Vie de village en Angleterre. 2e édit. 1 vol. in-12. 3 50

ROMAIN CORNUT.

Les Confessions de Madame de Lavallière, écrites par elle-même et corrigées par BOSSUET, etc., 2e édit. 1 vol. in-12. 3 50

ANT. RONDELET.

La morale de la richesse. 1 vol. in-12. 3 50

Du Spiritualisme en économie politique. (*Ouvrage couronné par l'Académie des sciences morales.*) 2e édition. 1 vol. in-12 3 50

Mémoires d'Antoine. — Notions populaires de morale et d'économie politique. (*Ouvrage couronné par l'Académie française*). Nouv. édit. 1 vol. in-12. 2 »

ROSELLY DE LORGUES.

Christophe Colomb. Histoire de sa vie et de ses voyages, etc. 2e édition revue et corrigée. 2 vol. in-12. 7 »

ROUSSET (CAMILLE).

Histoire de Louvois et de son administration politique et militaire (*ouv. couronné par l'Académie française.* Grand prix Gobert.) 2e édit. revue. 4 vol. in-12. 14 »

S. DE SACY.

Variétés littéraires, morales et historiques. Nouv. éd. 2 vol. 7 »

Mme DE SAINTE-AULAIRE.

La chanson d'Antioche, composée par Richard le pèlerin, au XIIe siècle, etc., traduite, avec notes. 1 vol. in-12. 3 50

BARTH. SAINT-HILAIRE.

Le Bouddha et sa Religion. Nouv. édit. augmentée. 1 vol. in-12. 3 50

SAISSET (EM.).

Précurseurs et Disciples de Descartes. 2e édit. 1 vol. in-12. 3 50

SALVANDY.

Don Alonso, ou l'Espagne. Histoire contemporaine. Nouv. édition. 2 vol. in-12. 7 »

SÉGUR.

Histoire universelle 8e éd. *Ouvr. adopté par l'Université.* 6 v. 18 »

—Histoire ancienne. Nouvelle édition. 2 vol. in-12. 6 »

—Histoire romaine. Nouvelle édition. 2 vol. in-12. 6 »

—Histoire du Bas-Empire. Nouv. édit. 2 vol. in-12. 6 »

Galerie Morale, avec notice par M. SAINTE-BEUVE. 1 vol. 3 »

SERVAN.

Conseils d'un père à son fils, 1 vol. in-12. 3 »

LE TASSE.

Jérusalem délivrée, trad. du P. Lebrun, 1 vol. in-12, orné de 20 jolies vignettes. 3 »

Mme AMABLE TASTU.

Poésies complètes. Poésies et chroniques de France. Nouv. édit. illustrée. 1 vol. in-12. 3 50

AMÉDÉE THIERRY.

Tableau de l'Empire Romain. Nouv. édit. 1 vol. in-12. 3 50

Récits de l'Histoire romaine au Ve siècle. Derniers temps de l'Empire d'Occident. Nouv. édit. 1 vol. in-12. 3 50

Histoire des Gaulois depuis les temps les plus reculés jusqu'à l'entière domination romaine. Nouv. édit. 2 vol. in-12. 7 »

Mme DE LA TOUR-DU-PIN.

Les Ancres brisées. Nouvelles. 1 vol. in-12. 3 »

VILLEMAIN.

La République de Cicéron, traduite avec une introduction et des suppléments historiques. 1 vol. in-12. 3 50

Choix d'Études SUR LA LITTÉRATURE CONTEMPORAINE : *Rapports académiques*, etc. 1 vol. in-12. 3 50

Cours de Littérature française, nouv. édit. 6 vol. in-12. 21 »

—Tableau de la Littérature au XVIIIe siècle. 4 vol. in-12. 14 »

—Tableau de la Littérature au moyen âge. 2 vol. in-12. 7 »

Tableau de l'Éloquence chrétienne au IVe siècle. Nouv. édition. 1 fort vol. in-12. 3 50

Discours et Mélanges Littéraires : *Éloges de Montaigne et de Montesquieu.—Sur Fénelon et sur Pascal.—Sur la Critique.—Rapports et Discours*. Nouv. édition. 1 vol. in-12. 3 50

Études de Littérature ancienne et étrangère : *Sur Hérodote.—Études sur Lucrèce, Lucain, Cicéron, etc.—De la corruption des lettres romaines.—Essai sur les romans grecs.—Shakspeare. Milton*, etc. Nouv. édit. 1 vol. in-12. 3 50

Études d'Histoire moderne : *Discours sur l'état de l'Europe au XVe siècle.—Lascaris.—Essai historique sur les Grecs.—Vie du chancelier de L'Hôpital*. Nouv. édit. 1 vol. in-12. 3 50

Souvenirs contemporains d'Hist. et de Littérat., 2 vol. in-12. 7 »

—1re Partie : **M. de Narbonne**, etc. Nouv. édit. 1 vol. in-12. 3 50

—2e Partie : **Les Cent-Jours**. Nouv. édit. 1 vol. in-12. 3 50

H. DE LA VILLEMARQUÉ.

L'Enchanteur Merlin (Myrdhinn). Son histoire, ses œuvres, son influence. Nouv. édit 1 vol. in-12. 3 50

Les Romans de la Table ronde et les contes des anciens Bretons. Nouv. édit. 1 vol. in-12. 3 50

CORNELIS DE WITT.

Études sur l'Histoire des États-Unis d'Amérique. 2 vol. :

—Histoire de Washington *et de la fondation de la République des États-Unis*, par M. Cornelis de Witt, avec une étude par M. Guizot. Nouv. édit. 1 vol. in-12 avec carte. 3 50

—Thomas Jefferson. *Étude sur la démocratie américaine*. Nouv. édit. 1 vol. in-12. 3 50

ZELLER.

Les Empereurs romains. Caractères et portraits historiques. 2e édition. 1 vol in-12. 3 50

OUVRAGES ILLUSTRÉS GRAND IN-8°.

Mme TASTU.

Éducation maternelle. *Simples leçons d'une mère à ses enfants*, sur la lecture, l'écriture, l'arithmétique, la grammaire, la mémoire, la géographie, l'histoire sainte, etc. Nouvelle édition imprimée avec luxe, illust. de 500 jolies vignettes et cartes coloriées. 1 vol. gr. in-8. pap. jésus glacé. 15 »

FÉNELON.

Les Aventures de Télémaque et les Aventures d'Aristonoüs. Édition illustrée par Tony Johannot, Baron, Cél. Nanteuil, etc., accompagnée d'ÉTUDES, par MM. Villemain, S. de Sacy et J. Janin, et suivie d'un *Vocabulaire hist. et géogr.* 1 beau vol. gr. in-8, illustré de plus de 200 belles vign. 10 »

MICHELANT.

Faits mémorables de l'Histoire de France, recueillis d'après nos meilleurs historiens, et accompagnés d'une introduction par M. DE SÉGUR. 1 beau vol. grand in-8, illustré de 128 très-belles vignettes de V. Adam. 12 »

B. DELESSERT ET DE GÉRANDO.

Les Bons Exemples. NOUVELLE MORALE EN ACTION ILLUSTRÉE. Un beau vol. grand in-8, illustré de 120 belles vignettes de Jules David. 9 »

Traits de dévouement et de charité, belles actions, Biographies de la vertu chrétienne telles que saint Vincent de Paul, Howard, sœur Rosalie, Mme Fry, etc., etc., racontés par MM. Villemain, de Barante, de Tocqueville, de Noailles, de Salvandy, etc. (*Rapports des prix Montyon*), extraits des Recueils officiels, des Annales de la charité, de la Morale en action et autres livres arrangés et colligés par et sous la direction de MM. B. Delessert et de Gérando.

MICHEL MASSON.

Les Enfants célèbres. Histoire des Enfants qui se sont immortalisés par le malheur, la piété, le courage, le génie et les talents. Nouv. édit. 1 beau vol. grand in-8, illustré de très-jolies lithographies et de vignettes sur bois. 9 »

BERQUIN.

L'Ami des Enfants. Nouvelle édition complète. 1 vol. grand in-8, illustré de jolies lithographies et de vignettes. 8 »

Mme GUIZOT.

L'Amie des Enfants. PETIT COURS DE MORALE EN ACTION, comprenant tous les Contes de Mme GUIZOT. Nouv. édit. enrichie de *Moralités* en vers, par Mme ÉLISE MOREAU. 1 fort vol. gr. in-8, illustré de belles lithographies. 9 »

L'Écolier ou Raoul et Victor. (*Ouvrage couronné par l'Académie française.*) Nouv. édit. 1 joli vol. grand in-8, illustré de belles lithographies. 9 »

PITRE-CHEVALIER.

La Bretagne ancienne depuis son origine jusqu'à sa réunion à la France. Nouv. édit. 1 beau vol. grand in-8, illustré par MM. A. Leleux, Penguilly et T. Johannot de plus de 200 belles vignettes sur bois, gravures sur acier, types et cartes coloriés. 15 »

La Bretagne moderne depuis sa réunion à la France jusqu'à nos jours. *Histoire des États et des Parlements, de la Révolution dans l'Ouest, des guerres de la Vendée,* etc., illustrée par MM. Leleux, Penguilly et T. Johannot. 1 beau vol. grand in-8, orné de plus de 200 vignettes sur bois, gravures sur acier, types et cartes coloriés. 15 »

La Suisse illustrée. Description et histoire, par MM. de Châteauvieux, Dubochet, Francini, Monnard, Meyer de Knonau, De Ruttimann, Schnell, Strohmeier, De Tscharner, Henry Zschokke, Busoni, etc.; *illustrée* de 32 jolies vues gravées sur acier et carte. 1 vol. gr. in-8. Nouv. édit. 10 »

—Le même ouvrage, en 2 vol. grand in-8, *illustrés* de 90 jolies vues gravées sur acier, costumes coloriés et cartes. 18 »

BERQUIN.

Œuvres complètes, renfermant l'*Ami des enfants et des adolescents*, le *Livre de famille*, *Sandford et Merton*, etc. 4 vol. in-8, format anglais, illustrés de 200 vignettes. 12 »

Chaque partie se vend séparément.

Mme ÉLISE MOREAU.

Une Vocation ou le Jeune Missionnaire. Ouvrage à l'usage de la jeunesse. 1 vol. in-8, orné de jolies lithog. 6 »

BUFFON.

Le Petit Buffon illustré. Histoire naturelle des *Quadrupèdes*, des *Oiseaux*, des *Insectes* et des *Poissons*, extraite de Buffon, Lacépède, Olivier, etc., par le bibliophile Jacob. 4 vol. grand in-32, ornés de 325 figures gravées sur acier. 6 »

—Le même, avec les 325 fig. coloriées avec soin. 10 »

ED. AUDOUIT.

Herbier des Demoiselles. Traité de la Botanique; etc., etc. 1 vol. in-8 anglais, *illustré* de 320 jolies vignettes coloriées. Nouv. édit. (*Sous presse.*).

Atlas de l'Herbier des Demoiselles, dessiné par Belaife, gravé et colorié avec soin. Joli album de 106 pl. in-4, renfermant plus de 350 sujets. 8 »

Mme AMABLE TASTU.

Le premier Livre de l'Enfance, Lecture et Écriture. *Simples leçons d'une mère à ses enfants.* 1 vol. de 80 pages gr. in-8, illustré de plus de 100 vignettes, pap. vél. glacé, cartonné avec la couverture. 2 »

BIBLIOTHÈQUE D'ÉDUCATION MORALE.

Première série à 3 fr. le vol. broché.

Mme LA PRINCESSE DE BROGLIE.

Les Vertus chrétiennes. — Les Vertus théologales et les Commandements de Dieu. Ouv. approuvé par Mgr l'Archevêque de Paris. 2 vol. in-12, illustrés de lithographies et de vignettes.

Mme DE WITT NÉE GUIZOT.

Promenades d'une Mère ou les douze mois. 1 vol. in-12, orné de lithographies et de vignettes.

Les Petits Enfants, contes. 1 vol. in-12, orné de lithographies et vignettes.

Contes d'une mère à ses enfants. 1 vol. in-12, orné de lithographies et de vignettes.

Une famille à Paris. Scènes de la vie de jeunes filles. 1 vol. in-12, lithog. et vignettes.

Une Famille à la campagne. 1 vol. in-12, orné de lithographies et de vignettes.

Hélène et ses amies, histoire pour les jeunes filles, trad. de l'anglais. 1 vol. in-12, orné de lithog.

Mlle ULLIAC-TRÉMADEURE.

André ou LA PIERRE DE TOUCHE. (*Ouvrage couronné*). Nouv. édit. 1 joli vol. in-12, illustré de lithographies.

Contes de ma mère l'Oie. Nouv. édit. 1 joli vol. in-12, illustré de lithographies.

Scènes du monde réel. Nouvelles à l'usage des jeunes filles. 1 joli vol. in-12, orné de 4 lithographies.

Émilie, ou la JEUNE FILLE AUTEUR, ouvrage dédié aux jeunes personnes. 3e édit. 1 vol. in-12, orné de 4 jolies vignettes.

MICHEL MASSON.

Les Enfants célèbres, histoire des enfants qui se sont immortalisés par le malheur, la piété, le courage, le génie, etc. Nouv. édit. 1 vol. in-12, orné de lithog. et vignettes.

Mme GUILLON.

Cinq années de la vie des Jeunes Filles (*l'entrée dans le monde*). 1 joli vol. in-12.

Deuxième série à 2 fr. 50 c. le vol. broché.

Mme GUIZOT.

L'Écolier ou Raoul et Victor. (*Ouvrage couronné par l'Académie française*). 12e édition. 2 vol. in-12, 8 vignettes.

Une Famille, par Mme GUIZOT, ouvrage continué par Mme A. TASTU. 7e édition. 2 vol. in-12, 8 vignettes.

Les Enfants. Contes pour la jeunesse. 10e édit. 2 vol. in-12, 8 vignettes. 5 »

Nouveaux Contes pour la jeunesse. 9e édit. 2 vol. in-12, 8 vignettes. 5 »

Récréations morales. Contes pour la jeunesse. 10e édit. 1 vol. in-12, 4 vignettes. 2 50

Lettres de famille sur l'éducation. (*Ouvrage couronné par l'Académie française.*) 5e édition. 2 vol. in-12. 6 »

Mme F. RICHOMME.

Julien et Alphonse, ou le Nouveau Mentor. (*Ouvrage couronné par l'Académie française.*) 1 vol. in-12, 6 lithographies. 2 50

Mlle C. DELEYRE.

Contes pour les enfants de 5 à 7 ans. Nouv. édit. revue par Mme F. Richomme. 1 vol. in-12, avec jolies lithographies. 2 50

Contes pour les enfants de 7 à 10 ans. Nouv. édit. revue par Mme F. Richomme. 1 vol. in-12, avec jolies lithographies. 2 50

Mlle ULLIAC-TRÉMADEURE.

Les jeunes Naturalistes. Entretiens familiers sur les *animaux*, les *végétaux* et les *minéraux*. 5e édit. 2 vol. in-12 ornés de 32 vignettes. 5 »

Le même ouvrage, avec les vign. coloriées. 9 »

Claude, ou le Gagne-Petit (*ouvrage couronné par l'Académie française*). 2e édit. 1 vol. in-12, 4 vignettes. 2 50

Étienne et Valentin, ou Mensonge et Probité. (*Ouvrage couronné.*) 3e édit. 1 vol. in-12, 4 vignettes. 2 50

Contes aux jeunes naturalistes sur les animaux domestiques. 5e édit. 1 vol. in-12, 4 vignettes. 2 50

Mme A. TASTU.

Les Enfants de la vallée d'Andlau, notions familières sur la religion, la morale, les merveilles de la nature, etc., par Mmes Voïart et A. Tastu. 2 vol. in-12, 8 vignettes. 5 »

Lettres choisies de Madame de Sévigné, avec son éloge, couronné par l'Académie française. 1 vol. in-12. 3 »

Lectures pour les jeunes Filles. Modèles de littérature en *prose* et en *vers*, extraits des écrivains modernes. 2 vol. in-12, 8 portraits. 5 »

Album poétique des jeunes personnes, ou choix de poésies extrait des meilleurs auteurs. 1 vol. in-12, 4 portraits. 2 50

Mme DELAFAYE-BRÉHIER.

Les Petits Béarnais. Leçons de morale. 12e édit. 2 vol. in-12, 8 vignettes. 5 »

Les Enfants de la Providence, ou Aventures de trois orphelins. 6e édition, revue par Mme F. Richomme. 2 vol. in-12, 8 vignettes. 5 »

Le Collége incendié, ou les Écoliers en voyage. 6e édit. 1 vol. in-12, 4 vignettes. 2 50

Mme ÉL. MOREAU GAGNE.

Voyages et aventures d'un jeune missionnaire en Océanie, etc. 1 vol. in-12 avec lithogr. 2 50

ERNEST FOUINET.

Souvenirs de Voyage en Suisse, en Grèce, en Espagne, etc. ou Récits du capitaine Kernoël, destinés à la jeunesse. 1 vol. in-12 avec 6 lithographies. 2 50

BERQUIN.

L'Ami des Enfants. Édition complète. 2 vol. in-12, avec 32 figures grav. sur acier. 5 »

Mme L. BERNARD.

Les Mythologies racontées à la jeunesse. 5e édition. 1 vol. in-12, orné de gravures d'après l'antique. 2 50

Mme DE GENLIS.

Les Veillées du Château, ou Leçons de morale à l'usage des enfants. Nouv. édit. 2 vol. in-12 avec vignettes. 6 »

Théâtre d'Éducation.—Nouv. édit. 2 vol. in-12, 8 vignettes. 6 »

Les Petits Émigrés.—Nouv. édit. 1 vol. in-12. 4 vignettes. 3 »

Mme DE DAX.

L'Amour et la Femme.—Nouv. édit. 1 vol. in-12. 2 »

Mme MENIER.

Heures de loisir. Fables contes et pensées. 1 vol. in-12. 3 »

VERGANI.

Grammaire italienne en 20 leçons, revue par Morretti, et augmentée par Brunetti. Nouv. édit. 1 vol. in-12. 1 50

ŒUVRE DE DAVID D'ANGERS.

Collection de 125 Portraits contemporains gravés par les procédés de M. Ach. Collas, d'après les médaillons du célèbre artiste. Chaque portrait séparément » 75

Portraits de Washington, de Napoléon Ier, de Louis-Philippe, gravés d'après les procédés de M. Ach. Collas. In-folio. Prix, chacun. 5 »

Bas-reliefs du Parthénon et du temple de Phigalie, disposés suivant l'ordre de la composition originale et gravés d'après les procédés de M. Ach. Collas. 1 joli album in-4 oblong, contenant 20 planches et un texte de 40 pages, par M. Ch. Lenormant, de l'Institut. 15 »

OUVRAGES DE NAPOLÉON LANDAIS
ET DE SES COLLABORATEURS.

Grand Dictionnaire général des Dictionnaires français, résumé de tous les dictionnaires, par N. LANDAIS, 14ᵉ édit. revue et augmentée d'un *Complément* de 1200 pages. 2 vol. grand in-4 de 3000 pages. 40 »

Ce dictionnaire contient la nomenclature exacte des mots *usuels et académiques, archaïques et néologiques, artistiques, géographiques, historiques, industriels, scientifiques, etc., la conjugaison de tous les verbes irréguliers, la prononciation figurée des mots, les étymologies savantes, la solution de toutes les questions grammaticales, etc.*

Complément du grand Dictionnaire de Napoléon Landais, pour les onze premières éditions, par une société de savants sous la direction de MM. D. CHÉSUROLLES et L. BARRÉ. 1 fort vol. in-4 de près de 1200 pages à 3 colonnes. 15 »

Grammaire générale des Grammaires françaises, présentant la solution de toutes les questions grammaticales, par NAPOLÉON LANDAIS, 7ᵉ édit. 1 vol. in-4 à 2 colonnes. 10 »

Petit Dictionnaire des Dictionnaires français, par NAPOLÉON LANDAIS. Ouvrage *entièrement refondu*, et offrant, sur un nouveau plan, la nomenclature complète, la prononciation nécessaire, la définition claire et précise, et l'*étymologie* vraie de tous les mots du vocabulaire usuel et littéraire, et de tous les termes scientifiques, artistiques et industriels de la langue française, par M. CHÉSUROLLES. 1 très-joli vol. in-32 de 600 pages. 2 »

Dictionnaire des Rimes françaises, disposé dans un ordre nouveau d'après la distinction des rimes en *suffisantes, riches* et *surabondantes*, etc., précédé d'un *Traité de Versification*, et, par N. LANDAIS et L. BARRÉ. 1 vol. in-32. 2 »

Petit Dictionnaire biographique des personnages célèbres de tous les temps et de tous les pays, *extrait du Dict. de Napoléon Landais*, par M. D CHÉSUROLLES. 1 fort vol. grand in-32 de 600 pages. 2 »

Dictionnaire classique de la Langue française, avec l'*étymologie* et la *prononciation figurée*, etc., contenant tous les mots du Dictionnaire de l'Académie et un grand nombre d'autres adoptés par l'usage. Nouv. édit. 1 vol. in-8. 3 »

Dictionnaire de tous les Verbes de la Langue française tant *réguliers qu'irréguliers*, ENTIÈREMENT CONJUGUÉS, sous forme synoptique, précédé d'une THÉORIE DES VERBES et d'un TRAITÉ DES PARTICIPES, etc., d'après l'Académie, Lavaux, Trévoux, Boiste, Napoléon Landais et nos grands écrivains, par MM. VERLAC et LITAIS DE GAUX, professeur, membre de la Société grammaticale de Paris, etc. 1 beau vol. in-4. 10 »

Cet ouvrage embrassant, par ordre alphabétique, l'universalité des verbes français entièrement conjugués est un manuel vraiment pratique renfermant dans un seul volume la matière de vingt in-octavo ordinaires. A l'aide d'un mécanisme qui a toute la simplicité d'une table de multiplication, on peut conjuguer tous les verbes français, au nombre d'environ huit mille, en trois cents pages d'impression.

DICTIONNAIRE DE MÉDECINE USUELLE

A l'usage des gens du monde, des chefs de famille et des grands établissements, des administrateurs, des magistrats, des officiers de police judiciaire, et enfin de tous ceux qui se dévouent au soulagement des malades; avec une introduction servant d'exposé pour le plan de l'ouvrage et de guide pour son usage.

Par une société de Membres de l'Institut, de l'Académie de médecine, de Professeurs, de Médecins, d'Avocats, d'administrateurs et de Chirurgiens des hôpitaux dont les noms suivent: Andrieux, Andry, Blache, Blandin, Bouchardat, Bourgery, Caffe, Capitaine, Caron du Villard, Chevalier, Cloquet (J.) Colombat, Cottereau, Couverchel, Culletier (A.), Deleau, Devergie, Donné, Falret, Fiard, Furnari, Gerdy, Gilet de Grammont, Gras (Albin), Guersent, Hardy, Larrey (H.), Lagasquie, Landouzy, Lélut, Leroy d'Etioles, Lesueur, Magendie, Marc, Marchessaux, Martins, Miquel, Olivier (d'Angers), Orfila, Paillard de Villeneuve, Pariset, Plisson, Poiseulle, Sanson (A.), Royer-Collard, Trébuchet, Toirac, Velpeau, Vée, etc. Publié sous la direction du docteur Baude, médecin-inspecteur des établissements d'eaux minérales, membre du Conseil de salubrité.

2 forts vol. in-4 à 2 colonnes. 30 »

Le Corps de l'Homme. Traité complet d'anatomie et de physiologie humaine, suivi d'un *Précis des systèmes de* Lavater *et de* Gall; à l'usage des gens du monde, des médecins et des élèves, par le docteur Gallet 4 vol. in-4, *illustrés* de plus de 400 figures lithographiées d'après nature. 90 »

—Le même ouvrage, avec les 400 figures coloriées avec le plus grand soin. 140 »

OUVRAGES DE M. ALLAN KARDEC.

Qu'est-ce que le Spiritisme? Introduction à la connaissance du monde invisible ou des Esprits 3e édit. 1 vol. in-12. » 75

Le Spiritisme à sa plus simple expression Exposé sommaire de l'Enseignement des Esprits, etc. In-12. » 15

Le Livre des Esprits, contenant: les principes de la doctrine spirite sur l'immortalité de l'âme, la nature des Esprits et leurs rapports avec les hommes; les lois morales; la vie présente, la vie future et l'avenir de l'humanité, selon l'enseignement donné par les Esprits. 11e édit. 1 fort vol. in-12. 3 50

Le Livre des Médiums, ou *Guide des Médiums et des Evocateurs,* contenant: l'enseignement spécial des Esprits sur la théorie de tous les genres de manifestations, les moyens de communiquer avec le monde invisible, etc. 7e édition. 1 fort vol. in-12. 3 50

Révélations du monde des Esprits. Dissertations spirites par J. Roze, médium. 3 vol. in-12. 6 »

Faits Spirites, par un capitaine, chev. de la légion d'honneur. 1 vol. in-12. 2 »

NOUVELLE COLLECTION DES MÉMOIRES RELATIFS A L'HISTOIRE DE FRANCE

Par MM. **Michaud et Poujoulat,**

Avec la collaboration de MM. Champollion, Barin, Moreau, etc.

34 volumes grand in-8 jésus à 2 col., illustrés de plus de 100 portraits sur acier. Prix, 300 fr.

TOME I. — G. DE VILLEHARDOUIN. — H. DE VALENCIENNES. P. SARRAZIN. — SIRE DE JOINVILLE. — Sur le règne de saint Louis et les Croisades (1198-1270). | DU GUESCLIN. — Mémoires (13..-1380). | CHRISTINE DE PISAN. — Le Livre des faits, etc., du roi Charles V (1336-1372).

TOME II. — CHARLES DE PISAN. — Le Livre des faits, 2e part. (1375-1380). | EXTRAITS DES CHRONIQUEURS, sur les règnes de Philippe le Hardi, etc., jusqu'à Jean II. | JEAN LE MAINGRE, dit BOUCICAUT (1368-1421). | JUV. DES URSINS (1380-1422). — P. DE FENIN (1407-1427). | ANONYME. — Journal d'un bourgeois de Paris sous Charles VI (1409-1422).

TOME III. — MÉMOIRES sur Jeanne d'Arc (1422-1429). | G. GRUEL. — Histoire d'Artus de Richemont (1413-1457). | ANONYME. — Journal d'un bourgeois de Paris sous Charles VII (1422-1449) | O. DE LA MARCHE. — J. DU CLERCQ (1435-1489).

TOME IV. — PH. DE COMINES. — Mém. (1464-1498). | JEAN DE TROYES. Chronique (1460-1483). | G. DE VILLENEUVE. — Mém (1494-1497). | J. BOUCHET. Panég. de la Tremouille (1460-1525). | LE LOYAL SERVITEUR. — Hist. du bon chevalier Bayard (1476-1524).

TOME V. — LA MARK, seign. de Fleurange. — Hist. des règnes de Louis XII et de François Ier (1499-1521). | LOUISE DE SAVOIE. — Journal (1476-1522) | MARTIN et G. DU BELLAY. — Mém. 1513-1547).

TOME VI. — F. DE LORRAINE, duc de Guise. — Mém (1547-1561). | L. DE BOURBON, prince de Condé (1559-1564). | A. DU PUGET. — Mémoires (1561-1596).

TOME VII. — B. DE MONTLUC — FR. DE RABUTIN. — Commentaires (1521-1574).

TOME VIII. — SAULX-TAVANNES. — Mémoires (1515-1595). | SALIGNAC. — Le siége de Metz (1552). | COLIGNY. — Le siége de St-Quentin (1557). | LA CHASTRE. — Mémoires du duc de Guise cultalle, etc. (1556-1557). | ROCHECHOUART. — A. GAMON. — J. PHILIPPI. — Mémoires (1497-1590).

TOME IX. — VIEILLEVILLE. Mém. (1527-1571). — CASTELNAU (1559-1570). — J. DE MERGEY (1554-1589.) — FR. DE LA NOUE (1562-1570).

TOME X. — B. DU VILLARDS. — Mémoires 1559-1569. — MARG. DE VALOIS. (1569-1582). — PH. DE CHEVERNY (1553-1582.) — PH. HURAULT, évêque de Chartres. (1599-1601).

TOME XI. — DUC DE BOUILLON — Mém. (1555-1586). — CH. DUC D'ANGOULÊME (1589-1593). — DE VILLEROY. — Mém. d'État (1581-1594). — J. A. DE THOU (1553-1601). | J. CHOISNIN. — Mémoires sur l'élection du roi de Pologne (1571-1573). | J. GILLOT, L. BOURGEOIS, DUBOIS. — Relations touchant la régence de Marie de Médicis, etc. | MATH. MERLE et ST.-AUBAN. — Mém. sur les guerres de religion (1572-1587). | M. DE MARILLAC et CLAUDE GROULARD. — Mém. et voyages en cour (1588-1600).

TOMES XII-XIII. — P. V. PALMA-CAYET. — Chronol. novenaire (1589-1598). — Chronologie septenaire, etc. (1598-1604).

TOMES XIV-XV. — P. DE L'ESTOILE. — Registre-journal d'un curieux, etc. (1574-1589), publié d'après le manuscrit autographe *presque entièrement inédit*, par MM. Champollion. — Mémoire et journal (1589-1611).

TOMES XVI-XVII. — SULLY. — Mém. des sages et royales œconomies d'Estat, etc. (1570-1628). MARBAULT, secrétaire de Duplessis-Mornay. Remarques inédites sur les Mémoires de Sully.

TOME XVIII. — JEANNIN. Négociat. (1598-1609).

TOME XIX. — FONTENAY-MAREUIL (1600-1647). — PONTCHARTRAIN. Mém. (1610-1620). — M. DE MARILLAC. Relation exacte de la mort du maréchal d'Ancre. — ROHAN. Mém. sur la guerre de la Valteline, etc. (1610-1629).

TOME XX. — BASSOMPIERRE (1597-1640). — D'ESTRÉES (1610-1617). | TH. DU FOSSÉ. — Mém. de Pontis (1597-1652).

TOMES XXI-XXII. — CARDINAL DE RICHELIEU. — Mémoires (1600-1655).

TOME XXIII. — CARDINAL DE RICHELIEU. — Mém. et Testa. (1655-1658). | ARNAULD D'ANDILLY. — Mém. (1610-1656). | ABBÉ ANT. ARNAULD (1634-1675). | GASTON, duc d'Orléans (1608-1656). | DUCHESSE DE NEMOURS. — Mémoires.

TOME XXIV. — Mme DE MOTTEVILLE. — LE P. BERTHOD (1615-1666).

TOME XXV. — CARD. DE RETZ. — Mémoires (1648-1679).

TOME XXVI. — GUY JOLY. — Mém. (1648-1665). — CL. JOLY. — Mém. (1650-1655). — P. LENET. — Mém. (1627-1659).

TOME XXVII. — BRIENNE (1615-1616). — MONTRÉSOR (1632-1637). | FONTRAILLES. — Relation de la cour, pendant la faveur de M. de Cinq-Mars (1641). | LA CHATRE. — Mém. (1642-1643). — TURENNE. Mém. (1643-1659). — DUC D'YORK. — Mém. (1652-1659).

TOME XXVIII. — Mlle DE MONTPENSIER. — Mém. (1627-1686). | V. CONRART. — Mémoires 1652-1661).

TOME XXIX. — MONTGLAT. — Mém. sur la guerre entre la France et la maison d'Autriche (1635-1660). | LA ROCHEFOUCAULD. Mém. (1630-1652) | GOURVILLE. Mém. (1642-1698)

TOME XXX. — O. TALON. — Mémoires (1630-1655). — ABBÉ DE CHOISY (1644-1724).

TOME XXXI. — HENRY, duc de Guise. — Mém. (1647-1648). — GRAMONT. — Mém. (1604-1677). — GUICHE. — Relation du passage du Rhin. — DU PLESSIS. — Mém (1622-1671). — M. DE *** (de Brégy). — Mém. (1613-1690).

TOME XXXII. — LA PORTE. — Mém. (1624-1666). | CHEVALIER TEMPLE Mém. (1679). | Mme DE LA FAYETTE. — Hist. de Mme Henriette d'Angleterre. — Mém. de la cour de France (1688-1689) — LA FARE. Mém. (1661-1693). — BERWICK. — Mém. (1670-1734). — CAYLUS — Souvenirs. — TORCY. Mém. pour servir à l'histoire des négociations. (1697-1713).

TOME XXXIII. — VILLARS. Mém. (1672-1734). — FORBIN (1677-1710) — DUGUAY-TROUIN. Mém. (1689-1710).

TOME XXXIV. — DUC DE NOAILLES. — Mém. (1663-1756). — DUCLOS. — Mém. secrets, etc. (1710-1723). | Mme DE STAAL-DELAUNAY. — Mémoires.

TRÉSOR
DE NUMISMATIQUE
ET DE GLYPTIQUE

Recueil général des Médailles, Monnaies, Pierres gravées, Bas-reliefs, Ornements, etc.

TANT ANCIENS QUE MODERNES,

LES PLUS INTÉRESSANTS SOUS LE RAPPORT DE L'ART ET DE L'HISTOIRE

Gravé par les procédés de M. ACHILLE COLLAS,

SOUS LA DIRECTION DE

M. Paul Delaroche, Peintre, **M. Henriquel-Dupont**, Graveur,
Et M. **Charles Lenormant**, conservateur de la Bibliothèque, membre de l'Institut, etc.

Parties ou Volumes in-folio, comprenant plus de 1,000 planches accompagnées d'un texte historique et descriptif.

1260 fr.

Division des vingt Parties.

I.

Numismatique des Rois grecs	1 vol. avec 92 planches.
Nouvelle Galerie mythologique	1 vol. avec 52 planches.
Bas-reliefs du Parthénon, etc.	1 vol. avec 16 planches.
Inconographie des Empereurs romains et de leurs familles.	1 vol. avec 62 planches.

II.

Histoire de l'Art monétaire chez les modernes	1 vol. avec 56 planches.
Choix historique des Médailles des Papes	1 vol. avec 48 planches.
Recueil des Médailles italiennes, XVe et XVIe siècles.	2 vol. avec 84 planches.
Recueil des Médailles allemandes, XVIe et XVIIe siècles.	1 vol. avec 48 planches.
Sceaux des Rois et Reines d'Angleterre	1 vol. avec 36 planches.

III.

Sceaux des Rois et des Reines de France	1 vol. avec 28 planches.
Sceaux des grands feudataires de la couronne de France.	1 vol. avec 32 planches.
Sceaux des communes, communautés, évêques, barons et abbés	1 vol. avec 24 planches
Histoire de France par les Médailles :	
1o **de Charles VII à Henri IV**	1 vol. avec 68 planches.
2o **de Henri IV à Louis XIV**	1 vol. avec 36 planches.
3o **De Louis XIV à 1789**	1 vol. avec 56 planches.
4o **Révolution française**	1 vol. avec 96 planches.
5o **Empire français**	1 vol. avec 27 planches.

IV.

Recueil général de Bas-Reliefs et d'Ornements	1 vol. avec 100 planches

LE NORD DE L'AFRIQUE

DANS L'ANTIQUITÉ GRECQUE ET ROMAINE

ETUDE HISTORIQUE ET GÉOGRAPHIQUE

PAR

M. VIVIEN DE SAINT-MARTIN

Ouvrage couronné en 1860 par l'Académie des Inscriptions et Belles-Lettres.

1 volume in-4° accompagné de 4 cartes
PRIX : 12 FRANCS.

OEUVRES COMPLÈTES

DE BARTOLOMEO

BORGHESI

Publiées par les ordres et aux frais de S. M. l'Empereur Napoléon III
Et par les soins d'une commission composée de

MM. *Léon Rénier*, *J.-B. de Rossi*, *N. Desvergers*, *Cavedoni*, *G. Henzen*, *Minervini*, *Ritschl*, *Rocchi* et *Ernest Desjardins*, secrétaire.

Les œuvres complètes de Borghesi formeront 5 séries :

1° Les **Œuvres numismatiques** en 2 vol. in-4.
2° Les **Fastes consulaires** en 2 vol. in-folio.
3° Les **Œuvres épigraphiques** qui formeront plusieurs vol. in-4.
4° La **Correspondance**, dont la plus grande partie est inédite et qui formera aussi plusieurs vol. in-4.
5° **L'Introduction**, comprenant la biographie et les œuvres littéraires de Borghesi.

Le premier volume des *Œuvres numismatiques* est en vente ; le 2ᵉ volume paraîtra prochainement.—Prix des 2 volumes : 40 fr.

LETTRES, INSTRUCTIONS ET MÉMOIRES

DE

COLBERT

Publiés par ordre de S. M. l'Empereur

PAR

M. PIERRE CLÉMENT
de l'Institut.

Tomes 1 et 2 en vente. · Prix : 28 francs.

OUVRAGES SOUS PRESSE.

WHYTE MELVILLE, traduit par **BERNARD DE ROSNE**. — **Les Gladiateurs**, ou **Rome et Judée**. Roman antique. 2 vol. in-8.

BUNSEN. — **Dieu dans l'histoire**, trad. par M. Dietz, avec une Introduction par M. Henry Martin. 1 vol. in-8.

POIRSON. — **Histoire de Henri IV**. (*Ouvrage qui a remporté le prix Gobert à l'Académie française.*) Nouvelle édition entièrement revue. T. III et IV.

V. COUSIN. — **La Jeunesse de Mazarin**. 1 vol. in-8.

J. J. AMPÈRE. — **Formation de la Langue française**. Nouv. édit. revue. 1 vol. in-8.

ÉDOUARD FOURNIER. — **Molière** au théâtre et chez lui. 1 vol.

ÉMILE SAISSET. — **Histoire du Scepticisme**. 2 vol. in-8.

AMÉDÉE THIERRY. — **Tableau de l'administration romaine** sous l'empire. 1 vol. in-8.

——**Nouveaux récits de l'Histoire romaine**. 1 vol.

DAREMBERG. — **Études sur l'histoire de la Médecine**. 1 vol.

PHILARÈTE CHASLES. — **Voyages d'un critique** à travers la vie et les livres. 2 vol.

BOILLOT. — **Histoire de l'astronomie au** XIXe **siècle**. 1 vol. in-12.

LA MORVONNAIS. — **La Thébaïde**, suivie d'autres poésies. 1 vol.

LEBRUN, de l'Académie française. — **Œuvres poétiques et dramatiques**. 4 vol. in-12.

ÉDEL. DU MÉRIL. — **Histoire de la Comédie dans l'Antiquité**. 1 v.

Le général CREULY et ALEX. BERTRAND. — **Commentaires de César : Guerre des Gaules**. Trad. et texte avec notes historiques et archéologiques. 2 vol. in-8.

C. FLAMMARION. — **Pluralité des Mondes habités**. 1 vol.

PEZZANI. — **Pluralité des existences**. 1 vol.

BAGUENAULT DE PUCHESSE. — **L'Immortalité**. 1 vol.

LE Dr MARY. — **Christianisme et libre examen**. Revue des principaux arguments des apologistes, etc 1 vol.

E. et J. de GONCOURT. — **La société française pendant la Révolution et le Directoire**, 2 vol.

Mme de *, née de SÉGUR**. — **Marie Leckzinska**, 1 vol.

LÉON LAGRANGE. — **Carle et Horace Vernet**, 1 vol. in-8.

Conférences littéraires de la salle Barthélemy, au profit des **Polonais**. 1 ou plusieurs vol.

Paris. — Imprimé chez Bonaventure et Ducessois, 55, quai des Augustins

www.ingramcontent.com/pod-product-compliance
Lightning Source LLC
LaVergne TN
LVHW011258110826
845149LV00001B/174
* 9 7 8 2 0 1 9 5 2 9 9 3 2 *